한시로 감상하는

삼국지연의

한시로 감상하는
삼국지연의

김민수

漢詩 三國志演義

삼국지연의의 원문에는 무려 210여 수의 한시漢詩, 부賦,
사詞 등이 실려 있다. 이 한시 등은 소설의 극적인 상
황이나 명장면에 어김없이 등장하여 흥미를 더해 준다.

솔과학

서문

중국에는 각 시대를 대표하는 문학 장르가 있다. 즉 한대漢代의 부賦, 당대唐代의 시詩, 송대宋代의 사詞, 원대元代의 곡曲, 그리고 명청대明淸代의 소설이 그것이다.

여기서 부賦는 작자의 생각이나 눈앞의 경치 같은 것을 미사여구 등 자신의 문학적 재주를 동원하여 아름답게 드러내 보이는 일종의 산문 형식이며, 사詞는 민간에서 발생하여 점차 모든 계층에 대중화된 노래 가사이다.

우리가 현재 읽고 있는 삼국지연의는 명나라 초기인 14세기 말, 나관중이 처음 지은 이래 3백여 년간 수십 차례나 수정이 거듭되다가 청나라 초기인 1679년 모종강毛宗崗에 의해 마침내 완성된 중국의 사대기서四大奇書 중의 하나이다.

삼국지연의의 원문에는 무려 210여 수의 한시漢詩, 부賦, 사詞 등이 실려 있다.

삼국지연의를 읽어 본 독자들은 잘 아시겠지만 이 한시 등은 소설의 극적인 상황이나 명장면에 어김없이 등장한다. 대부분 후세 사람이 그 장면을 찬탄하는 형식으로 표현되어 독자들에게 흥미를

더해 주거나 앞의 내용을 정리해 주는 이른바 약방의 감초와 같은
역할을 하고 있다.

따라서 한시 등에서 풍겨 나오는 느낌을 온전히 체득해야만 비
로소 삼국지연의를 제대로 읽었다고 할 수 있으며, 덤으로 2천여
년 동안 내려온 중국의 여러 문학도 이해할 수 있다.

하지만 아쉽게도 삼국지연의를 읽는 대부분의 독자들은 한시나
그 번역 부분은 대충대충 보고 지나가는 경우가 많다. 그 이유는
한시의 내용이 너무 어렵거나 번역된 문장 가운데 이해가 잘 안 되
는 부분이 많기 때문이다.

사실 한시를 정확히 번역하는 것이 쉬운 일은 아니다. 몇 자 안
되는 한자 속에 여러 함축된 의미를 담고 있는 한시를 번역하기 위
해서는 우선 작자의 표현 의도를 정확히 파악하여 앞뒤 글의 문맥
을 확실하게 이해해야 함은 물론, 때로는 역사적 배경 지식도 필요
하다. 또한 번역자의 생각이나 느낌에 따라 표현 방식이 얼마든지
다를 수 있기 때문에 일반 문장을 번역하는 것보다 훨씬 많은 시간
과 노력이 필요하다.

삼국지를 번역한 작가 황석영도 그의 책 서문에서 한시의 번역
은 자신이 없어 전문가의 도움을 받았다고 밝히고 있을 정도이니
한시의 번역이 얼마나 어려운 작업인지 짐작할 수 있다.

필자는 몇 년 전 삼국지연의를 원문에 충실하게 번역하면서도
책 속의 모든 한시를 정형시로 번역하여 출간한 적이 있다. 정말
쉽지 않은 작업이었다. 어떤 한시는 한 수 번역하는 데 며칠을 고
심했으며 몇 달 뒤 다시 수정하기를 수차례 반복했다.

다행히 많은 독자들이 필자의 노력을 인정해 주었다. 어떻게 그

많은 한시를 이해하기 쉽게 번역하면서도 처음부터 끝까지 한 수의 시도 빠짐없이 정형시로 번역할 수 있었느냐며 놀라움을 표시했다. 어떤 독자는 한시에 한자의 음을 병기해 놓았으면 더 좋았을 것 같다는 아쉬움을 표하기도 했다.

이에 용기를 얻은 필자는 삼국지연의에 나오는 한시만을 모두 모아 한 권의 책을 만들어 보기로 했다.

한자의 음을 병기함은 물론 정확히 번역하면서도 운율에 맞춘 정형시로 가다듬기를 반복했다.

그리고 한시에 나오는 어려운 단어나 역사적 배경에 풀이를 달고, 그 위에 이런 한시가 실리게 된 배경을 설명하여, 이른바 『한시漢詩로 감상하는 삼국지연의』를 출간하게 된 것이다.

지금까지 삼국지와 관련된 수많은 작품들이 나와 있지만 이런 종류의 책을 발견하지 못한 점도 필자에게 이 책을 만드는 하나의 동기 부여가 되었다.

여기서 독자들에게 드리고 싶은 말이 있다.

한시를 번역함에 있어 완벽이란 있을 수 없다. 번역자가 전혀 다른 의미로 잘못 번역한 것은 논외로 하더라도, 비슷한 의미를 자신의 느낌이나 생각으로 얼마든지 달리 표현할 수 있기 때문이다.

게다가 필자는 원서에 실려 있는 모든 한시를 예외 없이 정형시로 번역하려다 보니 더러는 어색한 표현도 있을 수 있다. 하지만 원문의 의미를 가능한 쉽고 정확하게 번역하려고 노력했다.

원래 원서에 실려 있는 대부분의 한시에는 그 제목이 없다. 이 책에 있는 모든 한시의 제목은 독자의 이해를 돕기 위해 필자가 임의로 붙인 것이다. 또한 목차를 제 I 편에서 제 VI 편으로 나눈 것은 필자의 삼국지연의 완역본(전 6권)의 각 권에 실린 한시를 기준으로 편의상 나눈 것임을 밝혀 둔다.

　필자는 이 책을 적어도 삼국지연의를 두 번 이상 읽어본 독자들에게 권하고 싶다. 삼국지연의의 내용을 어느 정도 알고 계신 분들은 한시를 한 수 한 수 감상할 때마다 순간순간의 명장면을 회상하면서 그 기쁨을 몇 배로 느낄 것이다.

　또한 한시에 조예가 깊거나 특별히 관심을 가지고 있는 독자라면 한시를 감상하는 것만으로도 삼국지연의를 읽는 것 이상의 보람을 얻을 것이라고 확신한다.

　독자들의 엄정한 평가를 기대한다.

목차

서문 • **4**

제 I 편
도원결의 • **19**

서사序詞 • **20**
관우와 장비의 첫 번째 전공戰功 • **24**
유비의 첫 번째 전공 • **26**
동탁을 죽이려는 장비 • **28**
무모한 하진의 최후 • **30**
여포의 적토마 • **32**
황제 폐위에 목숨으로 저항한 정관 • **34**
쌍비연가双飛燕歌 • **36**
죽음을 앞둔 황제의 노래 • **38**
당비의 노래 • **39**
오부伍孚를 기리는 시 • **42**
술이 식기 전에 화웅을 죽인 관우 • **44**
여포와 겨룬 세 영웅 • **46**
떠도는 동요를 믿고 천도하는 동탁 • **52**

춤추는 초선 Ⅰ   • **54**

춤추는 초선 Ⅱ   • **55**

노래 부르는 초선   • **58**

초선의 연환계   • **60**

동탁의 죽음을 예견하는 동요   • **62**

동탁의 최후   • **64**

동탁의 죽음을 애도하다 죽임을 당한 채옹   • **66**

왕윤의 최후   • **68**

조조 부친의 죽음   • **70**

이각 · 곽사의 난   • **72**

황량한 낙양의 모습   • **76**

여포의 활솜씨   • **78**

조조의 용병술   • **80**

진궁을 죽인 조조   • **82**

여포의 최후   • **84**

여포를 죽이라고 하는 유비   • **85**

제 Ⅱ 편

삼고초려   • **89**

유비의 임기응변   • **90**

조조의 손아귀를 벗어난 유비   • **92**

원술의 최후   • **94**

예형의 죽음   • **96**

태의太醫 길평의 죽음   • **98**

국구國舅 동승의 죽음 • 100

왕자복 등 네 사람의 죽음 • 101

동 귀비의 죽음 • 104

조조에게 패한 유비 • 106

항복하지 않은 관우 • 108

다섯 관문 지나며 여섯 장수를 벤 관우 • 110

유비 형제들의 재회 • 112

세 가객의 의로운 죽음 • 114

손책의 죽음 • 116

허유의 계책을 듣지 않은 원소 • 118

충신 저수의 한탄 • 120

충렬저군지묘忠烈沮君之墓 • 122

전풍의 죽음 • 124

원소의 최후 • 126

충신 심배의 죽음 • 128

곽가의 죽음 • 130

유비의 실언 • 132

유비를 없애려는 채모의 모략 • 134

적로마로 단계를 뛰어넘은 유비 • 136

형양의 아이들이 부르는 동요 • 140

유비를 찾아간 선복 • 142

제갈량을 유비에게 천거한 선복 • 144

서서의 모친을 찬양한 시 • 146

와룡선생이 지은 노래 • 148

와룡강의 경치 • 150

강태공과 역이기를 찬미하는 석광원 • 154

은둔자를 찬미하는 맹공위 • 158

공명의 아우 제갈균의 노래 • 162

와룡의 장인이 부른 양부음梁父吟 • 164

유비의 두 번째 방문을 노래한 시 • 166

제갈량이 잠에서 깨어나 읊은 시 • 168

삼고초려 끝에 얻은 제갈량 • 170

유비의 책사가 된 제갈량 • 172

초려를 떠나 세상에 나온 제갈량 • 173

서씨 부인의 재치 • 178

제갈량의 첫 번째 승리 • 180

공융의 죽음 • 182

유표의 죽음 • 184

공명의 두 번째 전공 • 186

제Ⅲ편
적벽대전

• 189

유비의 어진 마음 • 190

여장부 미부인의 죽음 • 192

아두를 구한 조운 Ⅰ • 194

아두를 구한 조운 Ⅱ • 196

구해 온 자식에 대한 유비의 반응 • 198

혼자서 백만 대군을 물리친 장비 • 200

동작대부銅雀臺賦 • 202

주유가 칼춤을 추며 부르는 노래 • 210

주유의 계책에 걸린 조조 • 212

대무수강부大霧垂江賦 : 강에 드리운 짙은 안개 • 214

제갈량이 얻은 십만 개의 화살 • 224

방통의 연환계 • 226

방통이 서서에게 알려준 계책 • 228

미리 승리감에 도취된 조조 • **230**

조조의 단가행短歌行 • **232**

칠성단에서 동남풍을 비는 제갈량 • **236**

적벽대전 I • **238**

적벽대전 II • **239**

조조를 살려 보낸 관우 • **242**

황충을 얻은 유비 • **244**

태사자의 죽음 • **246**

한석恨石 • **248**

천하제일강산天下第一江山 • **250**

주마파(駐馬坡: 말이 멈춘 언덕) • **252**

마음이 흔들리는 유비 • **254**

조조에게 신하로 남으라는 충언 • **256**

뛰는 주유 위에 나는 제갈량 • **258**

화병으로 죽은 주유 • **260**

주유를 조문하는 제갈량 • **262**

마등의 죽음 • **264**

묘택과 이춘향의 죽음 • **266**

수염을 자르고 달아난 조조 • **268**

천하의 기재奇才 장송 • **270**

왕루의 절개 • **272**

제IV편
삼분천하

• **275**

작은 주인을 지킨 조운 • **276**
작은 주인을 구한 장비 • **277**
순욱의 죽음 • **280**
장송의 허망한 죽음 • **282**
자허상인의 여덟 구 • **284**
방통의 죽음 • **286**
방통의 죽음을 예견한 동요 • **287**
엄안의 기개 • **290**
엄안을 항복시킨 장비 • **291**
장임의 절개 • **294**
관우의 기개 • **296**
비루한 화흠의 인간성 • **298**
청백한 관영의 됨됨이 • **298**
조조의 잔인한 행동 • **300**
양송의 최후 • **302**
위기를 벗어난 손권 • **304**
감녕의 활약 • **306**
최염의 죽음 • **308**
조조를 깨우치려던 좌자 • **310**
관로의 신통력 I • **312**
관로의 신통력 II • **314**
경기耿紀와 위황韋晃의 충정 • **316**
황충의 활약 • **318**
몸 전체가 간덩이인 조운 • **320**
재주를 잘못 부린 양수 • **322**

방덕을 사로잡은 관우 • **324**

신의神醫 화타와 천신天神 관우 • **326**

관우의 죽음 I • **328**

관우의 죽음 II • **329**

옥천산 사당에 붙은 시 • **332**

화타의 죽음과 불타버린 청낭서 • **334**

사마사의 등장 • **336**

업중가鄴中歌: 조조의 죽음 • **338**

우금의 죽음 • **344**

조식의 칠보시七步詩 I • **346**

즉시 지은 시(시제: 형제), 칠보시 II • **348**

옥새를 지키다 끝내 목숨을 잃은 조필祖弼 • **350**

황제 자리를 찬탈한 조비 • **352**

제 V 편
출사표
• **355**

장비의 어처구니없는 죽음 • **356**

황충의 죽음 • **358**

감녕의 죽음 • **360**

육손의 재주 • **362**

7백 리 영채 불사른 육손 • **364**

부동의 장렬한 죽음 • **366**

자결로 충성 바친 정기 • **368**

장남張南과 풍습馮習의 죽음 • **370**

헛소문에 목숨을 버린 손 부인 • **372**

제갈량의 팔진도八陳圖 • **374**

황권의 배신 • **376**

촉주蜀主 유비의 죽음 • **378**

노수瀘水 • **380**

남방의 무더운 날씨 I, II • **382**

맹획의 형 맹절 • **384**

경공배정耿恭拜井 • **386**

칠종칠금七縱七擒 • **388**

노익장을 과시하는 조운 • **390**

왕랑을 꾸짖어 죽인 제갈량 • **392**

거문고로 사마의의 대군을 물리친 제갈량 • **394**

읍참마속泣斬馬謖 • **396**

조운의 죽음 • **398**

계책으로 왕쌍을 죽인 제갈량 • **400**

장포의 죽음을 애통해 하는 제갈량 • **402**

제Ⅵ편
천하통일

• **405**

제갈량의 계책에 걸린 장합 • **406**

병으로 죽은 관흥 • **408**

유마流馬와 목우木牛 • **410**

하늘이 구해 준 사마의 • **412**

제갈량의 죽음을 애도하는 두보의 시 • **414**

제갈량의 죽음을 애도하는 백거이의 시 • 415

당나라 시인 원미지의 제갈량을 찬양한 시 • 416

죽은 제갈량이 산 사마의를 달아나게 함 • 418

위연의 운명을 예견한 제갈량 • 420

제갈량을 찬탄한 두보의 시 I • 422

하휴령의 딸의 절개 • 426

신헌영의 판단력 • 428

관로의 예지력 • 430

오주吳主 손권의 죽음 • 432

위기에 처한 사마소 • 434

목 졸라 죽임 당한 장 황후 • 436

황제의 자리를 빼앗긴 조방 • 438

젊은 문앙의 활약 • 440

의리의 전사 우전의 최후 • 442

제갈탄의 휘하 군사들의 충의 • 444

강제로 폐위당한 오주 손량 • 446

자신의 명을 재촉한 조모의 잠룡潛龍 시 • 448

토사구팽이 되고 만 성제 • 450

왕경王經 모자의 절개 • 452

하후패의 최후 • 454

충신 부첨의 의로운 죽음 • 456

정군산에 신령으로 나타난 제갈량 • 458

제갈량의 예지력에 탄복한 등애 • 460

마막의 부인 이씨의 죽음 • 462

제갈첨 부자의 장렬한 전사 • 464

북지왕北地王 유심의 자결 • 466

마침내 항복하는 후주 • 468

한의 멸망과 제갈량을 추념하는 시 • 470

등애의 최후 • 472

종회의 죽음을 탄식한 시 • **473**

강유의 죽음을 탄식한 시 • **474**

어리석은 후주 • **476**

주먹 하나로 가로막을 수 없는 태산 • **478**

위나라의 멸망 • **480**

양호의 타루비墮淚碑 • **482**

최후까지 저항하다 장렬하게 전사한 장제 • **484**

오주 손호의 항복 • **486**

결국 진으로 통일이 된 위·촉·오 삼국 • **488**

후기 | 관제시죽의 올바른 이해 • **496**

宴桃園豪傑三結義

제 I 편

도원결의

서사序詞

↓

<ruby>滾<rt>곤</rt></ruby><ruby>滾<rt>곤</rt></ruby><ruby>長<rt>장</rt></ruby><ruby>江<rt>강</rt></ruby><ruby>東<rt>동</rt></ruby><ruby>逝<rt>서</rt></ruby><ruby>水<rt>수</rt></ruby>

곤 곤 장 강 동 서 수
滾滾長江東逝水
랑 화 도 진 영 웅
浪花淘盡英雄
시 비 성 패 전 두 공
是非成敗轉頭空
청 산 의 구 재
靑山依舊在
기 도 석 양 홍
幾度夕陽紅
백 발 어 초 강 저 상
白髮漁樵江渚上
관 간 추 월 춘 풍
慣看秋月春風
일 호 탁 주 희 상 봉
一壺濁酒喜相逢
고 금 다 소 사 도 부 소 담 중
古今多少事都付笑談中

세차게 흐르는 장강 물 동으로 흐르고
물 위의 포말처럼 영웅들 스러져 갔네
옳고 그름 성공 실패 돌아보니 헛되네
푸른 산은 여전히 옛 모습 그대로인데
그동안 저녁노을 몇 번 정도 붉었을까
강가의 고기잡이꾼과 백발의 나무꾼은
가을 달 봄 바람을 감상하길 좋아하네
한 단지 탁주에 서로 만남을 기뻐하며
고금의 여러 일들 흥에 겨워 얘기하네

삼국지연의의 첫 페이지에 나오는 사詞이다.

원문에는 詞曰: 로 시작한다.

사는 시와는 다른 노랫말, 즉 가사로 중국 송宋나라 때에 유행했던 문학 장르이다.

이 서사는 나관중본에는 등장하지 않고 모종강본(청나라 초기)에 처음 나타났으며 오랫동안 누구의 작품인지 알려지지 않다가 1990년대에 비로소 명明나라 문인 양신楊慎이 지은 '임강선臨江仙'이라는 사詞의 일부분으로 밝혀졌다.

양신은 20대에 과거에 급제해 출세가도를 달리던 중 30대에 황제의 비위에 거슬려 변경으로 쫓겨나 오랫동안 귀양살이를 하면서 학문에 전념했다.

그는 중국의 역사를 10단계로 나누어 '이십일사탄사二十一史彈詞'라는 노래를 지었으며 이 부분은 그 중 3단계인 진秦과 한漢나라의 노래 부분이다.

14세기 말 나관중이 필사본으로 쓴 삼국지연의는 3백여 년 동안 수십 종의 필사본과 인쇄본 등 판본이 우후죽순처럼 등장하였다. 그러나 17세기 말에 나온 모종강본은 이후 모든 판본을 압도하여 현재까지 어떠한 판본도 나오지 않고 있다.

모종강 부자가 수십 년에 걸쳐 심혈을 기울여 평역한 삼국지연의의 첫머리를 장식하는 글귀로 바로 이 서사를 선택한 것이다.

관우와 장비의 첫 번째 전공戰功

영 웅 로 영 재 금 조
英雄露穎在今朝
일 시 모 혜 일 시 도
一試矛兮一試刀
초 출 변 장 위 력 전
初出便將威力展
삼 분 호 파 성 명 표
三分好把姓名標

영웅들의 뛰어난 재주 이제야 드러났네
한 사람은 창을 또 한 사람은 칼을 쓰네
첫 출전으로 바로 그 위력 떨쳐 보이니
천하를 셋으로 나눔에 이름을 드날리네

황건적 장수 정원지程遠志가 군사 5만 명을 거느리고 탁군涿郡으로 쳐들어왔다.

유언은 추정으로 하여금 유비 등 세 명과 함께 군사 5백 명을 이끌고 가서 황건적을 물리치라고 했다.

명을 받은 유비가 군사를 거느리고 대흥산大興山 아래에 이르러 적과 처음 마주쳤다.

적의 무리들은 모두 머리를 풀어헤치고 누런 두건으로 이마를 동여매고 있었다.

양쪽의 군사들이 서로 대치하는 가운데 유비가 말을 타고 나가니, 그의 왼편에는 관우, 오른편에는 장비가 호위한다.

유비는 채찍을 휘두르며 크게 꾸짖는다.

"나라를 배반한 이 역적들아! 어찌하여 빨리 항복하지 않느냐?"

정원지는 크게 화를 내며 즉시 부장副將 등무鄧茂를 출전시켰다.

장비가 장팔사모를 치켜들고 달려 나가 손을 번쩍 쳐들어 등무의 명치를 찌르자, 뒤로 벌렁 나자빠지며 말에서 떨어졌다.

정원지는 등무가 죽은 것을 보고 즉시 말을 박차고 칼을 휘두르며 장비에게 달려 나갔다. 관우가 큰 칼을 휘두르며 말을 타고 달려 나가 그를 맞이했다.

관우를 보고 기겁을 하고 놀란 정원지는 미처 손을 써보지도 못한 채, 휘두르는 청룡도에 맞아 몸이 두 동강이 나고 말았다.

도원결의 후 관우·장비가 첫 출전하여 승리를 거둔 것이다

후세 사람들이 두 사람을 칭송하여 지은 시이다.

유비의 첫 번째 전공

운 주 결 산 유 신 공
運籌決算有神功
이 호 환 수 손 일 용
二虎還須遜一龍
초 출 변 능 수 위 적
初出便能垂偉績
자 응 분 정 재 고 궁
自應分鼎在孤窮

계략을 꾸며 신비한 공을 세우니

두 호랑이가 용 하나만도 못하네

처음 출전하여 큰 업적 쌓았으니

당연히 삼국에서 한 곳 차지하지

---

*運籌(운주): 계략을 꾸미다.
*遜(손): 못하다.
*分鼎(분정): 세 개의 솥발처럼 나누는 것.
*孤窮(고궁): 외롭고 가난하다는 뜻이지만 여기서는 유비가 처한 측의 형편을 비유함.

유언은 청주 태수 공경龔景으로부터 성이 황건적에 포위를 당해 함락될 위기에 처했으니 구원해 달라는 요청을 받았다.

유비가 자신이 구하러 가고 싶다고 하니 유언은 추정에게 군사 5천 명을 주며 유비와 함께 청주로 출병하도록 했다.

도적의 무리는 지원군이 온 것을 보고 군사를 나누어 혼전을 벌였다. 군사의 수가 절대적으로 열세인 유비는 이기지 못하고 30리 밖으로 물러나 진을 쳤다.

유비가 관우와 장비에게 말한다.

"도적의 무리는 많고 우리 군사는 적으니 기습을 해야만 한다."

유비는 관우와 장비에게 각각 1천 명의 군사를 주며 산의 좌우 측에 매복하고 있다가 징 소리를 신호로 일제히 뛰쳐나가 싸우도록 했다.

다음 날, 유비와 추정은 군사들을 이끌고 북을 치고 고함을 지르며 앞으로 나아갔다. 도적의 무리들도 싸우러 나왔다.

유비가 군사를 데리고 곧바로 뒤로 물러나자 적들은 마치 이긴 듯한 기세로 추격해 왔다.

적들이 산 고개까지 쫓아오자 유비의 진영에서 징소리를 울리면서 좌우에 매복해 있던 군사들이 일제히 뛰쳐나왔다.

패한 척 달아나던 유비도 군사를 돌이켜 다시 공격을 시작했다. 세 방면에서 협공을 시작하니 적들은 크게 무너지며 흩어졌다.

태수 공경 역시 민병들을 거느리고 성을 나와 싸움을 도왔다. 적들은 대패했고 죽임을 당한 자들의 수도 부지기수였다.

후세 사람이 유비의 첫 번째 전공을 칭송하여 지은 시이다.

동탁을 죽이려는 장비

↓

인 정 세 리 고 유 금
人情勢利古猶今
수 식 영 웅 시 백 신
誰識英雄是白身
안 득 쾌 인 여 익 덕
安得快人如翼德
진 주 세 상 부 심 인
盡誅世上負心人

인정과 세태는 예나 지금이나 여전한데

관직조차 없는 영웅을 누가 알아주겠나

어디에서 장비처럼 통쾌한 인물을 얻어

은혜를 저버린 인간들 죄다 죽이겠는가

---

*勢利(세리): 상대방의 재산이나 지위에 따라 태도를 달리함.
*白身(백신): 아무런 관직(신분)이 없는.
*負心(부심): 은혜를 저버리다.

유비가 노식을 도우러 가고 있는데 군사들이 죄수를 태운 수레 함거를 호송해 오고 있었다. 그런데 수레 안의 죄수는 바로 노식이 아닌가!

깜짝 놀란 유비가 무슨 영문인지 물었다.

"조정에서 점검단이 내려와 나에게 뇌물을 요구해서 내가 거절했더니 그들은 조정에 허위보고를 했다네. 그래서 조정에서 동탁을 내려 보내고 나를 수도로 끌고 가는 것이라네."

유비는 군사를 이끌고 다시 돌아가려고 하는데 갑자기 산 뒤에서 함성이 크게 울렸다. 황건적이 몰려오는데 깃발에는 '천공장군'이라고 씌어 있었다.

"저놈이 장각이다. 빨리 가서 싸우자!"

유비 등 세 사람은 말을 달려 군사를 이끌고 나갔다.

동탁을 쳐부수고 승세를 몰아 쫓아오던 장각은 뜻밖에 유비를 만나 싸우게 되었으니 큰 혼란에 빠져 패하고 물러났다.

유비는 동탁을 구해 진영으로 돌아갔다.

동탁은 유비에게 어느 곳의 어느 관직에 있는지 물었다.

"아무런 관직도 없소이다."

그 말에 동탁은 유비를 깔보고 무례하게 굴었다.

화가 난 장비가 말한다.

"우리는 목숨을 걸고 달려 와서 구해 주었는데, 오히려 이처럼 무례하게 나오니, 내 저 놈을 죽이지 않고는 도저히 분을 삭이지 못하겠소."

화가 난 장비가 칼을 들고 동탁을 죽이려고 막사 안으로 들어가려는 상황을 시로 읊은 것이다.

무모한 하진의 최후

|

한실경위천수종
漢室傾危千數終
무모하진작삼공
無謀何進作三公
기번불청충신간
幾番不廳忠臣諫
난면궁중수검봉
難免宮中受劍鋒

한 황실 기울어 천수 끝나려 할 때

지략 없는 하진이 삼공이 되었구나

충신들의 간언을 들을 줄 몰랐으니

궁중에서 칼 맞는 일 피할 수 있나

대장군 하진이 십상시 등을 제거하려고 외부의 군사를 불러들이자 이를 눈치 챈 환관 장양 등이 먼저 손을 쓴다.

도부수를 매복시켜 놓고 하 태후에게 가서 하진을 궁으로 불러서 군사를 부르지 못하게 해 달라고 한 것이다.

하진이 태후의 조서를 받고 곧바로 가려고 하는데 주부主簿 진림陳淋이 이는 필시 십상시의 모략일 것이니 가시면 반드시 화를 입게 될 것이라고 간했다.

하진이 비웃으며 말한다.

"내가 권력을 쥐고 있는데 십상시가 감히 어찌한단 말이냐?"

원소와 조조는 칼을 차고 하진을 호송하여 장락궁長樂宮 앞에 이르렀는데 내시가 황 태후의 조령詔令을 전한다면서, 대장군 혼자만 들어오시라고 하셨다고 했다.

원소와 조조 등은 모두 궁문 밖에서 저지당하고, 하진 혼자서 당당하게 들어갔다. 가덕문嘉德門 앞에 이르렀을 때 장양과 단규가 마중을 나와 좌우로 그를 에워쌌다.

하진이 깜짝 놀라자, 장양이 하진을 꾸짖으며 말한다.

"동 태후가 도대체 무슨 죄가 있다고 네놈이 함부로 독살을 한단 말이냐? 네놈은 본래 돼지 잡고 술 팔던 가장 미천한 놈인데 우리가 천자께 천거해서 지금까지 부귀영화를 누리게 해 주었건만, 은혜에 보답은 못할망정 도리어 우리를 해치려고 하느냐?"

하진이 도망갈 길을 찾으려고 하자 궁궐문은 닫히고 복병들이 일제히 튀어나와 하진의 몸을 두 동강 내고 말았다.

후세 사람들이 이를 탄식하여 지은 시이다.

여포의 적토마

↓

<ruby>奔<rt>분</rt></ruby><ruby>騰<rt>등</rt></ruby><ruby>千<rt>천</rt></ruby><ruby>里<rt>리</rt></ruby><ruby>蕩<rt>탕</rt></ruby><ruby>塵<rt>진</rt></ruby><ruby>埃<rt>애</rt></ruby>
奔騰千里蕩塵埃
渡水登山紫霧開
掣斷絲繮搖玉轡
火龍飛下九天來

천리 내딛는 발굽 아래 이는 티끌 먼지
물 건너고 산 오르니 자줏빛 안개 걷혀
말고삐 당겨 끊고 옥 재갈 흔드는 모습
화룡이 하늘에서 날아 내려오는 듯하네

동탁이 황제를 폐하고 진류왕을 새 황제로 세우자고 했다.

모든 대신들이 감히 아무 소리도 못하고 서로 눈치만 보고 있는데 오직 한 사람이 반대하고 나섰다. 그는 형주자사 정원丁原이었다.

동탁이 화를 내며 허리에 차고 있던 칼을 빼어들어 정원의 목을 베려고 했다.

이때 동탁의 책사인 이유가 정원의 뒤에서 성난 눈으로 동탁을 노려보고 있는 자를 발견했다.

그는 다름 아닌 여포였다.

이유가 급히 동탁을 말리며 내일 도당都堂에서 공식적으로 거론하자고 했다.

동탁은 여포가 뛰어난 장수임을 알고 내가 만일 저놈만 얻는다면 천하에 무슨 걱정이 있겠느냐고 했다.

그때 이숙이라는 자가 나섰다.

그는 동탁이 아끼는 적토마와 황금, 명주 등 예물을 주면 여포를 세 치 혀로 꾀어 정원을 배신하고 주공께 투항해 오도록 하겠다고 했다.

이숙은 여포에게 가지고 간 적토마를 보여 주었다.

여포가 이 말을 보고 감탄한다.

말 전체가 이글거리는 숯불처럼 벌겋고, 잡 털은 반 오라기도 없으며 머리부터 꼬리까지 길이는 한 장丈이요, 발굽부터 목까지 높이는 8척尺이라. 거기에 포효하는 울음소리는 하늘을 뚫고 바다로 들어가는 기세가 아닌가!

후세 사람들이 이 적토마를 시로 묘사한 것이다.

황제 폐위에 목숨으로 저항한 정관

↓

董賊潛懷廢立圖
동 적 잠 회 폐 립 도

漢家宗社委邱墟
한 가 종 사 위 구 허

滿潮臣宰皆囊括
만 조 신 재 개 낭 괄

惟有丁公是丈夫
유 유 정 공 시 장 부

역적 동탁이 황제 폐립 도모하려 하니

한나라 종묘사직이 무너지게 되는구나

조정의 모든 대신들 다 입 다물었는데

오직 정공 한 사람 진정한 대장부로다

---

*囊括(낭괄): 입을 다물다.

여포를 자기 사람으로 만든 동탁은 이제 본격적으로 황제 폐립 문제를 논의한다.

9월 초하루, 황제를 가덕전으로 오게 하고 문무백관들이 다 모인 가운데 동탁은 칼을 뽑아 손에 들고 모두를 향해 말했다.

"천자는 우둔하고 나약하여 군주로서 천하를 다스리기에 부족하여, 이제 여기 황제 폐립의 책문을 낭독하도록 하겠소."

이윤이 책문 낭독을 마치자, 동탁이 큰 소리로 좌우에 지시하여 황제를 옥좌에서 끌어내려 옥새玉璽의 인수印綬를 풀게 한 다음 북쪽을 향해 무릎을 꿇고 신하라 칭하며 명령을 따르도록 했다.

또한 황 태후를 불러서 태후 복服을 벗게 하고 칙령을 기다리라고 하니, 황제와 황 태후 모두 통곡을 했다.

신하들 가운데 참담하게 여기지 않은 자가 없었다.

그때 계단 아래에서 어떤 신하가 격분을 못 이겨 분노의 목소리로 외친다.

"역적 동탁 네 이놈! 네가 감히 하늘을 속이려 하느냐? 내가 지금 내 목의 피를 네 놈에게 뿌릴 것이다!"

큰 소리와 동시에 손에 들고 있던 상간(象簡:상아로 만든 수판)을 휘둘러서 동탁을 내리쳤다.

그는 바로 상서尙書 정관丁管이었다.

몸을 피한 동탁은 그를 끌어내어 당장 목을 베라고 명령했다.

질질 끌려가는 정관의 입에서는 욕이 그치지 않았으며 죽을 때까지 얼굴색 하나 변하지 않았다.

후세 사람들이 시를 지어 이를 한탄한 것이다.

쌍비연가 双飛燕歌

↓

눈 초 록 응 연
嫩草綠凝烟

락 수 일 조 청
洛水一條靑

뇨 뇨 쌍 비 연
裊裊双飛燕

맥 상 인 칭 선
陌上人稱羨

원 망 벽 운 심
遠望碧雲深

하 인 장 충 의
何人仗忠義

시 오 구 궁 전
是吾舊宮殿

설 아 심 중 원
泄我心中怨

푸른 새싹 위로 연기 휘감아 날고
하늘엔 제비 한 쌍 훨훨 날고있네
한줄기 낙수의 물은 푸르디푸르니
오솔길 오가는 사람들 부러워하네

저 멀리 푸른 구름 깊숙한 그곳이
바로 내가 살던 옛 궁전 아니던가
누가 충성심과 의로움을 내세워서
원한 맺힌 이 심사를 풀어줄 텐가

---

*洛水(낙수): 강 이름. 황허 강의 지류.

동탁은 진류왕에게 황제의 자리에 앉게 하고 문무백관들로 하여금 축하의 예를 올리게 한 후, 하 태후와 홍농왕 및 홍농왕의 비妃 당씨唐氏를 영안궁으로 끌고 가서 연금했다.

그리고 궁문을 봉쇄하여 신하들의 무단출입을 금지시켰다. 이렇게 가련한 어린 황제는 4월에 즉위하여 9월에 폐위 당한 것이다.

영안궁 안에 갇혀 있던 황제와 하 태후 및 당비는 날이 갈수록 의복과 음식이 점점 부족해지자 어린 황제는 눈물이 마를 날이 없었다.

이 시는 폐위 당한 황제가 어느 날 우연히 제비 한 쌍이 궁중 뜰에 날아든 것을 보고 읊은 것이다.

그러나 이 시가 그들의 목숨을 재촉하는 구실이 될 줄 어찌 짐작이나 했을까?

늘 사람을 보내 그들을 감시하던 동탁은 폐위된 황제가 자신을 원망하는 이런 시를 지었다는 정보를 입수하고 그들을 죽이라고 명령한 것이다.

죽음을 앞둔 황제의 노래

↓

천 지 역 혜 일 월 번
天地易兮日月翻
기 만 승 혜 퇴 수 번
棄萬乘兮退守藩
위 신 핍 혜 명 불 구
爲臣逼兮命不久
대 세 거 혜 공 루 산
大勢去兮空淚潸

하늘땅이 뒤집히니 해와 달도 뒤바뀌어

황제 자리 내주고 영안궁으로 유폐되고

신하에게 핍박당해 목숨조차 오래 못가

대세는 지나갔으니 흘린 눈물 부질없네

당비의 노래

황천장붕혜후토퇴
皇天將崩兮后土頹
신위제희혜한불수
身爲帝姬兮恨不隨
생사이로혜종차별
生死異路兮從此別
나하경속혜심중비
奈何煢速兮心中悲

장차 하늘이 무너지니 땅도 꺼지누나

황후의 몸으로서 못 모심이 한이로다

생사의 길 달라서 이제 이별하려하니

어이하랴 이 외로움 마음이 슬프도다

---

*淚潸(루산): 눈물을 흘리다.
*煢(경): 외롭다.

동탁은 자신을 원망하는 시를 지었다는 핑계로 이유에게 무사를 데리고 영안궁으로 가서 황제를 죽이라고 명했다.

그때 황제와 태후 그리고 당비는 함께 누각 위에 있었는데 이유가 왔다고 하니 황제가 크게 놀랐다.

이유가 황제에게 독주를 올리자, 황제가 무슨 일이냐고 물었다.

"봄 날씨가 화창해서 동董 상국相國께서 특별히 올리시는 장수하는 수주壽酒이옵니다."

이유의 대답에 태후가 말한다.

"이게 수주라고 했느냐? 그럼 네가 먼저 마셔 보거라!"

이유가 주위의 무사들을 불러 단도短刀와 흰 비단을 앞으로 가져오라고 하며 말했다.

"수주를 마시지 않겠다면 이 두 가지 물건은 받을 수 있겠지!"

당비가 무릎을 꿇고 사정한다.

"제가 황제를 대신해서 술을 마실 테니, 공께서는 제발 두 모자의 목숨만은 살려 주시지요!"

"네가 누구라고 감히 왕을 대신해서 죽겠다는 말이냐?"

이유가 꾸짖으며 술을 들어 하 태후에게 말했다.

"네가 먼저 마셔라!"

하 태후가 큰 소리로 하진을 원망한다.

"이 멍청한 놈이 반역자를 조정으로 끌어들여 오늘과 같은 화禍를 불러온 것이구나!"

황제와 당비가 통곡을 하며 마지막으로 어머니와 작별 인사를 할 수 있도록 해 달라고 하면서 이 노래를 부른 것이다.

廢漢帝陳留踐位

영안궁에 유폐된 소제

오부伍孚를 기리는 시

↓

한 말 충 신 설 오 부
漢末忠臣說伍孚
충 천 호 기 세 간 무
沖天豪氣世間無
조 당 살 적 명 유 재
朝堂殺賊名猶在
만 고 감 칭 대 장 부
萬古堪稱大丈夫

한말에 충신으로는 오부가 있었으니

충천하는 그 호기 세상에 다시 없네

역적 죽이려던 그 이름 아직 전해져

만고에 길이길이 대장부라 칭한다네

동탁은 하 태후와 전 황제를 죽인 다음 매일 밤 궁으로 들어와 궁녀들을 간음하고 밤에는 용상에서 잠을 잤다.

동탁은 또 양성陽城지방에서 지신地神을 맞이하는 굿을 벌이는 촌민들을 모두 다 죽여 버리고 부녀자와 재물은 약탈하여 수레에 싣고 죽인 사람들의 천여 개의 수급은 수레 아래에 매달았다. 그리고 수레들을 길게 이어서 도성으로 돌아오면서 도적들을 토벌하고 큰 승리를 하고 돌아오는 길이라고 큰 소리로 떠벌였다.

월기교위越騎校尉 오부伍孚는 동탁이 이처럼 잔혹하고 포악한 짓을 하는 것을 보고 분개하며 불만을 갖고 있었다. 그는 늘 조복朝服 안에 작은 갑옷을 입고 그 안에 단도短刀를 숨기고 동탁을 죽일 기회를 엿보았다. 하루는 동탁이 입조하러 들어오는데 오부가 기다리고 있다가 전각 아래에 이르자 단도로 동탁을 찔렀다.

그러나 힘이 워낙 장사인 동탁은 양 손으로 그를 움켜쥐었고 바로 여포가 와서 그를 땅에 내동댕이쳤다.

"어떤 놈이 너에게 모반을 하라고 시켰느냐?"

동탁이 다그치자 오부가 눈을 부릅뜨고 말한다.

"당신은 내 군주가 아니고, 나는 네놈의 신하가 아니거늘 어찌 모반이 있겠느냐? 네놈 죄악이 하늘을 찔러 모든 사람들이 너를 죽이기를 원한다. 내 너를 거열車裂을 하여 만천하에 사죄하지 못하는 것이 한이로다!"

동탁이 크게 노하여 그를 능지처참하라고 명령했다.

오부는 숨이 끊어질 때까지 동탁을 욕하는 것을 멈추지 않았다.

후세 사람이 그를 칭찬한 지은 시이다.

술이 식기 전에 화웅을 죽인 관우

위 진 건 곤 제 일 공
威鎭乾坤第一公
원 문 화 고 향 동 동
轅門畫鼓響鼕鼕
운 장 정 잔 시 영 용
雲長停盞施英勇
주 상 온 시 참 화 웅
酒尙溫時斬華雄

천지를 위압하는 으뜸 공을 세우니

성문 안에서 북소리 둥둥둥 울리네

운장이 술잔 놓아두고 용맹 떨치니

그 술 식기 전에 화웅의 목 잘렸네

---

*乾坤(건곤): 하늘과 땅을 아울러 이르는 말.

원소를 맹주로 하는 17진의 제후들이 낙양으로 모여들었다.

동탁이 놀라 여러 장수들을 불러 모아 대책을 논의하는데 여포가 가서 제압하겠다고 했다.

그러자 동탁의 부장 화웅이 나서며 닭을 잡는 데 어찌 소 잡는 칼을 쓰겠냐며 자신이 막겠다고 했다.

화웅은 장담한 대로 손견을 물리치고 원소의 진영 앞까지 와서 싸움을 걸었다. 유섭, 반봉 등 여러 장수들이 모두 화웅에게 당하니 더 이상 나서려는 장수가 없었다.

이때 관우가 나서서 화웅의 머리를 베어 오겠다고 했다.

원소가 어떤 직책을 맡고 있냐고 물었다.

"유비의 마궁수로 있습니다."

그 말을 들은 모든 제후들이 자신들을 깔본다고 당장 끌어내라고 했다. 관우는 만약 이기지 못하면 바로 자신의 머리를 자르라고 했다.

조조는 이 사람이 마궁수인 줄 화웅이 어찌 알 수 있겠느냐며 한 번 싸워보라고 하면서 따뜻한 술을 한 잔 따라주었다.

관우는 얼른 갔다 와서 마시겠다고 하고 막사를 나와 칼을 들고 몸을 날려 말에 올라탔다.

제후들은 관 밖에서 북소리가 크게 진동하고 함성 소리가 크게 나는 것을 들었는데 마치 하늘이 무너지고 땅이 꺼지는 것 같았다.

제후들이 깜짝 놀라 무슨 일인지 알아보려고 할 때, 말 방울소리가 들리면서 운장이 탄 말이 진 안으로 들어왔다.

운장은 화웅의 목을 들어 땅에 내던졌다. 그때까지 술은 여전히 따뜻했다.

후세 사람이 그를 찬양하여 지은 시이다.

여포와 겨룬 세 영웅

|

한 조 천 수 당 환 영
漢朝天數當桓靈
간 신 동 탁 폐 소 제
奸臣董卓廢少帝

염 염 홍 일 장 서 경
炎炎紅日將西傾
유 협 나 약 혼 몽 경
劉協懦弱魂夢驚

조 조 전 격 고 천 하
曹操傳檄告天下
의 립 원 소 작 맹 주
議立袁紹作盟主

제 후 분 노 개 흥 병
諸侯奮怒皆興兵
서 부 왕 실 정 태 평
誓扶王室定太平

한나라의 천수는 환제 영제에 이르러

한낮의 붉은 태양 서산으로 기울었네

간신 동탁이 어린 황제를 폐위시키니

나약한 유협은 꿈에서도 깜짝 놀라네

조조가 격문을 띄워 만천하에 고하자

모든 제후 격분하여 군사를 일으켰네

서로들 의논하여 원소를 맹주로 삼고

황실을 바로 세워 천하태평 맹세했네

---

*炎炎紅日(염염홍일): '이글거리는 해'로 한 왕조를 상징하며 여기서는 운율을 맞추기 위해 한낮의 붉은 태양으로 번역함. 역자 주.

<ruby>溫<rt>온</rt></ruby><ruby>侯<rt>후</rt></ruby><ruby>呂<rt>여</rt></ruby><ruby>布<rt>포</rt></ruby><ruby>世<rt>세</rt></ruby><ruby>無<rt>무</rt></ruby><ruby>比<rt>비</rt></ruby>

온 후 여 포 세 무 비
溫侯呂布世無比
웅 재 사 해 혜 영 위
雄才四海兮英偉
호 구 은 개 체 용 린
護軀銀鎧砌龍鱗
속 발 금 관 잠 치 미
束髮金冠簪雉尾

참 차 보 대 수 평 탄
參差寶帶獸平吞
착 락 금 포 비 봉 기
錯落錦袍飛鳳起
용 구 도 답 기 천 풍
龍驅跳踏起天風
화 극 형 황 사 추 수
畫戟熒煌射秋水

온후 여포 이 세상에 당할 자 없으니
출중한 재주를 사해에 널리 자랑하네
몸에 두른 은갑옷은 용비늘로 쌓았고
머리 묶은 금관에 꿩꼬리를 꽂았구나

짐승 새긴 옥 보대 맹수를 삼키는 듯
들쭉날쭉 비단 전포 봉황이 날듯하네
천리마 뛰어오르면 하늘에 바람 일고
방천 화극 번뜩이니 서릿발 이는구나

---

*砌(체): 두르다. 쌓다.
*參差(참차): 가지런하지 못하다.
*熒煌(형황): 번쩍번쩍 빛나다.

출 관 늑 전 수 감 당
出關搦戰誰敢當
제 후 담 열 심 황 황
諸侯膽裂心惶惶
용 출 연 인 장 익 덕
踊出燕人張翼德
수 제 사 모 장 팔 창
手提蛇矛丈八槍

호 수 도 수 번 금 선
虎須倒竪飜金線
환 안 원 정 기 전 광
環眼圓睜起電光
감 전 미 능 분 승 패
酣戰未能分勝敗
진 전 뇌 기 관 운 장
陣前惱起關雲長

관문 나가 싸움 거니 당할 자 누구냐
제후들 모두 놀라 두려워 벌벌거리네
연 출신 장익덕이 앞으로 뛰쳐나가서
손에는 장팔사모 창을 높이 치켜든다

범의 수염 곧추서서 금실처럼 빛나며
고리눈을 부릅뜨니 번갯불이 이는 듯
치열하게 싸웠으나 승부가 나지 않아
진지의 관운장 화가 잔뜩 끓어오르네

청 룡 보 도 찬 상 설
靑龍寶刀燦霜雪
앵 무 전 포 비 호 접
鸚鵡戰袍飛蝴蝶
마 제 도 처 귀 신 호
馬蹄到處鬼神嚎
목 전 일 노 응 류 혈
目前一怒應流血

효 웅 현 덕 체 쌍 봉
梟雄玄德挈雙鋒
두 수 천 위 시 용 열
抖擻天威施勇烈
삼 인 위 요 전 다 시
三人圍繞戰多時
차 란 가 격 무 휴 헐
遮攔架隔無休歇

손에 쥔 청룡보도 서릿발이 번쩍이고
앵무새긴 전포는 나비가 나는 듯하니
말발굽 닿는 그곳엔 귀신도 울부짖고
화난 눈을 부릅뜨니 유혈이 낭자하네

천하호걸 현덕도 쌍고검을 들고 나서
하늘에 위엄 떨치고 용맹을 자랑하네
세 사람이 에워싸고 한참을 싸우노니
여포는 막아내느라 쉴 겨를이 없구나

喊^할聲^성震^진動^동天^천地^지飜^번
殺^살氣^기迷^미漫^만牛^우斗^두寒^한
呂^여布^포力^력窮^궁尋^심走^주路^로
遙^요望^망家^가山^산拍^박馬^마還^환

倒^도拖^타畵^화杆^간方^방天^천戟^극
亂^난散^산銷^소金^금五^오彩^채旛^번
頓^돈斷^단絨^융條^조走^주赤^적免^토
飜^번身^신飛^비上^상虎^호牢^뢰關^관

함성이 크게 일며 온천지가 뒤집히고
살기 가득 차 견우 북두 한기 서리네
여포 힘이 다 빠져서 달아날 길 찾아
멀리 관 바라보며 말 몰아 급히 가네

방천화극 창대 거꾸로 질질 잡아끌며
금수놓은 오색 기 어지러이 휘날린다
말고삐 끊어질 만큼 적토마 내달아서
몸을 뒤쳐 호뢰관으로 달려 도망가네

---

*牛斗(우두): 북두성과 견우성.
*家山(가산): 고향산천. 여기서는 호뢰관을 말함.
*絨條(융조): 실로 엮은 끈, 즉 말고삐.

화웅이 관우에게 죽었다고 하자 동탁은 마침내 여포를 내보냈다.

과연 여포는 18로路 제후들 가운데 누구도 상대할 자가 없었다. 공손찬마저 여포에게 패해 달아났다. 여포가 화극을 번쩍 들어 공손찬의 등 한복판을 겨누고 막 찌르려고 하는 순간, 옆에 있던 한 장수가 고리 눈을 부릅뜨고 호랑이 수염을 치켜세우고 장팔사모丈八蛇矛를 꼬나들고 나는 듯이 말을 몰며 큰 소리로 외친다.

"성姓이 세 개나 되는 종놈의 새끼야! 게 섯거라! 연燕 사람 장비가 여기 있다!"

여포가 장비가 소리치는 것을 보고 공손찬은 내버려두고 곧바로 장비에게 달려들었다. 장비가 여포와 계속해서 50여 합을 싸우는데도 승부가 나지 않았다. 보고 있던 관우가 말을 박차고 청룡언월도青龍偃月刀를 휘두르며 달려 나가 장비와 함께 여포를 협공했다. 세 필의 말이 정丁자 모양으로 어우러져 싸웠다. 싸우기를 30여 합, 그러나 여포를 쓰러뜨리지 못했다. 이때 유비가 쌍고검雙股劍을 뽑아 들고 황종마黃鬃馬를 몰아 측면을 찌르며 싸움을 도왔다. 세 사람이 여포를 에워싸고 마치 등燈을 빙빙 돌듯이 싸우고 있는데 팔로 군사들이 모두 넋을 잃고 바라보고만 있었다.

여포는 결국 세 사람의 공격을 더 이상 버티지 못했다. 여포가 유비의 얼굴을 향해 찌르는 척하자 유비가 급히 피하면서 세 사람의 간격이 벌어지는 틈을 이용하여 여포는 화극을 거꾸로 잡고 말을 달려 곧바로 달아났다.

후세 사람들은 오로지 유비 · 관우 · 장비가 여포와 싸운 일만 이렇게 시로 말하고 있는 것이다.

떠도는 동요를 믿고 천도하는 동탁

↓

^서 ^두 ^일 ^개 ^한
西頭一個漢
^동 ^두 ^일 ^개 ^한
東頭一個漢
^록 ^주 ^입 ^장 ^안
鹿走入長安
^방 ^가 ^무 ^사 ^난
方可無斯難

서쪽에도 하나의 한나라요

동쪽에도 하나의 한나라네

사슴이 장안으로 들어가야

비로소 이 재난 없을 거야

책사 이유는 마침내 요즘 아이들이 길거리에서 부르는 이 동요를 핑계로 동탁에게 동도 낙양에서 서도 장안으로 천도할 것을 건의했다.

"서쪽에도 한이 하나 있다는 것은 한 고조께서 서도西都 장안에서 흥성하시어 열 두 황제 동안 천자의 자리를 내려온 것을 말하고, 동쪽에도 한이 하나 있다는 것은 광무제께서 동도東都 낙양에서 흥성하시어 지금까지 역시 열 두 황제의 자리를 전해 내려온 것을 말합니다. 천운은 돌고 도는 것이니 승상께서 처음 시작했던 장안으로 돌아가셔야 비로소 근심 걱정이 없어질 것입니다."

동탁이 매우 기뻐하며 말한다.

"자네 말이 아니었으면 나는 전혀 깨닫지 못했을 게야."

곧바로 조당에 문무백관을 소집하여 동탁이 말했다.

"한의 동도 낙양은 이백여 년이나 되어 이미 그 기운이 쇠했다. 내가 보기에 왕성한 기운은 사실 장안에 있으니 나는 황제를 모시고 서쪽으로 가려고 한다."

사도 양표 등 여러 신하들이 천도를 말렸지만 그들의 벼슬을 모두 박탈하여 서민으로 만들고 천도를 감행했다.

동탁이 낙양을 떠날 때, 모든 성문에 불을 지르고 종묘와 궁부까지 불 질러 태워 버렸다.

그뿐만이 아니었다. 선대의 황제와 황비의 능들을 모두 파헤쳐 그 안에 있던 금은보화들을 모조리 꺼내도록 한 동탁은 금은보화와 비단 등 귀중품을 수천 대의 수레에 가득 싣고 천자와 황후, 황비 등을 겁박하여 마침내 장안으로 떠나갔다.

춤추는 초선 I

↓

원 시 소 양 궁 리 인
原是昭陽宮里人
경 홍 완 전 장 중 신
驚鴻宛轉掌中身
지 의 비 과 동 정 춘
只疑飛過洞庭春
안 철 양 주 연 보 온
按徹梁州蓮步穩
호 화 풍 뇨 일 지 신
好花風裊一枝新
화 당 향 애 불 승 춘
畫堂香曖不勝春

원래 그녀는 소양궁의 조비연인가!

놀란 기러기 손바닥 위에서 춤추고

봄기운 물든 동정호를 날아오는 듯

양주곡 연주 맞춘 사뿐한 걸음걸이

바람에 한들대는 새로 돋은 꽃송이

가득한 화당 향기 봄날에 취하누나

---

*昭陽宮里人(소양궁리인): 소양궁 주인은 한(漢) 성제(成帝)의 애첩 조비연(趙飛燕)을 말함.
*梁州(양주): 악곡(樂曲) 이름.

춤추는 초선 II

↓

홍 아 최 박 연 비 망
紅牙催拍燕飛忙
미 대 촉 성 유 자 한
眉黛促成遊子恨

일 편 행 운 도 화 당
一片行雲到畫堂
검 용 초 단 고 인 장
臉容初斷故人腸

유 전 불 매 천 금 소
楡錢不買千金笑
무 파 고 렴 투 목 송
舞罷高簾偸目送

유 대 하 수 백 보 장
柳帶何須百寶粧
부 지 수 시 초 양 왕
不知誰是楚襄王

박판의 빠른 장단에 맞추어 제비 날고

지나가던 조각구름이 화당에 머무르네

그린 듯 검은 눈썹에 나그네 한숨짓고

고운 얼굴이 옛 친구의 애간장을 끊네

천금의 살인 미소를 돈으로 어이 사리

버들가지 허리에 보물장식이 필요할까

춤춘 뒤 주렴 걷자 몰래 보낸 저 눈길

꿈에 선녀 본 초양왕 누군지 모르겠네

---

*紅牙(홍아): 악곡 연주를 조절하는 붉은 박판(拍板).
*楡錢(유전): 느릅나무 꼬투리가 당시 통용하는 화폐 모양과 비슷하여 유전이라고 표현.
*楚襄王(초양왕): 전국시대 군주로 전설에 따르면 초양왕이 무산의 십이봉을 다스리던
　　　　　　　　열두 선녀의 꿈을 꾸고 그들을 그리워하다 죽음. 역자 주.

동탁의 폭정에 근심이 갈수록 쌓여가던 사도 왕윤은 집안의 가기歌妓 초선貂蟬의 제안에 따라 이른바 "연환계連環計"를 쓴다.

왕윤은 여포를 초청하여 후당으로 안내한 다음 연회석 상석에 앉게 했다.

분위기가 어느 정도 무르익자 왕윤이 초선을 부른다.

놀란 여포가 누구냐고 물었다.

"이 사람의 딸 초선입니다. 내가 평소에 장군의 특별한 보살핌을 받아오던 터에 서로 가까운 친척이나 다름없기에 이참에 장군께 인사나 올리도록 부른 것입니다."

그러고는 여포에게 술 한 잔 올리라고 초선에게 분부했다.

초선이 여포에게 술잔을 올리자 두 사람은 동시에 서로 추파를 던졌다.

"이 아이를 장군께 첩으로 보내드릴까 하는데 장군께서 받아 주실는지 모르겠습니다."

"그렇게만 해 주신다면 견마지로犬馬之勞를 다해 보답해 드리겠습니다."

"조만간 길일을 택하여 장군의 댁으로 보내드리지요."

여포는 한없이 기뻤다. 잠시도 초선에게서 눈길을 떼지 못하는데 초선 역시 추파를 던지며 사심의 정을 보냈다.

잠시 뒤 술자리가 파할 무렵 왕윤이 말한다.

"마음 같아서는 오늘밤 저희 집에서 장군을 주무시고 가도록 하고 싶지만 혹시 동 태사께서 의심할까 두려워 붙잡지 못합니다."

여포는 거듭 감사를 표하며 돌아갔다.

며칠 후 왕윤은 조당에서 동탁을 만났다. 마침 옆에 여포가 없는 틈을 이용해서 엎드려 인사를 드리며 청했다.

"제가 태사님을 저의 누추한 집으로 초청하여 소연을 베풀고자 하는데 태사님의 생각은 어떠하실지 모르겠습니다."

"사도께서 초청을 하시는데 당연히 가야지요."

왕윤은 산해진미를 준비하고 동탁을 지극 정성으로 모셨다.

왕윤이 술잔을 높이 받들며 칭송하여 말한다.

"이제 한나라 운수는 이미 다하였고 태사의 공덕이 천하에 떨칠 운세입니다. 마치 순舜이 요堯를 잇고 우禹가 순을 이은 것처럼 태사께서 한나라를 이어 받으시는 것이 하늘의 뜻이며 만백성의 뜻이라 생각됩니다."

동탁이 웃으며 말한다.

"만약 천명天命이 내게로 돌아온다면 사도가 마땅히 으뜸 공신이 될 것입니다."

왕윤은 허리를 굽혀 감사를 드린 뒤, 후당에 화촉을 밝혀 놓고 시녀들만 남긴 채 술과 음식을 나르도록 하고 말한다.

"교방敎坊의 가무만으로는 태사님을 모시기에 부족한 듯하옵니다. 저희 집에 가기家妓가 하나 있는데 감히 불러와도 되겠습니까?"

"그거 좋은 생각이오."

왕윤이 주렴珠簾을 드리우게 한 뒤 생황笙簧 소리 은은히 울려 퍼지는 가운데 주렴 밖에서 여러 기녀들이 초선을 에워싸고 춤을 추게 했다.

이 광경을 노래 가사와 시로 찬미한 가사歌詞이다.

노래 부르는 초선

↓

일 점 앵 도 계 강 진
一點櫻桃啓絳唇
양 행 취 옥 분 양 춘
兩行翠玉噴陽春
정 향 설 토 함 강 검
丁香舌吐銜鋼劍
요 참 간 사 난 국 신
要斬奸邪亂國臣

앵두같은 붉은 입술 방긋이 열어

고운 이 드러내며 양춘가 부르니

향기로운 혀에는 강철 검 물고서

나라 어지럽힌 간신 베려고 하네

*丁香(정향): 정향나무 또는 그 꽃을 말하나 주로 여인의 혀를 상징함.

춤이 끝나자 동탁이 앞으로 가까이 오라고 했다.

초선이 주렴을 제치고 살금살금 걸어와 두 번 절을 했다.

초선의 자태에 홀린 동탁이 이 여인은 누구냐고 묻는다.

"가기歌妓 초선이라고 합니다."

"그럼 소리도 한단 말이냐?"

왕윤이 초선에게 한 곡조 해보라고 시킨다.

초선이 단판檀板을 잡고 나지막한 소리로 부르는 모습을 시로 묘사한 것이다.

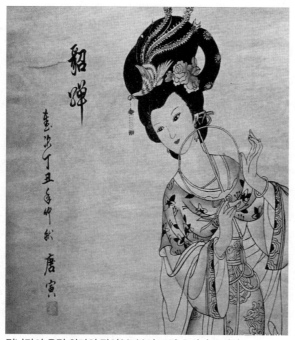

명나라의 유명 화가인 당인(唐寅)이 그린 초선의 초상화

초선의 연환계

<ruby>司<rt>사</rt></ruby><ruby>徒<rt>도</rt></ruby><ruby>妙<rt>묘</rt></ruby><ruby>算<rt>산</rt></ruby><ruby>託<rt>탁</rt></ruby><ruby>紅<rt>홍</rt></ruby><ruby>裙<rt>군</rt></ruby>
司徒妙算託紅裙
不用干戈不用兵
三戰虎牢徒費力
凱歌却奏鳳儀亭

사 도 묘 산 탁 홍 군
司徒妙算託紅裙
불 용 간 과 불 용 병
不用干戈不用兵
삼 전 호 뢰 도 비 력
三戰虎牢徒費力
개 가 각 주 봉 의 정
凱歌却奏鳳儀亭

왕사도 묘한 계책 한 여인의 힘 빌리니

무기도 필요 없고 군사는 더 필요 없네

호뢰관에서 싸운 세 사람 괜한 힘 뺏고

개선의 노래 오히려 봉의정에서 울리네

---

*紅裙(홍군): 붉은 치마로 여인을 가리킴.

한번은 여포가 들어 왔는데 때마침 동탁은 잠이 들어 있고, 여포와 눈이 마주친 초선은 손으로 자기 가슴을 가리키고 다시 그 손으로 동탁을 가리키며 눈물을 비 오듯 흘리기 시작했다.

그런데 이 장면을 잠에서 깨어난 동탁에게 그만 들키고 말았다.

"네가 감히 내가 사랑하는 계집을 희롱하느냐? 앞으로 다시는 집안으로 들어오지 마라."

여포는 치밀어 오는 분노를 누를 길이 없어 가슴에 원한을 품은 채 물러나와 이유에게 자신의 속마음을 털어놓았다.

이유는 동탁에게 이번 기회에 초선을 여포에게 하사하신다면, 여포는 큰 은혜에 감읍하여 반드시 목숨을 바쳐 보답할 것이라고 건의했다.

그 말이 일리가 있다고 생각한 동탁은 초선에게 말한다.

"내 너를 여포에게 주려고 하는데 네 생각은 어떠하냐?"

소스라치게 놀란 초선이 울면서 말한다.

"신첩은 이미 귀인을 섬겼는데 이제 집안의 종놈에게 내주시겠다고요? 그런 욕을 당하느니 차라리 죽어 버리겠어요."

초선은 즉시 벽에 걸린 보검을 빼어들더니 자결하려고 했다.

다음 날 이유가 오늘 초선을 여포에게 보내자고 했다.

"여포와 나는 부자지간이나 진배없는데 제 계집을 자식에게 내어 준다는 게 아무래도 적당하지가 않다."

동탁의 말에 이유는 밖으로 나와 하늘을 보며 탄식한다.

"우리 모두 한 계집의 손에 죽고 말겠구나!"

후세 사람이 초선의 여우같은 행동에 감탄하며 지은 시이다.

동탁의 죽음을 예견하는 동요

천리초 하청청
千里草 何青青
십일상 부득생
十日上 不得生

천리초가 제아무리 푸르러도

열흘 이상은 살지 못 한다네

---

*千里草(천리초): 천리에 걸친 풀밭이라는 의미이지만 이 세 글자를 합치면 곧 동(董)자
가 됨.
*十日上(십일상): 열흘 이상이라는 십일상(十日上) 세 글자를 합치면 탁(卓)자임. 중국의
어떤 원문에는 十日上이 十日卜(십일복: 열흘 일을 점친다)으로 표기되어 있
는 책도 있는데 전체적인 의미는 큰 차이가 없어서 여기서는 十日上으
로 표기함. 역자 주.

초선의 연환계로 여포는 동탁을 죽이기로 결심하고 동탁을 궁으로 불러들이기 위해 이숙을 미오궁으로 보냈다.

이숙은 원래 여포와 동향으로 동탁의 적토마를 여포에게 주며 여포를 동탁의 양아들로 만든 공이 있으나 동탁은 이숙의 벼슬을 올려주지 않아 늘 불만을 품고 있었다.

그런데 마침 여포가 동탁을 죽이기 위해 그를 미오궁에서 데려오라고 하자 기꺼이 거사에 동참한 것이다.

동탁에게 간 이숙이 천자의 병환이 깊어 동탁에게 황제의 자리를 선위할 문제를 논의하기 위해 조서를 가지고 왔다고 하니 동탁은 아주 기뻐하며 조금도 의심하지 않았다.

동탁이 말을 타고 승상부로 들어오는데 길가의 아이들이 이 동요를 부르고 있었다.

노랫소리가 참으로 비통하게 들려 동탁이 이숙에게 묻는다.

"저 노랫소리는 무슨 뜻인가? 길조인가, 흉조인가?"

"유씨는 망하고 동씨가 흥한다는 의미입니다."

이숙의 대답에 동탁은 이를 전혀 눈치 채지 못하고 있으니 죽을 운명일 수밖에…….

동탁의 최후

$\downarrow$

<ruby>霸<rt>패</rt></ruby><ruby>業<rt>업</rt></ruby><ruby>成<rt>성</rt></ruby><ruby>時<rt>시</rt></ruby><ruby>爲<rt>위</rt></ruby><ruby>帝<rt>제</rt></ruby><ruby>王<rt>왕</rt></ruby>
霸業成時爲帝王
不成且作富家郎
誰知天意不私曲
郿塢方成已滅亡

패업에 성공하면 제왕이 되고

못 이루어도 부자는 되련만은

누가 알았나 하늘은 공평한 걸

미오성 이루자 바로 멸망하네

---

*私曲(사곡): 불공정 행위.

동탁이 궁궐 안으로 들어가자 모든 신하들이 조복을 갖추어 입고 길게 늘어서서 동탁을 맞이했다.

동탁이 멀리서 바라보니 왕윤 등이 각자 보검을 잡고 대전大殿 문 앞에 서 있는 것이 아닌가?

"저들이 모두 칼을 들고 있는 것은 무슨 의미냐?"

동탁이 묻자 이숙은 아무 대꾸도 하지 않고 수레를 밀고 들어갔다.

왕윤이 큰 소리로 외쳤다.

"역적 놈이 왔거늘 무사들은 어디서 무얼 하고 있는가?"

말이 채 끝나기도 전에 양편에서 1백여 명의 무사들이 일제히 뛰쳐나와 동탁을 찔렀다.

그러나 동탁은 조복 안에 갑옷을 받쳐 입었는데 그 갑옷이 얼마나 두꺼운지 창끝이 들어가지 않아서 겨우 팔에 상처를 입고 수레에서 굴러 떨어지면서 큰 소리로 외친다.

"내 아들 봉선은 어디 있느냐?"

여포가 수레 뒤에서 튀어나와 날카롭게 소리친다.

"역적을 토벌하라는 조칙이 여기에 있다!"

말이 끝나기가 무섭게 여포가 화극으로 동탁의 목을 푹 찔렀다.

여포는 왼손에는 화극을 잡고 오른손으로는 품속에서 조서를 꺼내 큰 소리로 외친다.

"조서를 받들어 적신 동탁을 베었다. 나머지 무리들의 죄는 묻지 않겠다!"

모든 장수와 관리들이 만세를 불렀다.

후세 사람들이 동탁을 한탄하여 읊은 시이다.

동탁의 죽음을 애도하다 죽임을 당한 채옹

董卓專權肆不仁
동 탁 전 권 사 불 인

侍中何自竟亡身
시 중 하 자 경 망 신

當時諸葛隆中臥
당 시 제 갈 융 중 와

安肯輕身事亂臣
안 긍 경 신 사 난 신

동탁이 권력을 휘둘러 악행을 저질렀는데

시중은 어이하여 스스로 신세를 망쳤던가

당시 제갈량은 융중에 드러누워 있었는데

채옹은 어찌하여 가벼이 난신을 섬겼을까

동탁을 죽인 왕윤이 연회를 베풀어 기쁨을 나누고 있을 때, 시중侍中 채옹蔡邕이 동탁의 시체에 엎드려 슬프게 울고 있다는 보고가 들어왔다.

당장 채옹을 잡아들여 왕윤이 꾸짖는다.

"역적 동탁을 죽인 것은 나라의 큰 경사이거늘, 너 또한 한나라의 신하로서 나라를 위해 축하하기는커녕 역적을 위해 곡哭을 하다니, 이 무슨 해괴한 짓인가?"

채옹이 엎드려 죄를 고한다.

"이 몸 또한 대의大義는 아는데 어찌 나라를 배반하고 동탁을 위하겠습니까? 다만 한때나마 나를 인정하여 써 준 사람에 대한 감정을 절제하지 못하고 저도 모르게 울고 말았습니다. 그 죄가 큰 줄은 아오나 공께서 너그러이 용서하여 경수월족(黥首刖足:죄인의 이마에 먹 글자를 새겨 넣고 발목을 끊는 형벌)의 형을 내리시어 한사漢史를 계속 써서 완성하는 것으로 속죄할 수 있게만 해 주신다면 더없는 행운으로 여기겠습니다."

문무백관들 역시 채옹의 재주를 아까워하여 힘써 구하려 했다.

그러나 왕윤은 다른 신하들의 충고를 듣지 않고 채옹을 옥에 가둔 뒤 목을 졸라 죽이고 말았으니, 이 소식을 들은 사대부들 가운데 눈물을 흘리지 않은 자가 없었다.

이에 대하여 후세 사람들은 채옹이 동탁을 위해 눈물을 흘린 것도 옳지 못하지만 왕윤이 채옹을 죽인 것은 더 심한 일이라고 평했다.

채옹의 죽음을 탄식하여 지은 시이다.

왕윤의 최후

↓

왕윤운기주 王允運機籌	간신동탁휴 奸臣董卓休
심회안국한 心懷安國恨	미쇄묘당우 眉鎖廟堂憂

영기운소한 英氣運霄漢	충심관두우 忠心貫斗牛
지금혼여백 至今魂與魄	유요봉황루 猶遶鳳凰樓

왕윤은 기가 막힌 계책으로

간신 동탁을 해치워 버리고

안정된 나라를 마음에 품고

사직 걱정에 눈살 찌푸렸네

영특한 기운 하늘에 닿았고

충성심 북두 견우 꿰었다네

여태껏 혼백은 그대로 남아

여전히 봉황루 맴돌고 있네

---

*霄漢(소한): 하늘.
*猶遶(유요): 여전히 맴돌다.

미오성에 남아 있던 동탁의 심복인 이각·곽사·장제·번조 등은 동탁이 죽었다는 소식을 듣고 즉시 섬서陝西로 도망을 쳤다. 그리고 장안으로 사람을 보내 표문을 올려, 자신들의 죄를 사면해줄 것을 요청했지만 왕윤이 그들을 용서해 줄 리가 없었다.

그러자 이각 등은 서량에서 군사를 모집해 장안으로 쳐들어갔다.

용맹하나 꾀가 없는 여포는 교란 작전을 쓰는 그들의 작전에 말려들어 몹시 위태로운 상황이 되었다.

더구나 성안에 있던 동탁의 잔당인 이몽李蒙과 왕방王方이 적들과 내통하여 몰래 성문을 열어 주니, 적군은 네 길로 나누어 일제히 성 안으로 몰려들어 왔다.

여포는 좌충우돌하면서 싸웠으나 도저히 그들을 막아낼 수가 없어 왕윤에게 자신과 함께 관 밖으로 빠져나가 몸을 피한 뒤 다른 방도를 세우는 게 좋을 것 같다고 했으나, 왕윤이 떠나지 않자 홀로 달아나고 말았다.

이각과 곽사가 고개를 쳐들고 천자를 보면서 말한다.

"왕윤만 내어 주시면 즉시 군사를 물리겠나이다."

황제는 차마 그를 보낼 수 없어서 문 위에서 왔다 갔다 하는데 왕윤이 선평문 아래로 뛰어 내려가면서 큰 소리로 외친다.

"왕윤이 여기에 있다!"

두 역적이 동시에 칼을 휘둘러 왕윤을 선평문루 아래에서 죽였다.

왕윤의 일련의 행동에 대한 평가는 독자들에게 맡긴다.

사관史官이 왕윤을 칭찬해서 지은 시이다.

조조 부친의 죽음

曹操奸雄世所誇
조 조 간 웅 세 소 과

曾將呂氏殺全家
증 장 여 씨 살 전 가

如今闔戶逢人殺
여 금 합 호 봉 인 살

天理循環報不差
천 리 순 환 보 불 차

조조는 간웅이라 사람들은 칭찬하지만

일찍이 여씨 가족을 몰살시킨 적 있지

이제 자기 식구가 모두 살해를 당하니

하늘의 이치는 돌고 돌아 그대로 갚네

*闔戶(합호): 전 가족.

산동지역을 평정하고 권력을 잡은 조조는 태산 태수 응소應昭를 낭야군瑯琊郡으로 보내, 자신의 부친 조숭曹嵩을 모셔 오도록 했다.

당시 조조의 부친 조숭은 난을 피해 진류를 떠나 낭야에서 숨어 지내고 있었다.

조숭은 아우 조덕曹德과 함께 일가친척 4십여 명과 아랫사람 1백여 명을 수레 1백여 채에 나누어 싣고 연주를 향해 떠났다.

서주 태수 도겸은 일찍이 조조와 손을 잡고 싶었지만 기회가 없던 차에 마침 조조의 부친이 이곳을 지나간다는 소식을 듣고 일부러 서주 경계 밖까지 나가서 그를 영접하고 크게 연회를 베풀어 이틀 동안이나 극진히 대접해 주었을 뿐만 아니라 조숭 일행이 떠날 때 성 밖까지 나가 배웅하고, 도위都尉 장개張闓에게 군사 5백 명을 주어 그들 일행을 호송하게 했다.

그러나 호송을 맡은 장개는 딴마음을 품고 조숭 일가를 모조리 죽이고 재물을 빼앗아 회남으로 달아나 버렸다.

뜻하지 않게 조조의 불공대천不共戴天의 원수가 되어 버린 도겸의 운명은 앞으로 어찌 될 것인가?

후세 사람이 이 일을 두고 지은 시이다.

이각·곽사의 난

|

光武中興興漢世　　上下相承十二帝
桓靈無道宗社墮　　閹臣擅權爲叔季

無謀何進作三公　　欲除社鼠招奸雄
豺獺雖驅虎狼入　　西州逆竪生淫凶

광무의 중흥으로 한나라 다시 일으켜
앞뒤로 계승해 십이 대에 이르렀는데
환제와 영제 무도하여 나라가 기울고
환관의 권력 농단으로 말세가 되었네

어리석은 하진이 어쩌다 삼공이 되어
궁궐의 쥐 잡으러 간웅을 불러들였네
승냥이 몰아내니 범과 이리 들어와서
서량 땅의 역적 놈 음흉한 마음 품네

---

*叔季(숙계): 말세를 뜻함.
*豺獺(시달): 시랑(豺狼)과 수달(水獺)로 흉악한 짐승의 상징.

---

^{왕 윤 적 심 탁 홍 분}
王允赤心托紅紛

^{치 령 동 여 성 모 순}
致令董呂成矛盾

^{거 괴 진 멸 천 하 녕}
渠魁殄滅天下寧

^{수 지 이 곽 심 회 분}
誰知李郭心懷憤

^{신 주 형 극 쟁 나 하}
神州荊棘爭奈何

^{육 궁 기 근 수 간 과}
六宮饑饉愁干戈

^{인 심 기 리 천 명 거}
人心旣離天命去

^{영 웅 할 거 분 산 하}
英雄割據分山河

왕윤의 충성심 미인계로 계책을 내어

동탁과 여포를 이간하여 원수 만들어

역적 괴수 죽여 천하 편할 줄 알았지

이각과 곽사 분 품을 줄 누가 알았나

가시밭길 같은 황제의 운명 어이할꼬

궁중 여인들 굶주리며 싸움 걱정하네

인심이 먼저 떠나니 천명도 떠나가고

영웅들 할거하여 산하를 나눠 가지네

---

*紅紛(홍분): 미녀 즉 초선.

*六宮(육궁): 황후(皇后)와 비(妃)들이 사는 궁실(宮室).

후 왕 규 차 존 경 업
後王規此存競業
막 파 금 구 등 한 결
莫把金甌等閑缺
생 령 미 란 간 뇌 도
生靈糜爛肝腦塗
잉 수 잔 산 다 원 혈
剩水殘山多怨血

아 관 견 사 불 승 비
我觀遺史不勝悲
금 고 망 망 탄 서 리
今古茫茫嘆黍離
인 군 당 수 포 상 계
人君當守苞桑戒
태 아 수 집 전 강 유
太阿誰執全綱維

후대의 제왕들이여 이 일을 거울삼아
온전한 나라 깨지지 않도록 조심하라
무고한 백성들 처참하게 다 죽어나고
패망한 나라의 산천 원혈이 질펀하네

옛 역사 살펴보니 서글픔이 밀려오네
아득한 옛 궁터엔 기장만이 자라나고
임금 된 자 마땅히 근본 지켜야 하니
그 누가 권력 잡아 나라 기강 세우나

---

*金甌(금구): 금속제 술잔. 완정한 국토를 비유함.
*嘆黍離(탄서리): 나라가 멸망하여 황폐해진 궁궐터에 기장만이 자라고 있는 것을 보고 나오는 탄식(시경에 나오는 말임).
*苞桑(포상): 뿌리가 튼튼한 뽕나무. 기본이 안정되고 견고함을 비유함.
*太阿(태아): 권력의 상징인 보검.

왕윤을 죽이고 대권을 장악한 이각과 곽사는 은밀히 심복들을 황제 주변에 심어 두어 일거수일투족을 감시하니 헌제는 마치 가시나무 덤불 속에서 움직이는 것과 같았다.

이각은 스스로 대사마大司馬로, 곽사는 스스로 대장군으로 벼슬을 올렸으며 이렇게 자기들 마음대로 행동을 해도 전혀 거리낌이 없고 조정의 어느 누구도 말하는 사람이 없었다.

이각과 곽사에게 온갖 능멸을 당하던 헌제는 양표의 계책으로 그 둘을 갈라놓고 서로 싸우게 하는 데 성공한다.

양편의 군사 수만 명이 바로 장안성 아래에서 서로 엉켜 어지럽게 싸웠다.

이각의 조카 이섬李暹은 군사를 거느리고 궁궐을 에워싸고 수레한 대에는 천자를, 또 한 대에는 복 황후를 태우고 가후賈詡와 좌영左靈으로 하여금 어가를 감시하며 호송케 했다.

그들이 궁궐 뒤편의 재문후門을 나가려는 순간, 마침 곽사의 군사들이 몰려와 일제히 화살을 쏘는 바람에 수많은 궁인들이 그 화살에 맞아 죽었다. 다행히 이각이 그 뒤를 따라와 공격을 하니 곽사의 군사들은 물러갔다.

이각은 천자의 어가를 몰고 성문을 나와 어떤 설명도 없이 그의 영채 안으로 데리고 갔다.

다음 날 곽사는 이각이 이미 천자를 납치해 간 사실을 알고 군사를 이끌고 이각의 영채 앞에서 서로 죽기로 싸우니 이를 본 천자와 황후는 그저 놀라서 두려워할 뿐이었다.

후세 사람이 이를 한탄하여 지은 시이다.

황량한 낙양의 모습

↓

혈 류 망 탕 백 사 망
血流芒碭白蛇亡

진 녹 축 번 흥 사 직
秦鹿逐翻興社稷

천 자 나 약 간 사 기
天子懦弱奸邪起

간 도 양 경 조 난 처
看到兩京遭難處

적 치 종 횡 유 사 방
赤幟縱橫游四方

초 추 추 도 립 봉 강
楚騅推倒立封疆

기 색 조 령 도 적 광
氣色凋零盜賊狂

철 인 무 루 야 처 황
鐵人無淚也悽惶

망산 탕산에서 백사를 베어 죽인 뒤
붉은 깃발 휘날리며 온 천하 누볐네
진 황실 뒤엎어 한나라 사직 일으켜
항우를 무너뜨리고 강토를 확정했네

천자가 나약하니 간신들이 일어나고
국운이 쇠약하니 도적들이 날뛰누나
재난 당한 두 서울 찾아가 보았더니
눈물 없는 철인이라도 서글퍼지리라

---

*芒碭(망탕): 망산과 탕산. 한 고조 유방이 기병하기 전 숨어 지내던 산. 현재의 안휘성
    탕산현에 위치.
*鹿(녹): 사슴. 여기서는 정권 즉 황실을 의미.
*楚騅(초추): 초나라 항우가 타던 검은 말.
*悽惶(처황): 처량하고 황공하다.

황제가 이각과 곽사에게 쫓겨 이리 저리 옮겨 다니다 천신만고 끝에 낙양에 들어와 보니 궁실은 모두 불타 버리고 시가지는 모두 황폐해져, 보이는 것이라고는 모두 잡초뿐이었다.

궁궐 안에는 지붕은 하나도 없고 단지 허물어진 담장과 벽들만 남아 있다.

겨우 작은 궁을 하나를 짓고 백관들이 황제께 하례할 때는 모두 가시덤불 속에 서 있어야 했다.

황제는 조서를 내려 연호를 흥평興平에서 건안建安으로 고쳤다.

더구나 그해는 큰 흉년이 들어 낙양의 백성들은 고작해야 수백 가구뿐이었으며 그들은 먹을 식량이 없어 모두 성 밖으로 나가서 나무껍질을 벗기고 풀뿌리를 캐서 먹어야 했다.

조정 대신들 중에서도 상서랑尙書郞 이하의 신하들은 모두 성을 나가 스스로 땔나무를 해야만 했으며 허물어진 담이나 벽 사이에 죽어 있는 자들이 많이 있었다.

쇠잔한 한나라 말년의 기운이 이보다 더 심한 적이 있었을까?

후세 사람이 이를 탄식하여 지은 시이다.

여포의 활솜씨

温侯神射世間稀
온 후 신 사 세 간 희

落日果然欺后羿
락 일 과 연 기 후 예

虎筋弦響弓開處
호 근 현 향 궁 개 처

豹子尾搖穿畵戟
표 자 미 요 천 화 극

曾向轅門獨解危
증 향 원 문 독 해 위

號猿直欲勝由基
호 원 직 욕 승 유 기

雕羽翎飛箭到時
조 우 령 비 전 도 시

雄兵十萬脫征衣
웅 병 십 만 탈 정 의

여포의 신들린 활솜씨 세상에 드물어

원문 표적 맞혀 위기에서 구해주었네

해를 쏘아 떨어뜨린 후예보다도 낫고

원숭이 울린 양유기보다도 더 낫다네

호랑이 힘줄 시위소리에 활 당겨지고

수리깃털로 만든 화살 힘차게 날아가

표범 꼬리 요동치듯 화극을 꿰뚫으니

십만의 정예병들 갑옷 벗고 돌아갔네

---

*后羿(후예): 하(夏)나라 제후국 유궁(有窮) 부족의 수령으로 활을 잘 쏨. 전설에 따르면 어느 날 하늘에 해가 열 개 나타나서 모든 식물들이 말라 죽으니 그가 활을 쏴서 해 아홉 개를 떨어뜨렸다고 함. 역자 주.

*由基(유기. ?-公元前 559年): 성은 양(養)이고 유기는 이름임. 그는 어렸을 때부터 활을 잘 쏘아 백 보 밖에 있는 버드나무 잎을 백발백중시켜 이른바 百步穿楊(백보천양)이라 는 사자성어가 유래되었음. 어느 날 초 왕이 사냥터에서 사냥을 하는데 흰 원숭이가

나타나자 왕이 궁수들에게 화살로 그 원숭이를 쏘라고 명령하여 수 십 발의 화살을 쏘았으나 그 원숭이는 모든 화살들을 받아 쥐며 비웃었음. 왕이 양유기에게 쏘게 하니 그 원숭이는 유기가 화살을 쏘기도 전에 놀라 기둥을 붙잡고 울었음. 역자 주.

여포는 유비와 원술의 장수 기령을 초청하여 한 가지 제안을 한다. 원문 밖 150보 되는 곳에 화극을 꽂아 놓고 만약 자신이 화살로 그 화극의 작은 가지를 맞히면 양쪽은 모두 군사를 물리고 맞히지 못하면 각자 영채로 돌아가 싸울 준비를 하라고 했다.

만약 자신의 말을 듣지 않은 사람은 자신이 힘을 합쳐 그와 싸우겠다고 했다.

여포가 전포 소매를 걷어 올린 뒤 시위에 화살을 메긴 뒤 활을 힘껏 당기더니 소리 지른다.

"맞았다!"

활 당기는 모습 마치 하늘에 가을달 가는 듯　　弓開如秋月行天

화살은 마치 유성이 땅에 떨어지듯 날아가네　　箭去似流星落地

여포가 쏜 화살은 화극의 작은 가지에 명중했다. 그러자 막사 안팎의 모든 장수들이 일제히 탄성을 질렀다.

여포는 그저 싸움만 잘하는 장수로 알았는데 이런 계책도 낼 줄 알았으니 그의 또 다른 면모를 엿볼 수 있다.

후세 사람이 이를 칭송하여 지은 시이다.

조조의 용병술

십 만 비 휴 십 만 심
十萬貔貅十萬心
일 인 호 령 중 난 금
一人號令衆難禁
발 도 할 발 권 위 수
拔刀割髮權爲首
방 견 조 만 사 술 심
方見曹瞞詐術深

십만 명 용사들 각자 마음 모두 달라

한 사람 호령으로 다스리기 어려워라

칼로 머리카락 잘라 머리를 대신하니

이로써 조조의 용병술 깊이를 알겠네

---

*貔貅(비휴): 고서에 나오는 전설의 맹수 이름. 용맹한 군대를 비유함.
*權(권): 임기응변의, 임시로.

조조는 밀밭을 지나면서 밀밭을 함부로 짓밟는 자는 누구를 막론하고 모두 목을 벨 것이라고 엄명을 내렸다.

조조 역시 밀밭을 조심스레 지나가는데 갑자기 말 옆에서 비둘기가 푸드득 날아오르자 깜짝 놀란 조조의 말이 껑충 뛰면서 밀밭을 짓밟아 버렸다. 조조는 즉시 행군주부行軍主簿를 불러 자신이 밀밭을 밟은 죄를 논하게 했다.

주부가 어찌 감히 승상의 죄를 논할 수 있겠느냐고 하자 조조는 자신이 법을 만들어 놓고 스스로 지키지 않으면서 다른 사람을 어떻게 복종시키겠느냐며 차고 있던 칼을 뽑아 자신의 목을 찌르려 했다.

주위에서 깜짝 놀라 말릴 때 참모 곽가가 말한다.

"옛 춘추春秋의 의義에 이르기를 '지존에게는 법이 적용되지 않는다'고 했으니 승상께서는 대군을 통솔해야 하는데 어찌 스스로를 해칠 수 있겠습니까?"

한동안 침묵을 이어가던 조조는 기왕 춘추에 그런 말이 있다니 내 죽음은 면했다면서 자신의 머리카락을 잘라 땅에 내던지며 이 머리카락으로 내 목을 대신하겠다고 했다. 그리고 사람들을 시켜 그 머리카락을 삼군에 두루 전해 돌려가며 보이면서 승상께서 밀밭을 짓밟아 목을 베어 많은 사람들이 보도록 해야 하지만, 머리카락을 자르는 것으로 대신한다고 했다.

이 말을 들은 군사들은 모두 소름이 끼칠 정도로 두려워 누구 하나 군령을 어기는 자가 없었다. 조조의 뛰어난 리더쉽을 엿볼 수 있다.

후세 사람이 시를 지어 이 일을 논한 것이다.

진궁을 죽인 조조

↓

생 사 무 이 지
生死無二志
불 종 금 석 론
不從金石論

장 부 하 장 재
丈夫何壯哉
공 부 동 량 재
空負棟梁材

보 주 진 감 경
輔主眞堪敬
백 문 신 사 일
白門身死日

사 친 실 가 애
辭親實可哀
수 긍 사 공 대
誰肯似公臺

생사 앞에서도 두 뜻이 없었더라
장부의 기개 어찌 그리도 장한가
금석 같은 그의 충고를 외면하여
동량의 재목을 보람 없이 잃었네

진실로 공경해 그 주인 보좌하니
모친 하직할 땐 참으로 애달프네
백문루에서 죽을 때의 그의 모습
공대와 같은 인물 어디에 있으랴

---

*金石論(금석론): 쇠나 돌처럼 변하지 않는 진리나 교훈을 비유.
*公臺(공대): 진궁의 자(字).

조조를 도와 함께 달아났던 진궁은 조조가 실수로 여백사의 가족을 죽인 것까지는 이해했지만 고의로 여백사 마저 죽이자 조조의 인간성에 실망하여 조조를 버리고 떠나 여포의 책사가 되었다.

그러나 여포는 진궁의 충언을 듣지 않아 결국 여포와 함께 조조에게 잡히고 말았다.

조조가 그동안 별고 없었느냐는 물음에 진궁은 내가 너를 버린 것은 네 마음이 바르지 않기 때문이었다고 답한다.

"내 마음이 바르지 못해서 그랬다면 공은 어찌하여 여포 같은 자를 섬겼는가?"

조조가 다시 물으니 진궁은 여포는 비록 지모는 없지만 너처럼 간사하거나 음험하지는 않다고 답한다.

진궁이 만약 조조에게 살려달라고 사정했으면 조조는 그의 목숨은 살려줄 수도 있었는데 진궁은 끝내 비굴하게 굴지 않았다.

진궁은 조조가 그의 처와 노모를 어찌 했으면 좋겠느냐는 물음에 효로써 천하를 다스리는 자는 남의 부모를 해치지 않으며 천하에 인정仁政을 베푸는 사람은 남의 제사를 끊지 않는다 했으니 내 노모와 처자의 목숨 또한 그대의 손에 달려 있을 뿐이다. 나는 이미 사로잡힌 몸이니 오직 죽기를 청할 뿐 어떠한 미련도 없다고 하면서 당당히 칼을 받았다.

조조는 눈물을 흘리며 그의 시신을 허도에서 장사를 지내 주고 노모와 처자를 허도로 모셔서 편히 살도록 해 주었다.

후세 사람이 진궁의 죽음을 탄식해 지은 시이다.

여포의 최후

홍 수 도 도 엄 하 비
洪水滔滔淹下邳
공 여 적 토 마 천 리
空余赤免馬千里

당 년 여 포 수 금 시
當年呂布受擒時
만 유 방 천 극 일 지
漫有方天戟一枝

박 호 망 관 금 태 나
縛虎望寬今太懦
연 처 불 납 진 궁 간
戀妻不納陳宮諫

양 응 휴 포 석 무 의
養鷹休飽昔無疑
왕 매 무 은 대 이 아
枉罵無恩大耳兒

도도히 넘치는 큰 물결 하비성 잠기니
바로 그해 여포 장군 생포되고 말았네
하루 천리 달리던 적토마 소용이 없고
방천화극 한 자루도 무슨 쓸모 있으랴

묶인 범 풀어 달라 애걸하니 비굴하고
매는 배불리 먹이지 말라는 옛말 맞네
처첩에게 빠져서 진궁의 말 안 듣더니
귀 큰놈 은혜 모른다고 욕해서 뭣하랴

---

*空(공): 헛되이. 4행의 漫(만), 8행의 枉(왕)도 모두 헛되이 의미임.
*大耳兒(대이아): 귀 큰 아이. 여기서는 유비를 가리킴.

여포를 죽이라고 하는 유비

傷人餓虎縛休寬
상 인 아 호 박 휴 관

董卓丁原血未乾
동 탁 정 원 혈 미 건

玄德旣知能啖父
현 덕 기 지 능 담 부

爭如留取害曹瞞
쟁 여 유 취 해 조 만

사람 해치는 굶긴 범 단단히 묶으렸다

동탁과 정건양의 피 아직 안 말랐으니

현덕은 그가 아비 잡아먹는 줄 알면서

왜 살려두어 조조를 해치게 안 했을까

---

*瞞(만): 조조의 아명 아만(阿瞞).

백문루에서 끝까지 저항하던 여포는 결국 자신의 부하들에게 배신을 당해 사로잡히고 말았다.

여포는 자신을 살려 주라고 말 한마디 하지 않은 유비를 원망한다.

결국 여포는 비굴함을 무릅쓰고 조조에게 항복할 테니 자신을 부하로 받아줄 것을 애원했다.

조조가 유비에게 어찌했으면 좋겠냐고 물었다.

유비는 과거 여포가 정건양과 동탁을 배신했던 일을 조조에게 상기시킨다.

후세 사람들은 유비가 여포를 조조의 부하로 삼아 장차 조조를 도모하는 데 이용하지 않음을 아쉬워했다.

여포는 유비를 노려보며 참으로 신의가 없는 놈이라고 원망하고 조조는 여포를 목을 매서 죽이도록 명령했다.

여포는 유비에게 자신이 원문에서 화극을 쏘아 그를 구해 준 일을 말하며 은혜를 모른다고 소리친다.

보다 못한 여포의 부하 장료가 어차피 죽을 바에야 사내답게 죽으면 그만이지 무슨 말이 그렇게 많으냐며 목숨을 구걸하는 여포를 질책한다.

조조는 여포를 죽인 뒤 그 머리를 잘라 저자에 높이 매달았다.

후세 사람들이 이를 탄식하여 지은 시이다.

백문루에서 참수되는 여포

제Ⅱ편

삼고초려

유비의 임기응변

勉從虎穴暫趨身
說破英雄驚殺人
巧借聞雷來掩飾
隨機應辯信如神

마지못해 범의 굴에 잠시 발을 들였다가
영웅이라 설파 당하자 놀라 죽을 뻔했네
천둥소리를 빌려서 교묘하게 둘러댔으니
임기응변의 기막힌 말솜씨가 귀신같구나

*勉從(면종): 마지못해 따르다.

어쩔 수 없이 조조에게 잠시 몸을 의탁하고 있던 유비는 어느 날 조조와 함께 술을 마시며 세상의 영웅에 대해서 논한다.

그 자리에서 조조가 유비에게 당세의 영웅이 누구라고 생각하는지 물으니 자신의 좁은 안목으로 어찌 영웅을 알아보겠느냐며 사양했지만 계속되는 물음에 원소, 원술, 유표, 손책 등을 거론했다.

그러자 조조는 모름지기 영웅이란 가슴에는 큰 뜻을 품고胸懷大志, 뱃속에는 좋은 계책을 숨기고腹有良謀, 우주를 끌어안는 포용력包藏宇宙之機과 천지를 삼키고 토해낼 수 있는 큰 뜻을 지닌 자呑吐天地之志者여야 한다고 했다.

유비는 그런 사람이 대체 누구냐고 물었다.

조조는 손으로 먼저 유비를 가리킨 다음에 다시 자신을 가리키며 말한다.

"지금 천하에 영웅은 사군과 이 조조뿐이오."

세상에 영웅은 조조 자신과 유비 두 사람뿐이라는 말에 자신의 속내를 들킨 줄 알고 소스라치게 놀라 유비는 손에 들고 있던 수저를 저도 모르게 바닥에 떨어뜨리고 말았다.

마침 그때 큰비가 쏟아지려는지 천둥소리가 크게 울렸다.

유비는 천천히 머리를 숙여 떨어뜨린 수저를 집어 들면서 천둥소리에 그만 놀라서 이리 되었다고 둘러대며 그 위기를 넘겼다.

조조는 더는 유비를 의심하지 않았다.

후세 사람이 이 시를 지어 유비의 임기응변을 칭찬했다.

조조의 손아귀를 벗어난 유비

↓

束兵秣馬去匆匆
^{속 병 말 마 거 총 총}

心念天言衣帶中
^{심 념 천 언 의 대 중}

撞破鐵籠逃虎豹
^{당 파 철 롱 도 호 표}

頓開金鎖走蛟龍
^{돈 개 금 쇄 주 교 룡}

병마를 수습하여 서둘러 떠나갔으나

생각은 온통 의대 속의 황제 말씀뿐

쇠우리 깨부수고 호랑이가 도망가듯

금 자물쇠 열어 제치고 교룡 떠나네

---

*束兵秣馬(속병말마): 병장기를 수습하고 말에 먹이를 먹이다. 전투준비를 하다.
*天言(천언): 황제의 말씀.

공손찬이 원소에게 패해 죽었다는 소식이 조조에게 전해졌다.

만총이 건의한다.

"원소와 원술이 지금은 원수처럼 지내지만 그들은 형제지간입니다. 그들이 다시 힘을 합치면 쳐부수기가 더욱 힘들어질 것이니 속히 원술을 도모해야 합니다."

이때가 조조의 손아귀에서 벗어날 기회라고 판단한 유비는 조조에게 말한다.

"만약 원술이 원소에게 간다면 반드시 서주를 지나게 될 것이니 승상께서 저에게 군사를 내어 주신다면 중도에서 길을 막고 공격하여 원술을 사로잡겠습니다."

조조는 유비에게 군사 5만 명을 주고, 만일을 대비하여 그의 측근인 장수 주영朱靈과 노소路昭 두 사람을 동행하게 했다.

마침 군량과 군수물자 등을 점검하고 돌아온 조조의 책사 곽가와 정욱이 유비가 떠났다는 말을 듣고 조조에게 말한다.

"유비에게 군사를 내어 주는 것은 곧 용을 놓아주어 바다에 들게 하고, 범을 풀어놓아 산으로 돌아가게 하는 격인데 후에 무슨 수로 그를 다시 잡아들이겠습니까?"

조조는 두 사람의 말을 듣고 보니 자신이 경솔했다는 생각이 들어 곧 허저에게 5백 명의 군사를 이끌고 쫓아가서 유비를 반드시 데려오도록 했다.

그러나 유비가 다시 돌아오겠는가?

후세 사람이 유비의 이 일을 감탄하여 지은 시이다.

원술의 최후

한 말 도 병 기 사 방
漢末刀兵起四方

불 사 누 세 위 공 상
不思累世爲公相

강 포 왕 과 전 국 새
强暴枉誇傳國璽

갈 사 밀 수 무 유 득
渴思蜜水無由得

무 단 원 술 태 창 광
無端袁術太猖狂

변 욕 고 신 작 제 왕
便欲孤身作帝王

교 사 망 설 응 천 상
驕奢妄說應天祥

독 와 공 상 구 혈 망
獨臥空牀嘔血亡

한 나라 말년 사방에서 전쟁 일어날 때
주제넘게 원술이 미친 듯이 날뛰었구나
대대로 높은 벼슬 나라 은덕 생각 않고
분수 모르고 스스로 제왕이라 일컫더라

몹시 사납게 굴면서 전국옥새 과시하며
교만 방자하게 천운을 받았다 떠들더니
목말라 꿀물 달라고 해도 얻을 수 없어
빈 평상에 홀로 누워 피 쏟고 죽어갔네

---

*無端(무단): 까닭 없이, 주제넘게.
*累世(누세): 대대로.
*枉誇(왕과): 함부로 굴다.

유비의 예측대로 원술은 그의 형인 원소에게 가기 위해 군사들과 궁중에서 사용하는 물건들을 챙겨 가지고 서주로 오고 있었다.

유비의 군사가 원술을 맞아 싸우니 원술은 대패하여 죽은 시체가 들판을 뒤덮고 흘린 피가 내를 이루었으며 겨우 목숨을 부지한 군사들은 모두 달아났다.

게다가 숭산으로 도망을 갔던 뇌박과 진란이 나타나 양식과 군수물자 등을 모두 빼앗아 달아나고, 수춘으로 돌아가려던 원술은 그곳에서 또 도적떼의 습격을 받으니 어쩔 수 없이 강정江亭에 머물러 있었다. 남은 군사라고는 고작 1천여 명인데 그마저도 모두 노약자들이었다.

때는 한창 무더운 여름인데 양식조차 다 떨어져 이제 남은 것이라고는 고작 보리 삼십 섬밖에 없었다. 그마저도 군사들에게 모두 나누어주고 보니 집안사람들은 먹을 게 없어서 굶어죽는 사람이 많았다.

거친 밥을 먹어본 적이 없던 원술이 그런 밥을 먹으려니 목으로 넘길 수가 없었다. 원술이 주방장을 불러 꿀물을 한 그릇 가져오라고 하니, 꿀물이 어디 있겠냐며 있는 거라고는 핏물밖에 없다고 했다.

평상 위에 앉아 있던 원술은 버럭 소리를 지르며 땅에 거꾸로 떨어지더니 피를 한 말 넘게 토하고 죽고 말았으니 때는 건안 4년(서기 199년) 6월이었다.

후세 사람이 원술의 죽음을 시로 지은 것이다.

예형의 죽음

黃祖才非長者儔
황 조 재 비 장 자 주

禰衡喪首此江頭
예 형 상 수 차 강 두

今來鸚鵡洲邊過
금 래 앵 무 주 변 과

惟有無情碧水流
유 유 무 정 벽 수 류

황조의 재주 후덕한 인물에 견줄 수 없어

예형의 잘린 머리 이 강기슭에 묻혀 있네

이제 와서 앵무주가를 지나며 뒤돌아보니

오로지 푸르른 강물만 무정하게 흘러가네

---

*長者(장자): 윗사람. 나이가 많고 덕이 있는 사람.
*儔(주): 동류. 같은 또래.
*惟有(유유): 다만. 오직.

조조가 유표를 자기 사람으로 만들기 위해 학문이 있는 공융을 사신으로 보내려 하자 공융이 자신보다 학문이 훨씬 높은 예형을 천거했다.

그러나 조조가 예형을 홀대하자 예형도 조조에게 그의 주위에 있는 사람들이 모두 수준 이하라고 혹평했다.

화가 난 조조는 예형을 유표에게 보내 그의 항복을 받아오도록 했다. 조조는 자신의 손으로 예형을 죽이지 않고 유표에게 죽이도록 한 것이다.

형주에 도착하여 유표를 만난 예형은 조조의 예측대로 유표도 매우 비꼬았다. 유표는 심히 불쾌했지만 그를 다시 강하江夏로 보내 황조黃祖를 만나게 했다.

누군가 유표에게 예형이 주공을 조롱했는데 어찌하여 그를 살려 두느냐고 물으니 유표가 말한다.

"예형이 여러 차례 조조의 면전에서 욕했지만 조조가 그놈을 죽이지 않은 것은 사람들의 신망을 잃을까 염려했기 때문이다. 그래서 조조는 그를 내게 사자로 보내 내 손을 빌려 그놈을 죽이게 함으로써, 나로 하여금 현자를 죽였다는 누명을 씌우려 했던 것이다. 나는 이제 그를 황조에게 다시 보내서 조조로 하여금 나에게도 식견이 있음을 보여 주려는 것이다."

예형은 결국 황조에게 죽임을 당했다.

유표는 예형이 죽었다는 말을 듣고 탄식을 하며 그의 시신을 거두어 앵무주鸚鵡洲 가에 묻어 주었다.

이 시는 당나라 시인 호증胡曾이 지었다.

태의太醫 길평의 죽음

↓

한 조 무 기 색 漢朝無起色	의 국 유 칭 평 醫國有稱平
입 서 제 간 당 立誓除姦黨	연 구 보 성 명 捐軀報聖明

극 형 사 유 열 極刑詞愈烈	참 사 기 여 생 慘死氣如生
십 지 림 리 처 十指淋漓處	천 추 앙 이 명 千秋仰異名

한 말년 다시 일어설 기색이 없을 때
병든 나라 고치려던 길평이 나왔도다
간악한 무리를 제거하기로 맹세한 후
목숨을 바쳐 황제께 보답하려 했다네

극형을 당할수록 그 말은 더욱 매섭고
참혹하게 죽었지만 그 기백 살아 있네
열 손가락 잘려나가 피 뚝뚝 떨어지니
천년 후세에 그 이름 영원히 빛나리라

---

*愈(유): 더욱.

갈수록 교만 방자한 조조를 보고 울분을 참지 못하던 국구 동승은 그만 병이 나서 눕고 말았다.

황제는 동승이 병이 난 것을 알고 궁중의 태의 길평을 보내 치료를 해 주게 했다.

동승의 집을 방문한 길평은 그의 병이 울화병이고 그 원인이 조조를 죽이라는 황제의 명을 받들지 못해 생긴 병이라는 것을 알았다.

길평은 동승에게 자신이 조조에게 독약을 먹여 죽이겠다고 했다. 늘 두통을 달고 사는 조조가 자신을 부를 것이니 그때 간단히 해치우겠다고 한 것이다.

그러나 이런 사실을 눈치 챈 동승의 가동家童이 조조에게 밀고해 버렸다.

조조의 계략에 빠진 줄도 모르고 독약을 가지고 조조에게 간 길평은 결국 들통이 나고 동승이 보는 앞에서 공모자를 대라며 손가락을 모조리 자르는 등 모진 고문을 했지만 길평은 끝내 누구도 불지 않고 자결하고 말았다.

이 시는 역사를 기록하는 사관史官이 지은 것이다.

국구國舅 동승의 죽음

↓

밀 조 전 의 대
密詔傳衣帶
당 년 증 구 가
當年曾救駕

천 언 출 금 문
天言出禁門
차 일 갱 승 은
此日更承恩

우 국 성 심 질
憂國成心疾
충 정 천 고 재
忠貞千古在

제 간 입 몽 혼
除姦入夢魂
성 패 복 수 론
成敗復誰論

비밀조서를 옥대 속에 감추어 전하니
황제의 말씀이 궁궐 밖으로 나왔다네
그 옛날 서도에서 황제를 구하였더니
이날 또다시 황제의 성은을 받았도다

나라 걱정하는 마음에 속병 생겨났고
간웅 제거하려는 뜻 꿈속에 나타났네
그의 충성과 절개가 천추에 전해오니
다시 성공과 실패를 논해 무엇하리오

왕자복 등 네 사람의 죽음

↓

書名尺素矢忠謨
서 명 척 소 시 충 모

慷慨思將君父酬
강 개 사 장 군 부 수

赤膽可憐捐百口
적 담 가 련 연 백 구

丹心自是足千秋
단 심 자 시 족 천 추

흰 비단폭에 이름을 써 충성 맹세하고

강개한 뜻으로 황제 은혜 갚으려 했네

나라 위한 충정에 온 식구가 죽었으니

그들의 참된 마음 천추에 길이 남으리

---

*矢忠(시충): 충성을 맹세하다.

*赤膽(적담): 진실한 마음. 충심.

*百口(백구): 백 개의 입. 모든 식구.

조조를 제거하라는 비밀 조서를 의조대에 숨겨 나온 동승은 뜻을 함께 하는 네 명의 동지들과 거사를 준비했지만 일개 노비를 잘못 관리하는 바람에 물거품이 되고 말았다.

조조는 즉시 동승을 잡아 가두고 집안을 샅샅이 뒤져 동승의 침실에서 황제가 내린 의대와 조서, 그리고 일곱 명이 거사를 맹세하고 비단에 이름을 쓴 의장義狀을 찾아냈다.

그걸 본 조조는 쓴웃음을 지으며 말한다.

"쥐새끼 같은 놈들이 어찌 감히 이럴 수 있단 말이냐?"

부중으로 돌아간 조조는 황제의 비밀조서와 의장을 여러 모사들에게 보여준 다음 헌제를 폐위시키고, 새 황제 세울 일을 의논했다.

그때 정욱이 간한다.

"명공께서 사방에 위엄을 떨치고 천하를 호령할 수 있는 것은 한漢 황실의 이름을 받들고 있기 때문입니다. 아직 지방의 제후들을 다 평정하지 못한 이런 때에 갑자기 황제를 폐위시킨다면 필시 난을 일으킬 빌미만 제공하는 것입니다."

조조는 정욱의 말에 따라 황제 폐위는 그만두었다. 다만 동승 등 다섯 명과 그들의 가족들은 모두 각 성문으로 압송하여 목을 베어 죽이도록 하니, 죽은 사람의 수가 모두 7백여 명이나 되었다.

성 안의 관리나 일반 백성 모두 이를 보고 눈물을 흘리지 않은 자가 없었다.

후세 사람이 동승을 찬탄하여 시를 지었으며 또 왕자복 등 네 사람을 탄식해 지은 시 이다.

董國舅內閣受詔

혈서로 쓴 조서를 받는 동승

동 귀비의 죽음

春殿承恩亦枉然
춘 전 승 은 역 왕 연

傷哉龍種幷時捐
상 재 용 종 병 시 연

堂堂帝主難相救
당 당 제 주 난 상 구

掩面徒看淚湧泉
엄 면 도 간 루 용 천

봄날 궁전에서 받은 성은도 허망하게

용종도 동시에 죽게 되니 애통하구나

당당한 황제의 권위로도 구하지 못해

소매로 얼굴 가리니 눈물만이 샘솟네

---

*枉然(왕연): 헛되다. 보람 없다.
*龍種(용종): 황제나 왕의 자식.
*幷時捐(병시연): 동시에 희생되다.

조조는 동승 등의 무리를 모조리 처형한 뒤 곧바로 칼을 차고 동董 귀비貴妃를 죽이려고 궁으로 쳐들어갔다.

조조가 얼굴에 노기가 가득한 채, 칼을 차고 입궁한 것을 본 황제는 대경실색을 했다.

조조가 황제에게 말한다.

"동승이 모반을 꾀했는데 폐하께서는 알고 계십니까?"

"짐은 모르는 일이오."

헌제가 벌벌 떨면서 말한다.

"손가락을 깨물어 피로 쓴 조서를 벌써 잊었단 말이오?"

헌제는 대답할 수가 없었다.

조조가 동 귀비를 잡아오도록 하니 헌제는 사정한다.

"귀비는 지금 회임한 지 다섯 달이 되었소. 승상께서는 부디 가엾게 여겨 주시오."

"만약 하늘이 돕지 않았다면 나는 이미 죽은 목숨인데 어찌 이 계집을 살려 두어 후환을 키우겠소."

조조의 말에 복 황후 역시 사정한다.

"냉궁冷宮으로 보내 몸이나 풀고 나서 죽여도 늦지 않을 것이오."

"역적의 씨를 남겨 훗날 제 어미의 원수를 갚게 하란 말이오?"

조조의 대답에 이번에는 동 귀비가 울면서 사정한다.

"나를 죽이되 부디 시신이나마 온전히 보전하게 해 주시오."

조조는 무사들에게 끌고 나가 그녀를 궁문 밖에서 목 졸라 죽이라고 명령했다.

후세 사람이 동 귀비의 죽음을 탄식하여 지은 시이다.

조조에게 패한 유비

↓

우 차 제 주 세 고 궁
吁嗟帝冑勢孤窮
전 장 분 병 겁 채 공
全仗分兵劫寨功
쟁 나 아 기 절 유 조
爭奈牙旗折有兆
노 천 하 고 종 간 웅
老天何故縱奸雄

아아 황실의 후예가 세력이 고궁한지라
군사를 나누어 습격해 공을 세우려는데
어이하여 깃발 부러져 조짐을 보여주고
하늘은 무슨 까닭에 간웅을 내버려두나

---

*冑(주): (옛날 제왕이나 귀족의) 자손, 후예, 후손. 투구.

조조는 20만 대군을 거느리고 유비를 치러 왔다.

군사력이 절대적으로 열세인 유비는 원소에게 원군을 청했지만 원소는 얼토당토않은 이유를 들어 거절했다.

기습만이 유일한 승리의 길이라고 여긴 유비는 그날 밤 조조 진영을 총 기습을 하기로 했다.

조조는 군사를 이끌고 소패를 향해 가고 있는데 갑자기 광풍이 일더니 우렁찬 소리와 함께 대장기 하나가 바람에 부러졌다. 조조는 즉시 군사의 행진을 멈추게 하고 급히 모사인 순욱을 불러 어떤 길흉의 징조인지를 물었다.

"특별한 일은 아니고 오늘 밤에 유비가 우리 영채를 기습해 올 조짐입니다."

조조가 말없이 고개를 끄덕이는데, 그때 모개毛玠가 들어와서 조조에게 묻는다.

"방금 동남풍이 불어와 청홍 대장기 하나가 부러졌는데 주공께서는 무슨 조짐이라고 생각하십니까?"

"공의 생각은 어떤가?"

"어리석은 소견이지만 오늘 밤 누군가 우리 영채를 기습해 올 것 같습니다."

결국 이 싸움에서 유비는 조조에게 대패하고 유비·관우·장비는 서로 생사도 모른 채 모두 뿔뿔이 헤어지는 신세가 되고 말았다.

후세 사람이 이 일을 두고 탄식하며 지은 시이다.

항복하지 않은 관우

↓

위 경 삼 국 저 영 호
威傾三國著英豪
일 택 분 거 의 기 고
一宅分居義氣高
간 상 왕 장 허 례 대
奸相枉將虛禮待
개 지 관 우 불 항 조
豈知關羽不降曹

위엄이 삼국에서 으뜸가는 영웅호걸이
한 집을 나누어 거주하니 의기도 높네
간사한 승상 공연히 예절 차려 대하나
관우가 항복하지 않을 줄 어찌 알겠나

하비성을 지키던 관우는 조조의 계책에 말려 성 문을 나와 싸우다 그만 돌아갈 길이 막혀 근처의 토산으로 올라갔다.

그곳에서 하비성이 불타고 있는 모습을 바라만 보고 있는 관우는 유비의 두 부인을 지키기 위해 세 가지 조건을 전제로 조조에게 항복한다.

첫째는 한나라 황제께 항복한 것이지 조조에게 항복한 것이 아니며, 둘째로 두 분 형수님을 자신이 모시게 해야 하며, 셋째로 형님이 계신 곳을 알게 되면 즉시 조조를 떠나 유비에게 가겠다는 조건이다.

조조는 유비보다 더 후하게 은혜를 베풀어 운장의 마음을 사로잡는다면 관우를 자신의 심복으로 만들 수 있으리라 생각하고 그의 조건을 모두 들어주었다.

조조는 관우를 극진히 대접했다. 사흘에 한 번은 작은 연회를 베풀고, 닷새에 한 번은 큰 연회를 베풀어 주었다.

조조는 관우에게 금은 비단과 미녀를 보내 주었지만 고맙다는 말을 듣지 못했다. 하지만 여포가 타던 적토마를 선물하자 감사의 인사를 했다.

조조가 그 이유를 물으니 이 말은 하루에 천리를 달릴 수 있는데 만약 형님의 행방을 알게 되면, 하루 만에 달려가서 그 얼굴을 볼 수 있지 않겠냐고 대답하는 것이 아닌가?

조조는 깜짝 놀라 말을 준 것을 후회했으니 후세 사람이 시를 지어 이를 찬탄한 것이다.

이 시는 명나라 시인 주정헌周靜軒이 지은 것이다.

다섯 관문 지나며 여섯 장수를 벤 관우

<table>
<tr><td>괘 인 봉 금 사 한 상
卦印封金辭漢相</td><td>심 형 요 망 원 도 환
尋兄遙望遠途還</td></tr>
<tr><td>마 기 적 토 행 천 리
馬騎赤免行千里</td><td>도 언 청 룡 출 오 관
刀偃靑龍出五關</td></tr>
<tr><td></td><td></td></tr>
<tr><td>충 의 개 연 충 우 주
忠義慨然沖宇宙</td><td>영 웅 종 차 진 강 산
英雄從此震江山</td></tr>
<tr><td>독 행 참 장 응 무 적
獨行斬將應無敵</td><td>금 고 유 제 한 묵 간
今古留題翰墨間</td></tr>
</table>

인수와 황금 그냥 두고 조 승상 떠나
형님을 찾으러 아득한 먼길 돌아가네
적토마에 올라타서 천리 길 달려가며
청룡도 비껴들고 다섯 관문 지나갔네

장하도다 그 충의는 우주에 충만하니
그 영웅 이로부터 강산을 뒤흔들었다
혼자서 관문 장수들 죽이니 무적이라
예나 지금이나 글짓기 제목 감이로다

---

*卦印封金(괘인봉금): 인수는 걸어 놓고 황금은 봉해 놓다.
*翰墨(한묵): 필묵·문장 서화 등의 총칭.

유비가 원소에게 있다는 소식을 들은 관우는 조조에게 하직 인사를 하고자 몇 번이나 찾아갔지만 조조는 만나 주지 않았다.

관우는 인수는 대청에 걸어 두고 조조로부터 하사받은 황금 등 귀중품은 모두 곳간에 봉해 놓고, 두 형수님을 모시고 처음에 데리고 왔던 종자들과 몸에 지니는 짐들만 가지고 미련 없이 떠났다.

관우가 떠났다는 보고를 받은 조조는 장료에게 말한다.

"운장은 황금을 봉해 놓고 인수도 걸어두고 갔다고 하니, 재물도 작록爵祿도 모두 그의 마음을 움직이지 못했다. 이런 사람을 어찌 공경하지 않을 수 있겠는가! 자네가 먼저 가서 잠시 기다리라고 하여 내가 그를 전송할 수 있도록 해 주게.

내 그와 인간적으로 좀 더 친해지고 싶고, 또 노자와 전포도 주어서 훗날을 위한 기념으로 삼을까 하네."

장료가 급히 말을 달려가 관우에게 말한다.

"승상께서 형이 먼 길을 떠나신다는 것을 알고 직접 와서 전송하시겠다고 나를 먼저 보내 잠시 멈추게 하신 것이오. 다른 뜻은 없소이다."

이어서 뒤따라온 조조가 황금 한 접시와 비단전포를 주려고 했으나 관우는 말에서 내리지도 않고 비단전포만 받았다.

관우가 유비에게 가기 위해서는 다섯 관문을 지나야 하는데 관문을 지날 때마다 그곳을 지키는 장수가 보내 주려 하지 않았다.

결국 관공은 다섯 관문을 지나오면서 여섯 명의 장수들을 베어 죽였다.

후세 사람이 이를 감탄하여 지은 시이다.

유비 형제들의 재회

↓

당시수족사과분
當時手足似瓜分
신단음희묘불문
信斷音稀杳不聞
금일군신중취의
今日君臣重聚義
정여용호회풍운
正如龍虎會風雲

당시의 형제들 오이 가르듯 나뉘어져

소식마저 끊긴 채 생사조차 몰랐는데

오늘에야 군신들 의리로 다시 모이니

용과 범이 구름과 바람을 만났음이라

---

*手足(수족): 형제를 비유.
*杳(묘): 묘연하다. 소식 행방 등이 막연하다.
*重(중): 재차. 다시.

조조에게 패하여 도망친 후 서로 생사조차 모르고 지내던 유비가 관우와 장비를 기적처럼 다시 만났다.

오랜만에 만난 두 부인이 그동안 관우가 조조에게 의탁하며 지냈던 일을 자세히 설명하자 유비는 감탄해 마지 않았다.

그들은 소와 말을 잡아 천지신명께 감사의 절을 올리고 군사들을 위로했다.

유비는 형제가 다시 한 자리에 모이고, 보좌하는 참모와 장수들도 빠진 사람이 없고, 게다가 조운까지 얻었다.

관공은 또 관평과 주창 두 사람을 얻었으니 기쁘기가 한이 없어 며칠 동안 연이어 술을 마셨다.

후세 사람이 이 일을 찬탄하여 지은 시이다.

세 가객의 의로운 죽음

↓

孫郎智勇冠江湄
_{손 랑 지 용 관 강 미}
射獵山中受困危
_{사 렵 산 중 수 곤 위}
許家三客能死義
_{허 가 삼 객 능 사 의}
殺身豫讓未爲奇
_{살 신 예 양 미 위 기}

손책의 지혜와 용맹, 장강의 으뜸인데
산속에서 사냥하다가 곤경에 빠졌더라
허씨 집의 세 가객 의리로써 죽었으니
주군 위해 목숨 바친 예양과 다름없네

---

*湄(미): 강변. 강기슭.
*豫讓(예양): 예양이라는 인물은 이전에 장료가 조조에게 관우의 세 가지 조건을 들어
　　　　　주라고 설득할 때에도 소개된 인물임. 이른바 '중인국사지론(衆人國士之論)'
　　　　　으로 '주군이 나를 보통사람으로 대하면, 보통사람이 주군을 대하는 것처
　　　　　럼 나도 그렇게 대할 것이고, 주군이 나를 국사(國士)로 대해 주면 국사가
　　　　　주군을 대하는 것처럼 나도 주군을 그렇게 대할 것이다.' 예양은 중국 전국
　　　　　시대 진나라 사람으로 지백의 신하가 되어 총애를 받았음. B.C. 5세기 중
　　　　　엽에 지백은 조양자를 치려다가, 도리어 조·한·위의 연합군에게 멸망하자
　　　　　예양은 지백의 원수를 갚기 위해 세 차례나 조양자에게 접근하여 살해를
　　　　　시도했으나 결국 실패하고 말았음. 역자 주.

강동에서 큰 세력을 차지한 손책은 조정에 자신을 대사마로 임명해 줄 것을 요구했으나 거절당했다.

　이에 조조에 대한 원망을 품은 손책은 항상 허도를 치려는 기회만 엿보고 있었는데, 이를 눈치 챈 오군吳郡 태수 허공許貢이 은밀히 허도에 사자를 보내 조조에게 서신을 올렸다.

　그 내용은 손책은 사납고 날쌤이 항우와도 같은데 그를 외진外鎭에 남아 있게 하면 장차 큰 후환이 될 것이니 조정에서 큰 벼슬을 핑계로 그를 허도로 불러들여 관리해야 한다는 것이었다.

　그러나 사자가 밀서를 가지고 장강을 건너다 강을 수비하는 손책의 군사에게 붙잡혀 압송되고 말았다.

　손책은 허공에게 사람을 보내서 의논할 일이 있다는 핑계로 자신에게 오라고 한 뒤 그를 죽여 버렸다.

　이 소식을 들은 허공의 가객家客 세 사람은 그를 위해 복수에 나섰다.

　손책이 군사를 데리고 단도丹徒의 서산西山에서 사냥을 하고 있을 때 갑자기 이 가객들이 나타난 것이다.

　가객 중 한 사람이 활을 쏘아 손책의 뺨에 명중시켰다.

　손책은 뺨에 꽂힌 화살을 빼서 자기 활에 메겨 재빨리 활 쏜 자를 향해 되쏘아 쓰러뜨렸다.

　나머지 두 사람은 손책에게 창을 휘두르며 죽기로 싸우다 결국 손책의 부하들에게 죽고 말았다.

　이 시는 후세 사람이 세 사람의 가객을 칭찬하여 지은 것이다.

손책의 죽음

↓

<table>
<tr><td>독 전 동 남 지
獨戰東南地</td><td>인 칭 소 패 왕
人稱小霸王</td></tr>
<tr><td>운 주 여 호 거
運籌如虎距</td><td>결 책 사 응 양
決策似鷹揚</td></tr>
<tr><td></td><td></td></tr>
<tr><td>위 진 삼 강 정
威鎭三江靖</td><td>명 문 사 해 향
名聞四海香</td></tr>
<tr><td>임 종 유 대 사
臨終遺大事</td><td>전 의 속 주 랑
專意屬周郎</td></tr>
</table>

혼자서 동남땅에서 용맹을 떨치니
사람들은 그를 소패왕이라 불렀지
계책을 세울 땐 웅크린 범 같았고
결단할 때는 높이 나는 매 같았네

그 위엄 삼강 지역을 편안케 하고
명성은 사해에 향기롭게 퍼져가네
죽음을 맞이하여 대사를 남기면서
유지를 오로지 주유에게 당부했네

---

*四海(사해): 온 천하.

소패왕이라고 불리던 손책이 어느 날 잔치를 벌이고 있는데 우연히 우길이라는 도인이 그곳을 지나갔다.

손책은 함께 술을 마시던 장수들이 그에게 절을 하러 내려가고 주위의 백성들이 향을 피우며 길에 엎드려 그에게 절을 하는 것을 보고 몹시 기분이 불쾌했다.

그 도인은 병든 자들을 고쳐주는 것은 물론 비바람도 마음대로 몰고 오는 능력이 있어 백성들은 그를 신선이라 여겼다.

자신보다 그 도인을 존경하는 그런 모습에 자존심이 상한 손책은 화를 내며 그 자를 잡아다 하옥시켜 버렸다.

이런 사실을 안 손책의 모친은 우길을 그렇게 대우하면 안 된다고 했지만 손책은 듣지 않았다.

마침 그 해는 가뭄이 심했다. 신하들이 그에게 비를 빌게 하여 비가 내리면 그의 죄를 용서해 주자고 건의하자 손책은 그렇게 하도록 했다.

우길이 제단을 쌓고 하늘에 비를 빌자 과연 마른하늘이 갑자기 검은 구름으로 뒤덮이며 소나기가 억수로 쏟아졌다. 이에 백성들이 더욱 그를 존경했다.

그 모습을 바라보던 손책은 자신의 화를 이기지 못하고 결국 우길을 죽여 버렸다. 그 후 손책은 우길의 혼령이 몸에 들어 얼마 못가 죽고 만 것이다.

그는 죽기 전 후사를 그의 아우 손권에게 맡기고 그의 친구이자 동서인 주유에게 아우를 부탁하고 26세의 젊은 나이에 눈을 감았다.

후세 사람이 죽음을 아쉬워하며 지은 시이다.

허유의 계책을 듣지 않은 원소

↓

본 초 호 기 개 중 화
本初豪氣蓋中華
관 도 상 지 왕 탄 차
官渡相持枉嘆嗟
약 사 허 유 모 견 용
若使許攸謀見用
산 하 개 득 속 조 가
山河豈得屬曹家

원소의 호기 온 중국 땅 뒤엎었으나
관도에서 대치만 한 채 한탄만 하네
만약 허유의 계책을 받아들였더라면
산하가 어찌 다 조조의 것 되었으랴

---

*若使(약사): 만일 ~했다면.

허유는 조조의 옛 친구임에도 원소를 돕고 있었다.

허유는 조조 진영의 군량미 사정이 매우 어려워졌다는 것을 알고 조조를 쳐부술 수 있는 결정적인 계책을 원소에게 건의했으나 원소는 그의 계책을 받아들이지 않았다.

오히려 허유는 간신들의 모함으로 그의 자식과 조카마저 해를 당했다는 소식을 듣고 자결을 시도했다.

이때 주위에서 그의 칼을 빼앗으며 이렇게 충고했다.

"원소가 당신의 직언을 받아들이지 않았으니 나중에 틀림없이 조조에게 사로잡히고 말 것인데 그대는 조조의 옛 친구라면서 어찌 어리석은 사람을 버리고 명철한 주인을 찾아가지 않느냐?"

이 말에 허유는 크게 깨닫고 곧장 조조를 찾아갔다.

이 시는 당나라 시인 호증胡曾이 지은 것을 모종강이 평역하면서 몇 글자 고친 것으로 알려져 있다.

충신 저수의 한탄

↓

<ruby>逆<rt>역</rt></ruby> <ruby>耳<rt>이</rt></ruby> <ruby>忠<rt>충</rt></ruby> <ruby>言<rt>언</rt></ruby> <ruby>反<rt>반</rt></ruby> <ruby>見<rt>견</rt></ruby> <ruby>仇<rt>구</rt></ruby>
逆耳忠言反見仇

<ruby>獨<rt>독</rt></ruby> <ruby>夫<rt>부</rt></ruby> <ruby>袁<rt>원</rt></ruby> <ruby>紹<rt>소</rt></ruby> <ruby>少<rt>소</rt></ruby> <ruby>機<rt>기</rt></ruby> <ruby>謀<rt>모</rt></ruby>
獨夫袁紹少機謀

<ruby>吳<rt>오</rt></ruby> <ruby>巢<rt>소</rt></ruby> <ruby>糧<rt>양</rt></ruby> <ruby>盡<rt>진</rt></ruby> <ruby>根<rt>근</rt></ruby> <ruby>基<rt>기</rt></ruby> <ruby>拔<rt>발</rt></ruby>
吳巢糧盡根基拔

<ruby>猶<rt>유</rt></ruby> <ruby>欲<rt>욕</rt></ruby> <ruby>區<rt>구</rt></ruby> <ruby>區<rt>구</rt></ruby> <ruby>守<rt>수</rt></ruby> <ruby>冀<rt>기</rt></ruby> <ruby>州<rt>주</rt></ruby>
猶欲區區守冀州

충언이 귀에 거슬려 원수로 여기니

인심을 잃은 원소는 지모도 없구나

오소 군량 불타고 터전도 뽑혔는데

아직도 구차히 기주를 지키려 하네

---

*獨夫(독부): 독신 남자. 필부. 주로 인심을 잃은 폭군을 비유하는 의미로 사용.
*猶欲(유욕): 여전히 ~하려 하다.
*區區(구구): 사소하다. 보잘 것 없다.

원소는 대대로 삼공을 지내온 명문 가문으로 조조나 유비에 비해 넓은 영토와 막강한 군사력을 보유하고 있었다. 하지만 우유부단한 리더십과 충신들의 충언마저 듣지 않아 결국 조조에게 패하고 말았다.

전풍과 저수는 대표적인 원소의 충신들이다.

전풍은 조조를 이길 수 있는 절호의 계책을 몇 번이나 건의했으나 원소는 받아 주지 않았다.

전풍은 원소가 70만 대군을 일으켜 관도 대전을 일으킬 때 지금은 때가 아니라고 간했다가 오히려 감옥에 투옥되고 말았다.

저수는 원소가 대군을 이끌고 양무에 이르렀을 때 우리는 군량과 마초는 넉넉한 반면 조조의 군사는 부족하니 우리는 일단 천천히 방어전을 펼치며 시일을 끌다 보면 적군은 싸우지 않고도 스스로 패하고 말 것이라고 건의했으나 오히려 감옥에 갇히는 신세가 되었다.

옥중에 있던 저수는 천문을 보고 위기를 느껴 다시 한 번 원소에게 간했으나 원소는 그를 잘 가두어 놓고 지키라고 했는데 그를 밖으로 꺼내 주었다는 이유로 그를 지키던 옥졸을 죽여 버렸다.

저수는 원소가 망하고 자신이 죽을 날이 얼마 남지 않았음을 한탄했다.

후세 사람이 이 상황을 탄식하며 지은 시이다.

충렬저군지묘 忠烈沮君之墓

河北多名士
하북다명사

凝眸知陳法
응모지진법

忠貞推沮君
충정추저군

仰面識天文
앙면식천문

至死心如鐵
지사심여철

曹公欽義烈
조공흠의열

臨危氣似雲
임위기사운

特與建孤墳
특여건고분

하북땅에 명사들이 많다고 하지만
충성과 절개로는 저수를 꼽는다네
지긋이 응시하면 진법을 알아내고
하늘을 우러러 천문에도 밝았다네

죽음에 이르러도 마음은 철석같고
위기에서도 구름과 같은 기상이라
조조는 충성심과 절개를 흠모하여
특별히 봉분에 비석까지 세워주네

---

*凝眸(응모): 응시하다. 눈여겨보다.

저수의 충언을 듣지 않은 원소는 결국 조조에게 대패하고 달아났다.

옥에 갇혀 있던 저수는 조조의 군사들에게 붙잡혀 조조 앞으로 끌려갔으나 저수는 끝내 항복하지 않았다.

"본초가 어리석어 자네의 말을 듣지 않았는데, 자네는 아직도 그에 대해 미련을 갖고 있는 것인가? 내 만약 진즉 자네를 얻었더라면 천하도 걱정할 게 없었을 텐데."

조조는 그를 후하게 대접하며 군중에 머물게 했다. 하지만 저수는 몰래 말을 훔쳐 타고 원소에게 돌아가려고 했다.

화가 난 조조는 그를 죽여 버렸다.

저수는 죽는 마지막 순간까지 얼굴색 하나 변하지 않았다. "내가 잘못 생각하여 충의지사를 죽이고 말았구나!"

조조는 탄식을 하며 예를 다하여 장례를 치르도록 하고 황하 나루터에 봉분을 세우고 묘비에는 '충렬저군지묘忠烈沮君之墓'라 새기게 했다.

후세 사람이 그를 칭찬한 지은 시이다.

전풍의 죽음

作朝沮授軍中死
작 조 저 수 군 중 사
昨朝沮授軍中死

금 일 전 풍 옥 내 망
今日田豊獄內亡

하 북 동 량 개 절 단
河北棟梁皆折斷

본 초 언 불 상 가 방
本初焉不喪家邦

어제 아침엔 저수가 군중에서 죽더니

오늘 낮엔 전풍이 옥중에서 죽는구나

하북의 동량들이 모두 이렇게 꺾이니

원소가 어찌 나라를 뺏기지 않을소냐

---

*家邦(가방): 가정과 국가. 나라.

조조에게 패배하고 돌아오는 원소는 패잔병들이 어버이나 친구를 서로 잃고 통곡하며 주공이 만약에 전풍의 말만 들었더라면 우리가 이런 화를 당하지 않았을 것이라고 하소연하는 소리를 들었다.

숨어서 듣고 있던 원소 역시 후회하고 있는데 간신 봉기가 와서 거짓 보고를 했다.

"전풍이 옥중에서 주공이 참패했다는 소식을 듣고 손뼉을 치고 크게 웃으며 역시 자신의 예측이 틀리지 않았다고 말했다고 합니다."

원소는 또 그 말을 진실로 믿고 사자에게 보검을 주며 먼저 가서 전풍의 목을 베라고 명령했다.

이때 전풍은 그의 미래를 이미 알고 있었다.

전풍은 말한다.

"원 장군은 겉으로는 너그러운 척하지만 속으로는 질투심이 많고 부하의 충성심 따위는 아랑곳하지 않는 사람이다. 만약 싸움에 이기고 왔다면 기쁜 마음에 나를 용서해 줄 수도 있지만, 싸움에 크게 패했으니 부끄러워서라도 어찌 나를 보려고 하겠느냐? 나는 이제 살아날 가망은 없다."

마침 그때 사자가 왔다는 말을 들은 전풍은 옥중에서 스스로 자결하고 말았다.

이 시는 후세 사람이 이를 탄식하며 지은 시이다.

원소의 최후

|

<table>
<tr><td>누 세 공 경 입 대 명
累世公卿立大名</td><td>소 년 의 기 자 종 횡
少年意氣自縱橫</td></tr>
<tr><td>공 초 준 걸 삼 천 객
空招俊傑三千客</td><td>만 유 영 웅 백 만 병
漫有英雄百萬兵</td></tr>
<tr><td>양 질 호 피 공 불 취
羊質虎皮功不就</td><td>봉 모 계 담 사 난 성
鳳毛鷄膽事難成</td></tr>
<tr><td>갱 련 일 종 상 심 처
更憐一種傷心處</td><td>가 난 도 연 양 형 제
家難徒延兩兄弟</td></tr>
</table>

여러 대 걸쳐 공경으로 큰 명성 떨치고
젊은 시절엔 의기로 천하를 종횡했다네
삼천 준걸 모았지만 공연한 헛일이었고
백만 대군과 영웅 거느려도 헛일이었네

양의 몸에 범 가죽으론 공을 못 세우고
봉황 깃에 닭의 담력으론 일 못 이루지
가련하게도 생각할수록 가슴 아픈 것은
집안 재난이 형제들에게 이어진 일이네

---

*漫(만): 멋대로. 쓸데없이. 위 행의 공(空)과 같은 의미.

조조에게 패배한 뒤 원소는 병에 걸려 있었다.

이를 눈치 챈 조조가 이듬해 다시 쳐들어왔다.

원소가 몸소 군사를 이끌고 나가 싸우려 하자 아들 원상이 말리며 자신이 대신 싸우러 나갔다.

원상이 패하고 돌아왔다는 말을 들은 원소는 크게 놀라 그만 지병이 재발하여 피를 여러 말 토하고 그 자리에서 혼절하고 말았다.

원소의 병세는 날로 위중해졌다.

유 부인은 급히 심배와 봉기를 청해 원소의 침상 앞에서 후사 문제를 상의했다. 그러나 원소는 손가락으로만 가리킬 뿐 말을 하지 못했다.

유 부인이 묻는다.

"상尙에게 후사를 잇게 할까요?"

원소가 고개를 끄덕였다.

심배는 즉시 원소의 침대 머리맡에서 유언장을 작성했다.

원소는 몸을 뒤집으면서 마지막 외마디 비명을 지르더니 피를 한 말이나 더 토하고 그 자리에서 죽고 말았다.

결국 후사는 유 부인 소생인 막내 원상에게 돌아갔으며 이로써 자식들의 권력 싸움이 다시 시작된다.

후세 사람이 원소에 대한 시를 지은 것이다.

충신 심배의 죽음

|

<table>
<tr><td>하 북 다 명 사
河北多名士</td><td>수 여 심 정 남
誰如審正南</td></tr>
<tr><td>명 인 혼 주 상
命因昏主喪</td><td>심 여 고 인 참
心與古人參</td></tr>
</table>

<table>
<tr><td>충 직 언 무 은
忠直言無隱</td><td>염 능 지 불 탐
廉能志不貪</td></tr>
<tr><td>임 망 유 북 면
臨亡猶北面</td><td>항 자 진 수 괴
降者盡羞愧</td></tr>
</table>

하북땅에 명사가 많다고들 하지만
심배와 같은 인물 그 누가 있으랴
우매한 주인 잘못 만나 목숨 잃어
충성된 마음은 옛사람과 다름없네

충직한 그 말에는 감추는 게 없고
청렴한 그 뜻에는 탐하는 게 없네
죽음에 임해서도 북녘땅을 향하니
항복한 무리들 모두 부끄러워하네

---

*昏主(혼주): 어리석은 주인.
*參(참): 가입하다. 견주다.

원소의 충신으로 전풍과 저수 그리고 심배가 있다.

동생 원상에게 후사를 빼앗긴 원담은 조조의 힘을 빌려 원상을 칠 계획이었다.

이때 심배는 원소의 유언에 따라 원상을 도와 원담과 조조를 동시에 맞서서 싸우고 있었다. 그러나 믿었던 조카 심영의 배신으로 심배는 조조에게 사로잡히고 말았다.

항복을 권유하는 조조에게 심배는 말한다.

"나는 살아서는 원씨의 신하요, 죽어서는 원씨의 귀신이 될 것이다."

그는 처형을 당하는 순간까지 형을 집행하는 형리에게 이렇게 꾸짖으며 북쪽을 향해 꿇어앉아 목을 내밀었다.

"내 주인이 북쪽에 계신다. 내 얼굴을 남쪽으로 향하게 해서 죽이지 말라."

후세 사람이 이 일을 한탄하여 지은 시이다.

곽가의 죽음

↓

천 생 곽 봉 효　　　호 걸 관 군 영
天生郭奉孝　　　豪傑冠群英
복 내 장 경 사　　　흥 중 은 갑 병
腹內藏經史　　　胸中隱甲兵

운 모 여 범 려　　　결 책 사 진 평
運謀如范蠡　　　決策似陳平
가 석 신 선 상　　　중 원 량 동 경
可惜身先喪　　　中原樑棟傾

하늘이 내린 인물이 있으니 곽봉효라
모든 영웅 가운데 첫째가는 호걸이네
뱃속에는 경서와 사서의 지혜 감추고
가슴 속에는 병법과 술책 감추었다네

지모는 구천을 도왔던 범려와 같았고
계책은 한고조를 도운 진평과 같더라
애석하구나 젊은 나이에 먼저 죽어서
중원의 큰 대들보 이렇게 기울었으니

---

*經史(경사): 경서와 사서.
*甲兵(갑병): 갑옷과 무기. 무장한 병사.
*范蠡(범려): 중국 춘추시대의 초나라 사람. 일찍이 월나라로 가서 구천을 도와 오나라
　　　를 멸망시키고, 후에 월나라를 떠나 상업에 종사했음.
*陳平(진평): 한고조 유방을 도와 한나라를 세운 개국공신.

유비에게 책사로 제갈량이 있다면 조조에게는 곽가가 있다고 할 만큼 곽가는 조조에게 신임을 받던 참모이다.

조조는 원씨 일가가 차지하고 있던 기주 · 청주 · 유주는 물론 병주까지 손에 넣었다. 그러나 원상이 오랑캐 땅인 북번으로 달아나자 모든 신하들은 유비가 허도를 노릴지도 모르니 이제 돌아가기를 건의했으나 곽가의 생각은 달랐다.

그는 유비가 허도로 공격해 오지는 못할 것이니 이번 기회에 북번의 오환과 원상을 동시에 없애야 한다고 했다. 그러나 사막을 건너는 동안 곽가는 병이 들어 더 이상 갈 수가 없었다.

조조는 곽가를 역주에 남겨 병을 고치게 하고 북번으로 나아가 크게 승리를 했지만 원희와 원상은 다시 수천 명의 기병을 데리고 요동으로 달아났다.

조조가 역주로 돌아왔을 때 곽가는 조조에게 글을 남기고 이미 죽어 있었다. 이번에는 신하들이 요동을 정벌하자고 했다.

그러나 조조는 며칠만 기다리면 요동태수 공손강이 스스로 원씨 형제의 머리를 보내올 것이라고 했다.

장수들은 모두 그 말을 믿지 않았는데 과연 며칠 만에 공손강이 두 사람의 머리를 보내왔다.

그때 조조는 곽가가 남긴 편지를 사람들에게 보여 주었다.

모두 다 곽가의 예측에 혀를 내두르며 탄복할 뿐이었다.

조조는 가서 곽가의 영전에 다시 한 번 제사를 지냈다.

이때 그의 나이 38세였으니, 조조를 따라다니며 정벌 전쟁에 참여한 11년 동안 그가 세운 기이한 공은 셀 수도 없었다.

후세 사람이 시를 지어 그를 칭찬했다.

유비의 실언

曹公屈指從頭數
조 공 굴 지 종 두 수

天下英雄獨使君
천 하 영 웅 독 사 군

髀肉復生猶感歎
비 육 복 생 유 감 탄

爭敎寰宇不三分
쟁 교 환 우 불 삼 분

조조가 첫 손가락을 꼽으며 말하기를

천하영웅은 오직 사군밖에 없다 했지

허벅지 살 오른다고 오히려 탄식하니

어찌 천하가 셋으로 나뉘지 않겠는가

---

*屈指(굴지): 손꼽다.
*髀肉復生(비육복생): 성어로 오랫동안 말을 타지 않아, 허벅지에 살이 붙다. 대장부가
　　　　　재능을 발휘할 기회를 못 가져 할 일이 없이 헛되이 세월을 보냄을
　　　　　한탄하는 말을 비유할 때 씀. 역자 주.
*爭敎(쟁교): 어찌 ~하겠는가? 爭은 시어로 '어찌하여'의 의미이며 敎는 때의 의미로 쓰임.
*寰宇(환우): 세상. 온 천하.

갈 곳이 없는 유비가 유표에게 잠시 몸을 의탁하고 있었다.

유표에게는 전처 진씨陳氏 소생의 장남 기琦와 후처 채씨蔡氏 소생의 둘째 종琮이 있었다.

유표는 둘째를 후계로 세우고 싶지만 그리하면 예법에 어긋나고, 장자를 세우자니 채씨 사람들이 군권을 모두 장악하고 있어 이러지도 저러지도 못하고 걱정만 하고 있었다.

유표가 자신의 후사 문제를 유비에게 물었다.

"자고로 장자를 제쳐놓고 그 아우를 후계자로 세우는 것은 변란을 자초하는 길이니 만약 채씨 집안의 권력이 너무 큰 것이 염려되면 서서히 줄여 나가시면 됩니다."

유비는 문득 자신이 쓸데없는 말을 했음을 깨닫고 화장실에 간다는 핑계로 자리에서 일어났다.

돌아온 유비에게 다시 유표가 물었다.

"허도에 있을 때 조조는 '천하의 영웅은 오직 아우님과 조조 자신뿐이라고 했다' 들었다. 조조는 자신이 권력을 쥐고 있으면서도 아우보다 자신이 낫다는 말을 감히 하지 못하는데, 어찌 공을 세우지 못할까 근심을 하는가?"

"사실 저에게 기본 터전만 있으면 천하의 녹록한 무리들 쯤이야 두려울 게 뭐 있겠습니까?"

이번에도 유비는 입에서 나오는 대로 대답한 것이다.

유비는 자신이 또 실언을 했음을 깨닫고 취했다는 핑계로 얼른 자리에서 일어나 역관으로 돌아갔다.

후세 사람이 시를 지어 유비를 칭찬했다.

유비를 없애려는 채모의 모략

_{수 년 도 수 곤}
數年徒守困
_{공 대 구 산 천}
空對舊山川
_{용 개 지 중 물}
龍豈池中物
_{승 뢰 욕 상 천}
乘雷欲上天

수년간을 부질없이 곤궁하게 지내며
옛 산천만 바라보며 허송세월하였네
용이 어찌 연못에서 지낼 수 있으랴
우레를 타고 하늘 높이 오르고 싶네

---

*徒(도): 공연히. 부질없이.

병풍 뒤에서 유비의 말을 엿들은 채 부인은 은밀히 채모를 불러 역관에 묵고 있는 유비를 죽이자고 했다.

다행히 유표의 막료로 있던 이적이라는 자가 이런 소식을 유비에게 알려 주며 서둘러 피하라고 했다.

채모가 군사를 거느리고 역관에 도착했을 때 유비는 이미 떠나고 없었다.

분을 참지 못하던 채모는 벽에다 이 시 한 수를 써 놓고 그 길로 유표에게 가서 유비가 배신할 뜻이 있었던 게 틀림없다며 그 증거로 벽에다 반역시를 적어 놓고 하직 인사도 없이 달아나 버렸다고 거짓말을 했다.

유표는 믿기지 않았지만 직접 역관에 가서 확인해 보니 과연 네 구로 된 시가 적혀 있었다.

유표는 그 순간 크게 노하여 유비를 죽이고야 말겠다고 생각했으나 다행히 곧바로 그 시는 유비가 쓴 것이 아니고 채모가 꾸민 짓이라는 것을 알게 된다.

적로마로 단계를 뛰어넘은 유비

|

老去花殘春日暮　　　　宦遊偶至檀溪路
노 거 화 잔 춘 일 모　　　　환 유 우 지 단 계 로

停驂遙望獨徘徊　　　　眼前零落飄紅絮
정 참 요 망 독 배 회　　　　안 전 영 락 표 홍 서

暗想咸陽火德衰　　　　龍爭虎鬪交相持
암 상 함 양 화 덕 쇠　　　　용 쟁 호 투 교 상 지

襄陽會上王孫飮　　　　坐中玄德身將危
양 양 회 상 왕 손 음　　　　좌 중 현 덕 신 장 위

꽃은 이미 시들고 봄도 거의 기우는데
벼슬길 떠돌아다니다 단계에 이르렀지
말 세워 멀리 바라보며 홀로 배회하니
눈앞에 붉은 버들강아지 흩날리는구나

한나라 국운 쇠한 때 속으로 생각하니
용호상박하며 서로 버티던 시절이었네
양양의 연회석에서 왕손들 술 마실 때
앉아 있던 현덕 몸에 위험이 다가왔네

---

*宦遊(환유): 벼슬을 얻기 위해 돌아다니다.
*驂(참): 곁마. 두 마리 이상의 말이 마차를 끌 때에 옆에서 따라가는 말.
*咸陽(함양): 한 고조 유방이 정복한 진의 수도.
*火德(화덕): 오행의 운세에서 화(火)에 속하는 왕조는 한(漢)나라이다.

逃^도生^생獨^독出^출西^서問^문道^도
背^배後^후追^추兵^병復^복將^장到^도
一^일川^천烟^연水^수漲^창檀^단溪^계
急^급吒^타征^정騎^기往^왕前^전跳^도

馬^마蹄^제踏^답碎^쇄靑^청玻^파璃^리
天^천風^풍響^향處^처金^금鞭^편揮^휘
耳^이畔^반但^단聞^문千^천騎^기走^주
波^파中^중忽^홀見^견雙^쌍龍^용飛^비

목숨 건지려고 홀로 서문 빠져나왔지만
뒤에서는 추격병들 다시 바짝 쫓아왔고
앞에서는 거센 물살 단계가 가로막지만
황급히 적로마 몰아 물속으로 뛰어든다

말발굽에 맑고 푸르른 물결이 부서지고
공중에 바람소리 내며 채찍을 휘두르니
오직 수많은 말발굽 소리만 들려오는데
물결 속에서 갑자기 쌍용이 날아오른다

---

*靑玻璃(청파리): 푸른 유리. 단계의 푸른 물을 비유.
*耳畔(이반): 귓전, 귓가.

西川獨霸眞英主
_{서 천 독 패 진 영 주}
坐上龍駒兩相遇
_{좌 상 용 구 양 상 우}
檀溪溪水自東流
_{단 계 계 수 자 동 류}
龍駒英主今何處
_{용 구 영 주 금 하 처}

臨流三嘆心欲酸
_{임 유 삼 탄 심 욕 산}
斜陽寂寂照空山
_{사 양 적 적 조 공 산}
三分鼎足渾如夢
_{삼 분 정 족 혼 여 몽}
踪跡空流在世間
_{종 적 공 류 재 세 간}

그 사람 서천에 나라 세울 뛰어난 임금

그가 탄 말도 용마이니 서로 잘 만났네

단계의 물은 여전히 동쪽으로 흐르는데

적로마와 영명한 주인은 어디로 가는가

냇가에서 탄식만 하자니 마음이 쓰리고

저녁 햇살은 쓸쓸히 텅 빈 산만 비추네

천하삼분 계획도 이젠 흐릿한 꿈이런가

그 발자취만 부질없이 세상에 전해지네

---

*心欲酸(심욕산): 마음이 쓰리다.
*渾(혼): 흐리다. 혼탁하다.

유비를 죽이려다 실패한 채모는 또다시 계략을 세운다.

모든 관리들을 양양에 모이도록 하고 그곳에 유비를 참석케 하여 죽이려고 한 것이다.

채모는 서문을 제외한 동·남·북쪽 곳곳에 군사를 배치해 놓았다. 서문 앞은 단계檀溪로 막혀 있어 비록 유비의 군사가 수만 명이 있더라도 그곳을 건너기는 어렵기 때문이었다.

연회가 한창 무르익을 때 유비를 구해 준 적이 있는 이적이 살그머니 유비에게 다가와 말한다.

"채모가 계략을 꾸며 해치려고 하니 어서 피하셔야 합니다. 오직 서문으로만 달아날 수 있습니다."

몹시 놀란 유비는 적로마에 올라 그야말로 단기필마로 무조건 서문을 향해 달렸다. 뒤늦게 이 사실을 안 채모가 즉시 말에 올라 군사를 이끌고 그 뒤를 쫓았다.

서문을 박차고 나온 유비는 몇 리 못가서 앞을 가로막는 계곡을 만났다.

유비는 도저히 이 단계를 건널 수 없음을 알고 되돌아가려는데 채모의 추격병들이 금방이라도 당도할 것 같았다.

어쩔 수 없이 말머리를 다시 돌려 계곡 쪽으로 달렸다.

말을 몰아 계곡 아래로 내려간 유비는 큰소리로 외친다.

"적로야! 적로야! 네 정녕 나를 죽게 할 셈이냐!"

그 순간 적로가 갑자기 몸을 솟구치더니 단 한 번에 세 길丈이나 되는 거리를 훌쩍 뛰어 서쪽 기슭으로 나는 듯이 올라섰다. 유비는 마치 운무雲霧를 뚫고 지나온 것만 같았다.

훗날 소동파가 이 장면을 시로 노래한 것이다.

형양의 아이들이 부르는 동요

↓

八九年間始欲衰
팔 구 년 간 시 욕 쇠

至十三年無子遺
지 십 삼 년 무 혈 유

到頭天命有所歸
도 두 천 명 유 소 귀

泥中蟠龍向天飛
니 중 반 룡 향 천 비

팔구년 사이에 쇠잔해지기 시작하여

십삼 년에 이르면 남는 자가 없으리

마침내 천명은 누구에게로 돌아가나

진흙 속에 서린 용 하늘로 비상하네

---

*子遺(혈유): (재난이나 전쟁으로 거의 다 죽고) 겨우 살아남은 소수의 사람. 겨우 남아 있는 것.

*蟠龍(반룡): 몸을 서리고 있는 용.

유비가 수경 선생을 처음 만난 날, 수경은 형주와 양양 일대의 아이들이 부르는 이 동요를 유비에게 들려준다.

이 노래는 건안建安 초에 불리기 시작했는데, 건안 8년(서기 203년) 유경승劉景升이 전처를 잃고 집안이 어지러워지면서 동요의 내용대로 쇠약해지기 시작했다는 것이다.

동요에 '남는 자가 없다'고 한 것은 머지않아 유표가 세상을 떠나고 그 수하의 문관과 무관들이 다 몰락하여 남는 사람이 없다는 것을 의미하며 천명을 받아 용이 하늘로 비상한다는 것은 바로 장군을 두고 한 말이라고 수경 선생은 설명했다.

이 말을 들은 유비는 깜짝 놀랐지만 겸손하게 사양했다.

수경은 이 지방에 기재들이 많으니 속히 그들을 자신의 사람들로 만들라며 복룡伏龍과 봉추鳳雛를 추천한다.

사실 그때까지 유비에게는 관우와 장비와 같은 용장은 있었지만 그들을 활용할 수 있는 책사가 없어, 자신의 땅 한 평 없이 이리저리 떠돌아다니는 신세였다.

유비는 수경 선생을 만나면서 비로소 진흙 속에 서린 용이 하늘로 비상하는 계기가 되었으니 이제부터 본격적으로 유비의 활약을 기대해도 좋을 것이다.

유비를 찾아간 선복

천 지 반 복 혜　화 욕 조
天地反覆兮　火欲殂
대 하 장 붕 혜　일 목 난 부 혜
大廈將崩兮　一木難扶兮
산 곡 유 현 혜　욕 투 명 주
山谷有賢兮　欲投明主
명 주 구 현 혜　각 불 지 오
明主求賢兮　却不知吾

하늘과 땅이 뒤집어지니 불은 꺼지려 하고

큰 집 무너지니 나무 하나로 버티지 못하네

산중에 있는 현자는 밝은 주인 찾아가는데

현자 찾는 영명한 주인은 나를 모르는구나

---

*火欲殂(화욕조): 불이 꺼지려고 하다. 여기서 火는 火德으로 한나라를 의미하며 殂는 죽음을 이르는 말이니 곧 한 왕조가 멸망할 것이라는 의미임. 역자 주.

유비가 성 안으로 들어오는데 문득 저잣거리에서 한 사내가 머리에 갈건葛巾을 쓰고, 삼베 도포에 검은 띠를 두르고 검정 신을 신고 곡조가 긴 이 노래를 부르며 다가왔다.

유비가 이 선비를 청해 귀한 손님으로 대했다.

이 선비는 유비를 시험하기 위해 유비가 타고 다니는 적로마에 대해 이야기를 한다.

이 말은 주인을 해칠 수 있는 말이니 액땜을 한 후에 타야 한다고 했다. 그러면서 액땜하는 방법으로 원한을 품은 사람에게 그 말을 주어 말이 그 사람을 해친 다음에 타면 무사하다고 했다.

이 말을 들은 유비는 안색을 바꾸며 말한다.

"선생은 이곳에 오자마자 나를 바른 길로 인도하기는커녕 자신이 살기 위해 남을 해치는 법이나 가르치려 하니 이 유비는 감히 그런 가르침은 받지 못하겠소."

"전부터 사군께서 인덕이 많으신 분이라고 들었기에 감히 일부러 시험 삼아 한 말씀 올린 것이니 용서하시지요."

"저에게 어찌 남에게 미칠 만한 인덕이 있겠습니까? 그저 선생님의 가르침을 바랄 뿐입니다."

선복은 유비의 겸손함에 탄복하며 다시 말한다.

"제가 이곳으로 오던 중 신야 사람들이 부르는 노래를 들었는데, 그 가사의 내용은; '신야 목사 유황숙이 이곳에 오신 후로 백성은 태평을 누리네新野牧 劉皇叔, 自到此 民豊足'라고 했습니다. 이것만으로도 사군의 인덕이 사람들에게 미치고 있음을 알 수 있지요."

유비는 선복을 군사軍師로 삼아 군사들을 훈련시키도록 했다.

제갈량을 유비에게 천거한 선복

痛恨高賢不再逢
^{통 한 고 현 부 재 봉}

臨岐泣別兩情濃
^{임 기 읍 별 양 정 농}

片言却似春雷震
^{편 언 각 사 춘 뢰 진}

能使南陽起臥龍
^{능 사 남 양 기 와 룡}

뛰어난 인재와의 이별을 가슴 아파 하면서

갈림길에 울며 작별하는 둘의 정 애틋하다

서서의 말 한마디가 봄철 우렛소리 같아서

남양땅의 와룡선생을 능히 불러일으키셨네

---

*臨岐(임기): 갈림길에 이르러.
*片言(편언): 몇 마디. 간단한 말.

선복의 원래 이름은 서서이다.

서서의 계책으로 크게 패한 조조는 서서를 자신의 사람으로 만들려고 한다.

서서가 효성이 지극한 사람임을 알고 늙은 모친을 인질로 잡아놓고 아들이 조조에게 항복하지 않으면 이 어미는 곧 죽게 된다는 내용의 거짓 편지를 보냈다.

그 편지가 모친이 보낸 것으로 철석같이 믿고 모친을 살리기 위해 떠나겠다고 하는 서서를 유비가 어찌 붙잡을 수 있겠는가?

유비가 서서를 눈물로 배웅하는데 가던 길을 멈추고 서서가 다시 돌아와 양양성 밖 20리 떨어진 융중隆中이라는 곳에 기이한 인사가 한 사람 있으니 사군께서는 꼭 그 분을 찾아가 보라고 한다.

그 사람의 재주와 덕을 선생과 비교하면 어떠하냐고 유비가 물었다.

"굳이 저와 비교하자면, 노둔한 말을 기린과 비교하는 것이요, 까마귀를 봉황에 비교하는 격이라. 그 분은 항상 자신을 관중管仲과 악의樂毅에 비교해서 말하는데, 제가 보기에는 관중이나 악의도 그를 따르지 못하며 그는 하늘과 땅을 움직이는 능력이 있으니, 천하에 오직 한 사람밖에 없는 인물입니다."

그가 바로 제갈공명이다. 그는 지금 와룡강臥龍岡이라는 언덕에서 살고 있는데, 그 언덕의 이름을 따서 자신의 호號를 와룡선생臥龍先生이라고 했다.

후세 사람이 서서가 제갈공명을 천거한 이 일을 두고 시를 지어 칭찬했다.

서서의 모친을 찬양한 시

↓

賢哉徐母 流芳千古 守節無虧 於家有輔
현재서모 유방천고 수절무휴 어가유보

敎子多方 處身自苦 氣若丘山 義出肺腑
교자다방 처신자고 기약구산 의출폐부

讚美豫州 毁觸魏武 不畏鼎鑊 不懼刀斧
찬미예주 훼촉위무 불외정확 불구도부

唯恐後嗣 玷辱先祖 伏劍同流 斷機堪伍
유공후사 점욕선조 복검동류 단기감오

生得其名 死得其所 賢哉徐母 流芳千古
생득기명 사득기소 현재서모 유방천고

어질도다 서서의 모친이여 그 이름 천추에 남기셨네

흠 한점 없이 절개 지켜 집안을 바른 길로 이끌었네

자식을 여러모로 가르치고 처신을 바로 하려 애쓰니

꿋꿋한 기개 산과 같았고 의리는 가슴속에서 나오네

인의의 유비는 찬미하고 역적인 조조는 야단을 치니

가마솥 죽음 두려워 않고 목에 든 칼도 겁내지 않아

오직 그가 두려워함은 자식이 조상을 욕보이는 행위

검에 죽은 왕모와 같고 베를 끊은 맹자 모친과 같아

살아서는 어진 모친에 죽어서는 후세의 모범이 되니

어질도다 서서의 모친이여 그 이름 천고에 전해오네

---

*豫州(예주): 유 예주 즉 유비를 말함. *魏武(위무): 조조를 말함.
*伏劍(복검): 진나라 말기 초한이 싸우던 시절, 항우가 유방의 부하 왕릉을 투항하게 하
　　　기 위하여 그의 모친을 잡아다가 협박하였음. 항우가 왕릉의 모친(왕모)에
　　　게 왕릉을 부르게 하자, 그는 사사로이 사자를 왕릉에게 보내 유방을 잘
　　　섬기라고 전한 뒤, 자신은 칼로 자결하였음. 역자 주.

*斷機(단기): 맹자가 어린 시절 학업을 그만 두고 집으로 돌아오자 그의 모친이 아들의 학문을 권하기 위해 짜던 베를 끊어 그를 훈계하였던 고사.

조조에게 속아 허도로 돌아온 서서가 모친을 뵈러 갔다.

버럭 화를 내며 말한다.

"이 못난 놈! 오랫동안 강호를 떠돌아다니기에 그래도 글공부는 좀 했을 거라고 여겼거늘 어찌하여 예전만도 못하단 말이냐? 네놈이 글깨나 읽었다면 임금에 대한 충성과 부모에 대한 효도를 함께 할 수 없다는 것쯤은 알았을 것 아니냐!

그분을 네가 섬겼다면 그분이 바로 너의 주인이거늘, 위조 편지 한 장에 속아 영명한 군주를 버리고 사악한 역적에게로 와서 오명을 자초하여 쓰다니 참으로 어리석은 놈이구나!

내 무슨 얼굴로 네놈의 낯짝을 본단 말이냐? 너는 조상을 욕되게 한 천지간에 아무 쓸모도 없는 인간이 되었구나!"

어미의 꾸중을 들은 서서는 땅바닥에 엎드린 채 감히 얼굴을 들 수가 없었다. 모친은 자리에서 일어나 병풍 뒤로 들어가 버렸다.

잠시 후 하인이 나와서 마님께서 대들보에 목을 매셨다고 했다.

서서가 황급히 들어가 보니 모친은 이미 숨을 거둔 뒤였다.

후세 사람이 서서의 모친을 찬탄하여 지은 시이다.

와룡선생이 지은 노래

↓

창 천 여 원 개　　　　　　　　육 지 여 기 국
蒼天如圓蓋　　　　　　陸地如棋局
세 인 흑 백 분　　　　　　　　왕 래 쟁 영 욕
世人黑白分　　　　　　往來爭榮辱

영 자 자 안 안　　　　　　　　욕 자 정 녹 록
榮者自安安　　　　　　辱者定碌碌
남 양 유 은 거　　　　　　　　고 면 와 부 족
南陽有隱居　　　　　　高眠臥不足

푸른 하늘은 둥그런 덮개와 같고
넓은 땅은 하나의 바둑판 같도다
세상 사람들 흑과 백으로 나누어
영욕 다투느라 바쁘게 오고 가네

영광 얻는 자는 스스로 편안하고
모욕을 당한 자 필시 녹록해지니
남양에 숨어 지내는 사람 있는데
누워서 온종일 잠만 자고 있구나

어느 날 유비가 제갈량을 만나러 예물을 준비하여 융중으로 떠날 채비를 하려는데 사마휘가 찾아왔다. 서서가 여기 있다고 해서 한 번 만나러 왔다는 것이다.

근자에 조조가 서서의 모친을 잡아 가두자 그의 모친이 인편에 편지를 보내 부르셔서 이미 허창으로 떠났다고 유비가 말했다.

사마휘는 서서가 조조의 꾀에 걸려들고 말았다며 서서의 모친은 비록 조조에게 붙잡혀 갇혀 있더라도 절대로 서찰을 보내 자기 아들을 부르실 분이 아니며, 그 서찰은 위조된 것이 틀림없다고 했다.

만약 원직이 가지 않았다면 그의 모친은 살아 계시겠지만, 가 버렸으니 모친께서는 틀림없이 죽었을 것이라고 했다.

유비는 서서가 떠나면서 남양의 제갈량을 천거했는데, 그는 어떤 분이냐고 사마휘에게 물었다.

"그는 늘 자신을 옛 관중 · 악의와 비교했으나 오히려 주周 나라를 팔백 년간 일으킨 강태공(姜太公: 姜子牙)과 한 왕조를 사백 년간 왕성하게 만든 장량(張良: 張子房)과 견줄 수 있을 것이오."

이 말을 들은 유비는 깜짝 놀라지 않을 수 없었다.

다음 날 유비는 관우 · 장비 그리고 수행원 몇 명을 대동하고 융중으로 갔다.

가까이 이르러 저편을 보니 산기슭 밭에서 농부들이 호미로 김을 매면서 이 노래를 부르고 있었다.

노래 소리를 듣던 유비가 말을 세우고 농부를 불러 그 노래를 누가 지었냐고 물으니 바로 와룡선생께서 지은 노래라고 한다.

와룡강의 경치

↓

양 양 성 서 이 십 리
襄陽城西二十里

고 강 굴 곡 압 운 근
高岡屈曲壓雲根

세 약 곤 용 석 상 반
勢若困龍石上蟠

시 문 반 엄 폐 모 려
柴門半掩閉茅廬

수 죽 교 가 열 취 병
修竹交加列翠屏

일 대 고 강 침 유 수
一帶高岡枕流水

유 수 잔 원 비 석 수
流水潺湲飛石髓

형 여 단 봉 송 음 리
形如單鳳松陰裏

중 유 고 인 와 불 기
中有高人臥不起

사 시 리 락 야 화 형
四時籬落野花馨

양양성에서 서쪽으로 이십 리 떨어진 곳의
곧게 뻗은 높은 언덕 흐르는 물 베개 삼고
높은 언덕 굽이진 곳에 구름을 가라앉히고
종유석 돌들 사이로 시냇물은 졸졸 흐르네
지세는 지친 용이 바위 위에 서리를 튼 듯
형세는 봉황이 소나무 그늘에 앉은 듯하네
사립문은 반쯤 닫혀 초가집 가리고 있는데
안에는 고명한 선비 누워서 일어나지 않네
곧은 대나무 우거져 푸른 병풍을 이루었고
사시사철 울타리에 들꽃 향기 그윽 풍기네

---

*枕流水(침류수): 흐르는 물을 베개 삼다.
*潺湲(잔원): 물이 잔잔히 흐르는 모양.
*石髓(석수): 종유석. 修竹(수죽): 길게 자란 곧은 대나무.

床頭堆積皆黃卷
상 두 퇴 적 개 황 권

座上往來無白丁
좌 상 왕 래 무 백 정

叩戶蒼猿時獻果
고 호 창 원 시 헌 과

守門老鶴夜聽經
수 문 노 학 야 청 경

囊裏名琴藏古錦
낭 리 명 금 장 고 금

壁間寶劍映松文
벽 간 보 검 영 송 문

廬中先生獨幽雅
려 중 선 생 독 유 아

閒來親自勤耕稼
한 래 친 자 근 경 가

專待春雷驚夢回
전 대 춘 뢰 경 몽 회

一聲長嘯安天下
일 성 장 소 안 천 하

침상머리에 쌓인 것은 다 누런 서적뿐이고
왕래하는 손님들 가운데 무식한 사람 없네
원숭이는 때때로 문을 두드려 과일 바치고
문지기 늙은 학은 밤에 경 읽는 소리 듣네
오래된 비단 주머니 속에 거문고 숨어있고
벽장에 걸린 보검에는 소나무 무늬 비치네
초가에 계신 선생은 우아하고 기품이 있어
한가할 때면 몸소 나와 밭 갈고 농사 짓네
오로지 봄 우렛소리에 꿈 깨기 기다렸다가
한 소리 길게 질러서 천하를 안정시키리라

---

*白丁(백정): 출세하지 못한 사람. 무식한 사람.
*叩戶(고호): 문을 두드리다.

유비가 융중 가까이 이르러 저편을 보니 산기슭 밭에서 농부들이 호미로 김을 매면서 노래를 부르고 있었다.

유비가 말을 세우고 농부를 불러 와룡선생이 사는 곳이 어디냐고 물으니, 이 산 남쪽부터 높은 언덕으로 이어지는데 바로 와룡강이며 언덕 앞 듬성듬성한 숲 속에 초가집이 한 채 있는데, 그곳이 바로 제갈선생이 사는 곳이라고 가르쳐 준다.

유비는 감사의 인사를 한 뒤 말에 채찍을 가하여 몇 리를 가지 않아 와룡강이 보였는데 과연 그 곳의 경치가 범상치가 않았다.

이 시는 후세 사람이 와룡이 살던 곳을 고풍스레 묘사한 것이다.

유비는 초가 앞에 이르러 말에서 내려 직접 사립문을 두드렸다.

동자가 나와 누구시냐고 물으니 잔뜩 긴장한 유비가 말한다.

"한漢 좌장군左將軍 의성정후宜城亭侯 예주목豫州牧 황숙皇叔 유비劉備가 선생을 뵈러 찾아왔느니라."

"저는 그렇게 긴 이름은 다 외울 수 없습니다."

"그냥 유비라는 사람이 찾아왔다고 여쭈어라."

"선생님께서는 오늘 아침에 출타하셨습니다."

"어디에 가셨느냐?"

"말씀을 안 하셔서 어디 가신지는 잘 모릅니다."

"언제쯤 돌아오시느냐?"

"돌아오시는 것도 일정치 않습니다."

"선생께서 돌아오시거든 유비라는 사람이 찾아 왔었다고 말씀 드려라."

이렇게 삼고초려의 첫 번째 방문은 시작된다.

첫 번째 초가를 찾는 유비

강태공과 역이기를 찬미하는 석광원

장 사 공 명 상 미 성
壯士功名尙未成
군 불 견
君不見
동 해 노 수 사 형 진
東海老叟辭荊榛
팔 백 제 후 불 기 회
八百諸侯不期會
목 야 일 전 혈 류 저
牧野一戰血流杵

오 호 구 불 우 양 춘
嗚呼久不遇陽春
후 차 수 여 문 왕 친
後車遂與文王親
백 어 입 주 섭 맹 진
白魚入舟涉孟津
응 양 위 열 관 무 신
鷹揚威烈冠武臣

장사가 아직까지 공명을 이루지 못한 것은
아! 오랫동안 따뜻한 봄을 못 만났기 때문
그대는 보지 못했는가?
동해의 강태공이 폭군 주왕을 피해 있다가
문왕의 수레를 타고서 함께 일했던 사실을
팔백여 명 제후들이 기약도 없이 모여들어
맹진을 건널 때는 잉어들이 배에 뛰어들고
목야의 한 전투에서 피가 강을 이루었으니
놀라운 그의 용맹 무신들 중에 으뜸이로다

---

*東海老叟(동해노수): 동해의 늙은이. 여기서는 강태공을 비유.
*荊榛(형진): 가시덤불. 여기서는 폭군 주왕(紂王)을 비유.
*牧野(목야): 허난(河南) 성 치(淇) 현 남쪽의 지명. 주왕이 목야전투에서 주(周)나라 무
　왕에게 대패하자 분신자살하였음.
*鷹揚(응양): 매처럼 용맹하다. 특출하다.

우 불 견
又不見

고 양 주 도 기 초 중
高陽酒徒起草中

장 읍 망 탕 융 준 공
長揖硭碭隆準公

고 담 왕 패 경 인 이
高談王霸驚人耳

철 세 연 좌 흠 영 풍
輟洗延坐欽英風

동 하 제 성 칠 십 이
東下齊城七十二

천 하 무 인 능 계 종
天下無人能繼踪

이 인 공 적 상 여 차
二人功跡尙如此

지 금 수 긍 논 영 웅
至今誰肯論英雄

그대는 또 보지 못했는가?

고양의 술꾼 출신 역이기 초야에서 일어나

망탕의 한 고조를 찾아가서 읍했던 사실을

패업의 높은 식견에 많은 사람들이 놀라서

씻다 말고 모셔서 영웅의 풍모를 흠모했지

그런 그가 제의 일흔 두 개 성 항복받으니

천하에 그의 공적 따를 수 있는 장수 없네

두 사람의 공적이 더욱이 이러한 정도인데

오늘에 이르러 누가 영웅을 논하려 하는가

---

*高陽酒徒(고양주도): 술을 좋아하여 제멋대로 행동하는 사람을 비유. 진나라 말 고양(高陽) 땅의 역이기(酈食其)가 유생(儒生)을 싫어하는 유방(劉邦)을 처음 만날 때 자기는 유생이 아니라 고양 땅의 술꾼이라 한 데서 유래.
*隆準公(융준공): 코가 큰 어른. 한고조 유방(劉邦)을 가리킴.
*輟洗(철세): 씻는 것을 중지하다.
*下(하): 함락시키다의 의미로 쓰임.

공명을 찾아갔다 헛걸음하고 돌아온 유비는 이번에 먼저 사람을 보내 공명의 소식을 알아보도록 했다.

공명이 돌아왔다고 하여 유비는 얼른 말을 준비하게 했다.

장비는 사람을 시켜 불러오면 될 일을 한낱 촌부를 만나려고 형님이 직접 또 가실 필요가 어디 있냐고 불평을 한다.

유비는 '현자를 만나려 하면서 그에 합당한 예를 갖추지 않는 것은 마치 그가 들어오려고 하는데 문을 닫아 버리는 것과 같다'는 맹자의 말씀을 들며 이 시대의 대현大賢을 어찌 감히 오라고 부른단 말이냐고 호통을 치며 다시 말에 올랐다.

가는 도중에 장비가 날은 춥고 땅도 꽁꽁 얼었으니 차라리 신야로 돌아가서 눈바람이나 피하는 게 훨씬 낫겠다고 다시 불평을 한다.

유비는 나의 은근한 성의를 보이려면 이런 날씨가 오히려 도움이 될 것이라며 아우들은 추위가 겁나거든 돌아가라고 한다.

장비는 죽는 것도 겁내지 않는데, 이까짓 추위가 대수냐며 다만 형님께서 쓸데없이 고생하니 하는 소리라고 한다.

초려 가까이 이르렀을 때 갑자기 길옆 주점에서 노랫소리가 흘러나왔다. 유비가 잠시 말을 세우고 들어보니, 이런 가사의 노래였던 것이다.

이 노래의 전반부는 여망呂望 즉 강태공의 이야기이며, 후반부는 역생酈生 즉 역이기의 일을 노래한 것이다.

유비는 생각한다. 공명은 평소 자신을 관중과 악의에 견주었는데 이 노래를 지은 사람은 공명을 닮았으며 여기서 노래를 부르는 사람 역시 관중 악의와 비슷하지 않겠는가?

두 번째 초가를 찾는 유비

은둔자를 찬미하는 맹공위

↓

吾皇提劍淸寰海
創業垂基四百載
桓靈季業火德衰
奸臣賊子調鼎鼐
靑蛇飛下御座旁
又見妖虹降玉堂

우리 고조 황제 칼 들어 천하를 평정하여

한나라 세워 기초 다지신지 어언 사백 년

환제, 영제 말기 때부터 국운이 쇠약해져

간신 역적들이 조정의 권세를 좌우했도다

푸른 구렁이가 날아와 옥좌에 내려앉더니

또 요사스런 무지개는 옥당에 내려왔도다

---

*寰海(환해): 온 세상. 천하.
*調(조): 농락하다. 희롱하다.
*鼎鼐(정내): 고대 글자로 조정을 의미.

群盜四方如蟻聚
군 도 사 방 여 의 취

奸雄百輩皆鷹揚
간 웅 백 배 개 응 양

吾儕長嘯空拍手
오 제 장 소 공 박 수

悶來村店飮村酒
민 래 촌 점 음 촌 주

獨善其身盡日安
독 선 기 신 진 일 안

何須千古名不朽
하 수 천 고 명 불 후

도적떼는 사방에서 개미떼 같이 모여들고
간사한 영웅들 무수히 사방에서 일어나니
우린 휘파람 길게 불며 그저 박수나 치고
울적하면 마을 주점에서 술이나 마신다네
자기 한 몸 잘 보전하면 날마다 편안한데
굳이 천고에 이름을 남기려 할 필요 있나

---

*百輩(백배): 온갖 무리.
*吾儕(오제): 우리들.
*空(공): 공연히. 그저.
*獨善其身(독선기신): 자기 한 몸만 생각하다.
*何須(하수): 구태여 ~할 필요가 있는가. ~할 필요가 없다.

유비가 제갈량을 찾아 두 번째 와룡강을 찾아가는데 술집에서 노랫소리가 들렸다.

한 사람이 먼저 노래를 불렀다. 폭군 주왕을 피해 있다가 현명한 문왕을 만나 큰 뜻을 이룬 강태공과 역이기를 찬미하는 내용의 가사였다.

이어서 다른 한 사람이 탁자를 치며 노래를 불렀다. 어지러운 속세를 떠나 조용히 사는 게 현명하다는 내용의 노래다.

밖에서 듣고 있던 유비가 노래가 끝나자 말에서 내려 술집 안으로 들어갔다.

두 사람이 탁자에 기대어 마주보고 앉아 술을 마시고 있었다.

상석에 앉은 사람은 얼굴이 길고 수염도 길다. 아랫자리에 앉은 사람은 용모가 수수하면서도 고풍스럽다.

그곳에 와룡선생은 없었다.

한 사람은 영주의 석광원이고 또 한 사람은 여남의 맹공위로 모두 와룡의 친구들이다.

유비가 오래 전부터 두 분의 높은 명성을 들었는데, 이렇게 만나 뵙게 되어 영광이라며 밖에 말이 준비되어 있으니 두 분께서도 함께 와룡선생 댁으로 가셔서 얘기나 나누자고 했다.

석광원이 말한다.

"우리는 다 산야에 묻혀 사는 게으름뱅이라 나라 다스리고 백성 편안히 하는 일은 모르니, 더 물어보려고 수고하지 마시고 공이나 어서 말에 올라 와룡이나 찾아가 보시오."

유비는 두 사람과 작별하고 와룡강으로 갔다.

현재의 와룡강 전경

제갈량의 초가

공명의 아우 제갈균의 노래

↓

봉 고 상 어 천 인 혜
鳳翶翔於千仞兮

비 오 불 서
非梧不棲

사 복 처 어 일 방 혜
士伏處於一方兮

비 주 불 의
非主不依

락 궁 경 어 롱 무 혜
樂躬耕於隴畝兮

오 애 오 려
吾愛吾廬

료 기 오 어 금 서 혜
聊寄傲於琴書兮

이 대 천 시
以待天時

봉황은 천 길 절벽 위를 날아도
오동나무가 아니면 깃들지 않고
선비는 한곳에 숨어서 살지라도
주인이 아니면 섬기지 않는다네

몸소 시골에서 농사를 즐기면서
오직 나의 초가집을 좋아한다네
잠시 거문고 독서에 의탁하면서
하늘이 내릴 시기만을 기다리네

---

*翶翔(고상): 높이 날아오르다. *棲(서): 깃들다. 서식하다.
*伏處(복처): 숨어 지내다. *躬耕(궁경): 스스로 직접 농사를 짓다.
*隴畝(롱무): 밭이랑. 시골. *聊(료): 잠시.

와룡강에 도착한 유비가 집 앞에 이르러 동자에게 물으니 선생은 대청에서 책을 읽고 계신다고 한다.

기쁜 마음에 동자를 따라 안으로 들어가 중문에 이르니 문 위에 크게 쓴 대구對句 하나가 붙어 있다.

담백하게 함으로써 뜻을 밝게 하고　　담 박 이 명 지
　　　　　　　　　　　　　　　　淡泊以明志
평온히 함으로써 먼 앞날 바라본다　　녕 정 이 치 원
　　　　　　　　　　　　　　　　寧靜以致遠

유비가 한참을 쳐다보고 있는데 노래 소리가 들렸다. 문가에 서서 안을 가만히 들여다보니, 초당 위에서 한 젊은이가 화로 앞에 앉아 무릎을 안고 이 노래를 부르고 있다.

노래가 다 끝나자 유비가 초당으로 들어가서 정중하게 예를 갖추며 자신을 소개하니 그 젊은이가 황망히 일어나 말한다.

"장군께서는 저의 형님을 만나러 오신 유 예주가 아니십니까?"

자신은 와룡의 아우 제갈균諸葛均이며 저희는 삼 형제인데, 큰 형님 제갈근諸葛瑾은 지금 강동의 손권 밑에서 모사로 있으며, 공명은 바로 자신의 둘째 형이라고 했다.

그러면서 와룡은 어제 최주평이 와서 밖으로 놀러 나갔는데 언제 돌아올지 모른다고 했다.

결국 유비는 자신이 온 간절한 뜻을 편지로 남기고 두 번째 초려를 나섰다.

와룡의 장인이 부른 양부음梁父吟

일 야 북 풍 한
一夜北風寒

만 리 동 운 후
萬里彤雲厚

장 공 설 난 표
長空雪亂飄

개 진 강 산 구
改盡江山舊

앙 면 관 태 허
昂面觀太虛

의 시 옥 룡 투
疑是玉龍鬪

분 분 린 갑 비
粉粉鱗甲飛

경 각 편 우 주
頃刻遍宇宙

기 려 과 소 교
騎驢過小橋

독 탄 매 화 수
獨歎梅花瘦

지난밤 북풍한설이 그리도 몰아치더니
만 리 하늘에 먹구름이 두텁게 끼었네
끝이 없는 하늘 위엔 눈발만 흩날리니
강산의 옛 모습이 몽땅 바뀌어 버렸네
고개를 들어 멀고 먼 허공을 바라보니
마치 옥룡들이 서로 싸우는 것 같구나
옥룡의 비늘들이 어지러이 휘날리면서
잠깐 동안에 온 우주에 널리 퍼져가네
나귀를 타고 조그만 다리 건너서 가며
매화꽃이 시들었다 나홀로 탄식하노라

---

*彤雲(동운): 붉은 노을. 먹장구름.
*太虛(태허): 하늘. 허공.
*頃刻(경각): 매우 짧은 동안.

유비는 편지를 써서 제갈균에게 건네 준 뒤 하직을 하고 문을 나왔다.

제갈균이 문 밖까지 나와 전송하자 유비는 자신의 뜻을 재삼 당부하고 떠났다.

유비가 막 말에 오르려 하다가 문득 보니 동자가 울타리 밖을 향해 손을 흔들며 노선생께서 오신다고 소리쳤다.

유비가 그곳을 바라보니 작은 다리 서편에 머리에는 털모자를 쓰고 몸에는 여우 털가죽으로 안을 댄 옷을 입은 사람이 나귀를 타고 오는 모습이 보였다.

그 뒤에 푸른 옷을 입은 동자 하나가 호리술병을 손에 들고 눈을 밟으며 따라오는데 다리를 건너면서 이 시를 읊으며 오고 있었다.

저분이야말로 와룡선생이라고 여긴 유비는 말안장을 구르듯 내려서 정중히 예를 갖추고 이 추운 날씨에 어디 다녀오시냐며 기다린 지 오래되었다고 말했다.

그 사람이 황망히 나귀에서 내려 답례를 하는데 제갈균이 뒤에서 말한다.

"이분은 제 형님이 아니고 형님의 장인인 황승언黃承彦 어르신입니다."

머쓱한 유비가 방금 읊으신 시구詩句는 매우 훌륭하다며 장인어른을 칭찬한다.

그는 작은사위 집에서 양부음梁父吟을 본 적이 있어 그 중 한 편을 외웠는데 마침 작은 다리를 지나다가 우연히 울타리 사이에 떨어진 매화꽃을 보고 감흥이 일어, 자신도 모르게 읊었다고 했다.

유비의 두 번째 방문을 노래한 시

一天風雪訪賢良
일 천 풍 설 방 현 량

凍合溪橋山石滑
동 합 계 교 산 석 활

不遇空回意感傷
불 우 공 회 의 감 상

寒浸鞍馬路途長
한 침 안 마 로 도 장

當頭片片梨花落
당 두 편 편 이 화 락

回首停鞭遙望處
회 수 정 편 요 망 처

撲面紛紛柳絮狂
박 면 분 분 류 서 광

爛銀堆滿臥龍岡
란 은 퇴 만 와 룡 강

눈바람 몰아치던 날 어진 선비 찾아갔으나
못 만나고 돌아서니 그 마음이 서글프도다
냇가의 다리는 얼고 산의 돌은 미끄러운데
추위는 말안장까지 파고들고 갈 길은 머네

눈꽃송이는 머리 위로 배꽃 같이 흩날리고
솜버들 같은 눈송이들 얼굴 마구 때리는데
말채찍 멈추고서 고개 돌려 멀리 바라보니
빛나는 은 조각들이 와룡강에 가득 쌓이네

---

*不遇(불우): 만나지 못하다.
*當頭(당두): 머리 위에.

장인도 와룡을 만나러 오는 길이라는 말에 유비는 황승언과 작별인사를 하고 말을 타고 돌아가는데 눈바람이 더욱 거세졌다.

고개를 돌려 와룡강을 바라보는 유비의 마음은 더욱 더 서글퍼진다.

이 시는 후세 사람이 유비가 눈바람을 맞아가며 두 번째 공명을 찾아갔던 일을 처량하게 읊은 것이다.

유비가 신야로 돌아온 뒤로 세월은 덧없이 흘러 어느덧 이른 봄이 되었다.

유비는 점쟁이로 하여금 점을 쳐서 길일을 택하고, 삼일 간 목욕 재계하고 새 옷으로 갈아입고 세 번째 와룡강으로 공명을 만나 뵈러 떠날 준비를 한다.

제갈량이 잠에서 깨어나 읊은 시

↓

대 몽 수 선 각
大夢誰先覺
평 생 아 자 지
平生我自知
초 당 춘 수 족
草堂春睡足
창 외 일 지 지
窓外日遲遲

큰 꿈에서 누가 먼저 깨어났는가
내 일생 나 자신이 잘 알고 있네
초당에서 봄 낮잠 실컷 잤는데도
창 너머 하루해는 길기도 하구나

---

*足(족): 충분히. 넉넉히.
*遲遲(지지): 해가 긴 모양. 한가한 모양.

유비가 두 번이나 공명을 찾아갔으나 만나지 못하고, 이제 세 번째로 다시 찾아간다.

이를 못마땅하게 여긴 장비는 결국 투정을 부린다.

이번엔 굳이 형님이 가실 필요가 뭐 있느냐며 만약 그가 오지 않겠다면 내가 삼밧줄로 꽁꽁 묶어 끌고 오겠다고 한다.

유비는 옛날 주周 문왕文王이 강자아(姜子牙: 강태공)를 찾아뵌 이야기를 하며 장비를 꾸짖으며 그를 떼어놓고 관우와 둘이만 가려다 장비가 무례한 행동을 하지 않겠다고 약속하여 함께 간다.

초려 가까이에 이르러 제갈균을 만났는데 제갈량이 어젯밤에 돌아와 지금 집에 있으니 가시면 만날 수 있을 것이라 말하고 제 갈 길을 가 버린다.

집 앞에 이른 세 사람이 대문을 두드리자 동자가 문을 열고 나와서 말한다.

"선생님께서 안에 계시기는 하는데, 지금 초당에서 낮잠을 주무시고 계십니다."

유비는 관우와 장비에게 문 앞에서 기다리라 하고 천천히 문 안으로 들어가 계단 아래서 공손히 두 손을 모으고 서서 기다린다.

유비는 자신보다 스무 살이나 어린 제갈량을 만나기 위해 이렇게 공을 들인 것이다.

두 시간을 기다린 끝에 공명은 비로소 잠을 깬 뒤 혼자말로 이 시를 읊은 것이다.

삼고초려 끝에 얻은 제갈량

예 주 당 일 탄 고 궁
豫州當日嘆孤窮
하 행 남 양 유 와 룡
何幸南陽有臥龍
욕 식 타 년 분 정 처
欲識他年分鼎處
선 생 소 지 화 도 중
先生笑指畫圖中

유비는 그 당시 곤궁해 탄식만 했는데
남양 땅에 와룡 있어 얼마나 다행인가
훗날 천하가 삼분되는 곳 알고자 하니
와룡선생은 웃으면서 지도만 가리키네

---

*他年(타년): (미래의) 어느 시기.

마침내 유비가 공명과 자리를 함께 하니 공명이 먼저 말을 꺼낸다.

"전번에 두고 가신 글을 보고 장군의 마음은 충분히 알 수 있지만 저는 아직 어리고 재주가 없어서 물으시는 말씀에 옳게 대답할 수 없는 게 한입니다."

유비가 가르침을 주시기를 바란다고 간청하자 자신은 한낱 밭을 가는 농사꾼에 지나지 않는데, 어찌 감히 천하의 일을 논하겠냐며 다시 한 번 사양한다.

이에 유비는 대장부가 기이한 재주를 품고 있으면서 어찌 헛되이 세월만 보내고 계시냐며 원컨대 천하의 불쌍한 백성들을 생각하시어, 자신의 우둔함을 깨우쳐 주시기 바란다고 또 다시 간절하게 청하니 공명은 그제야 장군의 뜻을 들어보겠다고 한다.

유비의 말을 들은 공명은 마침내 서천西川의 54개 주를 그린 지도를 내보이며 말한다.

"장군께서 패업霸業을 성취하시고자 한다면 북쪽은 천시天時를 얻은 조조에게 양보하고, 남쪽은 지리地利를 점한 손권에게 양보하시고, 장군께서는 인화人和를 차지하셔야 합니다.

그러기 위해서 우선 형주를 차지하여 기반을 닦으신 후에 서천을 취하여 나라의 기틀基業을 세워, 조조와 손권 그리고 장군이 솥의 세 발 모양의 형세인 정족지세鼎足之勢를 이루고, 그런 연후에 비로소 중원을 도모할 수 있습니다."

그의 말을 듣고 난 유비는 자리에서 벌떡 일어나 두 손을 마주잡으며 고맙다고 인사를 했다.

후세 사람이 이 상황을 시로 지어 찬탄한 것이다.

유비의 책사가 된 제갈량

↓

신 미 승 등 사 퇴 보
身未升騰思退步
공 성 응 억 거 시 언
功成應憶去時言
지 인 선 주 정 녕 후
只因先主丁寧後
성 락 추 풍 오 장 원
星落秋風五丈原

출세하기 전에 먼저 물러날 일을 생각하니

공 이룬 날에는 떠날 때의 말 잊지 않으리

다만 선주의 간곡한 당부가 있었기 때문에

별은 가을바람 불 때 오장원에서 떨어졌네

---

*升騰(승등): 출세하다. 정치적으로 갑자기 두각을 나타내다.
*丁寧(정녕): 신신 당부하다.
*五丈原(오장원): 제갈량이 병사한 곳으로 산시(陝西)성 메이(郿)현 서남쪽 친링(秦岭) 산
　　　　　맥의 북부에 위치.

초려를 떠나 세상에 나온 제갈량

고 황 수 제 삼 척 설
高皇手提三尺雪

망 탕 백 사 야 유 혈
硭碭白蛇夜流血

평 진 멸 초 입 함 양
平秦滅楚入咸陽

이 백 년 전 기 단 절
二百年前幾斷絕

대 재 광 무 흥 락 양
大哉光武興洛陽

전 지 환 령 우 붕 열
傳至桓靈又崩裂

헌 제 환 도 행 허 창
獻帝還都幸許昌

분 분 사 해 생 호 걸
粉粉四海生豪杰

한고조 유방이 석 자 길이 검을 쥐고
망탕산에서 밤에 백사 죽이고 일어나
진과 초 평정하고 함양에 들어갔지만
이백 년 전 거의 대가 끊어질 뻔했지

위대한 광무제가 낙양에서 다시 세워
이어오다 환영제 때 다시 허물어졌네
헌제 때 어쩌다 허창으로 천도했지만
천하 호걸들 사방에서 들고 일어났네

---

*三尺雪(삼척설): 삼척수(三尺水). 석 자 길이의 검.
*幾(기): 거의. 하마터면.

조조전권득천시　　　강동손씨개홍업
曹操專權得天時　　　江東孫氏開鴻業

고궁현덕주천하　　　독거신야수민위
孤窮玄德走天下　　　獨居新野愁民危

남양와룡유대지　　　복내웅병분정기
南陽臥龍有大志　　　腹內雄兵分正奇

지인서서임행어　　　초려삼고심상지
只因徐庶臨行語　　　草廬三顧心相知

조조는 천시를 얻어 권력을 농단하고
강동 땅에선 손권이 나라를 세웠다네
곤궁한 현덕은 천하를 도망 다니다가
홀로 신야에 머물며 백성들 걱정했네

남양현의 와룡선생 큰 뜻이 있었으니
용병과 온갖 병법 가슴속에 숨겨놓고
서서가 떠나면서 부탁한 말도 있으니
삼고초려 끝에 서로의 마음 알았다네

---

*正奇(정기): 기정(奇正). 손자병법의 기습(奇襲)과 정공(正攻).

先生爾時年三九　　收拾琴書離隴畝

先取荊州後取川　　大展經綸補天手

縱橫舌上鼓風雷　　談笑胸中換星斗

龍驤虎視安乾坤　　萬古千秋名不朽

와룡선생 그때 나이 겨우 27세였으니

거문고와 책만 가지고 초려 떠났다네

먼저 형주 땅 차지한 뒤 서천 취하는

큰 경륜 펼쳐 하늘 깁는 솜씨 보이네

거침없는 언변은 폭풍우를 몰고 오고

담소 중에도 흉중에선 별자리 바꾸네

늠름한 위풍 떨치어 천하를 안정시켜

천추만고에 그 이름 길이길이 남기네

---

*三九(삼구): 27세를 가리킴.
*補天(보천): 하늘을 깁다. 큰 공을 세우다.
*縱橫(종횡): 거침없는.
*龍驤虎視(용양호시): 용처럼 날뛰고 범 같은 눈초리로 쏘아보다는 뜻으로, 기개가 높고
　　　　위엄에 찬 태도의 비유.
*乾坤(건곤) 하늘과 땅. 천하.

유비는 절을 하며 공명에게 진심으로 부탁한다.

"제가 비록 이름도 없고 덕도 부족하지만 선생께서는 부디 미천한 몸을 버리지 마시고 산을 내려가 저를 도와주시기 바랍니다."

"저는 세상사에 관심을 버린 지 이미 오래고 농사짓는 게 마음이 편하여 장군의 명을 받들 수가 없습니다."

"선생께서 산을 내려가지 않으시면 장차 불쌍한 백성들은 어찌합니까?"

말을 마친 유비의 눈에서는 하염없이 눈물이 흘러 겉옷의 소매는 물론 옷깃까지 다 젖었다.

공명은 유비의 이러한 모습에 마침내 허락한다.

"장군께서 저를 그렇게 인정해 주시니 저 또한 견마지로犬馬之勞를 다하겠습니다."

유비는 곧바로 관우와 장비를 불러 인사를 시키고 가지고 온 황금과 비단 등 예물을 바쳤으나 공명은 한사코 받지 않았으나 이것은 자신의 작은 정성을 표시하는 것일 뿐이라는 말에 공명은 그제야 예물을 받았다. 이에 유비는 공명의 초려에서 하룻밤을 함께 지냈다.

다음 날 제갈균이 돌아오자 공명이 당부한다.

"나는 유 황숙께서 세 번이나 찾아주신 은혜를 입었으니 이곳을 떠나지 않을 수가 없구나. 너는 여기서 농사를 지어 땅을 묵히는 일이 없도록 하거라. 나는 공을 이루는 그날로 다시 돌아올 것이다."

위 시는 후세 사람이 제갈량이 초려를 떠나 세상에 나온 일을 감탄하여 지은 것이다.

융중에서 삼분천하를 논하는 유비와 제갈량

서씨 부인의 재치

↓

才節雙全世所無
재 절 쌍 전 세 소 무

姦回一旦受摧鋤
간 회 일 단 수 최 서

庸臣從賊忠臣死
용 신 종 적 충 신 사

不及東吳女丈夫
불 급 동 오 여 장 부

재색과 절개 겸비한 여인 세상에 없다지만
하루아침에 간악한 무리 없앤 여인 있었네
못난 신하 역적 따르고 충신은 죽을지라도
이들은 다 동오의 여장부에 미치지 못하네

---

*才節(재절): 재능과 절개.
*姦回(간회): 간악한 무리.
*摧鋤(최서): 제거하다.
*庸臣(용신): 못난 신하. 하찮은 신하.

단양丹陽 태수인 손권의 아우 손익孫翊은 술에 취하기만 하면 군사들을 매질하기 일쑤였다.

감찰장수인 규람嬀覽과 대운戴員 두 사람은 손익을 죽이려는 마음을 품고 손익의 시종侍從인 변홍을 매수하여 손익이 연회를 베풀 때 변홍으로 하여금 그를 죽이게 했다. 그러고는 모든 죄를 변홍에게 뒤집어씌워 그의 목을 베어 버렸다.

규람은 미모인 손익의 처 서씨에게 남편의 원수를 갚아주었으니 자신을 섬기라 협박하며 말을 듣지 않으면 죽여 버리겠다고 했다.

서씨가 기지를 발휘하여 그믐날까지만 기다려 주면 남편의 제사를 지낸 뒤에 섬기겠다고 하니 규람은 그 말을 믿었다.

서씨는 은밀히 손익의 심복 장수였던 손고孫高와 부영傅嬰에게 울면서 도와달라고 부탁했다. 그믐날이 되었다.

서씨는 먼저 손고와 부영 두 장수를 불러 밀실의 휘장 뒤에 숨어 있게 했다. 제사를 마친 서씨는 규람을 오라고 하여 술을 대접했다. 술이 거나하게 취하자 서씨는 규람에게 밀실로 들어가자고 했다.

그때 휘장 뒤에 숨어 있던 두 장군이 뛰쳐나와 규람을 죽여 버렸다. 서씨는 다시 대운에게 술을 마시러 오라고 하여 같은 방법으로 죽였다. 그러고는 두 원수 집안의 가솔들은 물론 나머지 잔당들도 모조리 죽였다.

서씨는 다시 상복을 입고 손익의 영전에 규람과 대운의 수급을 올려놓고 제사를 지냈다.

서씨의 재치에 칭찬하지 않는 강동 사람은 하나도 없었다.

이 시는 후세 사람이 서씨를 찬탄하여 지은 것이다.

제갈량의 첫 번째 승리

↓

박 망 상 지 용 화 공
博望相持用火攻
지 휘 여 의 소 담 중
指揮如意笑談中
직 수 경 파 조 공 담
直須驚破曹公膽
초 출 모 려 제 일 공
初出茅廬第一功

박망 싸움에서 대치하며 불로 공격하니

웃고 말하는 중에 뜻대로 지휘하는구나

그야말로 조조의 간담을 서늘하게 하니

초려를 나온 후 첫 번째 세운 공이로다

---

*驚破(경파): 놀라서 깨트리다.

유비는 공명을 얻은 뒤로 늘 그를 사부의 예로 대하니 관우와 장비는 유비의 그런 모습이 늘 마땅치 않아 투덜거렸다.

어느 날 하후돈이 이끄는 조조의 군사 10만 명이 신야로 쳐들어왔다. 이 소식을 들은 장비는 유비에게 이제 공명으로 하여금 앞으로 나아가 적을 맞아 싸우라고 하면 되겠다고 비아냥거렸다.

공명은 유비에게 적을 물리칠 계책은 준비되어 있지만 관우와 장비가 자신의 명령에 복종하지 않을까 걱정되니 자신이 군사를 지휘할 수 있도록 주장主將의 검과 인수印綬를 빌려 달라고 했다.

공명은 모든 장수들을 불러들여 작전을 지시했다.

지시를 받은 관우와 장비는 비웃으며 일단 그의 계책이 들어맞나 보고 나서 그에게 따지겠다고 했다.

조조의 군사들을 갈대밭으로 유인한 공명은 곧바로 양쪽에서 동시에 불을 붙였다. 순식간에 사면팔방이 모두 불바다로 변하였고 마침 거센 바람을 타고 맹렬한 기세로 타올랐다.

혼란에 빠진 조조의 군사들은 우왕좌왕 어디로 달아나야 할지를 몰라 서로 짓밟혀 죽은 자만도 헤아릴 수 없이 많았다.

유비는 날이 샐 때까지 싸우고 나서야 군사를 거두었다.

조조의 군사들은 죽은 시체들이 온 들판을 뒤엎고 흐르는 피가 강을 이루었다.

대승을 하고 신야로 돌아오던 관우와 장비는 저 앞에서 작은 수레 한 대가 오는 것을 보았다. 그 안에 공명이 앉아 있었다. 관우와 장비는 얼른 말에서 내려 수레 앞에 엎드려 절을 했다.

이 시는 후세 사람이 이 장면을 묘사한 것이다.

공융의 죽음

↓

공 융 거 북 해
孔融居北海

호 기 관 장 홍
豪氣貫長虹

좌 상 객 상 만
座上客常滿

준 중 주 불 공
樽中酒不空

문 장 경 세 속
文章驚世俗

담 소 모 왕 공
談笑侮王公

사 필 포 충 직
史筆褒忠直

존 관 기 태 중
存官紀太中

공융이 북해의 태수로 재직할 때에는
호탕한 그의 기백 무지개까지 뻗쳤지
그를 찾는 벗들로 문전성시를 이루고
술독에는 약주가 떨어질 날이 없었지

그의 문장은 세인들을 놀라게 하였고
벗과 담소할 때에는 왕공도 조롱했지
사가들도 그의 충직함 높게 칭찬하여
죽을 때에도 관직명 그대로 기록했네

---

*褒(포): 칭찬하다.
*存官紀太中(존관기태중): 죄를 짓고 처형당하는 경우 그의 이름만 기록하는 것이 관행
　　　　　　　이었는데 강목(綱目)에는 '태중대부 공융을 죽였다.'고 그의 관
　　　　　　　직도 기록하였음. 역자 주.

공명은 유비에게 말했다.

"하후돈은 비록 패하고 돌아갔지만 조조는 반드시 직접 대군을 거느리고 다시 올 것입니다."

유비가 어찌해야 좋겠느냐고 물었다.

"신야는 너무나 작은 현縣이어서 오래 머물러 있을 곳이 못 됩니다. 최근 유표의 병세가 위중하다 하니 이 기회에 형주를 차지하여 장차 대업을 이룰 전초 기지로 삼으면 조조의 군사도 막아낼 수 있습니다."

하지만 유비는 의리를 저버리는 일은 차마 못하겠다며 공명의 건의를 거절한다.

유비에게 대패하고 돌아간 하후돈이 조조에게 보고하자 조조는 50만 대군을 일으켜 유비를 치기로 했다.

그러자 태중대부太中大夫 공융이 유비와 유표는 모두 황실의 종친으로 그들을 무시하여 가볍게 토벌하려 해서는 안 된다고 간했다.

공융에게 열등감을 갖고 있던 치려는 공융이 평소에도 승상을 업신여겼을 뿐만 아니라 승상을 욕보인 예형도 뒤에서 공융이 조종한 것이라고 모함했다.

공융이 북해 태수로 재직 시부터 이미 유비와 가까운 사이라는 것을 잘 알고 있는 조조는 평소에도 공융을 못마땅하게 여기고 있던 터라 이번 기회에 공융은 물론 그의 가족들까지 모두 죽이고 그의 시신을 저잣거리에 높이 매달아 모든 백성들에게 구경하도록 했다.

후세 사람이 공융을 찬탄하여 지은 시이다.

유표의 죽음

_{석 문 원 씨 거 하 삭}
昔聞袁氏居河朔
_{우 견 유 군 패 한 양}
又見劉君霸漢陽
_{총 위 빈 신 치 가 누}
總爲牝晨致家累
_{가 련 불 구 진 소 망}
可憐不久盡消亡

지난날 원씨는 하북에서 세력을 떨쳤으며
이어서 유표는 한양에서 패권을 다투었지
어쨌든 둘 다 암탉이 울어 화가 미쳤으니
가엾게도 오래지 않아 모조리 망했음이라

---

*河朔(하삭): 황하의 북쪽 기슭.
*牝晨(빈신): 빈계사신(牝鷄司晨)의 준말. 암탉이 새벽을 알리다.

형주의 유표는 병세가 위독해지자 자식을 부탁하기 위해 사람을 보내 유비를 청했다.

유표가 말한다.

"내 자식들은 재주가 없어 애비의 기업을 이어받을 수 없으니 내가 죽거든 아우님이 이 형주를 맡아 주게."

유비는 그럴 수 없다고 사양했다.

그러는 사이 조조가 직접 대군을 거느리고 오고 있다는 보고가 들어왔다.

유비는 급히 유표에게 하직 인사를 하고 그날 밤 신야로 돌아갔다.

병중에 조조가 쳐들어온다는 소식까지 접한 유표는 더욱 마음이 급해져서 유비로 하여금 장자 유기를 보좌하여 그를 형주의 주인이 되도록 하려는 유언장을 작성하였다.

이런 소식을 들은 채 부인은 안쪽 대문을 닫아걸고 채모와 장윤으로 하여금 바깥 대문을 굳게 지키도록 했다.

강하에서 부친의 위독 소식을 접한 유기가 부친의 병문안을 위해 형주로 달려왔지만 채모가 그를 들어가지 못하게 막았다.

유기는 대문 밖에 서서 한동안 대성통곡을 한 뒤 다시 강하로 돌아갈 수밖에 없었다.

병세가 더욱 악화된 유표는 기다리던 유기가 오지를 않자, 8월 무신일戊申日 외마디 비명을 크게 몇 번 지르고 죽고 말았다.

후세 사람이 유표를 탄식하여 지은 시이다.

공명의 두 번째 전공

간 웅 조 조 수 중 원
奸雄曹操守中原
구 월 남 정 도 한 천
九月南征到漢川
풍 백 노 임 신 야 현
風伯怒臨新野縣
축 융 비 하 염 마 천
祝融飛下焰摩天

간사한 영웅 조조가 중원을 차지하더니

구월에는 남정을 하여 한천에 이르렀지

바람의 신이 노하여 신야현에 찾아왔고

화염의 신도 내려와서 하늘높이 치솟네

---

*風伯(풍백): 바람의 신.
*祝融(축융): 전설의 불의 신.

유표가 죽자 채 부인은 채모, 장윤과 상의하여 가짜 유서를 만들어 자신의 소생인 둘째 아들 유종劉琮을 형주의 주인으로 삼은 연후에 유표의 죽음을 알렸다. 하지만 끝내 유기와 유비에게는 부고를 알리지 않았다.

이때 갑자기 조조가 대군을 이끌고 양양으로 쳐들어오자 어찌할 줄 모르던 유종은 채 부인과 의논하여 곧바로 항복문서를 만들어 조조에게 바쳤다.

이런 사실을 뒤늦게 안 공명은 유비에게 조문을 핑계로 양양으로 가서 유종이 영접 나오면 그 자리에서 유종을 사로잡은 뒤 그의 일당들을 모두 죽여 버리면 형주는 곧 사군의 차지가 될 것이라고 건의했으나 유비는 이마저도 듣지 않았다.

이러는 사이 조조의 군사들이 이미 박망까지 쳐들어왔다.

그러자 공명은 지난번 하후돈이 왔을 때 불속에서 군사를 태반이나 잃었는데, 다시 왔으니 이번에는 다른 계책에 말려들게 하겠다며 신야 성을 불태워 조조 군사를 화염 속으로 몰아넣을 계책을 세웠다.

공명의 이번 작전도 대 성공이었다.

조인이 이끄는 10만 명의 군사가 신야 성 안에 들어와 민가에 들어가 밥을 짓고 있을 때 성 안 전체를 불바다로 만들어 버린 것이다.

이날 밤의 불은 지난번 박망과의 군량과 마초를 쌓아둔 곳을 불태웠던 것보다도 훨씬 심했다.

후세 사람이 이를 탄식하여 지은 시이다.

적벽대전

用奇謀孔明借箭

유비의 어진 마음

｜

_{임 난 인 심 존 백 성}
臨難仁心存百姓
_{등 주 휘 루 동 삼 군}
登舟揮淚動三軍
_{지 금 빙 조 양 강 구}
至今憑弔襄江口
_{부 로 유 연 억 사 군}
父老猶然憶使君

환난 속에도 백성 구하려는 어진 마음에

배에 올라 눈물 훔치니 전군이 감동하네

지금도 양강 어귀에서 지난 일 추모하면

옛 노인들 여전히 유 사군을 기억하더라

---

*憑弔(빙조): 유적이나 분묘 앞에서 고인이나 옛 일을 추모하다. 위령제를 지내다.

조조는 다시 한 번 유비에게 패하자 크게 노했다.

즉시 전군을 동원하여 번성을 치려고 하는데 유엽이 서서를 사자로 보내 유비에게 항복을 권유해 보자고 건의했다.

유비에게 간 서서는 말한다.

"조조가 저를 사군께 보내 항복을 권하는 것은 백성들의 마음을 사기 위한 사기극에 불과하고 지금 저들의 군사는 여덟 방면으로 나누어 백하를 메우고 쳐들어 올 준비를 하고 있으니 서둘러 이곳을 떠날 계책을 써야 합니다."

유비는 신야와 번성의 백성들을 모두 데리고 강을 건너가는데, 양쪽 강기슭에는 통곡소리가 끊이지 않았다. 배 위에서 그런 처참한 모습을 바라보던 유비는 괴로워 죽고 싶은 심정이었다. 천신만고 끝에 양양 성에 도착했으나 유종은 성문을 열어 주지 않고 오히려 활을 쏘는 것이 아닌가?

하는 수 없이 유비는 강릉으로 발길을 돌렸다. 그러나 백성들을 데리고 가는 길이라 하루에 10여 리 밖에 갈 수가 없으니 조조의 군사가 언제 쫓아올지 모르는 위급한 상황이다. 모든 장수들이 백성들은 잠시 두고 먼저 가는 것이 좋겠다고 건의했지만 유비는 말한다.

"큰일을 하려는 자는 반드시 인仁을 근본으로 삼아야 하거늘, 지금 백성이 나에게 의탁하러 왔는데 내 어찌 그들을 버릴 수 있단 말인가!"

그러나 이런 백성을 아끼는 유비의 어진 마음으로 앞으로 얼마나 큰 위험이 닥칠지 상상이나 했을까?

후세 사람이 그를 칭찬하여 시를 지었다.

여장부 미부인의 죽음

↓

전 장 전 빙 마 력 다
戰將全憑馬力多
보 행 즘 파 유 군 부
步行怎把幼君扶
반 장 일 사 존 유 사
扴將一死存劉嗣
용 결 환 휴 여 장 부
勇決還虧女丈夫

싸우는 장수는 다 말의 힘에 의지하거늘

걸어가며 싸워서 어찌 어린 주인 구하랴

자신을 희생하여 유씨 후사 보전을 하니

그 용기와 결단 과연 여장부라 가능했네

---

*扴(반): 서슴없이 버리다.
*還虧(환휴): 과연 ~덕분이다.

유비의 가족(두 부인과 아두)과 백성들을 보호하며 따라가던 조운은 갑자기 들이닥친 수많은 조조의 군사들과 싸우다 그만 유비의 가족을 잃어 버렸다.

죽기로 싸우며 두 부인과 어린 주인의 행방을 찾던 조운이 감 부인을 발견했는데 그녀는 미 부인과 아두는 어디로 갔는지 모르고 자신만이 혼자 여기까지 도망쳐왔다는 것이다.

조운은 감 부인을 말에 태우고 적들을 물리치면서 탈출로를 내어 곧장 장판파까지 달려가 장비에게 감 부인을 인계하고 다시 미 부인과 작은 주인을 찾으러 나섰다.

이리저리 탐문하던 조운은 마침내 미 부인을 발견했다.

그녀는 왼쪽 다리를 창에 찔린 채 무너진 담벽 아래의 말라 버린 우물가에서 아두를 품에 안고 앉아서 울고 있었다.

조운을 만난 미 부인은 이제 아두는 살 수 있게 되었다면서 장군께서 이 아이를 부친과 만나게 해 주신다면 자신은 죽어도 여한이 없다고 했다.

부인께서 이런 고통을 당하신 것은 다 자신의 죄라며 어서 말에 오르면 자신은 걸어가면서 죽기로 싸워 부인을 보호하며 이 포위망을 뚫고 나가겠다고 했다.

미 부인은 장군께서 어찌 말馬도 없이 싸울 수 있겠냐며 자신은 상처가 깊어 함께 갈 수 없으니 이 아이만은 장군께서 꼭 보호해 달라고 부탁했다. 그리고 부인은 아이를 땅에 내려놓고, 몸을 돌리더니 마른 우물 속으로 몸을 던져 자결해 버렸다.

후세 사람이 미 부인을 찬탄하여 지은 시이다.

아두를 구한 조운 I

↓

紅光罩體困龍飛
홍 광 조 체 곤 용 비

征馬衝開長坂圍
정 마 충 개 장 판 위

四十二年眞命主
사 십 이 년 진 명 주

將軍因得顯神威
장 군 인 득 현 신 위

붉은 빛 휘감으며 잠자던 용 날아오르듯

조운의 말은 장판파 포위망 뚫고 나갔네

그는 42년간 나라 주인이 될 운명이기에

조 장군 이 일로 신 같은 위력 발휘했네

---

*罩(조): 씌우다. 가리우다.

*衝開(충개): 돌파해 나가다. 뚫고 나가다.

*神威(신위): 신과 같은 위력.

미 부인이 이미 숨을 거둔 것을 확인한 조운은 조조의 군사들이 그 시신을 훔쳐가지 못하도록 흙담 벽을 넘어뜨려 마른 우물을 덮어 버렸다.

그리고 자신의 갑옷 끈을 풀어 가슴보호대를 내버리고 아두를 끈으로 말아 품속에 안전하게 보호한 다음, 창을 들고 말에 올랐다.

그때 이미 적군의 한 장수가 한 무리의 보군步軍을 이끌고 오고 있었는데, 그는 바로 조홍의 부장인 안명晏明이었다.

안명은 삼첨양인도三尖兩刃刀를 휘두르며 조운에게 달려들었다. 하지만 미처 세 합도 겨루지 못하고 조운의 창에 찔려 거꾸로 말에서 떨어졌다.

조운은 안명의 군사들을 무찌르며 퇴로를 열고 달려가는데 이번에는 한 무리의 기병騎兵이 나타나 길을 막았다. 맨 앞에 선 대장기大將旗에는 '하간장합河間張郃'이라는 네 글자가 선명하게 보였다.

조운은 어떤 말도 하지 않은 채, 곧바로 창을 꼬나들고 장합에게 달려들었다. 장합과 10여 합을 겨룬 조운은 더 이상 싸울 뜻이 없는 듯 길을 열어 달아났다. 뒤에서 장합이 쫓아왔다.

조운은 말에 박차를 가하면서 계속 달리는데, 전혀 예상치 못한 일이 발생하고 말았다.

갑자기 '꽈당' 소리와 함께 조운은 말과 함께 함정 속으로 빠지고 만 것이다. 어느새 쫓아온 장합이 창으로 찌르려 했다. 그 순간 흙구덩이 속에서 한 줄기 붉은 빛이 치솟으며 조운을 태운 말이 한 번에 뛰어올라 밖으로 나오는 것이 아닌가!

후세 사람이 이 순간을 찬탄하여 지은 시이다.

아두를 구한 조운 II

血^혈染^염征^정袍^포透^투甲^갑紅^홍
當^당陽^양誰^수敢^감與^여爭^쟁鋒^봉
古^고來^래衝^충陳^진扶^부危^위主^주
只^지有^유常^상山^산趙^조子^자龍^룡

피로 전포는 물론 갑옷까지 붉어졌는데
누가 당양 싸움에서 조운을 대적하겠나
예로부터 적진에서 주인을 구한 장수는
상산 출신 조자룡 말고 또 누가 있더냐

---

*衝陳(충진): 진을 뚫다.

조운이 말을 몰아 한참을 달려가는데 이제는 네 명의 장수가 앞뒤로 포위했다. 그들은 모두 지난날 원소의 수하에 있다가 조조에게 항복한 장수들이었다.

조운은 네 명의 장수를 상대로 죽을 힘을 다해 싸우고 있는데 조조의 군사들이 또 떼를 지어 달려들었다.

조운은 마침내 청강검을 빼어들고 닥치는 대로 내리쳤다. 그가 손을 놀릴 때마다 적의 갑옷을 꿰뚫어 피가 용솟음쳤다.

조운은 몰려오는 적군과 장수를 물리치며 포위망을 뚫고 빠져나갔다.

이때 조조는 경산 위에서 이 전투 상황을 보고 있었다.

한 장수가 이르는 곳마다 어느 누구도 그의 위력을 감당하지 못하는 모습을 본 조조는 급히 주위 부하에게 저 장수가 누구냐고 물었다.

"상산常山 출신의 조자룡趙子龍이라고 합니다."

조조는 절대로 화살을 쏘지 말고 그를 반드시 사로잡으라고 했다.

조조의 이 명령으로 조운은 곤경을 벗어날 수 있었으니, 이 또한 아두에게 복이 있었기 때문 아니겠는가!

이 싸움에서 조운은 작은 주인 아두를 품에 안은 채, 겹겹의 포위를 뚫고 나오면서 큰 깃발 두 개를 칼로 베어 쓰러뜨리고, 창을 세 자루 빼앗았으며, 조조 진영의 장수 50여 명을 창으로 찌르고 칼로 베어 죽였다.

후세 사람이 이 일을 두고 지은 시이다.

구해 온 자식에 대한 유비의 반응

조 조 군 중 비 호 출
曹操軍中飛虎出
조 운 회 내 소 룡 면
趙雲懷內小龍眠
무 유 부 위 충 신 의
無由扶慰忠臣意
고 파 친 아 척 마 전
故把親兒擲馬前

조조의 군사 속에서 범이 날아 나오니

조운의 품안에선 작은 용이 잠을 자네

유현덕은 충신의 뜻 위로할 길이 없어

친자식을 받아 들어 말 앞에 내던지네

간신히 적의 포위망을 벗어난 조운이 장판교 근처에 왔을 때는 사람과 말 모두 지칠 대로 지쳐 있는데, 앞을 보니 장비가 다리 한 가운데 말을 타고 장팔사모를 쥐고 홀로 서 있는 것이 아닌가!

장비의 도움으로 비로소 위험에서 벗어난 조운이 마침내 유비를 만났다. 말에서 내린 조운이 바로 땅에 엎드려 울었다. 유비 역시 울고 있다. 조운은 가쁜 숨을 몰아쉬며 말한다.

"저의 죄, 만 번 죽어도 마땅합니다. 미 부인께서 몸에 중상을 입고 끝까지 말에 오르시기를 거부하시다가 결국 우물에 몸을 던져 자결하시고 말았습니다. 저는 어쩔 수 없이 흙담으로 겨우 우물을 덮어 두고, 공자만 품에 안은 채 겹겹이 싸인 적군의 포위를 뚫고 왔으니, 이는 모두 주공의 홍복洪福 덕분에 무사히 벗어날 수 있었습니다. 얼마 전까지만 해도 공자가 저의 품속에서 울고 있었는데, 지금은 아무런 반응이 없습니다. 혹시 잘못된 건 아닌지 모르겠습니다."

즉시 갑옷을 풀고 보니, 아두는 아직도 곤히 자고 있다.

조운은 너무나 기쁜 나머지 두 손으로 안아 유비에게 건네주었다. 유비는 아두를 받아 땅에 팽개치며 말한다.

"이 어린 자식 놈 때문에 하마터면 나의 대장 한 사람을 잃을 뻔했구나!"

황급히 땅에서 아두를 안아 올린 조운은 울면서 말한다.

"이 조운은 간과 뇌수를 모두 땅에 쏟는다 해도 주공께 보답할 길이 없습니다."

후세 사람이 이 일을 읊은 시다.

혼자서 백만 대군을 물리친 장비

장 판 교 두 살 기 생
長坂橋頭殺氣生
횡 창 입 마 안 원 정
橫槍立馬眼圓睛
일 성 호 사 굉 뢰 진
一聲好似轟雷震
독 퇴 조 가 백 만 병
獨退曹家百萬兵

장판교 다리 위에 일어난 살벌한 기세는

창 들고 말 세워 눈 부릅뜬 장비 아닌가

호통치는 소리가 마치 천둥 울리듯 하니

혼자 몸으로 조조의 백만 대군 물리치네

---

*轟雷震(굉뢰진): 천둥이 치다.

문빙이 군사를 이끌고 조운을 뒤쫓아 장판교에 이르러 앞을 보니, 장비가 범 같은 수염을 곤추세우고 고리눈을 부릅뜨고, 손에는 장팔사모를 들고 다리 한가운데 말을 세우고 서 있었다. 게다가 다리 동쪽 숲 뒤에서는 먼지가 자욱하게 일어나고 있었다. 복병이 있는 것으로 의심한 문빙은 말을 멈춰 세우고 감히 앞으로 나아가지 못했다. 뒤따라 조인 등 조조의 주요 장수들이 속속 도착했다. 그들은 장비가 눈을 부릅뜨고 장팔사모를 비껴들고 다리 한가운데 혼자 말을 타고 서 있는 것을 보고는 이것 역시 공명의 계책이 아닐까 두려워 감히 앞으로 나아가지 못하고 다리 서쪽에 진영을 횡으로 벌여 놓고 조조에게 보고했다.

조조가 급히 말에 올라 대오 뒤쪽에서 앞으로 나와 보았다.

장비가 큰 소리로 호통을 친다.

"나는 연인燕人의 장익덕이다! 누가 감히 나랑 목숨을 걸고 싸워 보겠느냐?"

그 소리는 마치 큰 천둥소리 같았다. 조조의 군사들은 무서워 다리를 덜덜 떨었다.

조조는 곧바로 말머리를 돌려 달아났다.

다른 모든 장수와 군사들 역시 서쪽으로 달아나 버렸다.

그들은 앞다투어 달아나느라 손에 든 병장기도 버리고 머리에 쓴 투구조차 내팽개쳤다.

군사들이 마치 썰물 빠져나가듯 했으며 말들은 산이 무너진 듯 서로를 짓밟았다.

후세 사람이 이 일을 찬탄하여 지은 시이다.

동작대부 銅雀臺賦[1]

↓

종 명 후 이 희 유 혜
從明后以嬉遊兮

등 층 대 이 오 정
登層臺以娛情

견 태 부 지 광 개 혜
見太府之廣開兮

관 성 덕 지 소 영
觀聖德之所營

밝으신 군주를 따라 즐겁게 노닐다가

높은 누대에 올라오니 기분이 좋구나

황실의 곳간이 활짝 열려있음을 보니

이는 성덕으로써 나라 경영하신 바라

건 고 문 지 차 아 혜
建高門之嵯峨兮

부 쌍 궐 호 태 청
浮雙闕乎太淸

립 중 천 지 화 관 혜
立中天之華觀兮

련 비 각 호 서 성
連飛閣乎西城

높은 대문이 우뚝하게 세워져 있는데

한 쌍의 대궐 푸른 공중에 떠 있도다

중천에 세워져 있는 화려한 장관이여

공중의 복도는 서쪽 성으로 이어지네

---

1 동작대부는 이 책에 실려 있는 부(賦) 가운데 가장 대표적인 작품임. 한부(漢賦)는
   시와 산문의 혼합체 형식을 갖추고 있는 운문의 일종으로 삼국지연의의 시대적 배
   경인 한 나라 시대를 대표하는 문학 장르임. 이해의 편의를 위해 한시와 마찬가지
   로 4행씩 나누어 해석함. 역자 주.

림 장 수 지 장 류 혜
臨漳水之長流兮
립 쌍 대 우 좌 우 혜
立雙臺于左右兮

망 원 과 지 자 영
望園果之滋榮
유 옥 룡 여 금 봉
有玉龍與金鳳

흘러가는 장하의 강물을 옆에 끼고서
동산에 무성히 달린 과일을 바라보네
한 쌍의 누대 좌우 양쪽 세워 놓으니
하나는 옥룡이요 또 하나는 금봉이라

람 이 교 어 동 남 혜
攬二喬於東南兮
부 황 도 지 굉 려 혜
俯皇都之宏麗兮

악 조 석 지 여 공
樂朝夕之與共
감 운 하 지 부 동
瞰雲霞之浮動

교씨 두 사람을 동남쪽에서 잡아와서
아침저녁으로 그 둘과 함께 즐기리라
아래를 보니 웅장하고 화려한 황도요
하늘에는 구름과 노을 둥둥 떠다니네

*滋榮(자영): 맛 좋은 과일이 무성함.
*攬(람): 끌어안다. 독점하다. 인수하다.
*俯(부): 숙이다. 굽어보다.
*宏麗(굉려): 웅장하고 화려하다.
*瞰(감): 바라보다. 굽어보다.

흔 군 재 지 래 췌 혜
欣群才之來萃兮

협 비 웅 지 길 몽
協飛熊之吉夢

앙 춘 풍 지 화 목 혜
仰春風之和穆兮

청 백 조 지 비 명
聽百鳥之悲鳴

천하의 인재 모여드는 것을 기뻐하니
주문왕 길몽 꾸고 강태공 얻음이로다
온화한 봄바람을 고개 들어 음미하며
뭇 새들 슬피 우는 소리 귀 기울이네

천 운 원 기 기 립 혜
天雲垣其旣立兮

가 원 득 호 쌍 령
家愿得乎雙逞

양 인 화 어 우 주 혜
揚仁化於宇宙兮

진 숙 공 어 상 경
盡肅恭於上京

하늘 구름이 성처럼 둘러싸고 있으니
우리 집안의 소원을 모두 이루었도다
인자함을 통한 교화를 천하에 떨치니
황도를 향해 엄숙한 공경 다하는구나

---

*萃(췌): 모이다.
*協飛熊(협비웅): 주문왕이 어느 날 곰이 나는 꿈을 꾸고 강태공을 얻은 일을 말함.
*垣(원): 담. 성. 일부 책은 긍(亘: 뻗치다)으로 표기된 것도 있음.
*仁化(인화): 어진 덕을 통한 교화.
*上京(상경): 수도. 황도.

유 환 문 지 위 성 혜
惟桓文之爲盛兮
휴 의 미 의 혜 택 원 양
休矣美矣惠澤遠揚

기 족 방 호 성 명
豈足方乎聖明
익 좌 아 황 가 혜 녕 피 사 방
翼佐我皇家兮寧彼四方

제환공과 진문공 패업 성대하다 해도
어찌 우리 밝으신 성덕과 비교하리요
아, 아름답구나! 그 은혜 멀리 떨치고
황가를 잘 보좌하니 천하가 편안하네

동 천 지 지 규 량 혜
同天地之規量兮
영 귀 존 이 무 극 혜
永貴尊而無極兮

제 일 월 지 휘 광
齊日月之輝光
등 년 수 어 동 황
等年壽於東皇

금상의 도량은 하늘과 땅처럼 넓으며
찬란한 영예는 해와 달과 한가지로다
존귀함은 영원하여 끝이 없을 것이니
금상의 장수하심 태양의 신과 같으리

---

*桓文(환문): 제(齊)나라 환공(桓公)과 진(晉)나라 문공(文公)을 아울러 이르는 말.
*方(방): 견주다. 비교하다. *休(휴): 아름답다. 훌륭하다.
*規量(규량): 규모와 용량. *齊(제): 일치하다. 맞먹다.
*東皇(동황): 봄을 주관하는 신. 태양의 신.

御龍旂以激游兮   回鸞駕而周章
恩化及乎四海兮   嘉物阜而民康

용 깃발 꽂은 어가 타고 놀러 다니고

난가를 타고 세상을 두루 살피시도다

금상의 은덕이 온 백성들에게 미치니

물자는 풍부하고 백성들은 잘 지내니

願斯臺之永固兮   樂終古而未央

원컨대 이 동작대 길이길이 견고하여

이 즐거움 영원토록 끝나지 말지어다

---

*旂(기): 고대의 방울이 달린 기(旗)의 일종.
*鸞駕(난가): 천자의 수레.
*周章(주장): 두루 돌아다니다.
*物阜而民康(물부이민강): 백성이 안락하고 물산이 풍부하다. 사회가 안정되고 번영하다.
*終古(종고): 영원히. 영구히.
*未央(미앙): 아직 끝나지 않다.

조조에 비해 군사력이 절대적으로 열세인 유비가 조조에 대항할 수 있는 유일한 방법은 손권의 도움을 받는 것이었다.

이를 미리 알아차린 조조는 손권에게 글을 보내 함께 유비를 쳐서 형주 땅을 반씩 나누어 갖자는 제의를 한다.

이런 상황에서 제갈량은 강동으로 건너가 유비를 도와서는 안 된다는 손권의 여러 모사들과 설전을 벌여 논리로서 그들을 모두 제압했다. 그러나 문제는 주유다. 주유는 대외적인 모든 중요 사항에 대해 손권으로부터 결정권을 위임받은 상태였다.

손권이 가장 신임하는 노숙과 주유 그리고 제갈량 세 사람이 만났다. 노숙이 먼저 주유에게 어찌 할 것이냐고 물으니 주유는 내일 손권을 만나 조조에게 항복을 건의하겠다고 했다.

노숙은 주유의 말에 깜짝 놀란다.

이때 제갈량은 아주 이치에 맞는 생각이라고 주유에게 맞장구를 친다. 그리하면 처자식도 보전할 수 있고 부귀영화도 그런대로 누릴 수 있다. 나라의 운명이 다른 사람에게 넘어가는 것이야 천명에 맡기면 그만이지, 애석해할 게 뭐 있겠냐며 비아냥거렸다.

그러면서 제갈량은 주유의 화를 더 부추기기 시작한다.

자신에게 한 가지 계책이 있다고 하면서 말을 꺼낸다.

조조에게 땅과 인수를 바칠 필요도 없고, 그들을 축하해 주기 위해 술과 고기를 대접할 필요도 없으며, 게다가 직접 강을 건너갈 필요도 없다. 단지 사자 한 사람을 시켜, 쪽배에 사람 두 명만 그들에게 보내 주면 조조는 물러갈 것이라고 했다.

그 말에 솔깃한 주유가 그 두 사람이 누구냐고 물었다.

이에 제갈량은 강동에서 그 두 사람이 떠나는 것은 마치 큰 나무에서 잎 하나가 바람에 떨어진 것이며, 큰 곡식 창고에서 좁쌀 한

알 없어지는 것과 다름없지만, 조조는 그 두 사람을 얻으면 틀림없이 기뻐하며 돌아갈 것이라며 궁금증을 더욱 자아내게 만들었다.

조급해진 주유가 그들이 누구냐고 또 물으니 공명은 천연덕스럽게 이야기를 시작한다.

조조는 장하漳河 강변에 대臺를 신축하고 이름하여 '동작대銅雀臺'라 하였으니, 그 규모가 매우 장엄하고 화려했으며 천하의 미녀를 널리 뽑아 동작대에 두기로 하였다.

조조는 본래 호색한好色漢이다. 그는 오래 전부터 강동의 교공喬公이라는 분에게 대교大喬와 소교小喬 두 딸이 있는데, 그 용모가 너무 아름다워 물 위의 물고기가 부끄러워서 물속 깊이 숨고, 하늘 높이 날던 기러기가 부끄러워서 땅으로 떨어졌을 정도이고有浸魚落雁之容, 달은 구름 속으로 숨고, 꽃은 부끄러워 고개를 숙일 정도로 아름다운 미모閉月羞花之貌라는 소문을 들었다고 한다.

그래서 일찍이 조조는 맹세하기를, '내게 두 가지 소원이 있으니, 하나는 천하를 평정하여 제업帝業을 이루는 것이며, 또 하나는 강동의 교씨喬氏 여인 둘을 얻어 동작대에서 만년을 즐길 수 있다면 죽어도 여한이 없을 것이다.'라고 했다.

지금 그가 백만 대군을 이끌고 내려와 강남을 범처럼 노려보고 있는 것은, 실은 이 두 여인 때문인데 장군께서는 어찌하여 교공을 찾아서 천금을 주더라도 이 두 여인을 사서 조조에게 보내 주지 않느냐며 조조는 이 두 여인만 얻으면 더 없이 만족하여 틀림없이 군사를 돌려 돌아갈 것이라고 했다.

그러면서 이는 범려(范蠡: 춘추시대 월나라의 모신謀臣)가 서시(西施: 범려가 오나라 왕에게 보내준 미녀)를 바친 것과 같은 계책이니 속히 서두르라고 다그친다.

주유는 끓어오르는 분을 속으로 가라앉히며 조조가 두 교씨를 얻고자 하는 무슨 증좌라도 있느냐고 물었다.

제갈량은 다시 설명한다.

조조의 막내아들 조식曹植은 붓을 종이에 대기만 하면 바로 문장이 지어질 정도로 글을 아주 잘 짓는다. 조조가 일찍이 그로 하여금 부賦를 하나 짓도록 했는데, 제목이 동작대부銅雀臺賦이다. 부의 내용은 간단히 말해서, 자기 집안은 천자가 되기에 합당하며, 맹세코 두 교씨를 취하고야 말겠다는 것이다.

주유가 그 부를 외울 수 있느냐고 말하니 제갈량은 글이 워낙 아름답고 화려하기에 일찍이 외워 두었다며 읊기 시작한다.

그런데 원래 〈동작대부〉 원작의 위 13~14 구절은

두 다리가 동과 서로 연결되어 있음이　連二橋於東西兮

마치 공중에 걸려 있는 무지개 같도다　若長空之蝃蝀

이다. 즉, 람이교(攬二喬: 두 교씨를 잡아와서)가 아니라 연이교(連二橋: 두 다리가 연결되어)로 되어 있는 것을 공명이 그럴듯하게 조작을 하여 일부러 주유를 격노하게 만든 것이다.

다리 교(橋: qiao)와 성씨 교(喬: qiao)가 발음이 같고 '연결하다'의 연(連: lian)과 '잡아오다'의 람(攬: lan)의 발음이 비슷하다.

이보다 더 기발한 발상이 어디 있겠는가?

주유가 칼춤을 추며 부르는 노래

↓

장 부 처 세 혜 립 공 명
丈夫處世兮立功名
입 공 명 혜 위 평 생
立功名兮慰平生
위 평 생 혜 오 장 취
慰平生兮吾將醉
오 장 취 혜 발 광 음
吾將醉兮發狂吟

장부가 세상에 태어나 공을 세워야지

공을 세우니 평생에 위안이 되었다네

평생 위안이 되니 나 술 취하려 하네

내 술에 취하니 미친 듯 노래 부르네

그러나 조조의 군사는 비록 수는 많지만 수전에 약하니 번번이 주유에게 패하자 장간이라는 장수가 조조에게 건의했다.

"저는 어렸을 때부터 주유와 동문수학한 사이입니다. 제가 직접 강동으로 가서 이 세 치 혀로 주유를 잘 설득하여 항복하러 오도록 하겠습니다."

장간이 작은 배를 타고 왔다는 말을 들은 주유는 그가 온 의도를 알아차리고 큰 연회를 베풀어 대접을 하며 일부러 자신의 군사들의 모습과 군량미 등을 보여 주었다.

주유는 술에 취한 척하며 장간의 손을 잡고 말한다.

"사내대장부가 세상에 태어나서 자신을 알아주는 주인을 만나 밖으로는 군신의 의리를 맺고, 안으로는 혈육의 은혜로 결합하여 위에서 내린 말씀은 반드시 실천하고, 아래에서 올린 계책은 반드시 따라 주어 길흉화복을 함께 한다면 설령 소진과 장의(蘇秦 張儀: 모두 전국시대의 달변가), 육가와 여생(陸賈 酈生: 모두 한나라 초 달변가) 등이 다시 태어나서 말을 제아무리 청산유수처럼 하고 혀끝이 칼날보다 더 날카롭다 하더라도 그들이 어찌 내 마음을 흔들 수 있겠는가!"

이 말을 들은 장간의 얼굴빛이 흙색으로 변하였다.

주유는 장간을 데리고 다시 막사 안으로 들어가 장수들과 함께 계속 술을 마셨다. 그리고 장수들에게 이곳에 강동의 영웅호걸들이 다 모였으니, 오늘 이 모임을 군영회群英會라 부르게 하고 주유는 직접 칼춤을 추면서 이 노래를 지어 불렀다.

과연 주유는 장간을 어떻게 역이용할 것인가?

주유의 계책에 걸린 조조

↓

조 조 간 웅 불 가 당
曹操奸雄不可當
일 시 궤 계 중 주 랑
一時詭計中周郎
채 장 매 주 구 생 계
蔡張賣主求生計
수 료 금 조 검 하 망
誰料今朝劍下亡

간웅 조조를 대적할 자 세상에 없다더니

그도 한때 주유의 꾀에 걸리고 말았다네

채모와 장윤은 주인을 팔아 살길 찾더니

오늘 칼 맞아 죽을 줄 그 누가 알았겠나

---

*蔡張(채장): 채모와 장윤.

연회가 끝나자 주유는 일부러 장간에게 자신과 한 침상에서 자기를 청했다.

주유는 일부러 코를 골며 깊은 잠에 빠진 척했다.

장간은 살그머니 일어나 책상 위에 있는 문서를 살피는데 마침 장윤과 채모가 주유와 내통하고 있는 서신을 발견했다.

당시 두 사람은 조조의 군사들에게 수군 훈련을 시키는 중요한 임무를 수행하고 있었다.

물론 이 서신은 주유가 미리 꾸며 놓은 것이다.

장간은 이 서신을 몰래 훔쳐 가지고 가서 조조에게 바쳤다.

조조는 즉시 채모와 장윤을 막사로 불러들여 즉시 진군하라고 명령했다.

채모가 지금은 군사들이 아직 숙련되지 않아 경솔하게 싸우러 가서는 안 된다고 했다.

그때 조조가 말한다.

"군사들이 만약 숙련되면 내 수급이 주랑에게 바쳐지겠지!"

두 사람은 조조가 한 말이 무슨 의미인지 몰라 어리둥절하며 아무런 답변도 하지 못했다.

조조는 무사들에게 그 둘을 끌고 나가 목을 베라고 호통을 쳤다.

잠시 후 무사들이 그들의 머리를 막사 안으로 들고 들어와 바쳤을 때 조조는 비로소 깨닫고 이렇게 말했다.

"내가 주유의 계책에 걸려들고 말다니!"

후세 사람이 이 일을 탄식하여 지은 시이다.

대무수강부 大霧垂江賦
: 강에 드리운 짙은 안개

↓

대 재 장 강
大哉長江!
서 접 민 아
西接岷峨
남 공 삼 오
南控三吳
북 대 구 하
北帶九河
회 백 천 이 입 해
匯百川而入海
역 만 고 이 양 파
歷萬古而揚波

크도다 장강이여 길도다 장강이여!

서쪽엔 민산과 아미산에 접해 있고

남쪽으로는 오군 땅 셋을 관통하고

북쪽엔 황하의 아홉 지류를 두르고

백 갈래의 강물이 바다로 들어가며

만고의 세월 동안 파도를 일으키네

---

*岷峨(민아): 민산과 아미산(둘 다 사천성에 위치).
*九河(구하): 황하의 아홉 갈래 지류.

至若龍伯·海若
지 약 룡 백　해 약

江妃·水母
강 비　수 모

長鯨千丈
장 경 천 장

天蜈九首
천 오 구 수

鬼怪異類
귀 괴 이 류

咸集而有
함 집 이 유

蓋夫鬼神之所憑依
개 부 귀 신 지 소 빙 의

英雄之所戰守也
영 웅 지 소 전 수 야

신화속 인물 용백과 해약

강비 수모도 여기에 살고

천 길의 거대한 고래들과

머리 아홉이나 달린 지네

그리고 온갖 마귀와 요괴

이곳에 모두 모여 있으니

여기는 귀신들의 소굴이자

영웅들이 싸워 지키는 곳

---

*龍伯(용백)·海若(해약)·江妃(강비)·水母(수모): 이들은 각각 전설 속의 거인, 바다의 신, 여신, 물의 여신의 이름임.

*天蜈(천오): 전설 속의 머리 아홉 개 달린 지네.

시 이 음 양 기 란
時而陰陽旣亂
아 장 공 지 일 색
訝長空之一色
수 여 신 이 막 도
雖輿薪而莫睹
초 약 명 몽
初若溟濛
점 이 충 색
漸而充塞

매 상 불 분
昧爽不分
홀 대 무 지 사 둔
忽大霧之四屯
유 금 고 지 가 문
唯金鼓之可聞
재 은 남 산 지 표
纔隱南山之豹
욕 미 북 해 지 곤
欲迷北海之鯤

때로는 음과 양이 어지러워지고

밝음과 어두움이 구분되지 않아

끝없는 하늘이 하나의 색이로다

홀연히 짙은 안개로 뒤덮어지면

수레에 실은 나무도 볼 수 없고

다만 징 북소리만 들을 수 있네

처음에는 어슴푸레하게 보이면서

겨우 남산의 표범만 감추었는데

점점 짙은 안개가 밀려오더니만

북해의 큰 물고기도 길을 잃누나

---

*昧爽(매상): 어둠과 밝음. 이른 새벽. *訝(아): 놀라다. 의아하다.
*四屯(사둔): 사방으로 모이다. *輿薪(여신): 수레에 가득 실은 땔나무.
*莫睹(막도): 볼 수 없다. *唯(유): 다만.
*溟濛(명몽): 어렴풋하다. *鯤(곤): 큰 물고기.

연 후 상 접 고 천
然後上接高天

하 수 후 지
下垂厚地

묘 호 창 망 호 호 무 제
渺乎蒼茫浩乎無際

경 예 출 수 이 등 파
鯨鯢出水而騰波

교 룡 잠 연 이 토 기
蛟龍潛淵而吐氣

우 여 매 림 수 욕
又如梅霖收潦

춘 음 양 한
春陰釀寒

명 명 막 막
溟溟漠漠

호 호 만 만
浩浩漫漫

동 실 시 상 지 안
東失柴桑之岸

남 무 하 구 지 산
南無夏口之山

마침내 위로는 높은 하늘에 닿고

아래로는 두텁게 대지에 드리우니

끝도 없이 넓고 멀어 아득하도다

고래는 물 위로 나와 파도 만들고

교룡은 물속에 잠겨 기를 내뿜네

장마의 계절에는 무덥고 습해지며

흐린 봄날에는 음산하게 추워지네

짙은 안개로 아무것도 볼 수 없고

한없이 넓어서 끝도 보이지 않네

동쪽으론 시상의 기슭도 사라지고

남쪽으론 하구의 산도 안 보이네

---

*鯨鯢(경예): 수고래와 암고래. *梅霖(매림): 장마.
*溟溟漠漠(명명막막): 어둡고 아득하다.
*浩浩漫漫(호호만만): 넓고 끝이 없다.

전 선 천 소
戰船千艘
어 주 일 엽
漁舟一葉
심 칙 궁 호 무 광
甚則穹昊無光
반 백 주 위 혼 황
返白晝爲昏黃
수 대 우 지 지
雖大禹之智
리 루 지 명
離婁之明

구 침 륜 어 암 학
俱沈淪於岩壑
경 출 몰 어 파 란
驚出沒於波瀾
조 양 실 색
朝陽失色
변 단 산 위 수 벽
變丹山爲水碧
불 능 측 기 천 심
不能測其淺深
언 능 변 호 지 척
焉能辨乎咫尺

조조가 이끄는 전선 일천척은
모두 암벽 골짜기에 침몰하고
단지 고기 잡는 배 한 척만이
놀랍게도 파도 위를 넘나든다
심지어 하늘의 빛이 사라지고
아침의 태양은 색깔을 잃으며
대낮이 황혼처럼 변해 버리고
붉은 산이 푸른빛으로 바뀌네
비록 우 임금처럼 지혜로워도
깊고 얕음을 가늠하기 어렵고
아무리 밝은 눈의 이루조차도
어찌 지척을 분간해 알아보나

---

*沈淪(침륜): 침몰하다. *離婁(이루): 전설상의 인물로 눈이 밝은 사람.

<table>
<tr><td>어 시 빙 이 식 랑
於是憑夷息浪</td><td>병 예 수 공
屛翳收功</td></tr>
<tr><td>어 별 둔 적
魚鼈遁跡</td><td>조 수 잠 종
鳥獸潛踪</td></tr>
<tr><td>격 단 봉 래 지 도
隔斷蓬萊之島</td><td>암 위 창 합 지 궁
暗圍閶闔之宮</td></tr>
<tr><td>황 홀 분 등
恍惚奔騰</td><td>여 취 우 지 장 지
如驟雨之將至</td></tr>
<tr><td>분 운 잡 답
紛紜雜沓</td><td>약 한 운 지 욕 동
若寒雲之欲同</td></tr>
</table>

그리하여 빙이는 파도를 멈추고
병예는 바람 불기를 그만둔다네
물고기와 자라는 종적을 감추고
새들과 짐승들도 자취를 감추네
봉래 섬 가는 길도 끊겨 버리고
어둠이 하늘 궁전을 에워싼다네
어렴풋이 안개가 솟구쳐 오르니
금방이라도 소낙비가 올 듯하네
어지럽고 소란스런 주위 환경이
차가운 구름이 몰려올 듯하구나

---

*憑夷(빙이): 신화 속의 물의 신.
*屛翳(병예): 신화 속의 바람의 신.
*閶闔(창합): 신화 속의 하늘의 문.
*紛紜雜沓(분운잡답): 어지럽고 소란스럽다.

내 능 중 은 독 사
乃能中隱毒蛇
내 장 요 매
內藏妖魅
항 질 액 어 인 간
降疾厄於人間
소 민 우 지 대 상
小民遇之大傷

인 지 이 위 장 려
因之而爲瘴癘
빙 지 이 위 화 해
憑之而爲禍害
기 풍 진 어 색 외
起風塵於塞外
대 인 관 지 감 개
大人觀之感慨

개 장 반 원 기 어 홍 황
蓋將返元氣於洪荒

혼 천 지 위 대 괴
混天地爲大塊

그 안에는 독사가 숨어 있으니
그로 인해 괴상한 병이 번지고
그 안에는 요귀가 숨어 있어서
그 때문에 화를 미치게 된다네
인간 세상에 질병 재앙 내리고
변경 밖에는 온갖 시련 겪으니
불쌍한 백성만 큰 어려움 겪고
대인은 이를 보고 개탄을 하네

짙은 안개가 태고 상태로 돌려
천지를 한 덩어리로 아우르네

---

*乃(내): 그. 그의. *瘴癘(장려): 악성 말라리아 따위의 전염병.
*疾厄(질액): 질병과 재앙. *風塵(풍진): 어지러운 세상. 세상의 속된 일.
*洪荒(홍황): 까마득한 옛날. 태고 시대.

무슨 트집을 잡아서라도 제갈량을 죽이려고 작정한 주유는 마침내 한 가지 계책을 생각해 낸다. 그것은 제갈량에게 화살 10만 개를 열흘 안에 만들어 내라는 것이다.

주유의 의도를 알아차린 제갈량은 조조의 군사가 당장 들이닥칠 수 있는데 열흘까지 기다린다면 필시 대사를 그르치고 말 것이라며 오히려 사흘 내에 만들겠다고 했다.

깜짝 놀란 주유가 군중에서 농담을 해서는 안 된다고 한다. 제갈량은 만일 사흘 안에 준비하지 못하면 어떠한 중벌도 받겠다는 군령장軍令狀까지 써 주었다. 주유는 노숙에게 말한다.

"이는 그가 스스로 죽겠다는 것이지, 내가 죽으라고 한 것은 아니다. 나는 군중의 장인들에게 특별히 명령하여 고의로 일을 늦추도록 할 것이며 화살 만드는 데 필요한 재료들도 제때에 대주지 않을 작정이다. 그리하면 그가 무슨 수로 사흘 안에 10만 개의 화살을 만들 수 있겠느냐?"

주유의 지시로 제갈량의 상황을 살피러 온 노숙에게 제갈량은 지난 번 주유의 계책으로 조조가 채모 등을 죽인 일을 자신이 이미 알고 있었다는 사실을 주유에게 말하지 말라고 당부했음에도 그에게 고자질하여 또 이런 사달이 나고 말았다면서 이번만은 자신을 도와 달라고 부탁한다.

무엇을 도와주면 되겠느냐는 노숙의 말에 제갈량은 배 20척을 빌려주되 배마다 군사 30명씩 태우고, 배 위는 전부 푸른 천으로 장막을 두르고, 배마다 풀 다발을 천 개씩 양쪽으로 쌓아 두라고 했다. 그러면 자신이 배를 교묘히 사용하여 사흘째 되는 날에 책임지고 화살 10만 개를 만들겠다고 했다. 다만 부탁하는데 이것만은 주유가 알게 해서는 절대로 안 된다. 만약 그가 이 일을 알게 되면 내 계책은 물거품이 될 뿐만 아니라 자신은 그에게 죽임을 당할 것이라고 했다.

노숙은 돌아가서 주유에게 보고하면서 공명이 배 20척을 빌려 달라고 한 말은 하지 않고, 다만 공명이 화살을 만드는 데 필요한 대나무·새의 깃털·아교·칠 등의 물건들은 전혀 사용하지 않고도 화살을 만들 방법이 따로 있다고 하더라는 말만 전해 주었다.

주유는 의아해하면서 일단 삼일 후에 그가 내게 어떻게 변명하는지 두고 보기로 했다.

사흘째 되는 날 사경(四更: 새벽 1시에서 3시) 무렵이 되자, 공명은 사람을 보내 은밀히 노숙을 배 안으로 청했다.

무슨 일로 오라고 했느냐는 노숙의 물음에 제갈량은 함께 화살을 가지러 가자고 했다. 어디로 가느냐고 다시 물으니 제갈량은 그냥 자신만 따라오라고 한다.

마침내 공명은 배 20척을 긴 밧줄로 묶어서 서로 연결시키도록 한 다음 곧바로 강의 북쪽 기슭을 향해 출발했다.

이날 밤은 유난히 안개가 온 하늘을 짙게 드리웠는데, 특히 장강 안쪽은 안개가 얼마나 자욱했으면 서로 마주보고 서 있어도 얼굴을 알아볼 수 없을 정도였다.

공명은 배를 재촉하여 앞으로 나아갔는데 과연 근래 한 번도 볼 수 없었던 엄청난 안개였다.

위 노래가 바로 옛 사람이 이날의 안개를 노래한 '대무수강부大霧垂江賦'이다.

用奇謀孔明借箭

조조에게 10만 개의 화살을 얻은 제갈량

제갈량이 얻은 십만 개의 화살

↓

^{일 천 농 무 만 장 강}
一天濃霧滿長江
^{원 근 난 분 수 묘 망}
遠近難分水渺茫
^{취 우 비 황 래 전 함}
驟雨飛蝗來戰艦
^{공 명 금 일 복 주 랑}
公明今日伏周郎

장강에 짙은 안개가 자욱했던 어느 날
원근 알 수 없으며 강물만 아득하여라
비와 메뚜기 떼처럼 배로 날아든 화살
공명이 오늘에서야 주유를 굴복시켰네

---

*渺茫(묘망): 아득하다. 끝이 없다.
*伏(복): 굴복시키다.

그날 새벽 오경(五更: 새벽 3시에서 5시) 무렵, 공명의 배는 조조의 수채水寨 가까이에 이르렀다.

공명은 뱃머리는 서쪽으로 배꼬리는 동쪽으로 돌려 일자로 늘어 세우고 배 위에서 북을 치고 함성을 지르도록 했다.

깜짝 놀란 노숙이 만약 조조의 군사들이 일제히 몰려오면 어쩌려고 이러냐고 하는데, 우리는 그저 술이나 마시며 즐기다 안개가 걷히면 돌아가자며 제갈량이 태연하게 웃는다.

북소리 · 함성 소리에 조조가 명령했다.

"한 치 앞도 보이지 않은 짙은 안개에도 적군이 갑자기 나타났으니 틀림없이 매복이 있을 것이다. 절대 경솔하게 움직이지 마라!"

조조가 수군의 궁노수들과 육지의 모든 군사를 동원하여 일제히 화살을 쏘도록 하니 화살은 마치 비 오듯 쏟아졌다.

제갈량은 다시 배를 반대로 돌리고 수상 영채에 바짝 다가가서 북과 함성을 더욱 크게 지르도록 지시한다. 해가 높이 뜨고 안개가 걷히자 공명은 배 위의 군사들에게 외치도록 한다.

"승상, 화살을 주셔서 감사합니다!"

20척의 배 양쪽의 풀 더미 위에는 더 이상 화살들이 박힐 수 없을 정도로 빽빽이 꽂혀 있었다. 조조가 이런 사실을 알았을 때 공명의 배는 이미 20여 리나 달아나 추격할 수도 없었다.

노숙은 주유에게 가서 공명이 화살 10만 여개를 얻은 경위를 소상히 설명했다. 놀란 주유는 탄식한다.

"공명의 귀신같은 묘책을 나는 도저히 따라갈 수 없구나!"

후세 사람이 이 일을 찬탄하여 지은 시이다.

방통의 연환계

↓

적 벽 오 병 용 화 공
赤壁鏖兵用火攻
운 주 결 책 진 개 동
運籌決策盡皆同
약 비 방 통 연 환 계
若非龐統連環計
공 근 안 능 입 대 공
公瑾安能立大功

적벽대전에서는 화공을 써야만 한다고
짜낸 계략과 방책 모두 다 일치하였네
하지만 방통의 연환계가 아니었더라면
주유가 어찌 공적을 세울 수 있었겠나

---

*鏖兵(오병): 대규모의 격렬한 전투.

기발한 계책으로 화살 10만 개를 얻어오자 주유는 제갈량을 초청하여 연회를 베풀었다. 그 자리에서 주유는 제갈량에게 조조를 속히 공격하기 위해 생각해 낸 계책을 말하려고 하니, 제갈량은 먼저 각자 생각하는 바를 손바닥에 적어 서로 확인해 보자고 하였다.

두 사람 모두 화火자를 적었다.

주유가 조조를 공격할 마지막 작전을 구상 중인데 갑자기 강북에서 채화와 채중이 투항해 왔다. 주유는 그들이 거짓 투항해 온 것임을 알고 그들을 역이용한다. 그들로 하여금 이쪽의 거짓 정보를 전하게 한 것이다. 동시에 주유의 충복인 황개를 고육지계를 써서 조조에게 역시 거짓 투항하게 한다.

조조의 첩자인 채화가 황개의 투항이 거짓이 아님을 보고했음에도 조조는 이를 믿지 못하고 장간을 다시 보내 확인하려고 하는데 주유에게 속은 장간은 방통을 데리고 조조에게 간다.

평소 방통의 명성을 잘 알고 있었던 조조는 이 또한 주유의 계책이었지만 이를 전혀 눈치 채지 못하고 방통에게 수군의 훈련 장면을 보여 주었다. 이를 본 방통이 계책을 말한다.

"북방의 군사들은 배를 타는데 익숙하지 않으니 큰 배와 작은 배들을 적절히 섞어서 연결하고 그 위에 넓은 판자를 깔아 놓는다면, 군사들이 쉽게 건너다닐 수 있을 것입니다."

이 계책이 자신의 군사를 모두 불태워 죽이는 무서운 술책임을 꿈에도 모르는 조조는 즉시 군중의 모든 대장장이들을 불러 모아 밤을 새워 쇠사슬과 대못으로 배들을 묶도록 했다.

후세 사람이 이 일에 대해 읊은 시이다.

방통이 서서에게 알려준 계책

↓

조 조 정 남 일 일 우
曹操征南日日憂
마 등 한 수 기 과 모
馬騰韓邃起戈矛
봉 추 일 어 교 서 서
鳳雛一語敎徐庶
정 사 유 어 탈 조 구
正似遊魚脫釣鉤

조조가 남정하면서 날마다 걱정한 것은
마등과 한수가 모반 일으키는 것이었지
봉추선생이 서서에게 한 마디 일러주니
서서는 낚시바늘 벗어난 물고기 같았네

---

*戈矛(과모): 창 종류의 통칭. 모반.
*釣鉤(조구): 낚시바늘. 계략.

방통이 조조를 작별하고 강변에 이르러 막 배에 오르려는 순간, 갑자기 갓을 쓴 사람이 강기슭에 나타나 방통에게 말한다.

"자네가 그런 악독한 연환계를 바쳐 우리 군사들을 모조리 불태워 죽이려 하는가?"

그는 다름 아닌 자신의 옛 친구 서서徐庶였다.

방통이 서서에게 자신의 계책을 조조에게 폭로하겠냐고 물으니 조조는 나의 원수인데 어찌 그 계책을 폭로하겠냐면서 자신이 이곳을 벗어날 수 있는 방법만 가르쳐 달라고 한다.

방통은 그의 귀에다 몇 마디 속삭이고 강동으로 돌아갔다.

서서는 그날 밤 은밀히 자신의 심복을 시켜 각 영채를 돌아다니며 몰래 헛소문을 퍼뜨리도록 했다.

다음 날 정탐병이 이런 사실을 즉시 파악하여 조조에게 보고한다. 그 내용은 서량주西涼州의 한수韓遂와 마등馬騰이 반란을 일으켜 지금 허도로 쳐들어가고 있다는 것이다. 깜짝 놀란 조조는 급히 모든 모사들을 불러 모아 상의하는데 서서가 나서며 말한다.

"승상께서 저를 거두어 주셨지만 저는 그동안 조그만 공도 세우지 못해 보답해 드리지 못한 것이 늘 한이었는데 이번에 기회를 주신다면 제가 달려가서 요새를 지키겠습니다."

조조가 기뻐하며 그에게 마보군馬步軍 3천 명을 내어 주면서 장패藏覇를 선봉으로 삼아 속히 출발하도록 했다.

서서는 조조에게 하직 인사를 하고 장패와 함께 즉시 떠났으니 이는 곧 방통이 서서를 구해 준 계책이었다.

후세 사람이 이 일을 시로 읊은 것이다.

미리 승리감에 도취된 조조

|

절 극 침 사 철 미 소
折戟沈沙鐵未消
자 장 마 세 인 전 조
自將磨洗認前朝
동 풍 불 여 주 랑 변
東風不與周郞便
동 작 춘 심 쇄 이 교
銅雀春深鎖二喬

부러진 창 모래에 묻혀 아직 쇠가 삭지 않아
그걸 잘 갈고 씻어 보니 지난 왕조 물건이네
만약 주유를 위해서 동풍이 불지 않았더라면
봄날 동작대에는 교공의 딸들이 갇혀 있으리

서서를 허도로 보낸 조조는 안정을 되찾고 곧바로 수상의 영채를 살펴봤다. 그리고 제일 큰 전함에 올라 모든 장수들을 모아 놓고 큰 연회를 베풀었다.

　날이 저물고 동산에 둥근 달이 떠오르니 장강 일대는 마치 흰 비단이 펼쳐진 것처럼 보였다.

　조조가 배 위의 가장 높은 곳에 앉아 있고 문무 관원들이 각자 서열에 따라 좌우 양쪽으로 수백 명이 모두 창을 어깨에 메거나 짚고 서 있었다.

　마음속에 희열을 느낀 조조는 여러 관원들에게 말한다.

　"이제 마지막 남은 강남을 차지하여 천하가 무사해지면 나는 여러분과 함께 부귀를 누리며 태평세월을 즐길 것이다.

　이제 황개가 주유의 군사를 데리고 투항을 하면 주유는 곧 망할 것이고 유비 역시 개미만도 못한 힘으로 어찌 감히 태산을 흔들 수 있겠는가!"

　조조는 다시 모든 장수들을 바라보며 큰 소리로 웃는다.

　"내 나이 올해 쉰 네 살인데 이제 강남을 얻으면 기뻐할 일이 또 하나 있느니라.

　교공喬公의 두 딸이 모두 경국지색傾國之色임을 알고 있는데 그들을 손책과 주유가 각각 아내로 삼아 버렸다.

　나는 지금 장수漳水 가에 새로이 동작대를 세워 놓았으니, 이번에 강남을 얻기만 하면 기어코 두 여자를 데려와 동작대 위에 두고 나의 만년을 즐길 것이다. 그것으로 나의 소원은 다 성취하게 된다."

　이 일을 다루어 당나라 시인 두목杜牧이 지은 시이다.

조조의 단가행短歌行[2]

대 주 당 가 **對酒當歌**	술잔을 들고서 노래할 때가
인 생 기 하 **人生幾何**	인생에서 몇 번이나 있을까
비 여 조 로 **譬如朝露**	인생은 아침 이슬 같다지만
거 일 고 다 **去日苦多**	지나간 날들이 너무 많구나
개 당 이 강 **慨當以慷**	문득 감정이 북받쳐 오르니
우 사 난 망 **憂思難忘**	마음속 시름을 어찌 잊으랴
하 이 해 우 **何以解憂**	무엇으로 이 마음 달래볼까
유 유 두 강 **惟有杜康**	오로지 술이 있을 따름이라
청 청 자 금 **靑靑子衿**	푸르고 푸른 그대의 옷깃에
유 유 아 심 **悠悠我心**	아득히 그리는 나의 마음은
단 위 군 고 **但爲君故**	그저 그대만 생각을 하면서
침 음 지 금 **沈吟至今**	지금도 마음속 깊이 그리네
유 유 녹 명 **呦呦鹿鳴**	사슴은 매매 하고 울어대며
식 야 지 평 **食野之萍**	들에서 흰 쑥을 뜯어먹는데
아 유 가 빈 **我有嘉賓**	나에겐 반가운 손님이 있어
고 슬 취 생 **鼓瑟吹笙**	가야금을 타고 생황을 부네

---

2 이 시는 본 책의 대표적인 4언절구 장문 시로 이해를 돕기 위해 바로 옆에 번역문
을 배치함. 4언절구 시는 주(周) 나라 시대에 가장 유행했음. 역자 주.

*杜康(두강): 전설상의 최초로 술을 만든 사람. 술의 대명사.
*子衿(자금): 고대(古代)에 학자들이 옷깃이 푸른 옷을 입어 이로부터 글을 읽는 사람을
　　　　비유함. 《시경(詩經)·정풍(鄭風)》편에 나옴. 역자 주.
*君(군): 타인에 대한 존칭. 그대. *沈吟(침음): 읊조리다. 깊이 생각하다.
*鹿鳴(녹명): 사슴의 울음소리. 시경에 나오는 말로 먹이를 발견한 사슴이 다른 배고픈
　　　　사슴을 찾아 부르는 울음소리. 손님을 접대하는 노래의 의미. 역자 주.

교교여월 皎皎如月	새하얗고 깨끗한 저 달빛은
하시가철 何時可輟	어느 때에 비추임 멈추려나
우종중래 憂從中來	가슴속에 일어나는 이 시름
불가단절 不可斷絶	도저히 끊을 수가 없겠구나
월맥도천 越陌度阡	이길 저길 건너고 넘어와서
왕용상존 枉用相存	굽히고 베풀어 안부를 묻고
계활담연 契闊談讌	술을 마시며 담소를 나누니
심념구은 心念舊恩	마음의 옛정 되살려 내누나
월명성희 月明星稀	달빛은 밝고 별들은 드문데
오작남비 烏鵲南飛	까막까치 남으로 날며 도네
요수삼잡 繞樹三匝	나무를 세 바퀴나 맴돌아도
무지가의 無枝可依	내려앉아 쉴 가지가 없구나
산불염고 山不厭高	산은 높음을 싫어하지 않고
수불염심 水不厭深	물은 깊을수록 좋다고 하듯
주공토포 周公吐哺	주공은 먹다가도 인재 받아
천하귀심 天下歸心	천하 인심 그에게 돌아갔네

*皎皎(교교): 새하얗고 밝은. *輟(철): 그치다. 그만두다.
*越陌度阡(월맥도천): 월과 도는 건너고 넘다는 의미이고 맥천은 가로 세로로 난 논밭
　　　　길로 동서남북으로 난 길을 의미함. 역자 주.

　　조조가 웃으면서 말하고 있을 때 문득 까마귀가 울면서 남쪽으
로 날아갔다.

　　"저 까마귀가 왜 밤에 우느냐?"

　　조조가 물으니 좌우의 사람들이 달이 워낙 밝아 날이 샌 줄 알고
나무를 떠나면서 우는 것이라고 대답했다.

　　조조는 창을 비껴 잡고 여러 장수들에게 말한다.

　　"나는 이 창으로 황건적을 쳐부수고 여포를 사로잡았으며 원술
을 멸망시켰고 원소의 땅을 회수하였고 북쪽 변경 너머 깊숙이 쳐
들어가서 요동까지 이르는 등 천하를 종횡하였다. 이만하면 대장
부의 뜻을 이루었다고 할 수 있지 않겠느냐!

　　지금 이런 아름다운 경치를 대하고 보니 어찌 강개慷慨가 없겠는
가! 내가 노래를 지어 부를 테니 너희들도 이 노래에 화답해 보아
라."

　　그러나 이 노래가 조조의 불길한 앞날을 암시하고 있는 줄 어찌
알았으랴!

　　노래가 끝나자 양주 자사 유복이 나서며 말했다.

　　"지금 큰 싸움을 앞두고 모든 장수와 군사들이 목숨을 걸고 싸워
야 할 이때에 승상께서는 어찌하여 그처럼 불길한 노래를 부르십
니까?"

　　"내 노래가 어째서 불길하다는 것이냐?"

"달빛은 밝고 별들은 드문데, 까막까치가 남으로 날면서 나무를 세 바퀴나 맴돌아도 앉아 쉴 가지가 없구나!' 하신 부분이 불길합니다."

"네놈이 어찌 감히 나의 흥을 깨느냐!"

조조는 손에 쥔 창으로 유복을 그 자리에서 찔러 죽였다. 모든 관원들이 깜짝 놀랐으며 술자리는 그것으로 끝나고 말았다.

칠성단에서 동남풍을 비는 제갈량

↓

칠 성 단 상 와 룡 등
七星壇上臥龍登
일 야 동 풍 강 수 등
一夜東風江水騰
불 시 공 명 시 묘 계
不是公明施妙計
주 랑 안 득 령 재 능
周郞安得逞才能

칠성단 위로 와룡선생께서 올라가니

밤새 동풍 불어 장강 물결 솟구치네

제갈량의 신묘한 계책이 없었더라면

주유가 어찌 재능을 펼 수 있으리요

주유는 조조와 싸울 준비를 모두 마쳤으나 단 한 가지가 부족하여 애를 태우다 그만 몸져눕고 말았다.

제갈량은 의원이 어떤 처방으로도 고치지 못하던 주유의 병을 자신이 고칠 수 있다며 주위 사람을 밖으로 물리고 종이에 은밀히 아래의 열여섯 자를 썼다.

조조를 이기려면 화공을 써야 하는데   欲破曹公 宜用火攻
준비를 다 마쳤으나 동풍이 부족하네   萬事具備 只欠東風

글을 읽어 본 주유는 깜짝 놀라며 생각한다.

"공명은 참으로 귀신같은 사람 아닌가! 내 속마음을 이리도 정확히 꿰뚫고 있으니 사실대로 말하지 않을 도리가 없겠다."

그리고 말한다.

"선생은 내가 병이 난 까닭을 알았으니, 이제 어떤 약으로 그 병을 다스리시겠소?"

"남병산南屛山에 3층으로 된 칠성단七星壇을 세워주면 제가 그 단에 올라가서 술법을 부려, 삼일 밤낮 동안 동남풍이 크게 불도록 하여 도독의 군사 부리는 것을 도와드리겠습니다. 11월 20일 갑자甲子일에 바람을 빌어, 22일 병인丙寅날에 바람이 멎도록 하겠습니다."

그 날이 되자 거짓말처럼 깃발 흔들리는 방향이 바뀌면서 순식간에 동남풍이 크게 불기 시작한다.

주유는 급히 정봉과 서성을 불러 지금 즉시 칠성단으로 가서 아무것도 묻지 말고 무조건 공명을 끌어내어 그 자리에서 참하고, 그의 머리를 가지고 오라고 명령했다.

과연 제갈량은 이번에도 자신의 목숨을 지킬 수 있을까?

후세 사람이 이 일을 시로 읊은 것이다.

적벽대전 I

↓

위 오 쟁 두 결 자 웅
魏吳爭斗決雌雄
적 벽 루 선 일 소 공
赤壁樓船一掃空
열 화 초 장 조 운 해
熱火初張照雲海
주 랑 증 차 파 조 공
周郎曾此破曹公

조조와 손권이 싸워 자웅 겨루었는데
적벽의 조조 배들을 말끔히 소탕했네
세찬 불길 일어나 구름 강물 비출 때
주유는 일찍이 여기서 조공 격파했네

적벽대전 II

산 고 월 소 수 망 망
山高月小水茫茫
추 탄 전 조 할 거 망
追嘆前朝割據忙
남 사 무 심 영 위 무
南士無心迎魏武
동 풍 유 의 변 주 랑
東風有意便周郎

높은 산 작은 달에 강물이 아득한데

지난날 격렬했던 싸움을 회상하노라

강남 군사는 조조와 싸울 뜻 없는데

동풍이 곧 주유를 도울 뜻이 있었네

---

*南士(남사): 남쪽의 군사 즉 동오의 군사.
*魏武(위무): 조조.

제갈량은 이미 주유의 속셈을 알고 있었다.

동남풍이 불기 시작하자 칠성단에서 바람을 빌던 제갈량은 재빨리 몸을 피해 미리 준비해 둔 배를 타고 출발했다.

서성과 정봉이 쫓아갔지만 조자룡이 이미 와 있으니 어찌 그를 상대할 수 있겠는가?

주유는 동남풍이 불기 시작하자 본격적으로 조조와 싸울 준비를 한다.

전 군을 6개의 부대로 나눈 주유는 황개로 하여금 화선火船들을 정돈하고 졸병들을 시켜 조조에게 서신을 보내 오늘밤 항복하러 가겠다고 알리라고 하는 한편, 전선 4척을 내어 황개가 탄 배를 따라가며 뒤에서 지원하도록 했다.

이어서 본격적으로 화공을 펼칠 전투부대를 배치했다.

주유 자신은 정보와 함께 가장 큰 전함 위에서 싸움을 총지휘하고, 서성과 정봉으로 하여금 좌우에서 호위하도록 했다.

한편 조조는 대채大寨 안에서 여러 장수들과 상의하면서 황개로부터 소식이 오기만을 기다리고 있는데, 남쪽의 군사가 황개의 밀서를 가지고 왔다는 보고를 했다.

조조는 매우 기뻐하며 여러 장수들과 함께 수상 영채의 가장 큰 배 위에 올라가서 황개의 배가 오기를 기다렸다.

그러나 황개가 타고 온 배들이 조조의 수채에서 2리 정도 되는 거리에 이르자, 앞에 있던 배에서 일제히 불화살을 쏘기 시작했다. 불은 동남풍의 위세를 타고 바람은 불의 기세를 도왔다. 배는 쏜살처럼 달리고 연기와 불꽃은 하늘을 뒤덮었다.

화선 20척이 불화살을 내뿜으며 앞 다투어 조조의 수채 안으로 들이닥치니 조조의 영채에 있던 배들은 일시에 불이 붙었다.

그러나 배들은 쇠사슬로 단단히 묶여 있어 피하거나 도망갈 곳이 없었다.

이때 강 건너에서 울리는 포성 소리를 신호로 화선들이 사방에서 일제히 들이닥쳤다.

삼강三江의 수면 위에는 화염이 세찬 바람을 타고 하늘로 날아, 하늘과 땅 그리고 바다가 온통 불바다로 변했다.

조조가 강기슭의 영채를 돌아보니 그곳에도 여러 군데서 불길이 치솟고 있었다. 작은 배로 뛰어 내린 황개가 노를 힘차게 저어 화염을 뚫고 조조를 찾으러 들어갔다.

조조는 형세가 매우 급박해진 것을 보고 강기슭 위로 막 뛰어오르려고 하는 순간, 장료가 작은 배를 타고 와서 조조를 부축하여 배에 오르게 했다. 그때 조조가 타고 있던 큰 배는 이미 불이 활활 타오르고 있었다.

강은 온통 불바다로 덮여 있고 함성은 땅을 뒤흔들었다.

왼편에서는 한당과 장흠蔣欽이 적벽赤壁 서편으로부터 쳐들어오고, 오른편에서는 주태周泰와 진무陳武가 적벽 동쪽으로부터 공격하고, 중앙에서는 주유가 정보, 서성, 정봉과 함께 함대를 거느리고 모두 도착했다.

불길은 군사들의 전투 의욕을 북돋우고, 군사들은 불의 위세에 의지를 하니, 이것이 바로 삼강수전三江水戰이요, 적벽오병赤壁鏖兵이었다.

이 싸움에서 창에 찔려 죽고 화살에 맞아 죽고, 불에 타서 죽고 물에 빠져 죽은 조조의 군사들은 그 수를 다 헤아릴 수 없을 정도였다.

후세 사람이 이 일을 시로 읊은 것이다.

조조를 살려 보낸 관우

︱

조 만 병 패 주 화 용
曹瞞兵敗走華容
정 여 관 공 협 로 봉
正與關公狹路逢
지 위 당 초 은 의 중
只爲當初恩義重
방 개 금 쇄 주 교 용
放開金鎖走蛟龍

조조가 패배하고 화용으로 달아나다
막다른 길목에서 관운장과 마주쳤네
예전에 입은 은혜에 의리 중히 여겨
쇠 자물쇠 열어 교룡을 놓아 보냈지

---

*曹瞞(조만): 조아만, 조조.

제갈량은 조조가 오림 쪽으로 달아날 것을 이미 예상하고 가는 길목마다 조운, 장비 등 여러 장수들로 하여금 지키도록 지시했으나 관우는 거들떠보지도 않았다.

참다못한 관우가 왜 자신은 쓰지 않느냐고 항의했다.

제갈량은 조조가 마지막에 화용도로 달아날 것인데 그곳을 관우에게 지키게 하고 싶지만 관우가 그냥 놓아 보낼 것 같아 보내지 못하고 있다고 했다.

관우는 그런 일은 결코 없을 것이라며 군령장을 쓰고 갔다.

조조는 달아나면서 자신이 용병을 했다면 이런 곳에 군사를 매복시켰을 것이라며 몇 번이나 제갈량을 비웃었다. 그런데 그때마다 어김없이 매복하고 있던 유비의 군사들이 나타났다.

몇 번이나 죽을 고비를 넘긴 조조가 제갈량의 예상대로 마침내 화용도에 도착했다. 이제 조조는 지칠 대로 지쳐 걸을 기력도 남아 있지 않았는데 그 앞에 관우가 버티고 서 있는 것이 아닌가!

어찌해 볼 도리가 없는 조조는 관우에게 몸을 굽히며, 지난날의 정을 감안하여 길을 터주면 안 되겠느냐며 통사정한다.

관우는 자신이 승상에게 입은 은혜는 안량과 문추를 죽이고 백마에서 포위를 풀어줌으로써 이미 갚았다고 말한다.

조조는 관공이 지난날 자신을 버리고 떠날 때 다섯 관문을 지나면서 그곳을 지키던 장수들을 죽인 일을 잊지는 않았을 것이라며 다시 한 번 애원을 한다.

의리를 태산보다 중히 여기는 관우는 측은한 마음을 금할 수가 없었다. 운장이 말 머리를 돌리는 것을 본 조조는 곧바로 모든 장수 등과 함께 쏜살같이 그곳을 지나갔다.

후세 사람이 이 일을 탄식하여 지은 시이다.

황충을 얻은 유비

장군기개여천참
將軍氣概與天參
지사감심무원망
至死甘心無怨望

백발유연곤한남
白髮猶然困漢南
임항저수상회참
臨降低首尙懷慚

보도찬설창신용
寶刀燦雪彰神勇
천고고명응불민
千古高名應不泯

철기임풍억전감
鐵騎臨風憶戰酣
장수고월조상담
長隨孤月照湘潭

황충 장군의 기개 하늘에 닿았건만
백발이 되도록 한남에서 곤란 겪네
죽음도 달게 여겨 원망도 몰랐지만
항복할 땐 고개 숙여 부끄러워했네

보검은 눈처럼 빛나며 용맹 떨치고
용마는 바람 맞으며 격전 떠올리네
천고에 높은 이름 잊혀지지 않으니
외로운 달빛은 길이 상담을 비추네

---

*戰酣(전감): 격전.
*泯(민): 소멸하다. 없어지다.
*湘潭(상담): 후난(湖南) 성 동부에 위치한 지명.

적벽대전에서 대패한 조조는 남군을 조인에게 맡기고 허도로 돌아갔다.

주유는 유비에게 남군은 당연히 자기들이 차지해야 한다고 하며 자신이 남군을 취하지 못하거든, 그때는 그대가 취하라고 유비에게 큰 소리 친다.

조인은 조조가 남긴 계책을 이용하여 주유에게 큰 부상을 입히고 물리치자, 제갈량은 혼전을 틈 타 남군뿐만 아니라 형주와 양양까지 차지해 버린다.

게다가 유비는 남쪽으로 영릉을 취하고 이어서 조운이 계양을, 장비는 무릉을 각각 빼앗았다.

그때 형주성을 지키고 있던 관우가 왜 자신에게는 그런 기회를 주지 않느냐고 항의하자 제갈량은 장비를 형주로 보내고 관우로 하여금 장사를 취하러 가게 했다.

장사에는 황충이라는 만만치 않은 장수가 버티고 있었다.

관우는 사흘 동안 황충과 수백 합을 겨뤘으나 승부를 내지 못했다. 그러자 장사 태수 한현은 황충이 고의로 관우를 죽이지 않고 그들과 내통하고 있다는 죄를 뒤집어 씌워 황충을 죽이려고 했다.

그때 한현의 장수인 위연이 황충을 구해내고 한현을 죽인 다음 성문을 나가 관우에게 항복했다,

관우가 황충을 만나 보기를 청했으나 황충은 병을 핑계로 나오지 않았다.

성에 도착한 도착한 유비가 직접 황충의 집으로 찾아가니 황충은 그제야 나와서 항복을 하면서 한현의 시신을 장사長沙 동편에 장사지내 줄 것을 요구했다.

후세 사람이 황충을 찬탄하여 지은 시이다.

태사자의 죽음

↓

시 지 전 충 효
矢志全忠孝
성 명 소 원 색
姓名昭遠塞

북 해 수 은 일
北海酬恩日
임 종 언 장 지
臨終言壯志

동 래 태 사 자
東萊太史慈
궁 마 진 웅 사
弓馬震雄師

신 정 감 전 시
神亭酣戰時
천 고 공 차 자
千古共嗟咨

충과 효를 겸비하고자 뜻을 세운
그는 바로 동래 사람 태사자였다
그의 이름 먼 변방까지 전해지고
궁마 솜씨는 강적들을 떨게 했지

북해에선 태수 공융 은혜 갚았고
신정에선 손책과 또 격전 치르네
임종을 앞두고 장한 뜻 남겼으니
천년 후 사람들도 함께 탄식하네

---

*矢志(시지): 포부를 가지다. 뜻을 세우다.
*雄師(웅사). 강력한 군대. 정병.
*嗟咨(차자): 탄식하다.

태사자는 용맹은 물론이고 충과 효를 겸비한 보기 드문 장수다. 젊은 시절 공융이 위기에 처해 있을 때 모친의 명령으로 공융을 구해 준 적이 있다. 한때 유요의 부하로 있던 태사자는 소패왕 손책과도 싸운 적이 있으나 손책에게 사로잡힌 뒤 그의 부하가 된다.

손책의 기업을 이어받은 손권은 적벽대전 이후 합비에서 직접 조조와 십여 차례나 크고 작은 싸움을 벌였으나 큰 성과를 내지 못했다.

조조 진영에서는 손권만 잡으려고 노리고 있었다.

조조군의 장수 악진의 공격을 받은 손권은 그의 부하 송겸 덕분에 겨우 목숨은 구했으나 결국 송겸을 잃고 말았다.

그러자 장굉은 적과 직접 싸우는 것은 일개 장수가 할 일이지 주공께서는 천하를 제패할 계책이나 생각하시라고 간언을 한다.

자신의 실책으로 아까운 장수만 잃은 손권이 괴로워하는 모습을 본 태사자는 송겸의 원수를 갚겠다며 5천 명의 군사를 이끌고 합비성으로 달려갔다.

그러나 장료는 이미 태사자가 공격해 올 것을 알고 대비하고 있었다. 장료의 계책에 빠진 태사자는 여러 발의 화살에 맞아 큰 부상을 입고 돌아왔다.

"대장부가 난세亂世에 태어났으면 마땅히 긴 칼 차고 세상에 내놓을 만한 공을 세워야 하거늘, 아직 그 뜻을 이루지 못했는데 어찌 이렇게 죽는단 말인가!"

태사자는 이렇게 한탄하면서 그 자리에서 숨을 거두었다. 그때 그의 나이 마흔한 살이었다.

후세 사람이 그를 칭찬하여 지은 시이다.

한석恨石

↓

寶劍落時山石斷
金環響處火光生
兩朝旺氣皆天數
從此乾坤鼎足成

보배로운 칼 내리칠 때 큰 돌 갈라지고
큰 칼 소리 내며 불꽃이 사방에 튀었네
오촉 두 나라 흥성함 다 하늘이 정하니
이로부터 천하는 셋으로 갈라지게 되네

유비는 손권의 누이와의 결혼 제의가 자신을 죽이려는 주유의 계책임을 뻔히 알면서도 강남으로 건너간 뒤, 일부러 결혼 소문을 퍼뜨려 오국태에게 그 소식을 알게 했다.

딸의 혼사 문제를 자신도 모르게 진행한 사실을 소문으로 알게 된 오국태는 손권을 불러 크게 질책했다. 그리고 일이 이렇게 된 이상 내일 감로사甘露寺에서 자신이 직접 유비를 만나 보고 만일 자신의 마음에 들지 않으면 너희들 마음대로 하라고 통보한다.

다행히 유비를 본 국태는 크게 기뻐하며 참으로 내 사윗감이라며 만족을 표시했다.

유비는 화장실에 다녀오다 전각 앞에 있는 큰 바위를 보고, 칼을 뽑아 들며 만일 유비가 무사히 형주로 돌아가 왕패王霸의 업業을 이룩할 수 있다면 한 칼에 이 바위를 두 동강 나게 해달라고 기도하며 바위를 내리치자 그 바위는 두 쪽으로 갈라졌다.

뒤에서 이 광경을 보고 있던 손권이 공은 이 바위에 무슨 원한이라도 있는 것이냐고 물으니 유비가 대답한다.

"만일 조조를 쳐부수고 한나라를 다시 일으켜 세울 운명이라면 이 바위를 내리쳤을 때 두 동강이 나는 점괘를 달라고 하늘에 물었더니, 과연 이렇게 되었습니다."

이에 손권 역시 칼을 잡고 기도했다.

"만약 형주를 다시 빼앗아 동오를 왕성하게 일으킬 수 있는 운명이라면 이 바위를 내리쳤을 때 두 동강 나게 해 주소서."

손권이 칼을 들어 돌을 내리치자 역시 큰 바위가 갈라졌다.

지금도 열십자 모양으로 갈라진 바위가 그대로 남아 있으니, 사람들은 이 바위를 한석恨石 또는 시검석이라고 부른다.

후세 사람이 이 바위를 보고 찬탄하며 지은 시이다.

천하제일강산天下第一江山

↓

江山雨霽擁靑螺
강 산 우 제 옹 청 라

境界無憂樂最多
경 계 무 우 락 최 다

昔日英雄凝目處
석 일 영 웅 응 목 처

岩崖依舊抵風波
암 애 의 구 저 풍 파

강산에 비 개니 푸른 산을 감싸고

경계가 조용하니 즐거움 가득하네

옛 영웅들 시선 모아 바라본 그곳

절벽만이 여전히 풍파를 버티누나

---

*雨霽(우제): 비가 그치고 날이 개다.
*靑螺(청라): 푸른 고동. 여기서는 푸른 산봉우리를 비유.

유비와 손권 두 사람은 칼을 내려놓고 서로 손을 잡고 연회 자리로 다시 돌아왔다.

　술이 몇 순배 더 돌았을 때 손건이 유비에게 눈짓을 하자 유비는 하직 인사를 한다.

　"저는 술을 더 이상 감당할 수 없어 이만 물러가겠습니다."

　손권이 그를 배웅하러 절 앞에까지 나와 둘이 나란히 서서 그곳의 경치를 감상했다.

　"이곳이 바로 천하제일의 강산이군요!"

　유비가 감탄을 한다.

　지금도 감로사에는 '천하제일강산天下第一江山'이라 새겨진 현판이 있다.

　후세 사람이 이를 찬탄하여 지은 시이다.

주마파駐馬坡: 말이 멈춘 언덕

^{치 취 용 구 기 개 다}
馳驟龍駒氣概多
^{이 인 병 비 망 산 하}
二人幷轡望山河
^{동 오 서 촉 성 왕 패}
東吳西蜀成王霸
^{천 고 유 존 주 마 파}
千古有存駐馬坡

용마 타고 내달리니 그 기개는 대단했고

둘이 말고삐 나란히 하고 산하를 즐겼네

그 후 동오와 서촉이 패업을 이루었으니

오랜 세월 주마파는 여전히 남아 있도다

유비와 손권 두 사람이 함께 경치를 감상하고 있을 때, 강바람이 세차게 불어와 큰 파도가 일더니 물보라는 눈처럼 흩날리고 흰 물결이 하늘 높이 솟구쳤다.

그때 문득 거친 파도를 헤치고 조각배 하나가 마치 평지 위를 가는 것처럼 미끄러지듯 나아간다.

유비가 감탄한다.

"남쪽 사람은 배를 잘 타고 북쪽 사람은 말을 잘 탄다더니, 과연 그렇군요!"

그 말을 들은 손권이 속으로 생각한다.

"유비의 이 말은 내가 말을 잘 타지 못한다고 놀리는 것이 아닌가!"

손권은 즉시 말 한 필을 끌고 오라고 했다.

그리고 몸을 날려 말에 올라 쏜살같이 산 아래로 내달리더니 다시 채찍질하여 고개 위로 올라와서 유비를 보고 웃으며 말한다.

"이래도 남쪽 사람들이 말을 탈 줄 모릅니까?"

이에 유비도 옷자락을 걷어 올리더니 훌쩍 몸을 날려 말 위로 올랐다. 그러고는 나는 듯이 산 아래로 달려 내려갔다가 다시 말을 달려 올라왔다.

두 사람은 산언덕 위에 말을 세우고 함께 채찍을 들고 서로를 마주 보며 호탕하게 웃는다.

지금도 사람들은 이곳을 주마파(駐馬坡: 말이 멈춘 언덕)라고 부른다.

후세 사람이 이를 두고 지은 시이다.

마음이 흔들리는 유비

↓

오 촉 성 혼 차 수 심
吳蜀成婚此水潯
명 주 보 장 옥 황 금
明珠步幛屋黃金
수 지 일 녀 경 천 하
誰知一女輕天下
욕 이 유 랑 정 치 심
慾易劉郎鼎峙心

오와 촉은 이곳 물가에서 성혼하고서

구슬과 황금으로 장막과 집을 꾸몄네

뉘 알았으랴 여인이 천하보다 중하여

삼분천하 유비의 마음 흔들릴 줄이야

---

*水潯(수심): 물가.
*步幛(보장): 비바람을 가리는 장막.
*劉郎(유랑): 유비.
*鼎峙(정치): 세 세력이 대립하다.

주유는 유비를 죽이려고 했던 자신의 계책이 거꾸로 뒤집히자 그것을 다시 이용하는 계책을 꾸민다.

유비에게 궁궐 같은 큰 집을 마련해 주고 미녀와 금은비단 등을 주어 오래 살게 함으로써 저절로 공명·관우·장비 등과 관계가 소원해지게 하여 서로를 원망하게 만들려는 것이다.

주유의 예상대로 유비는 가무와 여색에 빠져 형주로 돌아갈 생각은 아예 하지 않았다.

연말이 되자 조운은 그동안 잊고 있었던 제갈량이 준, 두 번째 주머니를 열어 보았다. 그리고 유비에게 말한다.

"오늘 아침 공명이 사람을 보내왔는데, 조조가 정예병 5십만 명을 거느리고 형주로 쳐들어오고 있다고 합니다."

유비는 손 부인에게 형주로 돌아가고 싶다고 사실대로 말하자, 손 부인은 새해 첫날 모친께 세배 드릴 때, 강북을 바라보고 조상님께 제사를 지내고 오겠다는 핑계를 대고 그대로 떠나자고 했다.

유비와 자신의 누이가 떠난 사실을 뒤늦게 안 손권은 부하들에게 두 사람의 머리를 베어서라도 데려오라고 명령한다.

몇 번의 목숨을 잃을 위기를 손 부인의 기지로 간신히 벗어난 유비가 마침내 강가에 도착했는데 배 한 척 보이지 않았다.

유비가 한참 생각에 잠겨있는데 조운이 말한다.

"주공께서는 그 위험했던 범의 아가리 속에서도 벗어나 이제 우리 땅이 코앞에 있습니다. 제갈 군사께서 틀림없이 대비를 하고 계실 텐데, 뭘 그리 걱정하십니까?"

그 말을 들은 유비는 문득 동오에서 온갖 호사를 누리며 즐기던 일들이 생각나서 자신도 모르게 처량한 눈물을 흘리고 말았다.

후세 사람이 이 일을 두고 탄식하며 지은 시이다.

조조에게 신하로 남으라는 충언

↓

周公恐懼流言日
주공공구유언일

王莽謙恭下士時
왕망겸공하사시

假使當年身便死
가사당년신변사

一生眞僞有誰知
일생진위유수지

주공이 유언비어에 두려워하던 그날

왕망이 아랫사람에게 겸공하던 그때

만일 그 시절 살지 못하고 죽었다면

그들 일생의 진위 여부 누가 알겠나

---

*周公(주공): 주공. 문왕의 아들이자 무왕의 동생. 무왕이 죽자 조카를 도와 주나라의
기초를 다짐. 역자 주.
*王莽(왕망): 漢 元帝 황후의 외척으로 제상이 되어 정권을 찬탈, 新 王朝를 건국하여 토
지 및 노비 문제 등 광범위한 사회개혁을 실행함. 역자 주.

건안 15년(서기 210년) 봄, 마침내 동작대가 준공되었다.

조조는 문무백관들을 모두 업군에 모아 놓고 성대한 경축 연회를 열었다.

조조는 모든 무관들을 두 편대로 나누어 활쏘기 시합을 시켰다. 조씨 장수를 한 편대로, 나머지 장수들을 또 한 편대로 나누어 과녁의 붉은 중심을 쏘아 맞히는 자에게는 비단 전포를 하사하고 맞히지 못한 자는 벌로 물을 한 사발 마시도록 했다.

그리고 문관들에게는 시와 문장을 지어 올리게 했는데 그들이 지어 바친 시들은 조조의 공덕을 칭송하며 천명을 받아 황제의 자리에 오르는 것이 마땅하다는 의미의 시가 많았다.

이에 조조는 말한다.

"남들은 나의 권세가 큰 것을 보고 무슨 딴 마음을 품고 있겠지 하고 의심하겠지만 이는 잘못된 생각이다. 나는 늘 공자께서 주周 문왕文王의 지극한 덕을 칭송한 것을 생각하며, 그의 말씀을 언제나 마음속에 새기고 있다."

그러면서 자신은 모든 병권을 내놓고 쉬고 싶지만, 그러면 사람들이 자신을 해치려 들고 나라가 참으로 위태롭게 될 것이기 때문에 하는 수 없이 헛된 명성을 지키고 있을 뿐이라고 변명을 한다.

이에 모든 문무 관원들이 자리에서 일어나 비록 이윤(伊尹: 상商 나라의 저명한 정치가)이나 주공周公이라 할지라도 승상을 따르지는 못할 것이라며 엎드려 절을 했다.

즉 조조는 자신이 문왕처럼 되어 자신의 아들에게 무왕처럼 왕위를 물려주고 싶었지만 문무백관들은 그를 이윤과 주공에 비유하며 어진 신하로 남으라고 한 것이다.

후세 사람이 이 일을 시로 지은 것이다.

뛰는 주유 위에 나는 제갈량

↓

周瑜決策取荆州
제 갈 선 지 제 일 주
諸葛先知第一籌
지 망 장 강 향 이 은
指望長江香餌隱
부 지 암 리 조 어 구
不知暗裏釣漁鉤

주유가 계책을 써서 형주를 취하려 하는데
제갈량이 미리 알고 뛰어난 대비책 세우네
장강의 향기로운 미끼 모르길 꼭 바랐는데
그 속에 낚시 바늘이 있는 줄 알지 못했네

손권은 노숙을 유비에게 보내 다시 형주를 내놓으라고 요구하는데 유비는 느닷없이 얼굴을 감싸고 울기 시작했다.

놀란 노숙이 그 연유를 물으니 제갈량이 대신 대답한다.

"우리 주공께서 형주를 빌리실 때 서천을 차지하면 즉시 돌려드리겠다고 했지만, 익주의 유장은 같은 한漢 황실의 혈육이라 그의 성지를 빼앗으면 남들이 욕을 할까봐 두려워 망설이고 있습니다. 조금만 말미를 더 주시지요."

노숙이 돌아가서 주유에게 이런 사정을 말하니 주유는 또 제갈량의 꼬임에 빠졌다고 하면서 자신이 다시 계책을 꾸민다. 그러면서 이번만큼은 천하의 제갈량이라도 걸려들고야 말 것이라고 했다.

그 계책은 우리 동오가 대신 군사를 일으켜 서천을 취하여 그것을 유비에게 혼인 예물로 주겠으니 그때는 형주를 동오에 돌려달라는 것이었다.

사실 주유는 서천을 친다는 핑계로 형주를 취하려는 것이다. 서천을 치기 위해서는 반드시 형주를 지나가야 하니 유비는 틀림없이 우리 군사를 위로하러 성을 나올 것이다. 그때 유비를 죽이고 형주를 빼앗으려는 계략이다.

노숙은 크게 기뻐하며 곧바로 다시 형주로 갔다.

노숙의 말을 들은 제갈량은 그들의 속셈을 알면서도 그들이 하자는 대로 하겠다고 했다. 그러면서 유비에게 그저 맹호를 사로잡을 덫과 자라와 고기를 낚을 미끼만 준비해 두면 되니 주유가 이번에 오면 설사 죽지는 않는다 하더라도 십중팔구는 죽는 것이나 마찬가지가 될 것이라고 말하며 조운을 불러 계책을 말해 주었다.

이 말을 들은 유비는 매우 기뻐했으며 이 시는 후세 사람들이 제갈량을 찬탄하며 지은 시이다.

화병으로 죽은 주유

적벽유웅열
赤壁遺雄烈
현가지아의
弦歌知雅意

청년유준성
靑年有俊聲
배주사양붕
杯酒謝良朋

증알삼천곡
曾謁三千斛
파구종명처
巴口終命處

상구십만병
常驅十萬兵
빙조욕상정
憑弔欲傷情

적벽에서 웅대한 공적 세운 주유는
젊은 시절부터 빼어난 명성 날렸네
음율을 들으면 우아한 뜻을 알았고
술잔을 들어 좋은 친구에 감사했네

일찍이 노숙에게 삼천 석을 빌리고
언제나 십만 대군을 이끌고 다녔지
파구 땅에서 그의 일생 마무리하여
고인을 추모하니 내 가슴 아파오네

---

*曾謁三千斛(증알삼천곡): 일찍이 주유가 어려움에 처해 있을 때 노숙이 쌀 삼천 섬을 준
　　　　　　　　적이 있는데. 이 일을 말한 것임. 역자 주.

노숙이 돌아가서 주유에게 보고했다.

"동오의 군사가 당도하면 유비가 성에서 나와 군사를 위로하겠다고 합니다."

주유는 드디어 제갈량이 내 계책에 걸려들었다며 군사를 거느리고 형주 성 아래 이르러 성문을 열라고 하자 조운이 말한다.

"우리 제갈 군사軍師께서는 당신의 가도멸괵假途滅虢 계책을 이미 다 알고 있다."

주유는 자신이 제갈량의 꾀에 또 빠졌음을 깨닫고 말머리를 돌려서 가려고 하는데 사방에서 유비의 군사들이 도독을 서로 먼저 사로잡겠다고 아우성을 치고 있었다.

기가 찬 주유는 말 위에서 외마디 비명을 지르니, 아물던 화살 상처가 다시 터져서 말 아래로 굴러 떨어지고 말았다. 부하들이 급히 구호하여 배로 돌아가니 이번에는 제갈량이 서신을 보내왔다.

그 내용은 그대가 지금 서촉을 치는 것은 춘추 전국시대의 병법가인 오기나 손무라도 해낼 수 없는 불가능한 일이다. 더구나 조조가 그 틈을 타서 내려온다면 강남은 바로 가루가 되고 말 것이니 이 제갈량은 차마 그런 상황을 가만히 앉아서 구경만 하고 있을 수는 없어 특별히 충고한다는 조롱이었다.

주유는 탄식하며 마지막으로 손권에게 올릴 글을 작성하고 하늘을 우러러 길게 탄식 하며 말한다.

"이미 이 주유를 세상에 내보내었으면 되었지, 제갈량은 왜 또 보내셨단 말인가 既生瑜, 何生亮!"

이어서 알아듣지 못한 몇 마디를 더 중얼거린 주유는 마침내 숨을 거두고 말았다. 이때 그의 나이 서른여섯이었다.

후세 사람이 주유를 탄식하여 지은 시이다.

주유를 조문하는 제갈량

와 룡 남 양 수 미 성
臥龍南陽睡未醒
우 첨 열 요 하 서 성
又添列曜下舒城
창 천 기 이 생 공 근
蒼天旣已生公瑾
진 세 하 수 출 공 명
塵世何須出孔明

와룡이 남양에서 잠을 깨기도 전에
빛나는 별 하나가 서성에 내려왔네
하늘은 이미 공근을 내려 보내놓고
어찌하여 공명을 또 보냈단 말인가

---

*舒城(서성): 지금의 안휘성 합비시 남쪽. 주유의 고향.

주유의 시신을 파구에 안치한 장수들은 주유가 남긴 서신을 급히 손권에게 보냈다.

주유의 사망 소식을 들은 손권은 대성통곡을 하며 봉투를 뜯어 그의 글을 읽어 보니, 노숙을 자기 대신 도독으로 천거한다는 내용이었다.

형주에 있는 제갈량은 밤에 천문을 보다가 장군별이 떨어지는 것을 보고 주유가 죽었음을 알았다. 그러면서 유비에게 조문을 핑계로 동방으로 가서 유능한 인재를 찾아보겠다고 했다.

공명이 시상에 이르니 노숙이 예를 갖춰 영접했다.

주유의 부장들은 모두 제갈량을 죽이고 싶었지만 조운이 칼을 차고 따라다니고 있으니 감히 손을 쓰지 못했다.

제갈량은 가지고 온 제물을 주유의 영전에 올리고 친히 술잔을 올린 다음 땅에 꿇어앉아 제문을 읽었다.

제사를 다 지내고 난 제갈량이 땅에 엎드려 대성통곡을 하는데, 눈물이 마치 샘솟듯 하며 애통해 마지않았다.

여러 장수들은 그 모습을 보고 사람들은 공근과 공명의 사이가 좋지 못하다고 말하는데, 지금 그가 이처럼 정성으로 제사를 드리는 것을 보니 그게 모두 빈말이었다고 했다.

노숙은 공명이 그토록 애통해 하는 것을 보고 그 역시 슬퍼하며 속으로 생각한다.

"공명은 본시 정이 많은 사람인데 공근의 도량이 좁아서 스스로 죽음을 재촉했구나."

후세 사람이 이를 탄식하여 지은 시이다.

마등의 죽음

↓

부 자 제 방 열
父子齊芳烈

연 생 도 국 난
捐生圖國難

충 정 저 일 문
忠貞著一門

서 사 답 군 은
誓死答君恩

작 혈 맹 언 재
嚼血盟言在

서 량 추 세 주
西凉推世冑

주 간 의 장 존
誅奸義狀存

불 괴 복 파 손
不愧伏波孫

부자가 모두 훌륭한 업적을 남겼으니

그 충성과 절개로 가문을 드날렸도다

목숨 바쳐 어지러운 나라 구하려하니

죽음으로 군주 은혜 보답하려 했도다

피로써 맹세했던 말 여전히 생생하고

간신 죽이자던 연판장 아직 유효하네

서량에선 대대로 명문 칭송 받았으니

명장 복파장군 후손으로 손색이 없네

---

*芳烈(방렬): 훌륭한 업적을 남기다.
*嚼血(작혈): 피를 마시다. *世冑(세주): 귀족의 후예.
*伏波(복파): 후한 광무제(光武帝) 때 마원(馬援). 촉(蜀)을 함락시켜 복파장군(伏波將軍)이
    되고, 교지(交趾: 북베트남)를 쳐서 신식후(新息侯)에 봉해짐.

조조가 다시 남쪽을 치러 가려고 하는데 그 틈에 마등馬騰이 허도로 쳐들어오는 것을 걱정하지 않을 수 없었다.

이에 순욱은 마등을 정남장군征南將軍으로 봉하여 손권을 치라는 조서를 내려 마등을 허도로 들어오게 유인한 다음, 그를 먼저 죽여 버리자고 했다.

천자의 명을 받은 마등은 자신이 옛날 동승董承과 함께 천자의 의대조衣帶詔를 받고 유비와 함께 역적 조조를 치기로 약속했던 일을 그의 맏아들 마초馬超에게 상기시키며 조조가 나를 오라고 부르니 어떻게 하면 좋겠느냐고 물었다.

이에 마초는 이 기회를 이용하여 허도로 가되, 상황에 따라 대처를 하시면 지난날 품었던 뜻을 펼칠 수도 있지 않겠느냐고 했다.

마등이 도착했다는 소식을 들은 조조는 문하시랑 황규黃奎를 불러 이번 남정에 그대를 행군참모로 임명할 것이니 마등에게 가서 내일 성으로 들어와 천자를 뵙도록 하라고 했다.

마등이 황제의 의조대를 받은 사실을 알고 있는 황규는 이번 기회를 이용하여 자신도 조조를 죽이는 데 함께 할 것이니 마등에게 절대로 성에 들어가지 말고 내일 군사를 성 아래에 주둔시켜 두었다가 조조가 성 밖으로 나와 군사를 점검할 때 그를 죽여 버리자고 했다.

그러나 집에 돌아온 황규는 자신의 계획을 그의 첩 이춘향에게 말했고, 첩은 그와 사통私通하고 있던 황규의 처남 묘택에게 알리니, 묘택은 조조에게 그런 사실을 고해 바쳤다.

결국 황규는 여자 하나 관리를 못하여 자신은 물론 마등 부자까지 조조에게 붙잡혀 죽게 하고 말았다.

후세 사람이 마등을 탄식하여 이 시를 지었다.

묘택과 이춘향의 죽음

↓

<ruby>苗<rt>묘</rt></ruby><ruby>澤<rt>택</rt></ruby><ruby>因<rt>인</rt></ruby><ruby>私<rt>사</rt></ruby><ruby>害<rt>해</rt></ruby><ruby>藎<rt>신</rt></ruby><ruby>臣<rt>신</rt></ruby>

苗澤因私害藎臣

春香未得反傷身

奸雄亦不相容恕

枉自圖謀作小人

묘택은 자기 욕심 때문에 충신을 해쳤고

춘향을 얻지도 못하고 제 목숨만 잃었네

간사한 영웅 또한 그들을 용서치 않으니

묘택은 꾀를 냈으나 결국 소인이 되었네

---

*藎臣(신신): 충성스런 신하.
*枉(왕): 헛되이. 쓸데없이.

마등을 죽인 조조는 마등의 군사들에게 마등 부자가 모반한 것은 너희들과는 상관없는 일이라며 모두 투항하라고 했다.

그러면서 한편으로는 관문을 굳게 지켜 마대馬岱가 달아나지 못하게 했다.

당시 마대는 군사 1천 명을 거느리고 뒤쳐져 있었는데 이미 허창성 밖에서 도망쳐 돌아온 병사가 마대에게 그 소식을 보고했다.

크게 놀란 마대는 군사들을 모두 버리고 장사치로 변장하여 밤낮없이 도망을 쳐서 숨어 버렸다.

"저는 아무런 상도 바라지 않습니다. 그저 이춘향만 제 처로 삼게 해 주십시오."

이번 반란 사건 제압에 일등 공을 세운 묘택의 청에 조조가 웃으면서 대답한다.

"너는 한 계집에게 빠져 매부의 집안을 망치게 한 놈이다. 이런 의리 없는 놈을 살려 두어 무엇에 쓴단 말인가!"

그러고는 묘택과 이춘향은 물론 황규 일가 남녀노소 모두를 저자로 끌고 나가 목을 베게 했다.

그 장면을 본 사람 중에 한탄하지 않는 자가 없었다.

후세 사람이 이를 탄식하여 지은 시이다.

수염을 자르고 달아난 조조

↓

동 관 전 패 망 풍 도
潼關戰敗望風逃
맹 덕 창 황 탈 금 포
孟德愴惶脫錦袍
검 할 자 염 응 상 담
劍割髭髥應喪膽
마 초 성 가 개 천 고
馬超聲價蓋天高

동관 싸움에 패하고 넋 놓고 달아나다
다급해진 조조는 금포까지 벗어던지네
칼로 수염 자를 때는 간담이 서늘했고
이 일로 마초의 명성 천하에 드높았지

---

*望風逃(망풍도): 멀리서 적의 그림자나 강대한 기세를 보자마자 달아나 버리다.
　　　(=望风而遁)
*髭髥(자염): 수염. 髭는 코밑수염, 髥은 구레나룻을 말함.

부친과 두 아우가 조조에게 죽임을 당했다는 소식을 들은 마초는 즉시 서량의 군사를 일으켰다.

서량 태수 한수도 마초와 힘을 합쳐 조조를 치겠다고 군사를 이끌고 달려왔다.

먼저 종요를 물리치고 장안성을 확보한 마초는 조홍이 지키던 동관마저 차지했다. 뒤늦게 달려온 조조는 모든 장수들을 거느리고 관 앞으로 쳐들어가다 진영을 세우고 대치했다.

마초는 흰 전포에 은 갑옷을 입고 손에는 긴 창을 들고 진영 앞에 말을 세우고 있는데 양쪽에 방덕과 마대가 서 있었다.

조조의 군사는 이곳에서 마초에게 크게 패하고 말았다.

마초는 방덕, 마대와 함께 백여 명의 기병만 데리고 조조를 잡으러 중군中軍으로 쳐들어갔다.

정신없이 우왕좌왕하는 군사들 틈에 끼어 달아나던 조조가 문득 서량의 군사들이 외치는 소리를 들었다.

"붉은 전포를 입고 있는 놈이 조조다!"

조조는 말 위에서 급히 붉은 전포를 벗어 버렸다.

다시 크게 외치는 소리가 들렸다.

"수염 긴 놈이 조조다!"

놀라고 당황한 조조는 즉시 차고 있던 칼을 뽑아 자신의 수염을 잘라 버렸다. 군사 가운데 누군가가 조조가 수염을 잘라 버렸다는 사실을 마초에게 고해바치니 마초는 즉시 군사들에게 외치도록 했다.

"수염 짧은 자를 붙잡아라!"

그 소리를 들은 조조는 즉시 깃발의 모서리를 찢어서 목을 싸매고 달아났다.

후세 사람이 이 모습을 상상하며 지은 시이다.

천하의 기재^{奇才} 장송

↓

고 괴 형 용 이　청 고 체 모 소
古怪形容異　清高體貌疏
언 경 삼 협 수　목 시 십 행 서
言傾三峽水　目視十行書

담 량 괴 서 촉　문 장 관 태 허
膽量魁西蜀　文章貫太虛
백 가 병 제 자　일 람 갱 무 여
百家幷諸子　一覽更無餘

기이한 얼굴 모습 남들과 달랐고
뜻은 맑고 높았지만 체모가 없네
말을 하면 삼협의 물처럼 흐르고
눈으로 단번에 열 줄을 읽어냈네

그의 배짱은 서촉에서 제일 크고
그의 문장은 큰 하늘을 꿰뚫었네
제자백가와 그 밖의 모든 책들도
한번 훑어보면 모르는 게 없었네

---

*膽量(담량): 담력. 용기.
*魁(괴): 우두머리. 크다.

한중의 장로가 서천을 칠 계획이라는 첩보를 입수한 익주 태수 유장은 장송을 조조에게 보내 군사를 일으켜 한중을 취하고 장로를 정벌해 주도록 요청하려고 했다.

　허도로 간 장송이 어렵게 조조를 만났지만 기이한 형상에다가 무례하고 비위를 거스르는 말만 골라 하는 장송을 보고 조조는 화를 내며 나가 버렸다.

　이때 조조의 창고지기로 있던 양수는 장송이 언변이 뛰어난 자임을 알고 은근히 그의 기를 꺾어주고 싶은 마음이 생겼다.

　양수 역시 자신의 재주만 믿고 평소 천하의 인사들을 우습게 생각하던 참이었는데 마침 장송이 비꼬는 투로 말을 하니 그의 코를 납작하게 해 주고 싶은 마음이 들었다.

　양수는 언변으로는 도저히 장송을 감당하지 못하자 손자의 13편을 본떠서 조조가 직접 저술했다는 '맹덕신서孟德新書'를 내놓았다.

　이를 본 장송이 이런 책은 우리 촉 땅에서는 삼척동자도 다 암송할 수 있는 것이라며 이것은 전국시대 무명씨無名氏가 지은 것을 조 승상이 그대로 베껴 써 놓고 자신이 지은 것인 양 그대를 속인 것이라고 했다.

　양수가 이 책은 아직 세상에 발표도 하지 않은 책인데 어찌 촉 땅의 어린애들까지 다 외운단 말이냐고 했다.

　장송이 정 내 말을 믿지 못하겠다면 내 시험 삼아 그 책을 암송해 보겠다고 하며 외우는데 처음부터 끝까지 단 한 자도 틀리지 않았다. 깜짝 놀란 양수가 장송을 천하의 기재로 인정했다.

　후세 사람이 그를 칭찬하여 지은 시이다.

왕루의 절개

도 괘 성 문 봉 간 장
倒卦城門捧諫章
병 장 일 사 보 유 장
拼將一死報劉璋
황 권 절 치 종 항 비
黃權折齒終降備
시 절 하 여 왕 루 강
矢節何如王累剛

성문에 거꾸로 매달려 간하는 글을 바쳐
목숨을 버림으로써 유장에게 보답했다네
이 부러진 황권 결국 유비에게 항복하니
곧은 절개야 어찌 왕루와 비교가 되겠나

---

*拼(병): 서슴없이 버리다.
*矢(시): 맹세하다. 굳게 지키다.

장송이 조조에게 간 진짜 이유는 사실 서천을 조조에게 바치려던 것이었다.

그러나 조조의 인물 됨됨이에 실망한 장송은 다시 유비를 만나러 갔다. 극진한 대접을 받은 장송은 유비에게 서천을 취하실 뜻이 있으면 자신이 돕겠다고 했다.

익주로 돌아온 장송은 유장에게 건의한다.

"조조는 서천까지 빼앗으려 하고 있으니 조조와 장로를 막기 위해서는 유비에게 도움을 청해야 합니다."

그때 유비를 오게 해서는 절대 안 된다고 하는 신하가 있었으니 그들은 황권과 왕루王累였다. 황권은 유장의 옷자락을 물며 유비를 맞이하러 가는 유장을 막다가 앞니 두 개가 쑥 빠지고 말았다.

종사從事로 있던 왕루는 자신의 몸을 꽁꽁 묶고 성문 꼭대기에 거꾸로 매달려 있으면서, 만일 주공께서 자신이 간하는 말을 들어주지 않으면 들고 있는 칼로 줄을 끊어 땅에 떨어져 죽어 버리겠다고 했다.

유장이 그가 쥐고 있는 글을 가져오라고 해서 읽어 보니, 그 내용은 옛날 초楚 회왕懷王이 무관武關에서 열리는 회맹會盟에 참석하지 말라는 굴원屈原의 말을 듣지 않고 갔다가 결국 진왕秦王에게 붙잡혀 곤욕을 당했다면서 지금 주공께서 유비를 맞이하러 가시면, 가는 길은 있어도 돌아오는 길은 없을 것이라고 했다.

"나는 유비를 만나 지초芝草와 난초蘭草처럼 돈독한 우정을 나누려는 것인데 너는 어찌하여 나를 모욕하는 것이냐?"

그 말이 미처 끝나기도 전에 왕루는 스스로 매고 있던 줄을 끊어 땅에 떨어져 그 자리에서 즉사하고 말았다.

후세 사람이 이를 탄식하여 지은 시이다.

劉備自領益州牧

제IV편

삼분천하

작은 주인을 지킨 조운

↓

석 년 구 주 재 당 양
昔年求主在當陽
금 일 비 신 향 대 강
今日飛身向大江
선 상 오 병 개 담 열
船上吳兵皆膽裂
자 룡 영 용 세 무 쌍
子龍英勇世無雙

지난날 당양에서 작은 주인 구하더니

오늘은 몸을 날려 장강에 뛰어들었네

배 위의 동오 군사 간담 다 떨어지니

조자룡의 영용함 세상에 둘도 없구나

작은 주인을 구한 장비

↓

長坂橋邊怒氣騰
一聲虎嘯退曹兵
今朝江上扶危主
靑史應傳萬載名

장판교에서 분노한 기운이 등등하여

범의 포효 소리로 조조 대군 이기고

오늘은 강 위에서 작은 주인 구하니

청사에 그 이름 적어 만세에 전하리

유비가 서천으로 간 틈을 기회로 형주를 차지하기 위해 손권은 절묘한 계책을 생각해 낸다.

그것은 심복 장수를 손 부인에게 보내 모친의 병환이 위중하다는 거짓 핑계로 손 부인에게 유비의 아들을 몰래 동오로 데려오게 한 뒤 아들과 형주를 교환하려는 계책이다.

군사를 데리고 형주로 잠입한 주선周善이 손 부인께 밀서를 전달하니 손 부인은 아두를 데리고 형주성을 빠져나와 곧바로 동오의 군사들이 대기하고 있는 강변으로 달려갔다.

근방을 순찰 중이던 조운이 이 소식을 듣고 깜짝 놀라 4~5명의 기병만 데리고 강가로 달려가 배를 멈추라고 했다.

주선은 들은 체도 하지 않고 속력을 더 내라고 재촉했다.

강둑을 따라 10여 리나 쫓아가던 조운은 문득 모래톱에 비스듬히 묶여 있는 어선 한 척을 발견했다.

조운은 말을 버리고 창을 잡고 어선에 뛰어올라 어부와 단 둘이서 노를 저어 부인이 타고 있는 가장 큰 배를 쫓아갔다.

주선의 군사들이 쏜 화살을 창으로 다 막아낸 조운은 청강검으로 찔러대는 창들을 헤치면서 부인이 탄 배에 올라갔다.

조운은 부인에게 작은 주인을 돌려주지 않으면 자신은 만 번을 죽더라도 부인을 보내줄 수 없다고 하면서 아두를 빼앗아 품에 안고 뱃머리로 나왔다.

그러나 배를 몰아 강기슭으로 가야 하는데 도와줄 사람이 없다.

이 위급한 상황에서 장비가 달려왔다. 자신을 보내 주지 않으면 강물에 몸을 던져 죽어 버리겠다고 협박하는 손부인은 동오로 보내 주고 조운과 장비는 아두만 보호하여 돌아왔다.

후세 사람이 조운과 장비를 찬탄하여 지은 시이다.

강을 막고 아두를 데려오는 조운

순욱의 죽음

文若才華天下聞
<small>문 약 재 화 천 하 문</small>

可憐失足在權門
<small>가 련 실 족 재 권 문</small>

後人休把留侯比
<small>후 인 휴 파 류 후 비</small>

臨歿無顔見漢君
<small>임 몰 무 안 견 한 군</small>

순욱의 뛰어난 재주 천하에 알려졌지만
가엾게도 권문에 발을 잘못 내디뎠으니
뒷사람들 그를 장자방에 비교하지 마라
죽을 때 한나라 황제 볼 면목 없었으리

---

*文若(문약): 순욱의 字.
*休(휴): 그만두다.
*留侯(유후): 전한의 개국공신 장량의 작위.

조조의 권세와 위풍이 갈수록 등등해졌다.

하루는 장사長史 동소桐昭가 말한다.

"자고로 신하된 자로서 그 공적이 승상만한 인물이 없으니 비록 주공周公: 주나라 개국공신이나 여망呂望: 강태공이라 할지라도 승상에게는 미치지 못할 것입니다. 마땅히 위공魏公의 지위에 오르시고 구석九錫의 예우를 더하셔서 승상의 공덕을 빛내야 할 것입니다."

모든 신하들이 찬성하는데 오로지 시중 순욱이 반대하고 나섰다.

"아니 됩니다. 승상께서 본래 의병을 일으키신 것은 한漢 황실을 바로잡으려는 것이었으니, 마땅히 충정의 뜻을 지키시어 겸손하게 사양하는 절조를 지켜야 합니다.

군자는 덕으로써 백성을 사랑해야지 그러한 특권으로 위세를 누리지 마십시오."

순욱의 입에서 이런 말이 나온다는 것은 정말 의표를 찌르는 것이었다. 조조의 안색이 갑자기 변하고 말았다.

얼마 뒤 조조는 군사를 일으켜 강남을 치러가면서 순욱에게 동행할 것을 명했다. 순욱은 이미 조조가 자신을 죽이려는 마음이 있다는 것을 알고 병을 핑계로 수춘에 머물렀다.

그러던 어느 날, 갑자기 조조가 사람을 시켜 순욱에게 음식 한 합盒을 보내왔다. 합 뚜껑에는 조조가 직접 쓴 서신이 봉해져 있었다. 합을 열어 보니 그 안에는 아무것도 들어 있지 않았다.

조조의 뜻을 깨달은 순욱은 스스로 독약을 마시고 죽었다. 그의 나이 50세였다.

후세 사람이 이를 탄식하여 지은 시이다.

장송의 허망한 죽음

↓

<ruby>一覽無遺世所稀<rt>일 람 무 유 세 소 희</rt></ruby>
一覽無遺世所稀
誰知書信洩天機
未觀玄德興王業
先向成都血染衣

한 번 보면 다 기억하는 세상에 드문 재주
서신 한 장이 천기 누설할 줄 뉘 알았으랴
현덕이 왕업 일으키는 것을 보지도 못하고
장송은 먼저 성도에서 옷을 피로 물들였네

---

*洩(설): 누설하다.

유비는 제갈량으로부터 서신을 받고 손 부인이 동오로 간 사실과 조조가 군사를 일으켜 동오의 유수를 치러 온 소식도 알고 있었다.

유비는 유장에게 서신을 보냈다. 조조의 공격으로 손권이 형주에 구원을 요청해 왔으니 형주로 돌아가서 함께 조조를 치려고 하는데 군사와 군량미를 도와달라는 내용이었다.

물론 유비는 형주로 돌아갈 생각이 없었다. 다만 유장이 어찌 나오는지 시험해 보려는 속셈이다.

유장은 여러 신하들이 반대하자 늙고 약한 군사 4천 명과 쌀 1만 섬만 보내기로 하면서 양회와 고패에게 부수관을 단단히 지키도록 했다.

유장의 마음을 간파한 유비는 거짓으로 형주로 돌아간다고 하고 부수관을 지키는 양회가 자신을 배웅하러 나오는 틈을 타서 부수관을 빼앗은 다음 성도로 쳐들어가기로 했다.

그러면서 유장에게 급히 떠나느라 얼굴도 보지 못하고 작별을 고한다는 서신을 다시 보냈다.

이에 가장 놀란 사람은 바로 장송張松이었다.

유비의 속셈을 알 리가 없는 장송은 급히 편지 한 통을 써서 사람을 시켜 유비에게 보내려고 하는데 공교롭게 그때 마침 그의 친형 광한廣漢 태수 장숙張鼎이 찾아오자 얼른 그 편지를 소매 속에 감추었다.

그런데 그 편지가 자신도 모르게 땅에 떨어졌고, 그 편지는 장숙을 따라온 종자가 주워 장숙의 손에 들어가고 말았다.

장숙은 즉시 유장에게 그 사실을 알렸고 화가 난 유장은 장송의 전 가족을 잡아들여 저잣거리에서 목을 베게 했다.

후세 사람이 이를 탄식하여 지은 시이다.

자허상인의 여덟 구

↓

좌룡우봉 　　비입서천
左龍右鳳　　飛入西川
봉추추지 　　와룡승천
鳳雛墜地　　臥龍昇天

일득일실 　　천수당연
逸得一失　　天數當然
견기이작 　　물상구천
見機而作　　勿喪九天

좌측의 용 우측의 봉황이

서천으로 둘 다 날아드니

새끼 봉은 땅에 떨어지고

자던 용은 하늘로 오르네

하나를 얻고 하나 잃으니

천수는 원래 그런 것이다

기회를 잘 살펴 처신하여

구천에 떨어져 죽지 마라

성도의 유장은 유비가 양회와 고패 두 장수를 죽이고 부수관을 점령했다는 말을 듣고 대책을 논의하는데 황권이 말한다.

"속히 군사를 낙현雒縣으로 보내십시오. 낙현은 성도로 들어오는 아주 좁은 길목의 요새이니 그곳만 막으면 유비가 제아무리 날랜 군사와 용맹한 장수를 거느리고 있다 해도 그곳을 넘어올 수는 없습니다."

유장은 곧바로 유괴劉璝, 냉포冷苞. 장임張任, 등현鄧賢 등 네 장수에게 군사 5만 명을 거느리고 밤낮을 가리지 말고 낙현으로 가서 길목을 지키라고 명했다.

네 장수는 가는 도중 금병산에 있는 자허상인紫虛上人이라는 기인에게 자신들의 앞날을 물어, 길한 것은 택하고 흉한 것은 피하자고 했다.

네 장수가 산꼭대기까지 올라가 암자 앞에 이르니 동자 하나가 나와서 맞이했다. 그 동자는 그들이 누구인지 묻고 암자 안으로 안내했는데 자허상인은 버들방석 위에 앉아 있었다.

네 장수가 절을 하고 자신들의 앞날에 대해 물었다.

자허상인은 빈도貧道는 산속에 숨어 사는 쓸모없는 인간인데 어찌 장군들의 길흉을 알겠느냐고 했다.

유괴가 거듭 절을 하며 물으니 그는 동자에게 종이와 붓을 가져오라고 하여 위의 여덟 구의 글을 적어 유괴에게 준다.

천수는 이미 기울었으니 잘 처신하라는 내용이 아닌가?

방통의 죽음

古峴相連紫翠堆
아 동 관 식 호 구 곡
兒童慣識呼鳩曲

士元有宅傍山隈
여 항 증 문 전 기 재
閭巷曾聞展驥才

預計三分平刻削
수 지 천 구 유 성 추
誰知天狗流星墜

長驅萬里獨徘回
불 사 장 군 의 금 회
不使將軍衣錦回

녹음이 짙게 이어진 작고 가파른 산
그 산 모퉁이에 방통의 집이 있었네
어릴 적 비둘기 부르는 노래 알았고
마을엔 그의 재주 모르는 이 없었네

천하삼분 예견하며 새기고 깎으면서
만리 길 말 달리며 홀로 배회했었네
그 누가 알았으랴 흉신의 별 떨어져
장군이 금의환향할 천운이 없었음을

*山隈(산외): 산모퉁이. *閭巷(여항): 마을. *驥(기): 천리마. 현명하고 재능이 뛰어난 사람을 비
유. *刻削(각삭): 새기고 깎다. *天狗(천구): 유성. 흉신(凶神)의 이름. *衣錦回(의금회): 금의환향.

방통의 죽음을 예견한 동요

↓

일 봉 병 일 용
一鳳幷一龍

재 도 반 로 리
才到半路裏

풍 송 우
風送雨

륭 한 흥 시
隆漢興時

촉 도 통 시
蜀道通時

상 장 도 촉 중
相將到蜀中

봉 사 락 파 동
鳳死落坡東

우 수 풍
雨隨風

촉 도 통
蜀道通

지 유 용
只有龍

봉 한 마리가 용과 함께

촉의 땅에 날아들었는데

미처 절반도 이르지 못해

봉은 동쪽 언덕에서 죽네

바람은 또 비를 몰아오고

비는 바람 따라 내리는데

한나라를 다시 일으킬 때

촉으로 가는 길 열리는데

촉 가는 길 열린 그 때는

단지 용 한 마리만 남았네

부수관을 점령한 유비가 낙성을 취하러 가려는데 제갈량으로부터 서신이 왔다. 자신이 천문을 보니 주요 장수의 신변에 흉凶한 일이 있을 조짐이니 부디 조심하라는 내용이었다.

그러나 이 서신은 자신이 공을 세우는 것을 시샘하여 제갈량이 보낸 것이라고 방통은 생각하며 속히 군사를 이끌고 낙성을 치러 가자고 했다.

낙성으로 가는 길은 두 갈래가 있다.

방통은 자신이 산 남쪽의 산길로 나아갈 터이니 주공더러 북쪽의 큰 길로 가라고 했다. 유비는 자신이 산길로 가겠다고 했으나 방통의 고집을 꺾을 수 없었다.

방통이 막 출발하려는데 타고 있던 말이 앞으로 고꾸라지면서 방통을 땅바닥에 떨어뜨려 버렸다.

깜짝 놀란 유비가 자신의 온순한 백마를 방통에게 주었다.

한편 유비의 군사들이 성을 치러 온다는 보고를 받은 장임은 산길에 먼저 가서 매복하고 있었다.

마침 방통의 군사가 다가오자 장임의 한 군사가 저기 백마를 타고 오는 장수가 바로 유비라고 했다.

방통이 산길 소로를 전진하는데 어쩐지 의심이 들어 말을 멈추고 이곳이 어디냐고 물으니 낙봉파落鳳坡라고 했다. 나의 도호道號가 봉추鳳雛인데 이곳이 바로 낙봉파라니, 예감이 안 좋다며 방통은 즉시 후퇴하라고 명령했다.

그 때 산비탈 앞에서 화살들이 메뚜기 떼처럼 날아오는데 모든 화살이 오로지 백마를 탄 방통에게만 집중되었다.

가엾게도 방통은 화살에 맞아 죽고 말았으니 그의 나이 36세였다.

후세 사람이 그를 탄식하여 지은 시이며 유행한 동요이다.

방통의 죽음에 통곡하는 제갈량

엄안의 기개

백 발 거 서 촉
白髮居西蜀
청 명 진 대 방
清名震大邦

충 심 여 교 월
忠心如皎月
호 기 권 장 강
浩氣卷長江

녕 가 단 두 사
寧可斷頭死
안 능 굴 슬 항
安能屈膝降

파 주 연 로 장
巴州年老將
천 하 갱 무 쌍
天下更無雙

백발 노장이 서촉 땅에 사니
맑은 명성 온 나라에 떨쳤네
충성스런 마음 밝은 달 같고
호연지기는 장강을 덮었어라

차라리 단두대에서 죽더라도
어찌 무릎 꿇고 항복을 하랴
파주군의 연로하신 장군이여
천하에 다시 그 짝이 없어라

---

* 皎(교): 희고 밝다.

엄안을 항복시킨 장비

↓

生獲嚴顔勇絕倫
생 획 엄 안 용 절 윤

惟憑義氣服軍民
유 빙 의 기 복 군 민

至今廟貌有巴蜀
지 금 묘 모 유 파 촉

社酒鷄豚日日春
사 주 계 돈 일 일 춘

엄안을 사로잡은 용기 이를 데 없고
오로지 의기로써 군민을 복종시켰네
지금도 파촉 땅에 그의 사당이 있어
술안주 갖춰 놓고 매일 제사 모시네

---

*絕倫(절륜): 두드러지게 뛰어나다.

방통이 목숨을 잃었다는 소식을 들은 제갈량은 형주를 관우에게 맡기고 유비를 도우러 서천으로 떠나면서 장비에게 1만 명의 군사를 주며 파주巴州를 취한 다음 낙성으로 가라고 지시했다.

파군 태수 엄안嚴顔은 촉 땅의 명장으로 나이는 비록 많지만 힘은 젊은이 못지않아 아직도 강한 활과 큰 칼을 쓰는데, 만 명의 군사도 혼자서 당해낼 정도로 용장이었다.

며칠 동안이나 애를 써도 성을 공략하지 못한 장비는 성 옆으로 샛길이 있음을 알고 계책을 세웠다.

결국 엄안은 장비의 계책에 걸려 사로잡히고 말았다.

대청 앞에 끌려 나온 엄안은 장비의 항복하라는 호통에도 굴하지 않고 어서 목을 베라고 했다.

장비는 엄안의 음성이 우렁차고 안색이 조금도 변하지 않은 것을 보고 마음이 변했다. 곧 노여움을 풀고 계단 아래로 내려간 장비는 몸소 엄안의 묶은 줄을 풀고 옷을 가져오게 하여 직접 입혀주고 고개를 숙여 절을 하며 말한다.

"장군께 심한 막말을 하여 욕을 보였으나 너무 책망하지는 마세요. 실은 저도 장군이 호걸임을 잘 알고 있습니다."

엄안은 장비의 후한 은의恩義에 감동을 받아 결국 항복을 했다.

전반부는 후세 사람이 엄안을 칭찬하여 지은 시이며. 후반부는 엄안을 감동으로 항복시킨 장비를 찬탄한 시이다.

의롭게 엄안을 풀어주는 장비

장임의 절개

↓

열 사 개 감 종 이 주
烈士豈甘從二主
장 군 충 용 사 유 생
張君忠勇死猶生
고 명 정 사 천 변 월
高明正似天邊月
야 야 류 광 조 락 성
夜夜流光照雒城

열사가 어찌 두 주인을 섬기겠는가
장임의 충과 용은 죽어서 살아있네
그의 고명함은 하늘의 달과 같아서
밤마다 빛을 흘려서 낙성을 비추네

항복한 파주 태수 엄안 덕택에 장비는 이후의 모든 관문은 무사통과했다. 지키는 장수들이 스스로 항복하여 예상보다 일찍 낙성에 도착했다.

한편 낙성을 공격하는 유비는 장임이 철통같이 지키고 있어 공략을 하지 못하고 있었다. 뒤늦게 합류한 제갈량은 계책을 이용하여 장임을 성 밖으로 유인했다.

계략에 걸려든 것을 깨달은 장임이 급히 군사를 돌렸으나 돌아가는 다리는 이미 끊어져 있었다. 장임이 북쪽으로 달아나려 하는데 조운의 군사들이 기다리고 있어 곧바로 남쪽으로 강을 따라 달아났다.

그러나 그곳에는 위연과 황충의 군사들이 매복하고 있었다. 그곳에서 대부분의 군사를 잃은 장임이 산길로 달아나다 기다리던 장비와 마주쳤다. 장임이 막 뒤로 물러나 달아나려 할 때 장비의 군사들이 일제히 달려들어 장임을 사로잡아 버렸다.

장비가 장임을 압송해 왔다. 유비가 장임에게 촉蜀의 모든 장수들은 소문만 듣고도 항복했는데 너는 어찌하여 항복하지 않았느냐고 하니 장임이 두 눈을 부릅뜨고 충신이 어찌 두 주인을 섬기느냐고 한다.

유비가 항복하면 죽음은 면해 주겠다고 했으나 장임은 설사 지금 항복한다 해도 나중에 다시 변심할 것이니 속히 죽이는 게 좋을 것이라고 한다.

유비가 차마 죽이지 못하고 주저하고 있는데 곁에 있던 제갈량이 보다 못해 그를 참하라고 명했다. 그의 명예라도 온전히 지켜주기 위한 마지막 배려였다.

후세 사람이 장임을 찬탄하여 지은 시이다.

관우의 기개

↓

막 시 오 신 약 소 아
藐視吳臣若小兒
단 도 부 회 감 평 기
單刀赴會敢平欺
당 년 일 단 영 웅 기
當年一段英雄氣
우 승 상 여 재 민 지
尤勝相如在澠池

동오의 신하들을 어린애처럼 얕보고
칼 한 자루로 연회에 가서 능욕하니
그 당시 차원 높은 영웅스런 기개는
민지에서 상여의 그것보다 뛰어났네

---

*平欺(평기): 예사롭게 무시하다. 업신여기다.
*相如(상여): 藺相如(중국 전국시대 조(趙)나라의 정치가). 그는 화씨벽(和氏璧)을 휴대하고
　　　　진나라에 들어가 진왕(秦王)과 교섭을 하였으나 진나라 왕이 화씨벽을 사
　　　　취하려는 것을 알아차리고는 꾀를 써서 화씨벽을 조(趙)나라로 돌려보냄
　　　　으로써 '完璧歸趙(인상여가 화씨벽을 온전하게 조나라로 돌려보내다.)'라는 미담
　　　　을 남기에 되었음. 역자 주.
*澠池(민지): 허난(河南)에 있는 지명. 민지현.

제갈근이 형주의 세 개 군을 돌려주겠다는 유비의 서신을 들고 관우를 찾아갔으나 관우는 한 치의 땅도 내어줄 수 없다며 거절했다.

제갈근이 빈손으로 돌아가자 동오의 노숙은 관우를 연회에 초청하여 도부수를 미리 매복해 두었다가 죽여 버리자고 했다.

관우는 무슨 수작을 부리려는 줄 뻔히 알면서도 수행원 십여 명에 칼만 한 자루 들고 초청한 자리에 갔다. 다만 만일에 대비해 관평에게 강 위쪽에 대기하라고 했다.

연회에 참석한 운장은 그저 태연하게 술을 마시고 있는데 노숙이 형주 땅 이야기를 꺼내면서 돌려달라고 했다.

관우는 그것은 형님께서 알아서 하실 일이지 내가 관여할 바가 아니라고 했다. 그때 주창이 형주는 어찌 당신네 동오만이 차지할 수 있단 말이냐고 소리쳤다.

운장은 주창이 갖고 있던 큰 칼을 빼앗아 들고 주창에게 눈짓을 하며 꾸짖으며 당장 물러가라고 한다.

주창은 그 뜻을 알아차리고 강기슭으로 나가 붉은 깃발을 흔드니 관평의 배가 화살처럼 강 동쪽으로 달려왔다.

운장은 오른손에 큰 칼을 들고 왼손으로는 노숙의 손을 잡아끌면서 강기슭까지 갔다.

여몽과 감녕이 군사를 이끌고 나서려고 했지만 혹시라도 노숙이 다칠까 염려되어 감히 움직일 수 없었다.

운장은 배 근처에 와서야 비로소 노숙의 손을 놓아주며 곧바로 배에 오른 뒤 노숙과 작별했다.

노숙은 정신이 나간 사람처럼 멍하니 서서 관공의 배가 바람을 타고 떠나가는 것을 그저 바라만 보고 있었다.

후세 사람이 관공을 찬탄하여 지은 시이다.

비루한 화흠의 인간성

華歆當日逞兇謀
화 흠 당 일 령 흉 모

助虐一朝添虎翼
조 학 일 조 첨 호 익

破壁生將母后收
파 벽 생 장 모 후 수

罵名千載笑龍頭
매 명 천 재 소 용 두

그날 화흠이 부린 흉측한 짓거리

벽장을 부수고 복 황후 끌어냈네

역적을 도와서 범에 날개 더하니

용머리 욕된 이름 천년간 비웃네

청백한 관영의 됨됨이

遼東傳有管寧樓
요 동 전 유 관 녕 루

笑殺子魚貪富貴
소 살 자 어 탐 부 귀

人去樓空名獨留
인 거 루 공 명 독 유

豈如白帽自風流
개 여 백 모 자 풍 류

요동에서 전해 오는 관영루라는 그 누각

사람은 가고 텅빈 누각에 이름만 남았네

가소롭구나 부귀만을 탐하였던 화흠이여

어찌 흰 모자의 풍류 인사에 견주겠는가

---

*逞(령): 우쭐대다. 뽐내다. *虐(학): 재앙. 재해. |

*罵名(매명): 오명. *笑殺(소살): 우스워 죽을 지경이다. 가소롭다.

*子魚(자어): 화흠의 字.

조정에서 조조의 횡포가 갈수록 심해지자 복 황후는 자신의 아비 복완에게 조조를 도모하라는 밀서를 보냈으나 조조에게 그만 발각되고 말았다.

조조는 궁으로 들어가서 황후의 새수(璽綬: 옥새와 인수)를 회수하도록 명했다.

일이 발각되었음을 안 복 황후는 즉시 궁전 뒤의 초방 안의 벽 사이에 몸을 숨겼다.

화흠이 군사들을 데리고 가서 샅샅이 뒤졌지만 보이지 않았다. 벽 속에 숨어 있을 것으로 짐작한 화흠은 벽을 부수고 그곳에 숨어 있던 복 황후를 발견하고 자신의 손으로 복 황후의 머리채를 잡아당겨 끌어냈다.

원래 화흠은 어려서부터 글재주가 뛰어났으며 관영管寧과 친하게 지냈다. 하루는 둘이서 함께 앉아 책을 읽고 있는데, 문 밖에서 요란한 행차 소리가 들렸다. 관영은 전혀 움직임이 없이 앉아 있는데 화흠은 그 행차를 보러 나갔다.

이 일이 있은 후 관영은 화흠의 사람됨이 비루하다 여겨 자리를 갈라서 앉고 다시는 그와 벗으로 사귀지 않았다.

그 후 관영은 요동遼東으로 몸을 피해 살았으며 늘 흰 모자를 쓰고 누각에서 살며 발로 땅을 밟지 않고 죽을 때까지 벼슬에 나가지 않고 위魏나라를 섬기지 않았다.

그러나 화흠은 처음에는 손권을 섬겼고, 나중에는 조조에게 돌아가 마침내 복 황후를 자신의 손으로 잡아들이는 끔찍한 일을 저질렀던 것이다.

위 두 시는 후세의 두 사람이 화흠을 탄식하며, 그리고 관영을 칭찬하며 각각 지은 것이다.

조조의 잔인한 행동

↓

<ruby>曹<rt>조</rt></ruby><ruby>瞞<rt>만</rt></ruby><ruby>兇<rt>흉</rt></ruby><ruby>殘<rt>잔</rt></ruby><ruby>世<rt>세</rt></ruby><ruby>所<rt>소</rt></ruby><ruby>無<rt>무</rt></ruby>
曹瞞兇殘世所無
伏完忠義欲何如
可憐帝后分離處
不及民間婦與夫

조조처럼 잔악한 자 세상에 다시없다
복완의 충의지심은 무엇 하려 했던가
애달프다 황제 황후가 작별한 모습은
민간의 부부만도 훨씬 못하게 되었네

화흠이 복 황후를 끌고 외전外殿 앞에 이르니 황제가 그를 보고 전각 아래로 내려와 황후를 끌어 안고 통곡한다.

화흠이 위공께서 명령한 일이니 속히 가자고 했다.

황후가 울면서 다시는 살아서 폐하를 모실 수 없는 것이냐며 황제에게 애원한다.

무장한 군사들이 황후를 끌고 나가자 치려에게 천하에 어찌 이런 일이 있단 말이냐며 황제가 가슴을 치며 통곡한다.

슬피 울던 황제가 땅바닥에 쓰러졌다.

치려가 좌우에 명하여 황제를 부축하여 궁 안으로 모시게 했다.

화흠이 황후를 조조 앞으로 끌고 가니, 조조가 꾸짖는다.

"나는 성심으로 너희를 대해 주었는데 너희는 도리어 나를 해치려 했더냐? 내가 너를 죽이지 않으면 너는 틀림없이 나를 죽이지 않겠느냐!"

조조는 좌우에 호령하여 황후를 몽둥이로 때려 죽였다. 그리고 곧바로 궁으로 들어가서 복 황후 소생 두 명의 아들 모두를 독살해 버렸다.

그날 밤 조조는 또 복완과 목순의 일족 2백여 명을 모조리 저잣거리로 끌어내어 목을 베었다.

그 모습을 본 조정의 관료들은 물론이고 일반 백성들도 하나 같이 두려움에 떨지 않은 자가 없었으니 이때가 건안 19년(서기 214년) 11월의 일이다.

복 황후가 몽둥이로 맞아 죽은 뒤 헌제는 며칠 동안이나 음식을 입에 대지 못했다.

후세 사람이 이 일을 탄식하며 지은 시이다.

양송의 최후

|

방 현 매 주 령 기 공
妨賢賣主逞奇功
적 득 금 은 총 시 공
積得金銀總是空
가 미 영 화 신 수 륙
家未榮華身受戮
영 인 천 재 소 양 송
令人千載笑陽松

어진 이 해치고 주인 팔아 큰 공 세웠지만

그간 모아둔 금은보화 모두 헛것이 되었네

부귀영화 누리기 전에 자신이 먼저 죽으니

양송은 오랜 세월 내려오며 비웃음만 샀네

---

* 妨(방): 방해하다. 해치다.

조조가 한중 정벌에 나섰다.

그러나 한중의 장로에게는 방덕이라는 용맹한 장수가 있었다. 조조는 방덕을 사로잡아 자신의 부하로 만들고 싶었다.

조조의 모사 가후가 건의한다.

"장로 수하에 양송이라는 모사가 있는데 그 자는 뇌물을 몹시 좋아하니 그에게 은밀히 황금과 비단을 보내 주고 그로 하여금 장로에게 방덕을 참소하게 한다면 쉽게 일을 도모할 수 있을 것입니다."

조조에게 황금 갑옷을 받은 양송은 장로에게 방덕이 조조에게 뇌물을 받아먹고 일부러 패하고 돌아왔다고 말했다.

장로가 방덕을 죽이려고 했으나 염포가 극력 만류했다.

그러자 장로는 내일 나가서 싸워 이기지 못하면 너의 목을 벨 것이라고 했다. 방덕은 장로에게 한을 품고 물러나왔다.

다음 날 방덕은 조조의 계책에 말려 사로잡히자 항복했다.

양송이 다시 조조에게 밀서를 보내 지금 군사를 일으켜 진격해 오면 자신이 안에서 호응하겠다고 했다. 그 서신을 받은 조조가 직접 군사를 이끌고 파중으로 갔다.

장로가 적을 맞으러 나갔다. 하지만 미처 싸우기도 전에 따르던 군사들이 모두 달아났다. 장로가 급히 후퇴하여 성 아래에 도착하였으나 이제 양송이 성문을 열어 주지 않았다.

장로는 결국 조조에게 항복했다.

조조는 장로를 진남장군鎭南將軍으로 봉하고, 염포 등도 모두 열후列侯로 봉했다. 하지만 양송은 주인을 팔아서 자신의 부귀영화를 구하려 했다면서 즉시 참하여 저잣거리에 내걸어 백성들에게 보이도록 명했다.

후세 사람이 이를 탄식하여 지은 시이다.

위기를 벗어난 손권

의
적 로 당 일 도 단 계
的盧當日跳檀溪
우 견 오 후 패 합 비
又見吳侯敗合淝
퇴 후 착 편 치 준 기
退後着鞭馳駿騎
소 요 진 상 옥 룡 비
逍遙津上玉龍飛

예전에 현덕의 적로가 단계 뛰어 건넜는데

오후가 합비에서 패할 때 그 모습 또 보네

준마를 뒤로 물려 힘차게 채찍질해 달려서

끊어진 소요진 다리 위를 옥룡이 날아가네

조조가 동천을 차지하고 서천까지 쳐들어오려고 하자 제갈량이 계책을 냈다. 그것은 손권으로 하여금 합비를 치게 함으로써 조조의 군사를 남쪽으로 돌리려는 계책이다.

손권은 합비를 취하기 위해 전군을 일으켜 출발했다.

조조의 장수 장료가 환성을 잃고 합비로 돌아오자 조조로부터 서신이 도착했다. 그 내용은 손권이 쳐들어오거든 장료와 이전 두 장군은 나가서 싸우고 악진은 남아서 성을 지키라는 것이었다.

장료는 이전으로 하여금 소요진逍遙津 북쪽에 매복해 있다가 동오의 군사들이 지나가면 소사교小師橋를 끊어 버리라고 했다.

손권이 소요진 북쪽에 이르렀을 때, 갑자기 좌우에서 매복해 있던 장료와 이전이 쳐들어왔다.

중군의 호위를 맡은 능통은 조조군의 세력을 감당할 수 없어 손권에게 어서 소사교를 건너라고 큰 소리로 외쳤다.

손권이 말을 달려 다리 위로 올라섰으나 다리는 이미 남쪽 부분이 한 길丈 이상 끊어져 있었다. 당황한 손권이 어찌할 바를 모르고 있는 그때, 하급 군관인 곡리谷利가 말을 뒤로 물렸다가 다시 말을 앞으로 내달려 힘껏 뛰어 건너라고 외쳤다.

손권이 곧 말머리를 돌려 세 길 정도 물러났다가 말고삐를 놓고 힘껏 채찍을 가하자, 말이 한 번에 껑충 뛰어 다리 남쪽으로 건너갔다.

후세 사람이 이 장면을 시로 지은 것이다.

감녕의 활약

|

<ruby>鼙<rt>비</rt></ruby><ruby>鼓<rt>고</rt></ruby><ruby>聲<rt>성</rt></ruby><ruby>喧<rt>훤</rt></ruby><ruby>震<rt>진</rt></ruby><ruby>地<rt>지</rt></ruby><ruby>來<rt>래</rt></ruby>
鼙鼓聲喧震地來
<ruby>吳<rt>오</rt></ruby><ruby>師<rt>사</rt></ruby><ruby>到<rt>도</rt></ruby><ruby>處<rt>처</rt></ruby><ruby>鬼<rt>귀</rt></ruby><ruby>神<rt>신</rt></ruby><ruby>哀<rt>애</rt></ruby>
吳師到處鬼神哀
<ruby>白<rt>백</rt></ruby><ruby>翎<rt>령</rt></ruby><ruby>直<rt>직</rt></ruby><ruby>貫<rt>관</rt></ruby><ruby>曹<rt>조</rt></ruby><ruby>家<rt>가</rt></ruby><ruby>寨<rt>채</rt></ruby>
白翎直貫曹家寨
<ruby>盡<rt>진</rt></ruby><ruby>說<rt>설</rt></ruby><ruby>甘<rt>감</rt></ruby><ruby>寧<rt>녕</rt></ruby><ruby>虎<rt>호</rt></ruby><ruby>將<rt>장</rt></ruby><ruby>才<rt>재</rt></ruby>
盡說甘寧虎將才

북치는 함성 소리 천지를 진동시키며
동오의 군사 이르니 귀신도 통곡하네
깃 단 일백 기병 조조 영채 관통하니
모두들 감녕을 호랑이 장수라 하더라

---

*鼙鼓(비고): 군중의 작은 북.

손권은 조조가 한중에서 40만 대군을 거느리고 합비를 구하러 온다는 소식을 듣고 계책을 상의했다.

모사 장소가 조조의 군사들은 먼 길을 오느라 몹시 지쳐 있으니 반드시 먼저 그들의 예기를 꺾어 놓아야 한다고 했다.

능통이 기병 3천 명을 데리고 가서 예기를 꺾어 놓겠다고 하니, 평소 능통과 감정이 좋지 않은 감녕은 기병 1백 명만 있어도 능히 적을 쳐부술 수 있는데 3천 명이 왜 필요하냐고 했다.

능통이 아무런 성과를 거두지 못하고 돌아오자 감녕은 기병 1백 명만 데리고 가서 조조의 영채를 습격하겠다고 했다.

그날 밤, 감녕은 흰 거위 깃白鵝翎 1백 개를 가져와 기병들 각자의 투구에 꽂아서 표지로 삼고 말에 올라 조조의 영채로 쳐들어갔다. 그들은 영채 앞에 세워 둔 녹각鹿角 울타리를 뽑아 버리고 함성을 지르며 중군 막사 쪽으로 달려갔다. 그러나 중군 막사 주위에는 군사들이 철통같이 지키고 있어 도저히 뚫고 들어갈 수가 없었다. 감녕은 1백 명의 기병들과 함께 그저 좌충우돌하고 있었다.

하지만 조조의 군사들은 적병의 숫자가 얼마나 되는지도 모른 상태에서 중군까지 쳐들어온 적들을 보고 놀라고 당황하여 달아나느라 자기들끼리 밟고 밟히며 큰 혼란이 벌어졌다.

그 틈에 감녕의 기병들은 영채 안으로 들어가 종횡무진 말을 달리며 닥치는 대로 찌르고 베어 죽였다. 뒤늦게 각 영채에서는 부랴부랴 북소리 함성 소리가 요란하게 울렸다.

한바탕 조조의 영채를 휘저은 감녕이 영채의 남문으로 빠져나오는데 아무도 감히 그를 막지 못했다. 조조의 군사들은 혹시 매복이 있을까 두려워 감히 추격도 못했다.

후세 사람이 감녕을 칭찬하여 지은 시이다.

최염의 죽음

↓

<ruby>淸河崔琰<rt>청하최염</rt></ruby> <ruby>天性堅剛<rt>천성견강</rt></ruby>
<ruby>虯髯虎目<rt>규염호목</rt></ruby> <ruby>鐵石心腸<rt>철석심장</rt></ruby>
<ruby>奸邪辟易<rt>간사벽이</rt></ruby> <ruby>聲節顯昂<rt>성절현앙</rt></ruby>
<ruby>忠於漢主<rt>충어한주</rt></ruby> <ruby>千古名揚<rt>천고명양</rt></ruby>

청하 사람 최염은 천성이 굳고 강직하니
곱슬 수염 범의 눈에 철석같은 심장이라
간사한 무리 피하고 높은 절개 드날리니
한왕에 바친 충성이여 천고에 이름 높네

---

*虯髯(규염): 곱슬한 수염.
*鐵石(철석): 의지가 굳은 사람.
*辟易(벽이): (놀라거나 무서워서) 물러나 피하다. 뒷걸음을 치다.

강남을 치러 갔던 조조는 결국 성공하지 못하고 손권의 화친 제의에 응하고 허도로 돌아왔다.

조조가 돌아오자 여러 문무 관원들이 조조를 위왕魏王으로 추대하는 문제를 논의했는데 오로지 상서尚書 최염崔琰이 극력 반대했다.

여러 관원들은 순욱이 반대하다 어찌되었는지 보지 못했느냐며 최염을 설득했으나 최염은 그리하면 반드시 변고가 생길 것이라며 고집을 꺾지 않았다.

최염과 사이가 좋지 않은 자가 이 사실을 조조에게 고해 바쳤다.

조조는 크게 화를 내며 최염을 잡아들여 옥에 가두고 문초하라고 했다.

최염은 범 같은 눈을 부릅뜨고 곱슬곱슬한 수염을 곤추세우더니 조조는 임금을 속이고 업신여기는 역적이라고 마구 욕을 퍼부었다.

문초하던 정위廷尉가 그 사실을 조조에게 보고하니, 조조는 최염을 옥중에서 때려죽이라고 명했다.

후세 사람이 최염을 칭찬하여 지은 시이다.

그 뒤 헌제는 조서詔書를 작성하게 하여 조조를 위왕으로 세우도록 했다.

조조는 체면치레로 마음에도 없는 글을 세 번이나 올려 사양하는 척했다.

천자는 어쩔 수 없이 세 번이나 그의 사양을 허락하지 않는다는 조서를 내려야 했으며 마침내 조조는 위왕의 작위를 받았다. 건안 21년(서기 216년) 여름 5월의 일이다.

조조를 깨우치려던 좌자

↓

飛步凌雲遍九州
비 보 능 운 편 구 주

獨憑遁甲自遨遊
독 빙 둔 갑 자 오 유

等閒施設神仙術
등 한 시 설 신 선 술

點悟曹瞞不轉頭
점 오 조 만 부 전 두

구름 위를 날듯이 천하를 주유하며

둔갑술을 쓰며 홀로 유유히 노니네

기분 내키는 대로 신선술 보여주며

조조 깨우치려 했으나 듣지 않았네

---

*遨遊(오유): 노닐다.
*等閒(등한): (기분이)내키는 대로 하다. 홀시하다. 공연히.
*施設(시설): 펴다. 베풀어 갖추다.
*點悟(점오): 깨우치다.

좌자는 아미산峨嵋山에서 도를 닦던 어느 날 '둔갑천서遁甲天書'라는 책을 얻었다. 그 책은 구름과 바람을 타고 날아다니며 산과 바위를 뚫을 수 있고 형체를 감추고 몸도 변신시킬 수 있을 뿐만 아니라 검을 날리고 칼을 던져서 사람의 수급도 취할 수 있는 술법이다.

좌자는 조조에게 이제 그만 물러나 자신과 함께 아미산으로 들어가서 수행한다면 그 천서 세 권을 모두 드리겠다고 했다.

조조는 아직 조정 일을 맡길 만한 사람을 얻지 못해 이러고 있다고 했다.

좌자가 껄껄 웃으며 익주의 유비는 황실의 후예인데 왜 그분에게 자리를 내주지 않는 것이냐며 조롱했다.

화가 머리끝까지 치민 조조가 유비의 첩자가 아니냐며 옥에 가두고 7일 동안 물 한 모금 주지 않았지만 그는 끄떡없었다.

그는 수십 년 동안 먹지 않아도 살 수 있다고 큰 소리를 치니 조조도 어찌하여 볼 도리가 없었다.

여러 관원들이 모인 연회자리에서 좌자는 조조가 시키는 것은 무엇이든 둔갑술로 해내며 조조를 조롱하니 화가 난 조조는 여러 장수들에게 활을 쏘아 그를 죽이라고 했다.

그때 갑자기 광풍이 불면서 돌이 구르고 모래가 날리며 목이 잘린 시체들이 마구 날뛰면서 각자 자신의 머리를 손에 들고 연무청演武廳 위로 달려들어 조조를 때리기 시작했다.

조조는 검은 바람이 몰아치는 가운데 수많은 시체들이 자신에게 달려드는 것에 놀라 기절하고 말았다.

궁으로 돌아간 조조는 놀란 나머지 결국 병이 들어 자리에 눕고 말았다.

후세 사람이 좌자를 칭찬하여 지은 시이다.

관로의 신통력 I

_{할 기 수 변}
含氣須變　　기운을 머금고 마땅히 변하며
_{의 호 우 당}
依乎宇堂　　사랑채 처마에 의지하고 있네
_{자 웅 이 형}
雌雄以形　　암수로 형태가 이루어져 있고
_{우 익 서 장}
羽翼舒張　　깃과 날개가 서서히 펼쳐지네

라고 적고 '제비알燕卵'이라고 했다.

_{가 실 도 현}
家室倒懸　　집이 거꾸로 매달려 있고
_{문 호 중 다}
門戶衆多　　출입문이 수도 없이 많아
_{장 정 육 독}
藏精育毒　　정기는 감추고 독을 길러
_{득 추 내 화}
得秋乃化　　가을이 되면 변화를 하리

라고 적고 '벌집蜂窩'이라고 했다.

_{곡 속 장 족}
觳觫長足　　벌벌 떠는 길다란 다리로
_{토 사 성 라}
吐絲成羅　　실을 토하며 그물 만드네
_{심 망 구 식}
尋網求食　　그물 쳐서 먹이를 구하니
_{이 재 혼 야}
利在昏夜　　이익은 어두운 밤에 있네

라고 적고 '거미蜘蛛'라고 했다.

조조가 좌자의 신선술에 놀라 기절하여 병이 들어 자리에 눕고 말았다. 그의 병은 약으로 나을 병이 아니었다. 조조는 태사승太史丞 허지에게 주역으로 자신의 점을 쳐 보라고 했다.

허지는 신神처럼 점을 잘 치는 관로管輅를 조조에게 소개했는데 아래 내용은 관로가 과거 점을 쳐 준 이야기이다.

신도信都 현령의 처와 그의 아들이 각각 두통과 심통을 앓고 있어서 관로에게 점을 쳐 달라고 부탁했다.

"이 집의 서쪽 모퉁이에 시체 두 구가 묻혀 있는데, 그 시체들은 각각 창과 화살을 가졌다. 창을 지닌 자는 머리를 찌르고 있고 화살을 지닌 자는 가슴을 찌르고 있다."

즉시 그 자리를 파 보자, 과연 관棺이 둘 나왔고 정말로 관 하나에는 창이, 다른 관에는 쇠뿔로 만든 활과 화살이 들어 있었다. 관로가 그 시신을 성 밖에 묻어 주라고 하자 현령의 처와 아들의 병은 씻은 듯이 나았다.

또 한 번은 관도館陶 현령 제갈원諸葛原이 신흥 태수로 가게 되어 관로가 전송하러 갔는데 한 사람이 제갈원에게 관로는 점괘로 가려 놓은 물건도 잘 맞춘다고 칭찬을 했다.

그 말을 믿을 수가 없었던 제갈원은 은밀히 제비알과 벌집 그리고 거미를 각각 다른 상자에 넣고 봉한 다음 관로에게 그 안에 든 것을 맞혀 보라고 했다.

관로가 점을 쳐서 상자 뚜껑에 적은 글자가 이 네 구절이다.

관로의 신통력 Ⅱ

↓

평원신복관공명
平原神卜管公明

팔괘유미통귀규
八卦幽微通鬼竅

예지상법응무수
預知相法應無壽

가석당년기이술
可惜當年奇異術

능산남진북두성
能算南辰北斗星

육효현오구천정
六爻玄奧究天庭

자각심원극유령
自覺心源極有靈

후인무복수유경
後人無復授遺經

평원땅의 귀신 같은 점쟁이 관공명은
남두와 북두의 별을 능히 헤아렸으며
팔괘의 오묘한 이치는 신과 통하였고
육효의 깊은 뜻인 천상도 통달했다네

관상으로 자신의 수명을 미리 알았고
스스로 깨달으니 그 얼마나 영험한가
아쉽구나 그 당시의 기이한 술법이여
후세에 경서로 남겨 전하지 못했으니

---

*幽微(유미): 심오하다. (=玄奧)
*遺經(유경): 경서로 남기다.

조조는 사람을 평원으로 보내 관로를 불러오게 하여 그에게 점을 쳐 보도록 했다.

"점은 한낱 사람의 눈을 속이는 마술에 불과한데, 무엇을 근심하십니까?"

관로의 말에 조조는 마음이 놓여 병세도 점점 좋아졌다.

조조는 관로에게 천하의 일에 관해 점을 쳐 보도록 했다.

점괘를 본 관로가 말한다.

"24년간 천하를 누비다가三八縱橫 누런 돼지가 범을 만나니黃猪遇虎 정군의 남쪽에서定軍之南 한 쪽 다리가 부러지네傷折一股."

이 말은 건안 24년에 자신의 최측근 하후돈이 죽을 것임을 암시한 것이나 조조는 당시 그 말이 무슨 의미인지 몰랐다.

조조는 자신의 복록이 얼마나 오래 갈 것인지를 점쳐 달라고 하자 관로는 예언한다.

"사자궁 안에 신위를 모시고, 왕도가 새로 일어나니 자손이 매우 귀하게 되리라."

조조가 더 상세히 물었으나 관로는 하늘의 운수를 미리 다 알 수 없다며 시간이 지나면 자연히 알게 될 것이라고 했다.

조조는 관로를 태사로 봉하려고 했으나 관로는 자신은 살날이 얼마 남지 않았고 상이 궁하여 그런 직책은 감히 감당할 수 없다고 사양했다.

조조가 자신의 관상을 물으니, 관로는 신하로서 가장 높은 지위까지 오르셨는데 관상은 봐서 뭐하냐고 했다.

조조가 재삼 물었으나 관로는 그저 웃기만 할 뿐 대답이 없었다.

후세 사람이 관로를 칭찬하여 지은 시이다.

경기耿紀와 위황韋晃의 충정

↓

경 기 정 충 위 황 현
耿紀精忠韋晃賢
각 지 공 수 욕 부 천
各持空手欲扶天
수 지 한 조 상 장 진
誰知漢祚相將盡
한 만 심 흉 상 구 천
恨滿心胸喪九泉

경기는 충성 다하고 위황은 현명했지만

그들은 빈손으로 하늘을 떠받치려 했네

누가 알았으랴 한나라 운수가 다했음을

가슴속에 한을 품고 저승으로 떠났다네

*相將(상장): 머지않아. 불원간.

경기耿紀와 위황韋晃은 조조가 왕의 작위를 받고 천자처럼 수레를 타고 출입하는 것에 매우 불만을 갖고 있었다.

그들은 김의와 의조대 사건으로 죽은 길평의 두 아들과 함께 원소절을 기해 반란을 일으켰다.

원소절에는 통행금지도 해제되고 시간을 알리는 종도 치지 않기 때문에 그날을 거사 일로 정한 것이다

성 안에 불길이 번져 오봉루까지 불길이 옮아 붙고 성 안에서 백성들이 소리를 질렀다.

"조조의 역적 무리를 모조리 죽이고 한漢 황실을 다시 일으키자!"

그러나 성 밖에 주둔하고 있던 하후돈이 대군을 이끌고 달려오는 바람에 거사는 실패로 돌아갔고, 하후돈은 일을 꾸민 다섯 명의 집안사람들은 남녀노소를 불문하고 모조리 잡아들이고 조조에게 이 사실을 보고했다.

조조는 경기와 위황 및 다섯 명의 가솔들을 모조리 저잣거리로 끌어내어 목을 베라고 명했다.

"조아만曹阿瞞 네 이놈! 내가 살아서는 네놈을 죽이지 못했지만, 귀신이 되어서라도 기필코 네놈을 죽이고 말테다!"

망나니가 칼로 그의 입을 도려내어 땅에 피가 가득했지만 죽을 때까지 조조에 대한 저주는 멈추지 않았다.

위황은 이마와 얼굴을 땅바닥에 짓찧으며 소리를 질렀다.

"분하다! 참으로 원통하다!"

위황은 이빨이 모두 부서지도록 이를 악물고 고함을 지르다 결국 숨을 거두었다.

후세 사람이 그들을 찬탄하여 지은 시이다.

황충의 활약

蒼頭臨大敵 호수령신위
<small>창두임대적</small> 皓首逞神威
力趁雕弓發 風迎雪刃揮
<small>력진조궁발</small> <small>풍영설인휘</small>

雄聲如虎吼 駿馬似龍飛
<small>웅성여호후</small> <small>준마사용비</small>
獻馘功勳重 開疆展帝畿
<small>헌괵공훈중</small> <small>개강전제기</small>

노년의 나이에 강한 적을 만났지만
흰 머리카락 날리며 신위를 떨쳤네
힘센 두 팔로 강궁을 당길 수 있고
서릿발 같은 칼날은 바람을 일었네

호통 소리는 범의 울부짖음 같았고
그가 탄 준마는 용이 나는 듯 했지
적장의 머리를 베어 공훈을 세우고
강토 넓혀 제국의 터전을 마련했네

---

*蒼頭(창두): 백발. 노인(=皓首).
*雕弓(조궁): 조각된 활. 강한 활.
*獻馘(헌괵): 적의 왼쪽 귀를 잘라 바치다.
*帝畿(제기): 천자의 직할지.

천탕산을 빼앗은 황충이 한중의 정군산까지 쳐들어가서 진식을 보내 싸우게 했는데 진식이 그만 하후연에게 사로잡혀 끌려가고 말았다.

그러나 황충은 법정의 계책으로 하후상을 사로잡았다.

하후연은 진식과 하후상을 교환하자고 제안했다.

진식과 하후상은 각각 자신의 진영을 향해 달리기 시작했다. 하후상이 자기 진영에 거의 이르렀을 때 황충이 강궁으로 화살을 날리니 하후상은 등에 화살이 꽂힌 채 돌아갔다.

크게 화가 난 하후연은 즉시 말을 몰아 황충에게 달려들었다. 하후연을 자극하려고 했던 황충의 계책이 성공한 것이다.

황충이 하후연의 군사들을 크게 무찌르니 그 후 하후연은 좀처럼 싸우러 나오지 않았다.

다시 법정의 계책으로 정군산 서쪽의 높은 산을 차지한 황충은 정군산의 허와 실을 훤히 내려다보며 법정의 깃발 신호에 따라 싸울 시기를 정했다.

하후연의 군사들이 지쳐 대부분이 말에서 내려 땅바닥에 앉아 쉬고 있을 때 법정이 홍기를 흔들자 함성이 진동하면서 황충이 말을 타고 앞장서서 산 아래로 달려 내려갔다.

그 기세는 마치 하늘이 무너지고 땅이 꺼지는 듯했다.

일산 아래에서 쉬고 있던 하후연은 눈 깜짝할 사이에 황충이 코 앞까지 쳐들어오자 미처 손을 써 볼 틈도 없었다.

천둥 같은 호통소리와 함께 황충의 보도寶刀가 번쩍이자 하후연은 칼을 뽑아 보지도 못하고 머리에서 어깨를 가르며 몸이 두 동강 나고 말았다.

후세 사람이 황충을 칭찬하여 지은 시이다.

몸 전체가 간덩이인 조운

석일전장판　　　　위풍유미감
昔日戰長坂　　　威風猶未減
돌진현영웅　　　　피위시용감
突進顯英雄　　　被圍施勇敢

귀곡여신호　　　　천경병지참
鬼哭與神號　　　天驚幷地慘
상산조자룡　　　　일신도시담
常山趙子龍　　　一身都是膽

옛날 장판에서 용감히 싸우더니
위풍이 조금도 줄어들지 않았네
적진으로 나가 영웅됨 드러내고
포위당했을 때 용맹을 과시하네

귀신조차 곡을 하며 울부짖으니
하늘이 놀라고 땅이 두려워하네
원래 상산의 조자룡이란 장수는
온몸이 모두 쓸개로 이루어졌네

황충은 약속한 오시午時가 되어도 돌아오지 않아 조운이 가서 보니 황충은 적에게 포위되어 매우 위급한 상황이었다.

조운은 말을 달려 겹겹의 포위를 뚫고 돌진해 들어가 황충을 구하는데 마치 무인지경을 달리는 듯했다.

그동안 수많은 싸움을 경험한 장합과 서황 조차도 심장이 놀라고 간담이 떨려 감히 그와 맞서 싸울 엄두를 내지 못했다.

조조가 직접 장수들을 거느리고 조운의 뒤를 쫓았다.

조조가 본채 앞까지 쫓아오자 조운은 궁노수들을 영채 밖 해자 속에 매복시켜 놓고 영채 안의 군사들에게는 깃발과 창을 모두 내려놓게 한 다음, 북과 징도 울리지 못하게 하고 자신은 영채 밖에서 필마단창匹馬單槍으로 서 있었다.

조조는 필시 조운이 허세를 부리는 것이라 짐작하고 속히 진격하라고 재촉했다. 명을 받은 군사들이 함성을 지르며 영채 앞까지 쳐들어갔지만 조운은 꼼짝 않고 버티고 서 있었다.

겁을 집어먹은 조조의 군사들이 돌아서려는 순간, 해자 속에 매복해 있던 궁노수들이 일제히 쇠뇌를 발사했다.

조조가 먼저 말머리를 돌려 달아나자 등 뒤에서는 함성이 진동하며 촉군들이 쫓아왔다.

조조의 군사들은 자기들끼리 서로 밟고 밟히면서 한수까지 밀려났으며 물에 빠져 죽은 자만 해도 이루 다 헤아릴 수 없었다.

유비와 제갈량이 조운이 어떻게 싸웠냐고 물으니 군사들은 조운이 황충을 구해 내고 한수에서 조조를 무찌른 일을 자세히 아뢰었다.

유비는 너무 기뻐 제갈량에게 말한다.

"조운은 몸 전체가 모두 간덩이인 모양이오!"

후세 사람이 조운을 찬탄하여 지은 시이다.

재주를 잘못 부린 양수

|

총명양덕조
聰明楊德祖
필하용사주
筆下龍蛇走

세대계잠영
世代繼簪纓
흉중금수성
胸中錦繡成

개담경사좌
開談驚四座
신사인재오
身死因才誤

첩대관군영
捷對冠群英
비관욕퇴병
非關慾退兵

아주 총명했던 양덕조라는 사람은
대대로 이어온 명문가의 자손으로
붓을 들면 용과 뱀 꿈틀거리는 듯
가슴에는 출세의 욕망이 가득했네

그가 말을 하면 온 좌중이 놀라고
재치 있는 답변 영재 중 으뜸이네
그의 죽음은 재주 잘못 부린 까닭
퇴병하려던 것과는 관계가 없었네

---

*簪纓(잠영): 귀인(貴人)의 관에 꽂는 비녀와 갓끈. 명문 가문을 비유.
*錦繡(금수): 비단에 놓은 수. 아름다움. 錦繡前程: 찬란한 미래.

조조의 주부로 있는 양수楊修는 재주가 비상했다.

하루는 조조가 조비와 조식의 재간을 시험해 보기 위해 두 사람에게 업성문鄴城門 밖으로 나가 있으라고 명하고, 업성문을 지키는 문지기에게는 그들을 절대로 밖으로 내보내지 말라고 은밀히 영을 내렸다.

조비는 문지기가 나가지 못하게 막으니 돌아왔으나 조식은 양수의 조언에 따라 문지기를 베어 버리고 성을 나갔다.

그 일로 조조는 조비보다는 조식이 더 유능하다고 생각했는데 나중에 양수가 가르쳐 준 것이라는 것을 알고 양수를 미워함은 물론 더 이상 조식을 총애하지도 않았다.

조조가 야곡에서 오랫동안 진격도 퇴군도 못하고 있던 어느 날 저녁, 주방장이 식사로 계탕鷄湯을 올렸다. 조조는 국그릇 속에 있는 닭갈비鷄肋를 보고 생각에 잠겨 있던 중에 하후돈이 오늘 밤 암구호를 정해 달라고 하여 무심코 '계륵'이라고 말했다.

양수는 그날 밤 암구호가 '계륵'으로 정해졌다는 말을 듣고 곧바로 군사들에게 철수 준비를 하라고 했다.

이 소식을 들은 조조는 몹시 놀라 급히 하후돈을 불러 군사들이 행장을 꾸린 까닭을 물으니 대왕께서 돌아가실 뜻이 있음을 양수가 이미 알고 있었다고 했다.

조조가 다시 양수를 불러 물으니 그는 계륵의 뜻을 풀어 대답했다. 조조는 매우 화를 내며 그의 목을 베라고 했다.

조조는 이전부터 이미 양수를 죽이려고 했었는데 이제 군사들의 마음을 어지럽혔다는 죄목으로 그를 죽인 것이다. 이때 양수의 나이 34살이었다.

후세 사람이 그를 한탄하여 지은 시이다.

방덕을 사로잡은 관우

↓

야 반 정 비 향 진 천
夜半征鼙響震天
양 번 평 지 작 심 연
襄樊平地作深淵
관 공 신 산 수 능 급
關公神算誰能及
화 하 위 명 만 고 전
華夏威名萬古傳

한밤중에 북소리 하늘을 진동하더니
양양과 번성의 땅 깊은 못이 되었네
관공의 신기묘산 따를 자 뉘 있으랴
천하에 떨친 그 이름 만고에 전하네

*華夏(화하): 중국의 옛 명칭.

방덕이 관우와 1백 합 이상을 싸웠으나 승부를 내지 못했다. 다음 날 방덕은 타도계를 쓰는 척하면서 몰래 활시위를 당겨 관우의 왼팔에 화살을 맞혔다. 상처가 깊지 않았지만 관우는 더 이상 방덕의 싸움에 응하지 않고 계책을 세웠다.

관우는 방덕의 군사들이 강물이 세차게 흐르는 산골짜기에 주둔하고 있는 것을 보고 강어귀 곳곳에 제방을 쌓도록 한 다음 물이 넘칠 때를 기다려 제방 둑을 일제히 터뜨리니 사면팔방에서 집채같은 물결이 쏟아져 내려왔다.

우금의 군사들이 허둥지둥 달아나다 물결에 그대로 빨려 들어가 빠져 죽은 자만도 부지기수였다. 우금과 방덕은 여러 장수들과 함께 각자 작은 산 위로 올라가 물을 피했다.

동이 트자 관우의 군사들이 함성을 지르며 큰 배를 타고 나타났다.

우금은 사방을 둘러봐도 도저히 달아날 구멍이 없음을 알고 항복했다.

관우가 방덕을 사로잡으러 가니 그는 작은 배를 빼앗아 노를 저어 번성을 향해 달아나려 했다.

바로 그때 한 장수가 뗏목을 타고 급히 노를 저어 내려오더니 방덕이 타고 있는 배로 돌진하여 들이받자 배가 뒤집히며 방덕이 물속에 빠져 버렸다.

그는 물속으로 뛰어 들어가 방덕을 사로잡아 배 위로 끌어올렸다. 그 장수는 바로 주창周倉이었다.

주창은 원래 물에 익숙한 데다 형주에 몇 년 있는 동안 강물에서의 솜씨를 익혔다. 게다가 힘이 장사여서 쉽게 방덕을 사로잡을 수 있었던 것이다.

후세 사람이 관공의 승리를 찬탄하여 지은 시이다.

신의神醫 화타와 천신天神 관우

治炳須分內外科
세 간 묘 예 고 무 다
世間妙藝苦無多
신 위 한 급 유 관 장
神威罕及惟關將
성 수 능 의 설 화 타
聖手能醫說華佗

병을 치료하는 데 내과 외과로 나뉘지만

세상에 신묘한 의술 만나기 어디 쉬우랴

신위의 명장으로는 관운장 따를 자 없고

신통한 의술로 화타를 따를 자 있겠는가

---

* 聖手(성수): 명인. 능수.

관우가 독화살을 맞았다는 말을 듣고 화타가 찾아왔다.

독이 이미 뼛속까지 스며든 것을 본 화타가 말했다.

"치료 방법이 있긴 한데 군후께서 견디어 내실지 그것이 걱정입니다."

"나는 죽는 것도 마치 집으로 돌아가는 것처럼 여기는데 견디지 못할 게 뭐 있겠소?"

"기둥을 하나 세우고 큰 고리를 박은 다음 팔을 고리 속에 끼워 절대 움직일 수 없도록 노끈으로 꽁꽁 묶은 뒤 얼굴을 가려야 합니다. 그런 뒤 살을 째고 뼛속에 스며든 독을 모두 긁어내야 하는데 그러한 치료 과정을 감당할 수 있겠습니까?"

"그까짓 일에 기둥이니 고리니 하는 게 뭐가 필요하겠소?"

관공은 바둑을 계속 두며 화타에게 왼팔의 상처를 째라고 했다.

화타는 칼을 잡고 살을 째기 시작했다. 뼈에 이미 독이 스며들어 뼈 색깔이 시퍼렜다. 화타가 날카로운 칼로 뼈를 긁어내니 사각사각 나는 소리가 마치 깎아내는 것이나 다름이 없다.

그 모습을 본 모든 사람들은 겁에 질려 안색이 창백해졌다.

그런데 정작 본인은 마치 아무 일도 없다는 듯이 계속 술을 마시고 마량과 담소를 나누며 바둑을 두고 있지 않는가!

마침내 화타는 뼛속의 독을 다 긁어내고 그 위에 약을 바른 다음 살을 실로 꿰맸다.

"이 팔이 예전처럼 쭉 펴지고 통증도 전혀 없소. 세상에 이런 신의神醫가 계셨다니!"

"제가 평생 의원 노릇을 하면서 이런 분은 처음 봤습니다. 군후께서는 진정 천신天神이십니다."

이 일을 두고 후세 사람이 지은 시이다.

관우의 죽음 I

↓

한 말 재 무 적
漢末才無敵

신 위 능 분 무
神威能奮武

운 장 독 출 군
雲長獨出群

유 아 갱 지 문
儒雅更知文

천 일 심 여 경
天日心如鏡

소 연 수 만 고
昭然垂萬古

춘 추 의 박 운
春秋義薄雲

부 지 관 삼 분
不止冠三分

한나라 말 그의 재주 당할 자 없어
관운장은 무리들 중 유독 빼어났지
신비한 위엄으로 능히 무예 떨쳤고
의젓한 태도에 학문 또한 깊었다네

태양처럼 밝은 마음 거울과 같았고
춘추 같은 의기는 구름에 닿았다네
만고에 전해지는 빛나는 그의 이름
삼국 중에서 으뜸에 그치지 않았네

---

*儒雅(유아): 학문이 깊고 태도가 의젓하다.
*薄(박): 가까워지다.

관우의 죽음 Ⅱ

↓

인 걸 유 추 고 해 양
人傑惟追古解良

도 원 일 일 형 화 제
桃園一日兄和弟

사 민 쟁 배 한 운 장
士民爭拜漢雲長

조 두 천 추 제 여 왕
俎豆千秋帝與王

기 협 풍 뢰 무 필 적
氣挾風雷無匹敵

지 금 묘 모 영 천 하
至今廟貌盈天下

지 수 일 월 유 광 망
志垂日月有光芒

고 목 한 아 기 석 양
古木寒鴉幾夕陽

인걸을 찾아서 옛 해량 땅에 이르니
사람들은 앞다투어 운장을 추모하네
도원에서 어느 날 형과 아우로 만나
오랜 세월 천자와 왕으로 제사 받네

폭풍과 우레 같은 기개 견줄 이 없고
그 뜻 해와 달처럼 밝은 빛 드리운다
모시는 사당 지금도 천하에 가득하니
고목의 갈까마귀 지는 해가 얼마던가

---

*俎豆千秋(조두천추): 영구히 제사를 지내다.
*寒鴉(한아): 갈까마귀.

관우가 우금을 사로잡고 방덕을 죽이자 다급해진 조조는 동오에 사신을 보내 관우의 배후를 기습해 줄 것을 요청했다.

그러자 육구를 지키고 있던 여몽은 손권에게 지금 관우가 조조의 번성을 공격하는 틈을 타서 형주를 빼앗자고 하면서 관우를 방심하게 만드는 계책을 쓴다.

손권으로 하여금 예물 등을 갖춘 사신을 관우에게 보내 두 집안이 사이좋게 지내기를 원한다는 서신을 보낸 것이다.

이에 관우는 매우 흡족해 하며 형주 군사의 절반을 철수하여 번성으로 옮기고 즉시 번성을 공격했다.

여몽은 형주의 경비가 느슨해진 틈을 타 은밀히 성을 점령해 버린다.

조조는 손권이 형주를 습격했다는 소식을 듣고 번성을 나와 관우를 협공했다.

번성 공격에 실패한 관우는 결국 후퇴하는데 형주까지 손권에게 함락되었다는 소식을 뒤늦게 알고 여몽에 대한 복수를 결심한다.

하지만 여몽이 형주의 군사들을 교묘한 방법으로 회유하니 행군이 계속 될수록 관우의 군사는 점점 줄어든다.

갈수록 상황이 나빠지자 관우는 작은 맥성으로 들어가 구원병을 기다렸지만 기대했던 유봉劉封과 맹달孟達마저 도와주지 않았다. 관우는 어쩔 수 없이 맥성을 버리고 북쪽의 험한 샛길로 달아나는데, 여몽은 이미 관우의 도주로를 예상하고 철통같이 지키고 있었다.

마침내 관공이 결석決石에 이르렀다.

양쪽은 모두 산이고 산 옆으로는 갈대와 마른 풀, 그리고 나무들이 무성했다. 시간은 이미 오경(五更: 새벽 3시에서 5시)을 지나고 있었다.

관공이 한창 말을 달려가는데 갑자기 양편에 매복해 있던 군사들이 일제히 튀어나와 긴 갈고리와 올가미를 들어 올려 관공이 타고 있는 말의 다리를 걸어 넘어뜨리니 관공이 벌렁 뒤집히며 말에서 굴러 떨어지고 말았다. 결국 관공은 기다리고 있던 반장의 부장 마충馬忠에게 사로잡히고 만 것이다.

관평은 부친이 사로잡힌 것을 알고 급히 구하러 갔지만 그 역시 사로잡혔다.

손권이 모든 장수들을 불러 모은 가운데 관우에게 말한다.

"오랫동안 장군의 성덕을 흠모하며 양가의 자식들을 혼인시켜 서로 사이좋게 지내고 싶었는데 공은 왜 내 뜻을 저버렸소? 지금이라도 항복하시오!"

관우가 버럭 소리 지르며 꾸짖는다.

"이 눈알 새파란 애송이 놈아! 나는 유 황숙과 도원결의를 맺으면서 한漢 황실을 일으키기로 맹세했는데 어찌 나라를 배신한 역적 놈인 네놈과 한 패가 될 수 있겠느냐?

내 어쩌다 방심하여 네놈들의 간사한 꾀에 빠지고 말았으니, 죽음이 있을 뿐 더 무슨 말이 필요하겠느냐!"

그곳의 모든 관원들이 손권에게 그를 사로잡고도 죽이지 않으면 틀림없이 후환이 있을 것이라고 했다.

한동안 말없이 침묵에 잠겨 있던 손권이 입을 열었다.

"그 말이 맞다!"

그를 끌어내 참하라고 명하니 이로써 관공 부자는 마침내 손권에게 죽임을 당했다. 때는 건안 24년(서기 219년) 시월, 관공의 나이 쉰여덟이었다.

후세 사람이 그의 죽음을 탄식하여 지은 시이다.

옥천산 사당에 붙은 시

↓

적 면 병 적 심
赤面秉赤心

기 적 토 추 풍
騎赤兎追風

치 구 시 무 망 적 제
馳驅時無忘赤帝

청 등 관 청 사
靑燈觀靑史

장 청 용 언 월
仗靑龍偃月

은 미 처 불 괴 청 천
隱微處不愧靑天

붉은 얼굴에 거짓 없는 참된 마음으로
적토마 타고 달릴 때는 바람이 일었고
말을 달리면서도 황제를 잊은 적 없네

푸른 등을 밝히고 청사를 읽을 때에도
청룡언월도는 늘 그의 손에 쥐고 있고
하늘을 우러러 한 점 부끄러움이 없네

---

*赤心(적심): 거짓 없고 참된 마음.
*赤帝(적제): 오제(五帝) 중의 하나로 여름을 맡은 남쪽의 신. 여기서는 한고조 유방을
　　　　　가리킴. 역자 주.
*靑史(청사): 역사의 기록. 예전에 종이가 없을 때 푸른 대의 껍질을 불에 구워 푸른빛
　　　　　과 기름을 없애고 사실(史實)을 기록(記錄)하던 데서 유래.

관공이 죽자 마충은 그가 타던 적토마를 손권에게 바쳤다. 손권은 그 적토마를 다시 마충에게 주어 타도록 했으나 그 말은 며칠 동안 아무 것도 먹지 않더니 결국 굶어죽고 말았다.

한을 품고 죽은 관공의 혼령은 흩어지지 않고 정처 없이 떠돌다가 한 곳에 이르렀는데 바로 형문주荊門州 당양현當陽縣에 있는 옥천산玉泉山의 절이었다.

그 절에는 스님이 한 명 있었는데 법명은 보정普靜이다.

삼경 무렵 보정이 암자에서 좌선을 하고 있는데 문득 공중에서 누군가 '내 머리를 돌려주시오!' 하고 크게 외치는 것이 아닌가?

보정이 고개를 들고 보니 공중에 한 사람이 적토마를 타고 청룡도를 들고 구름을 타고 옥천산 꼭대기로 내려왔다.

관우는 그가 지난날 자신을 구해 준 보정임을 알고 이미 죽어 길을 헤매고 있는 자신을 올바른 길로 인도해 주라고 했다.

그러자 보정은 지금의 결과는 이전의 원인 때문이니 지난날과 지금의 시시비비를 일절 거론하지 말라고 한다.

지금 장군께서는 여몽에게 화를 입어 '내 머리를 돌려 달라'고 하시는데, 그렇다면 안량과 문추 그리고 다섯 관문에서 죽은 여섯 장수 등 수많은 사람들은 누구에게 머리를 돌려 달라 하겠느냐고 한다.

그 말을 들은 관공의 혼령은 크게 깨닫고 머리를 조아려 절을 하고 불법佛法에 귀의歸依하러 떠났다.

이 일이 있은 뒤로 옥천산에는 종종 관공의 혼령이 나타나 백성들을 보호해 주었다. 고을 사람들은 그 덕을 감사하여 산 정상에 사당을 지어 놓고 사시사철 제사를 지냈다.

후세 사람이 사당의 기둥에 시를 지어서 붙인 것이다.

화타의 죽음과 불타버린 청낭서

華佗仙術比長桑
화 타 선 술 비 장 상
神識如窺垣一方
신 식 여 규 원 일 방
惆悵人亡書亦絶
추 창 인 망 서 역 절
後人無復見靑囊
후 인 무 복 견 청 낭

화타의 신묘한 의술은 장상군에 견주고

몸속을 마치 담장을 들여다보듯 했으니

슬프도다 사람 죽고 책마저 없어지다니

후세 사람 다시는 청낭서를 볼 수 없네

---

*長桑(장상): 즉 長桑君. 중국 의학의 비조로 불리는 편작(扁鵲)의 스승.
*惆悵(추창): 슬퍼하는 모양.
*靑囊(청낭): 약주머니. 화타가 지은 의서.

조조는 낙양에서 관우의 장례를 치른 후부터 갈수록 머리가 아파 견딜 수가 없어 결국 화타를 불렀다.

병세를 살펴 본 화타가 말한다.

"머리가 아픈 이유는 풍風으로 인해 생긴 것으로 병의 뿌리가 뇌 안의 주머니腦袋에 있는데 그 주머니의 풍연을 끄집어내지 못하면 아무리 탕약을 써 봐야 소용이 없습니다. 오직 치료 방법은 먼저 마폐탕으로 마취시킨 뒤에 날카로운 도끼로 머리를 쪼개고 그 안의 풍연을 걷어내야만 병의 뿌리를 제거할 수 있습니다."

조조는 나를 죽이려고 작정한 것이 아니냐며 화를 냈다.

화타는 관우의 독화살 맞은 팔을 고쳐 준 이야기를 한다.

그 말에 조조는 더욱 화를 내며 관우의 원수를 갚으려는 수작이라면서 화타를 옥에 가두고 고문을 했다.

그 감옥에 오 압옥이라는 옥졸이 있었는데 그는 매일 화타에게 몰래 술과 음식을 가져다주었다.

화타는 자신이 얼마 살지 못할 것임을 알고 그에게 자신의 의서인 청낭서를 주었다.

얼마 뒤 화타는 결국 옥중에서 죽고 말았다.

옥졸을 그만 둔 오 압옥이 집으로 돌아와 보니 그의 아내가 그 청낭서를 꺼내 불사르고 있는 것이 아닌가!

깜짝 놀란 오 압옥이 황급히 달려들어 불타고 있는 청낭서를 꺼냈지만 이미 책은 거의 다 타 버리고 말았다.

이처럼 어이없이 청낭서의 비법은 세상에 전해지지 못하고, 겨우 전해지는 것이라고는 닭이나 돼지 따위를 거세하는 하찮은 의술들만 마지막 타다 남은 한두 장 속에 있었다.

후세 사람이 이를 탄식하여 지은 시이다.

사마사의 등장

三馬同槽事可疑
삼 마 동 조 사 가 의

不知已植晉根基
부 지 이 식 진 근 기

曹瞞空有奸雄略
조 만 공 유 간 웅 략

豈識朝中司馬師
개 식 조 중 사 마 사

세 필의 말 한 구유에 있어 의심했지만
이미 진의 터전 시작된 줄 전혀 몰랐네
조조가 가진 간웅의 지략도 헛되었으니
조정에 사마사 있음을 어찌 알았겠는가

---

*三馬(삼마): 세 마리의 말. 여기서는 司馬懿와 그의 두 아들 司馬師 司馬昭를 가리킴.

조조는 화타를 죽인 후 병세가 날로 악화되었다.

그때 손권으로부터 속히 대위大位에 오르시고 서천의 유비를 쳐서 평정하면 자신은 항복하겠다는 서신이 올라왔다.

그러자 사마의는 손권에게 관직과 벼슬을 내리고 그에게 직접 유비를 치라는 명을 내리라고 조조에게 건의한다.

조조는 사마의의 말에 따라 천자에게 표문을 올려 손권을 표기 장군驃騎將軍 남창후南昌侯에 봉하고 형주목을 겸하도록 했다.

조조의 병세는 갈수록 나빠졌다.

어느 날 밤, 그는 세 필의 말이 한 구유에서 여물을 먹는 꿈을 꿨다.

날이 새자마자 조조는 가후를 불러 물었다.

"나는 지난날 세 필의 말이 한 구유에서 여물을 먹는 꿈을 꾼 적이 있는데 그때는 마등 부자들에게 내가 해를 당하지 않을까 의심했었다. 지금은 마등도 죽고 없는데 지난밤에 똑같은 꿈을 꿨는데 이것이 길몽인가 아니면 흉몽인가?"

가후가 대답했다.

"원래 녹마綠馬는 길조吉兆입니다. 녹마가 구유로 돌아온綠馬歸槽 꿈은 길몽이니 걱정하지 마십시오."

그 말을 들은 조조는 더 이상 의심하지 않았다.

이 일에 대해 후세 사람이 지은 시이다.

업중가鄴中歌: 조조의 죽음

업 칙 업 성 수 장 수
鄴則鄴城水漳水
웅 모 운 사 여 문 심
雄謀韻事與文心

정 유 이 인 종 차 기
定有異人從此起
군 신 형 제 이 부 자
君臣兄弟而父子

영 웅 미 유 속 흉 중
英雄未有俗胸中
공 수 죄 괴 비 양 인
功首罪魁非兩人

출 몰 개 수 인 안 저
出沒豈隨人眼底
유 취 유 방 본 일 신
遺臭流芳本一身

업은 업성이요 물은 바로 장수이니
여기서 필시 특이한 인물 태어났네
영웅의 계략에 문장 시부 뛰어나니
군신 및 형제에 부자도 배출했다네

영웅의 큰 포부 속인과는 다르거늘
그의 생사를 어찌 범인이 평가하랴
큰 공과 허물이 두 사람 짓 아니듯
오욕 명성 남긴 것 한 사람 일이네

---

*遺臭流芳(유취유방): 오명과 명성을 후세에 남기다.

문 장 유 신 패 유 기
文章有神霸有氣
횡 류 축 대 거 태 항
橫流築臺距太行

개 능 구 이 화 위 군
豈能苟爾化爲群
기 여 리 세 상 저 앙
氣與理勢相低昂

안 유 사 인 부 작 역
安有斯人不作逆
패 왕 항 작 아 녀 명
霸王降作兒女鳴

소 불 위 패 대 불 왕
小不爲霸大不王
무 가 나 하 중 불 평
無可奈何中不平

빼어난 문장에 패기도 지닌 사람이
어찌 구차히 보통 무리와 섞이겠나
태항 마주보고 물가에 지은 동작대
그 규모와 기세는 태항산과 겨루네

이런 사람이 어찌 반역인들 못할까
작게는 패자요 크게는 왕이 아닌가
패왕노릇 한 자가 아녀자처럼 우니
이제 불평해야 어찌할 도리 없구나

---

*低昂(저앙): 높낮이. 여기서는 태항산을 비유.

향 장 명 지 비 유 익
嚮帳明知非有益

분 향 미 가 위 무 정
分香未可謂無情

오 호
嗚呼!

고 인 작 사 무 거 세
古人作事無鉅細

적 막 호 화 개 유 의
寂寞豪華皆有意

서 생 경 의 총 중 인
書生輕議塚中人

총 중 소 이 서 생 기
塚中笑爾書生氣

도사 불러 비는 일 무익한 줄 알고
향 나눠준 일 무정하다 할 수 없네

아, 슬프도다!
옛사람 한 일 크고 작음 따로 없어
적막하든 호화롭든 다 뜻이 있다네
서생들 가벼이 죽은 사람 논하지만
무덤 속에서 되레 서생들 비웃으리

---

*嚮(향): 흠향하다. 제사를 지내다.

조조는 두통이 심하고 눈앞이 캄캄해지며 현기증이 나서 잠을 이룰 수가 없어 자리에서 일어나 탁자에 엎드려 있는데 문득 궁전 안에서 비단을 찢는 날카로운 소리가 들렸다.

깜짝 놀란 조조가 가만히 살펴보니 복 황후伏皇后, 동귀인董貴人, 두 황자皇子, 복완伏完, 동승董承 등 20여 명이 온몸이 피투성이인 처참한 모습으로 나타나 원수를 갚으러 왔다고 외치는 소리가 들린다.

조조는 황급히 칼을 빼서 허공을 향해 내리쳤는데 그 순간 전각의 서남쪽 모서리가 무너져 내렸다. 조조는 놀라서 그만 땅에 넘어졌다.

다음 날 밤, 또 남녀의 곡성이 끊이지 않고 들렸다.

여러 신하들이 도사로 하여금 재앙을 쫓는 기도를 올리도록 건의했으나 조조는 자신의 천명이 이미 다한 것을 어찌 빈다고 구원을 받을 수 있겠느냐며 거절했다.

죽을 날이 얼마 남지 않았음을 직감한 조조는 조홍, 사마의 등을 불러 조비를 후사로 부탁한다.

조조는 명향名香들을 여러 시첩侍妾들에게 골고루 나누어 주고 여러 첩들에게는 모두 동작대에 살면서 매일 제祭를 지내되 반드시 기녀妓女들로 하여금 음악을 연주하게 하고 제사 음식을 올리게 했다.

그리고 마지막으로 창덕부彰德府 강무성講武城 밖에 의총疑塚: 가짜 무덤 72개를 만들어 후세 사람들에게 내가 어느 무덤에 묻혀 있는지 모르게 하라고 유언한 뒤 숨을 거두었다.

그때 그의 나이 66세, 건안 25년(서기 220년) 봄 정월이다.

후세 사람이 조조를 탄식하여 지은 업중가鄴中歌이다.

傳遺命奸雄數終畫

유언을 남기고 죽는 조조

조조 묘 발굴 현장[3] 및 고릉 박물관

3 1천 7백여 년 동안 행방을 모르던 조조의 묘는 2006년 허난성 안양현 안풍향
  서고혈(河南省安阳县安丰乡西高穴村)에서 마을 주민에 의해 우연히 처음 발견되어
  2008년 국가 문화재국의 공식 승인 하에 발굴을 진행한 결과 상당부분 도굴되었
  지만 2009년 12월 중국 국가문물국은 이 고릉(高陵)을 조조의 묘로 공식 인정하
  고 2023년 4월 조조 고릉 유적 박물관으로 정식 개관했음. 역자 주.

우금의 죽음

三十年來說舊交
可憐臨難不忠曹
知人未向心中識
畫虎今從骨裏描

30년이면 오래 사귀었다고 할 수도 있는데
가련하게 어려움 당해 조씨에 불충을 했네
사람은 알아도 마음속까지는 알 수 없으니
범을 그리려면 이젠 뼛속부터 그려야 하리

후사를 이어 받은 조비는 조조의 시호諡號를 무왕武王이라 하고 업군의 고릉高陵에 장사지내고 우금于禁에게 능묘 만드는 일을 감독하게 했다.

명을 받은 우금이 그곳에 가서 능 안에 들어서니 하얀 백분을 바른 벽 위에 그림이 그려져 있었는데 바로 관운장이 강물을 터뜨려 칠군을 몰살시키고 우금을 사로잡은 장면이 그려져 있는 게 아닌가!

운장이 엄숙한 모습으로 상석에 앉아 있고 방덕은 분노를 참지 못하고 반항하고 있는 반면, 우금 자신은 땅에 엎드려 목숨을 구걸하고 있는 모습이 생생하게 그려져 있었다.

원래 조비는 싸움에 패해 사로잡힌 우금이 절개를 지키지 못하고 항복한 뒤, 다시 돌아온 것에 대해 그의 사람됨을 아주 비루하게 여기고 있었다.

그래서 사람을 시켜 먼저 그 능 안에 그런 그림을 그리게 하고 일부러 우금을 보내 제 눈으로 보고 비굴하게 살아온 자신의 부끄러움을 알게 한 것이었다.

그 그림을 본 우금은 창피하고 또 괴로움에 사무쳐 병을 얻어 얼마 못 가서 결국 죽고 말았다.

후세 사람이 이를 탄식하여 지은 시이다.

조식의 칠보시七步詩 I

↓

양 육 제 도 행
兩肉齊道行

두 상 대 요 골
頭上帶凹骨

상 우 괴 산 하
相遇塊山下

홀 기 상 당 돌
欻起相搪突

이 적 불 구 강
二敵不俱剛

일 육 와 토 굴
一肉臥土窟

비 시 역 불 여
非是力不如

성 기 불 설 필
盛氣不泄畢

고깃덩어리 두 개가 나란히 길을 가는데
머리 위에 우묵하게 휘어진 뼈가 달렸네
볼록하게 솟은 산 밑에서 서로 만나더니
갑자기 두 개가 서로 들이받기 시작했네

둘이 겨루는데 힘세기가 서로 같지 않아
고깃덩이 하나가 토굴 속에 누워 버렸네
누운 것은 그의 힘이 모자라서가 아니라
그의 성한 기운 다 쏟아내지 못해서였네

---

*兩肉(양육): 두 고깃덩어리. 여기서는 두 마리의 소를 말함.
*凹骨(요골): 움푹 들어간 뼈. 소머리의 두 뿔을 비유.
*欻起(홀기): 갑자기 떨쳐 일어나다.

조비는 아비의 분상조차 하지 않은 식植과 웅雄 두 아우의 죄를 물도록 했다.

웅은 벌 받는 것이 두려워 스스로 죽었다. 그러나 조식은 죄를 물으러 간 사자를 오히려 몽둥이로 매질하여 내쫓았다.

조비는 조식을 비롯한 그 일당을 모두 잡아오게 했다.

그러자 화흠이 조비에게 건의했다.

"사람들은 모두 조식이 입만 열면 저절로 문장이 된다고 하는데 대왕께서 이번에 그를 불러들여 재주를 시험해 보시고 만일 문장을 제대로 이루지 못한다면 그를 죽이시고 과연 소문대로 잘 한다면 그 재주를 폄하하여 천하 문인들의 입을 막아 버리는 것이 좋겠습니다."

조비는 식에게 말한다.

"일곱 걸음 걸어가는 동안에 시 한 수를 읊어라. 만약 네가 해낸다면 죽음을 면하겠지만 못하면 중죄로 다스릴 것이다."

아우가 시제를 내려 주라고 한다.

마침 대전大殿의 벽에 수묵화 한 폭이 걸려 있었다.

조비는 그 그림을 가리키며 말한다.

"이 그림을 시제로 삼되, 시 안에는 두 마리의 소가 담장 아래에서 싸우다 한 마리가 우물에 빠져 죽었다는 말이 들어가서는 안 된다."

조식이 일곱 걸음 걷는 동안 이 시는 이렇게 완성되었다.

자신이 경쟁에서 밀리기는 했지만 그건 자신의 능력이 부족해서가 아니라 기회가 없었기 때문이라는 것을 암시하는 내용이다.

즉시 지은 시(시제: 형제), 칠보시 II[4]

煮豆燃豆萁
자 두 연 두 기

豆在釜中泣
두 재 부 중 읍

本是同根生
본 시 동 근 생

相煎何太急
상 전 하 태 급

콩을 삶는데 콩깍지로 불을 때니

콩은 가마솥 안에서 울고 있구나

본래 한 뿌리에서 나서 자랐건만

어찌 이리 심히 들볶는단 말인가

---

*豆萁(두기): 콩깍지.
*煎(전): 지지다. 볶다.

---

4 소설은 위 시를 즉시 지은 시로 묘사하고 있지만 중국에서는 이 시를 칠보시로 간
   주하고 있으며 시 내용도 몇 개의 판본이 더 있음을 밝혀둠. 역자 주.

일곱 걸음을 내딛는 동안 시를 짓는 것을 보고 조식을 비롯한 모든 신하들이 놀랐다.

하지만 조비는 태연히 일곱 걸음에 시 한 수 짓는 것이 무슨 대수로운 것이냐며 이번엔 말이 떨어지자마자 바로 시를 지으라고 했다.

조식이 시제를 내려 주라고 하자 조비는 말한다.

"너와 나는 형제다. 형제를 시제로 삼되 역시 시 속에 형兄이나 아우弟라는 글자가 들어가서는 안 된다."

조식은 말이 떨어지기 무섭게 시 한 수를 읊었으니, 바로 이 시이다. 조식은 자신을 가마솥 안의 콩으로, 형 조비는 콩을 삶는 콩깍지로 비유한 것이다.

조비는 그 시를 들으며 자신도 모르게 하염없이 눈물을 흘렸다.

마침 그때 그의 모친이 대전 뒤쪽에서 걸어 나오며 조비를 야단친다.

"형이란 사람이 아우를 어찌 그리도 심하게 핍박을 한단 말이냐?"

조비는 황망히 자리에서 일어나서 변명한다.

"아무리 아우라도 국법을 폐지하면서까지 봐줄 수는 없기 때문입니다."

결국 조비는 조식의 벼슬을 안향후安鄉侯로 강등시켰다.

조식은 하직 인사를 하고 말에 올라 떠났다.

옥새를 지키다 끝내 목숨을 잃은 조필祖弼

↓

간 귀 전 권 한 실 망
奸宄專權漢室亡
사 칭 선 위 효 우 당
詐稱禪位效虞唐
만 조 백 벽 개 존 위
滿朝百辟皆尊魏
근 견 충 신 부 보 랑
僅見忠臣符寶郞

간신들 권세 휘둘러 한 황실 망할 때
선위를 사칭하며 요순임금 흉내 냈지
조정의 문무백관 다 조비를 받드는데
충신은 오직 부보랑 단 한 사람 있네

*奸宄(간귀): 간신. 악당. 내부에 숨어 있는 것을 '奸', 밖으로 드러난 것을 '宄'라고 함.
*虞唐(우당): 순 임금과 요 임금.
*百辟(백벽): 모든 관리.

조비가 왕위에 오른 그해 8월, 봉황이 날아들고 기린이 출현하고 황룡黃龍이 업군에 나타났다는 보고가 들어오자, 문무 관원 40여 명이 내전으로 들어가 헌제獻帝에게 황제의 자리를 조비에게 넘기라고 했다.

그 말을 들은 조 황후가 내 오라버니가 어찌 그런 역적질을 한단 말이냐며 크게 화를 냈지만 조홍과 조휴가 칼을 차고 막무가내로 들어와 헌제에게 억지로 대전으로 나가게 하여 만약 선위하지 않으면 큰 화를 당할 것이라고 협박한다.

깜짝 놀란 헌제가 소매를 떨치고 일어서자, 왕랑이 화흠에게 눈짓을 했다.

화흠이 헌제에게 성큼성큼 다가가더니 용포龍袍 자락을 낚아채며 험한 인상을 쓰면서 허락할지 말지 그 말만 하라며 윽박지른다.

헌제가 벌벌 떨며 대답을 못했다.

조홍과 조휴가 칼을 빼들고 옥새를 관리하는 부보랑符寶郎은 어디 있냐며 큰 소리로 찾았다.

조필祖弼이 즉시 나서며 외친다.

"부보랑 여기 있소이다!"

조홍이 옥새를 내놓으라고 다그치니 조필이 오히려 꾸짖는다.

"옥새는 천자의 보배이거늘 그대가 어찌 함부로 내놓으라 하는가!"

조홍은 무사에게 그를 끌어내어 목을 베라고 호령했다.

조필은 끌려가서 죽는 순간까지 그의 입에서는 조홍을 꾸짖는 소리가 그치질 않았다.

후세 사람이 그를 찬탄하여 지은 시이다.

황제 자리를 찬탈한 조비

↓

양 한 경 영 사 파 난
兩漢經營事頗難
일 조 실 각 구 강 산
一朝失却舊江山
황 초 욕 학 당 우 사
黃初欲學唐虞事
사 마 장 래 작 양 간
司馬將來作樣看

서한과 동한 다스리기 자못 어렵더니

하루아침에 옛 강산을 잃고 말았다네

조비는 요순을 그대로 배우려 했으나

사마씨가 장차 어찌하는지 두고 보라

---

*頗(파): 자못. 매우.
*黃初(황초): 조비가 황제 자리를 차지하고 처음 지은 연호.

헌제는 울면서 애원했다.

"천하를 위왕에게 넘겨줄 테니, 남은 목숨이나 하늘이 정해 준 대로 살다 가게 해 주시오!"

헌제는 조서와 옥새를 받들고 문무백관을 거느리고 위왕의 궁으로 가서 헌납하게 했다.

조비는 천하 사람들의 비난을 피하려고 두 번 세 번 겸양의 표문을 올린다.

헌제는 결국 수선대受禪臺를 쌓고 길일을 택해 문무백관과 백성들이 지켜보는 가운데 직접 선양해야만 했다.

위왕 조비가 선위를 받도록 수선대 위에 오르기를 청한 헌제가 친히 옥새를 받들어 조비에게 바치고, 황제의 자리를 선양하는 책봉 문서를 낭독한다.

"아아! 위왕이시어! 옛날 요 임금은 순 임금에게 제위를 물려주셨고 순 임금 또한 우 임금에게 선위하셨도다. 이처럼 천명天命은 고정되어 있는 것이 아니고 오직 덕이 있는 자에게 돌아가는 법이다.

하늘은 상서로운 조짐을 내리시고 사람과 귀신이 그 징조를 알리는 것은 나라와 백성을 위해 짐의 제위를 그대에게 넘겨주라는 것이다. 나는 요 임금의 예를 본받아 경건한 마음으로 그대에게 제위를 물려주려 하노라.

아아! 하늘의 운수가 그대에게 있으니, 그대는 삼가 대례大禮를 받들어 만국萬國을 받아 엄숙히 천명을 받도록 하라!"

책봉 문서의 낭독을 마치자 위왕 조비는 성대한 선위 대례를 치르고 마침내 제위에 올랐다.

모든 신하들이 일제히 '만세'를 외쳤다.

후세 사람이 이 수선대를 보고 탄식하며 지은 시이다.

제Ⅴ편

출
사
표

장비의 어처구니없는 죽음

↓

안 희 증 문 편 독 우
安喜曾聞鞭督郵
호 뢰 관 상 성 선 진
虎牢關上聲先震

황 건 소 진 좌 염 유
黃巾掃盡佐炎劉
장 판 교 변 수 역 류
長坂橋邊水逆流

의 석 엄 안 안 촉 경
義釋嚴顏安蜀境
벌 오 미 극 신 선 사
伐吳未克身先死

지 기 장 합 정 중 주
智欺張郃定中州
추 초 장 유 랑 지 수
秋草長遺閬地愁

안희현에서는 일찍이 독우를 매질했고
황건적 소탕하여 한 황실에 공 세웠지
호뢰관 위에서는 그 명성 먼저 떨치고
장판교에서는 강물마저 거슬러 흘렸네

엄안을 의리로 놓아줘 촉 땅 수습하고
지모로 장합 속여 중주 땅도 평정했지
동오 치려고 서둘다가 몸 먼저 죽으니
낭중 땅에 가을 풀 애처롭게 남아있네

---

*炎劉(염유): 여기서는 한(漢) 나라를 가리킴. 역자 주.

낭중에 있던 장비는 관공이 동오에 의해 살해되었다는 소식을 듣고 한중왕이 된 유비를 찾아가서 지난날 도원에서의 맹세는 잊으셨냐며 울부짖는다.

장비는 폐하께서 가시지 않는다면 자기 혼자라도 둘째 형님의 원수를 갚으러 갈 것이며 만약 원수를 갚지 못하면 차라리 죽을지언정 폐하를 다시는 보지 않겠다고 했다.

이에 유비는 주위의 반대를 무릅쓰고 직접 동오 정벌에 나서고, 장비에게도 휘하의 군사를 거느리고 출발하라고 했다.

낭중으로 돌아온 장비는 군중에 명령을 내려 사흘 안에 흰 깃발과 흰 갑옷을 모두 준비하라고 지시했다.

휘하의 장수인 범강范彊과 장달張達이 기한을 조금만 늦춰 달라고 했으나 장비는 오히려 그들에게 곤장을 치면서 내일 안으로 모든 준비를 마치도록 할 것이며, 만약 기한을 어기면 네놈들을 죽여 본보기로 삼을 것이라고 했다. 범강과 장달은 어차피 우리가 그놈 손에 죽을 바에야 우리가 먼저 그놈을 죽여 버리자고 모의한다.

장비는 그날 대취하여 막사 안에 드러누워 잠이 들었다.

범강과 장달은 각자 몸에 단검을 감추고 몰래 막사 안으로 들어가 곧바로 침상 앞에 이르렀다.

원래 장비는 잠을 잘 때도 눈을 뜨고 잔다. 두 사람은 처음에는 감히 손을 쓸 엄두를 내지 못했다. 그런데 코를 고는 소리가 마치 천둥소리와 같다. 잠이 들어 있음을 확인한 두 사람은 가까이 다가가서 단도를 장비의 배에 힘껏 찔렀다.

장비는 외마디 비명을 한 번 지르고 그 자리에서 죽고 말았으니 이때 그의 나이 쉰다섯이었다.

후세 사람이 그의 죽음을 탄식하여 지은 시이다.

황충의 죽음

ㅣ

노 장 설 황 충
老將說黃忠
중 피 금 쇄 갑
重披金鎖甲

수 천 립 대 공
收川立大功
쌍 만 철 태 궁
雙挽鐵胎弓

담 기 경 하 북
膽氣驚河北
임 망 두 사 설
臨亡頭似雪

위 명 진 촉 중
威名鎭蜀中
유 자 현 영 웅
猶自顯英雄

늙은 장수라면 황충을 꼽는데
서천을 세울 때 큰 공 세웠지
무거운 금쇄갑옷을 걸쳐 입고
두 팔로 강한 무쇠 활 당겼지

담력은 하북을 놀라게 하였고
위엄은 촉의 군사를 제압했네
죽을 때 머리는 백발이었지만
영웅의 기개 오히려 드러났네

---

*挽(만): 잡아당기다.

서기 222년 봄, 선주를 따라 동오를 정벌하러 나선 황충은 늙은 장수는 이제 쓸모가 없다는 선주의 말에 즉시 칼을 들고 말에 올라 적과 싸우러 나갔다.

오군의 진영 앞에 이른 황충은 말을 세우고 칼을 비껴들고 혼자서 선봉 장수인 반장潘璋에게 싸움을 걸었다.

반장은 부하 장수 사적史蹟을 데리고 나왔다. 사적은 늙은 황충을 얕보고 창을 꼬나들고 싸우러 덤벼들었다가 불과 3합 만에 황충의 칼에 베어 말 아래로 떨어져 죽었다.

화가 난 반장은 관공이 사용하던 청룡도靑龍刀를 휘두르며 황충에게 달려들었다. 황충이 사납게 공격하니 반장은 당해내지 못하고 말머리를 돌려 달아났다. 황충은 그 뒤를 쫓아 완전한 승리를 거두었다.

이제 공을 세웠으니 본영으로 돌아가자는 관흥의 권유를 듣지 않고 황충은 다시 적진 깊숙이 들어갔다가 그만 적이 쏜 화살에 맞고 말았다.

관흥과 장포가 황충을 구해 황제가 계신 진중으로 모시고 와서 화살을 뽑고 치료를 받게 했지만 연로하여 혈기가 쇠약해진 데다 화살 맞은 상처가 너무 깊어 병세는 날로 위중해졌다.

어가를 타고 친히 병문안을 온 선주가 황충의 등을 어루만지며 노장군을 이렇게 상하게 만든 것은 다 짐의 탓이라며 안타까워했다.

황충은 일개 무부武夫에 지나지 않은 자신이 폐하를 만나 오호장군이 되었고 이제 살만큼 살았다며 부디 폐하께서는 옥체를 잘 보존하시어 중원을 도모하시기 바란다는 말을 남기고 숨을 거두었다.

후세 사람이 그의 죽음을 탄식해 지은 시이다.

감녕의 죽음

⊥

오 군 갑 흥 패
吳郡甘興霸

수 군 중 지 기
酬君重知己

겁 채 장 경 기
劫寨將經騎

신 아 능 현 성
神鴉能顯聖

장 강 금 만 주
長江錦幔舟

보 우 화 구 수
報友化仇讐

구 병 음 거 구
驅兵飮巨甌

향 화 영 천 추
香火永千秋

오군 땅 字가 흥패인 감녕 장군은
장강의 비단 돛단배 도적이었지만
자신을 알아주는 주군에 보답하고
적으로 만난 친구에게 보은하였지

날랜 기병으로 영채를 기습하였고
큰 사발 술 마시며 부하 격려했지
죽어서 신령한 갈까마귀로 나타나
사당의 향불이 천년만년 이어지네

---

*酬君(수군): 임금의 은혜에 보답하다. 자신이 오의 장수 능조를 죽였으나 오히려 자신
　　을 중히 써 준 손권에 대한 보답을 의미. 역자 주.
*報友(보우): 황조의 장수 소비가 자신에게 오에 투항을 권유한 적이 있는데 후에 소비
　　가 손권에게 사로잡히자 자신의 목숨을 걸고 그를 구한 사실을 비유.

유비가 동오를 정벌하러 나섰을 때 감녕은 이질을 앓고 있었지 만 병든 몸으로 출정했다.

배 안에서 병을 치료 중이던 감녕은 대규모 촉의 군사가 몰려온 다는 소식을 듣고 급히 말에 올라 상황 파악에 나섰다가 마침 한 무리의 만족蠻族 병사들과 마주쳤다.

그들은 모두 머리를 풀어헤치고 맨발이었는데 손에는 궁노弓弩 와 긴 창, 방패와 도끼 등을 들고 있었다.

앞장 선 대장은 바로 번왕番王 사마가沙摩柯였다. 그의 얼굴은 마 치 피를 뒤집어쓴 것처럼 붉고 푸른 눈은 툭 튀어나왔다. 그의 손 에는 철질려골타鐵蒺藜骨朶라는 무기를 들고 있고 허리에는 활을 두 개나 차고 있으니, 그 위풍은 보기만 해도 당당해 보였다.

감녕은 만족 병사와 사마가의 기세에 눌려 감히 싸울 엄두를 내 지 못하고 말머리를 돌려 달아났다.

그때 사마가가 쏜 화살이 그의 뒤통수에 맞았다. 감녕은 화살을 뽑을 겨를도 없이 달아나다 부지구富池口에 이르러 큰 나무 아래에 앉아서 죽었다.

마침 나무 위에 있던 수백 마리의 까마귀들이 감녕의 시신 주위 를 울며 맴돌았다.

그 말을 들은 오왕은 매우 애통해하며 예를 갖추어 후하게 장례 를 치르고 사당을 지어 제사를 지내 주라고 명했다.

후세 사람이 그를 한탄하여 지은 시이다.

육손의 재주

호장담병안육도
虎帳談兵按六韜
안배향이조경오
安排香餌釣鯨鰲
삼분자시다영준
三分自是多英俊
우현강남육손고
又顯江南陸孫高

막사 안에서 병법대로 계략을 세워

향기로운 미끼로 고래 자라 낚는다

삼국시대엔 영웅 준걸 원래 많은데

강남의 육손도 높은 재주 드러내네

---

*六韜(육도): 주(周)나라의 강태공이 지은 것으로 알려진 병법서로, 문도(文韜)·무도(武
韜)·용도(龍韜)·호도(虎韜)·표도(豹韜)·견도(犬韜)의 6권 60편으로 되어 있
음.
*鯨鰲(경오): 고래와 자라.

유비는 자신의 영채를 모두 산속 서늘한 곳으로 옮기기 위해 유인책을 쓰지만 육손은 오히려 유비가 영채를 산속으로 옮기기를 기다리며 유인책에 말려들지 않았다.

동오의 장수들은 그런 육손을 보고 겁쟁이라며 비웃는다.

그러나 육손의 예상대로 매복해 있던 촉병들이 유비를 에워싸고 쏟아져 나오는 광경을 본 동오의 장수들은 모두 간담이 서늘해졌다.

육손이 이제 복병들이 나왔으니 앞으로 열흘 안에 반드시 촉병을 쳐부술 것이라고 했다.

동오의 장수들은 촉병을 쳐부수려면 마땅히 처음 그들이 움직이려 할 때 쳤어야지, 지금은 적들이 영채를 5~6백리에 걸쳐 연이어 세워 놓고 7~8개월 동안 지키면서 요충지의 방비를 굳게 하고 있는데 이제 와서 어찌 쳐부술 수 있겠느냐고 했다.

그러자 육손은 그대들이 병법을 몰라서 하는 소리라며 이렇게 말한다.

"유비는 천하의 효용梟雄인데다 지모까지 갖추었기 때문에 유비의 군사들이 처음 왔을 때는 군기가 엄하고 규율이 잘 서 있었지만 지금은 오랫동안 우리가 대응을 해 주지 않아 저들의 뜻대로 되지 않아 많이 지치고 사기도 떨어져 있다. 우리가 저들을 칠 때는 바로 지금이다."

여러 장수들은 비로소 탄복했다.

후세 사람이 그를 칭찬하여 지은 시이다.

7백 리 영채 불사른 육손

持矛擧火破連營
지 모 거 화 파 연 영

玄德窮奔白帝城
현 덕 궁 분 백 제 성

一旦威名驚蜀魏
일 단 위 명 경 촉 위

吳王寧不敬書生
오 왕 녕 불 경 서 생

창 들고 불 질러 연이은 영채 쳐부수니

궁지에 몰린 현덕 백제성으로 달아나네

순식간에 그 명성 촉과 위 놀라게 하니

오왕이 어찌 서생을 공경하지 않겠는가

---

*書生(서생): 원래 선비라는 뜻이지만 여기서는 육손을 가리킴. 역자 주.

육손이 웃으며 말한다.

"나의 계책은 오로지 제갈량만은 속여 넘길 수 없을 것인데 다행히도 이곳에 그가 없으니 내가 큰 공을 세우게 되었소."

육손은 장수들을 불러 명을 내린다.

"내일 오후에 동남풍이 크게 불면 배에 마른 풀을 싣고 가서 바람 부는 방향으로 불을 지르라."

사방에서 불길이 치솟자 유비가 어찌할 바를 모르고 있는 그때 불길 속에서 관흥이 땅에 엎드려 말한다.

"불길이 다가오고 있어 이곳에 오래 머물러 있을 수 없으니 폐하께서는 속히 백제성으로 피하셔서 군마를 정비하시옵소서."

유비가 한창 달아나고 있을 때 동오의 장수 주연이 이끄는 군사들이 강기슭을 따라 쳐들어와 앞길을 막았다.

꼼짝없이 갇히는 신세가 되고 만 유비가 몹시 당황해 하고 있는데 한 무리의 군사들이 선주의 어가를 구하러 달려왔다.

그는 바로 다름 아닌 상산 조자룡이었다.

서천의 강주江州에 있던 조운은 촉병이 동오의 군사와 싸우고 있다는 말을 듣고 군사를 이끌고 달려오다가 동남쪽 일대에서 불길이 하늘 높이 치솟는 것을 보았다.

놀란 조운이 멀리 살펴보다가 뜻밖에 선주께서 위급한 상황에 빠진 것을 보고 용맹을 떨쳐 쳐들어온 것이다.

조운이 나타났다는 말을 들은 육손은 급히 군사들에게 명을 내려 더 이상 쫓지 말고 물러나도록 했다.

선주를 구한 조운은 백제성으로 달려갔다.

후세 사람이 시를 지어 육손을 칭찬했다.

부동의 장렬한 죽음

|

이 릉 오 촉 대 교 병
彝陵吳蜀大交兵
육 손 시 모 용 화 분
陸遜施謀用火焚
지 사 유 연 매 오 구
至死猶然罵吳狗
부 동 불 괴 한 장 군
傅肜不愧漢將軍

이릉에서 오와 촉이 크게 싸울 때

육손이 계략으로 화공을 사용했지

목숨 잃을 때까지 오의 개 꾸짖은

부동은 한 장수로서 자랑스럽구나

선주의 뒤에서 적의 추격을 막던 부동은 그만 동오의 군사들에게 사면팔방으로 포위되고 말았다.

동오의 장수 정봉이 큰 소리로 외친다.

"서천의 군사들 중 죽은 자와 항복한 자가 이루 셀 수 없이 많다. 너희 주인 유비도 이미 사로잡혔다. 이제 너는 힘도 다하고 형세도 이처럼 고립되었는데, 어찌하여 빨리 항복하지 않느냐?"

부동이 꾸짖는다.

"한나라의 장수가 어찌 동오의 개한테 항복하겠느냐!"

부동은 촉군을 이끌고 말을 달려 정봉과 1백여 합을 싸웠으나 끝내 포위를 뚫지 못했다.

부동은 탄식하며 말한다.

"나도 이제는 끝이로구나!"

부동은 입으로 피를 토하며 동오의 군사들 속에서 결국 숨을 거두었다.

후세 사람이 부동을 찬탄하여 지은 시이다.

자결로 충성 바친 정기

|

慷慨蜀中程祭主
身有一劍答君王
臨危不改平生志
博得聲名萬古香

그 기개 장하도다 촉의 좨주 정기여!
스스로 자결하여 임금 은혜 보답했네
위기를 만나 평생 그 뜻 변치 않으니
만고에 향기로운 이름 길이 남기도다

유비가 어영에서 동오를 쳐부술 계책을 궁리하고 있었다.

그때 갑자기 막사 앞에 세워 둔 중군기中軍旗가 바람도 불지 않는데 저절로 넘어졌다.

유비가 정기程畿에게 묻는다.

"이게 무슨 조짐인가?"

"오늘 밤 동오의 군사들이 우리의 영채를 습격하러 올 것 같습니다."

"어젯밤에 그리 당해놓고 어찌 감히 다시 오겠는가?"

유비의 물음에 정기는 대답한다.

"어제는 육손이 우리 군사의 허와 실을 알아보기 위해 한 번 떠본 일일 수도 있습니다."

이런 말을 나누고 있을 때 동오의 군사들은 모두 산기슭을 따라 동쪽으로 가고 있다는 보고가 들어왔다.

촉의 좨주祭主 정기는 필마단기로 강기슭으로 달려가 적과 싸우기 위해 수군을 불렀다.

하지만 동오의 군사들이 곧바로 뒤쫓아 오는 바람에 겁에 질린 수군은 사방으로 흩어져 달아나 버렸다.

정기의 부하 장수가 동오군이 오고 있으니 속히 달아나셔야 한다고 소리 높여 외쳤다.

정기가 화를 내며 말한다.

"나는 주상을 따라 출전한 이래 한 번도 도망친 적이 없다."

그 순간 동오의 군사들이 몰려와 이미 좨주를 에워싸고 말았다. 정기는 칼을 빼서 스스로 목을 찔러 죽었다.

후세 사람이 그를 칭찬하여 지은 시이다.

장남張南과 풍습馮習의 죽음

풍습충무이
馮習忠無二
장남의소쌍
張南義少雙
사장감전사
沙場甘戰死
사책공류방
史冊共流芳

풍습의 충성심은 천하에 다시없고
장남의 의기 또한 비할 자 없도다
모래톱에서 싸우다 기꺼이 죽으니
두 사람 명성 청사에 길이 남기네

오반과 장남은 오랫동안 이릉성을 포위하고 있었는데 풍습이 달려와 촉군이 패한 소식을 전했다.

장남은 곧바로 군사를 이끌고 유비를 구하러 갔다.

이 틈에 손환은 비로소 포위에서 풀려났다.

장남과 풍습 두 장수가 급히 달려가고 있는데 앞에서 동오군이 나타나 길을 막았다.

또한 등 뒤에서는 성에서 나온 손환이 쫓아 나와 양쪽에서 협공했다.

장남과 풍습은 죽을힘을 다해 싸웠지만 끝내 적진을 뚫지 못하고 혼전 중에 결국 죽고 말았다.

후세 사람이 이 두 사람을 찬탄하여 지은 시이다.

헛소문에 목숨을 버린 손 부인

선 주 병 귀 백 제 성
先主兵歸白帝城
부 인 문 난 독 연 생
夫人聞難獨捐生
지 금 강 반 유 비 재
至今江畔遺碑在
유 저 천 추 열 녀 명
猶著千秋烈女名

선주의 군사들 백제성으로 돌아갔는데
손 부인은 헛소문에 홀로 목숨 버렸네
지금도 그 강가에 비석이 남아 있으니
열녀의 그 이름 천추에 전해 내려오네

형주에 있던 손 부인은 모친이 위독하다는 손권의 계책으로 유비의 아들을 데리고 동오로 가려다 뒤늦게 그런 사실을 안 조운 등에 의해 아들은 빼앗기고 홀로 동오에 가 있었다.

이때 동오에서는 촉군이 효정에서 육손에게 크게 패하고 유비마저 싸움 중에 전사했다는 소문이 널리 퍼져 있었다.

손 부인은 이 소문을 사실로 믿었다.

그녀는 수레를 몰고 강변으로 간 뒤 멀리 서쪽을 바라보며 곡을 한 다음 강물에 몸을 던져 죽고 말았다.

후세 사람이 손 부인이 몸을 던진 그 강변에 사당을 세우고 효희사梟姬祠라 불렀으며 이 시를 지어 그녀를 탄식했다.

제갈량의 팔진도 八陳圖

↓

공 개 삼 분 국
功蓋三分國
명 성 팔 진 도
名成八陳圖
강 류 석 부 전
江流石不轉
유 한 실 탄 오
遺恨失呑吳

그의 공은 셋으로 나뉜 나라 덮고
그의 명성은 팔진도로 완성되었네
강물은 흘러도 그 돌은 안 구르니
동오 삼키지 못한 것 한으로 남네

완전한 승리를 거둔 육손이 군사들을 이끌고 촉군의 뒤를 계속 추격하는데 앞에 보이는 산 옆의 강가에서 하늘을 찌를 듯한 살기가 뻗히고 있었다.

그곳에는 돌무더기 8~9십 개가 여기저기 쌓여 있었다.

육손이 토박이에게 물어보니 이곳은 어복포魚腹浦라는 곳인데 제갈량이 서천으로 들어갈 때 이곳에 와서 돌을 모아 모래톱에 진을 쳤다고 했다.

육손은 사면팔방으로 문이 나 있는 것을 보고 저것은 사람을 홀리는 속임수일 뿐이라고 생각하고 석진 안으로 들어갔다.

육손이 막 석진에서 나오려 하는데 갑자기 광풍이 불면서 모래가 흩날리고 돌맹이가 구르면서 하늘을 가렸다. 이어서 강물에 파도치는 소리가 마치 검이 부딪치고 북을 치듯 했다.

"내가 제갈량의 계책에 말려들고 말았구나!"

육손은 급히 빠져나오려 했지만 도무지 길이 보이지 않았다.

그때 한 노인이 나타났다. 그 노인은 지팡이를 짚고 천천히 앞장을 서서 걸었다. 육손이 그 뒤를 따라가니 아무런 장애 없이 곧바로 석진을 빠져나올 수 있었다.

그는 제갈량의 장인 황승언黃承彦이었다.

"지난날 사위가 이곳에 석진을 벌여 놓고 그 이름을 팔진도八陳圖라 했으며 그 석진은 가히 10만 정예병과 견줄 만하다고 했소. 훗날 동오의 대장이 이 석진 속에 들어가 길을 잃게 될 것인데 그를 진 밖으로 꺼내주지 말라고 사위가 당부했었소. 하지만 장군이 이곳에서 빠져 죽는 것을 차마 두고 볼 수 없어 구해 주는 것이오."

육손은 황급히 말에서 내려 고맙다고 절을 하고 돌아갔다.

후에 당나라의 시인 두보가 이 일을 시로 읊은 것이다.

황권의 배신

항오불가각항조
降吳不可却降曹
충의안능사양조
忠義安能事兩朝
감탄황권석일사
堪嘆黄權惜一死
자양서법불경요
紫陽書法不輕饒

동오에 항복할 수 없어 위에 항복하니
충의로운 사람이 어찌 두 임금 섬기나
아쉽구나 황권이 이때 죽지 못한 것이
자양의 필법은 그를 쉽게 용서 않으리

---

*紫陽書法(자양필법): 자양은 남송 주희를 가리키며 그는 제자들과 함께 유가사상의
　　　　　입장에서 춘추필법으로 통감강목(通鑑綱目)을 지었다. 그 필법에
　　　　　의하면 황권의 행위는 책망을 받아 마땅함. 역자 주.
*饒(요): 용서하다. 관용하다.

강북을 지키던 유비의 장수 황권이 위에 투항했다.

조비가 황권에게 진평陳平과 한신韓信처럼 자신에게 충성하겠느냐고 물었다. 황권은 대답한다.

"촉 황제의 은혜와 두터운 대우를 받아 강북의 모든 군사를 통솔하는 권한을 받았는데 육손이 퇴로를 차단하여 서촉으로 돌아갈 방법이 없었습니다. 그렇다고 동오에는 항복할 수 없어 폐하께 투항한 것입니다. 싸움에 패한 장수가 죽음이나 면하면 다행이지 어찌 감히 옛 사람을 따르겠습니까?"

황권의 솔직한 말에 조비는 기뻐하며 그를 진남장군鎭南將軍으로 봉했으나 황권은 사양하고 받지 않았다.

그때 촉에서 온 염탐꾼이 촉주가 황권의 가솔들을 모두 죽였다고 황권에게 말했다.

그러나 황권은 그 소문을 믿지 않았다. 촉주는 자신의 본심을 누구보다 잘 알고 계시기에 자신의 가솔들을 죽일 리가 없다고 생각했기 때문이다.

사실 유비의 신하들은 황권이 군사를 이끌고 위에 투항했으니 그의 가솔들을 잡아다가 죄를 물으라고 했다.

그러나 유비는 황권의 믿음을 저버리지 않았다.

"황권은 동오의 군사가 강의 북쪽 연안을 막고 있어 돌아오고 싶어도 길이 없어 부득이 위에 투항했을 것이다. 이는 짐이 황권을 저버린 것이지 황권이 짐을 저버린 것이 아니다. 그러니 그의 가솔들에게 어찌 죄를 묻는단 말이냐?"

유비는 오히려 황권의 가솔들에게 예전처럼 녹미祿米를 지급하게 했다.

후세 사람이 황권을 책망하며 이 시를 지었다.

촉주蜀主 유비의 죽음

↓

蜀主窺吳向三峽
촉 주 규 오 향 삼 협

翠華想像空山外
취 화 상 상 공 산 외

崩年亦在永安宮
붕 년 역 재 영 안 궁

玉殿虛無野寺中
옥 전 허 무 야 사 중

古廟杉松巢水鶴
고 묘 삼 송 소 수 학

武侯祠屋長隣近
무 후 사 옥 장 인 근

歲時伏臘走村翁
세 시 복 납 주 촌 옹

一體君臣祭祀同
일 체 군 신 제 사 동

촉주는 동오를 치려고 삼협으로 나갔으나
돌아가시던 그때에는 영안궁 안에 계셨네
천자의 화려한 행차 빈 산 밖에 그려보고
궁전 있을 그 자리는 들판 사찰로 변했네

옛 사당 뒤뜰의 전나무엔 학이 둥지 틀고
철따라 명절에는 시골 늙은이들 찾아가네
공명 모신 무후사도 그 가까운 곳에 있어
임금과 신하 한 몸으로 제사를 함께 받네

---

*翠華(취화): 천자가 출행(出行)할 때 쓰던 물총새의 깃으로 장식한 기(旗).
*歲時(세시): 한 해의 절기.
*伏臘(복납): 여름 삼복과 음력 섣달의 제사.

백제성 영안궁에 있던 유비의 병세가 심상치 않았다. 더구나 유비는 먼저 간 관우와 장비 두 아우를 그리며 매일 눈물로 세월을 보내니 병세는 더욱 위중해졌다.

유비는 승상 제갈량과 상서령尚書令 이엄李嚴 등에게 영안궁으로 달려와 마지막 유명遺命을 받도록 했다.

유비는 제갈량에게 짐의 식견이 얕고 비루하여 승상의 말을 듣지 않아 패했고 뉘우침과 한스러움이 병으로 남아 이제는 죽음이 조석에 달려 있다며 허약하고 무능한 세자를 부탁했다.

그러면서 죽음을 앞두고 자신의 마음속의 말을 제갈량에게 전한다.

"그대의 재주는 조비曹丕보다 열 배는 뛰어나니 반드시 나라를 안정시키고 마침내 천하를 통일하게 될 것이오. 만약 태자를 보좌하여 천하를 통일할 수 있을 것 같으면 보좌하고, 태자의 재주가 모자라, 보좌를 해도 그리 되지 못할 인물이라면 그대가 스스로 성도의 주인이 되어주시오."

"신이 어찌 감히 고굉지신(股肱之臣: 임금이 가장 믿고 의지하는 신하)으로서의 힘을 다해 충절을 다 바쳐 죽을 때까지 태자를 섬기지 않겠습니까?"

제갈량이 소리치며 머리를 땅에 짓찧으니 그의 이마에서 피가 철철 흘러내렸다.

유비는 마지막으로 여러 관원들에게 말한다.

"경들에게 짐이 일일이 당부하지 못하고 이렇게 부탁하노니, 부디 모두 자기 자신을 아끼고 사랑하시길 바라오!"

그리고 숨을 거두니 이때 나이 63세였다. 장무 3년(서기 223년) 4월 24일의 일이다.

당나라 시인 두보杜甫가 이를 탄식하여 지은 시이다.

노수瀘水⁵

↓

五月驅兵入不毛
오 월 구 병 입 불 모
月明瀘水瘴煙高
월 명 로 수 장 연 고
誓將雄略酬三顧
서 장 웅 략 수 삼 고
豈憚征蠻七縱勞
개 탄 정 만 칠 종 로

5월에 군사를 몰아 불모의 땅에 들어가니

달 밝은 밤 노수에 독한 기운 피어오르네

선제의 삼고 은혜 갚으려 큰 계략 세우고

남만 쳐서 일곱 번 놓아주는 수고 꺼리랴

---

*憚(탄): 꺼리다. 기피하다.

---

5 瀘水(노수): 당나라 시인 호증(胡曾)의 영사시(咏史詩: 역사상의 사실을 주제로 개인의 감
　정과 포부를 읊은 시)의 일부.

제갈량은 남만을 진정으로 평정하기 위하여 맹획孟獲이 마음으로 항복할 때까지 기다리려고 했다.

맹획은 제갈량이 자신을 놓아주자 그의 계책에 말려들지 않기 위해 무더운 5월에 독기가 피어오르는 노수를 방패삼아 지키기만 하면서 제갈량이 지치기를 기다렸다.

그러나 제갈량의 군사가 노수를 건너오고 맹획은 자신의 부하들에게 배신당해 잡혀 왔으나 항복하지 않았다. 제갈량은 맹획을 또 놓아주면서 일부러 영채의 군량미와 병장기 등을 맹획에게 보여 주었다.

동중으로 다시 돌아온 맹획은 친동생 맹우孟優를 불러 1백여 명의 만병을 데리고 황금과 구슬·상아象牙·서각(犀角: 무소 뿔) 등을 싣고 공명에게 바치러 보냈다.

그러나 제갈량은 맹우가 온 의도를 잘 알고 있었다.

맹우가 그날 밤 2경에 안팎에서 호응하여 대사를 치르자는 전갈을 보내니 맹획은 이번에야말로 제갈량을 잡을 절호의 기회라 생각하고 3만 명의 만병을 일으켜 쳐들어갔지만 제갈량이 짜놓은 치밀한 계략에 빠져 다시 사로잡히고 말았다.

제갈량이 이번이 세 번째인데 아직 항복하지 않을 것이냐고 물으니 맹획은 머리를 숙인 채 말이 없었다. 제갈량은 맹획을 놓아주며 만약 다시 붙잡히면 용서하지 않을 것이라고 했다.

맹획이 자신의 대채에 도착하니 그곳에는 이미 마대와 조운 그리고 위연이 점령하고 있으면서 다시 잡히는 날에는 너의 몸뚱이는 갈기갈기 찢기고 말 것이니 그리 알라고 경고했다.

맹획 일행은 머리를 싸매고 놀란 쥐새끼마냥 도망치듯 자신들의 진지를 향해 달려갔다.

당나라 시인 호증胡曾이 이 일을 찬탄하여 지은 시이다.

남방의 무더운 날씨 I

|

산 택 욕 초 고
山澤欲焦枯　산은 불타고 못은 말라가며
화 광 복 태 허
火光覆太虛　타는 불볕이 하늘을 뒤덮네
부 지 천 지 외
不知天地外　모르겠구나 저 천지 밖에는
서 기 갱 하 여
暑氣更何如　더위가 더 얼마나 심할는지

남방의 무더운 날씨 II

적 제 시 권 병
赤帝施權柄　더위 주관 신이 권력 휘두르니
음 운 불 감 생
陰雲不敢生　검은 구름이 어찌 감히 생기나
운 증 고 학 천
雲蒸孤鶴喘　찌는 구름에 학은 숨 헐떡이고
해 열 거 오 경
海熱巨鰲驚　바다도 더워져 큰 자라 놀라네

인 사 계 변 좌
忍舍溪邊坐　시냇가에 앉아 떠날 줄 모르고
용 포 죽 리 행
慵抛竹裏行　대나무 그늘 만나 떠나기 싫네
여 하 사 새 객
如何沙塞客　얼마나 힘이 들까 변경 군사여
환 갑 복 장 정
擐甲復長征　갑옷 걸치고 또 먼길 행군하네

네 번째로 풀려난 맹획은 결국 독룡동禿龍洞의 동주 타사대왕朶思大王에게 몸을 의탁하러 갔다.

동중으로 들어가는 방법은 오직 두 길뿐이다. 동북쪽으로 난 길은 바로 맹획이 온 길로 나무와 돌로 그 입구를 막아 버리면 비록 백만 대군이 쳐들어온다고 해도 들어갈 수 없다.

서북쪽으로 난 길은 험준한 산에 가파른 고개로 이루어져 있고 독한 기운이 일어 하루에 3시진(三時辰: 6시간) 동안만 지나갈 수 있다. 게다가 이곳에는 물에 독이 있는 샘毒泉이 네 곳이 있어 벌레나 새도 살지 않았다.

옛날 한나라 복파장군伏波將軍이 한 번 다녀간 뒤로 지금까지 한 사람도 이곳에 온 적이 없다는 것이다.

맹획은 너무나 좋아했다.

이때부터 맹획은 타사대왕과 더불어 날마다 연회를 베풀며 술만 마셨다.

공명은 여러 날이 지나도 맹획의 군사가 나타나지 않자, 마침내 전군에 남으로 진격하라는 명령을 내린다. 때는 바로 6월의 가장 무더운 계절로 무덥기가 마치 타오르는 불과 같았다.

후세 사람이 견디기 힘든 남방의 무더운 날씨를 읊은 시다.

특히 윗부분의 시는 북송 시대의 유명한 정치가이자 시인인 사마광司馬光이 대열大熱이라는 제목으로 쓴 시이다.

맹획의 형 맹절

고 사 유 서 독 폐 관
高士幽栖獨閉關
무 후 증 차 파 제 만
武侯曾此破諸蠻
지 금 고 목 무 인 경
至今古木無人境
유 유 한 연 쇄 구 산
猶有寒烟鎖舊山

깊은 산중에 홀로 사는 고결한 선비
무후는 이 선비 덕에 남만 깨뜨렸네
지금은 고목만 있고 사람 흔적 없어
차가운 연기만 옛 산에 둘러 있구나

---

*幽栖(유서): 세상을 피하여 외딴곳에 살다.

제갈량은 타사대왕의 예측대로 길이 막힌 동북쪽은 포기하고 군사를 이끌고 길이 험한 서북쪽 산길로 나섰다. 그러나 얼마 가지 않아 군사들이 독이 든 물을 마시고 중독되었다.

　제갈량이 직접 높은 곳에 올라가 산세를 살피던 중 복파장군의 사당을 발견하고 그곳에서 기도를 하니 산신령이 나타나 '만안은 자萬安隱者'라고 하는 선비를 찾아가면 그곳을 무사히 통과할 수 있는 방법을 가르쳐 줄 것이라고 했다.

　다음 날 공명은 향과 예물을 준비하여 벙어리가 된 군사들을 데리고 산신이 알려 준 곳을 찾아갔다. 그곳에 사는 은자는 제갈량이 이미 찾아올 것을 알고 있었다면서 마실 물을 해결하는 방법과 중독자들의 치료법 등을 자세히 일러주었다.

　제갈량이 고맙다고 인사하며 성명을 물으니 은자가 웃으면서 말한다.

　"저는 맹획의 형 맹절孟節입니다."

　뜻밖의 대답에 공명은 그만 깜짝 놀라고 말았다.

　이어서 맹절은 말한다.

　"두 아우는 평소 악하게 굴면서 왕화王化를 거부하여 여러 차례 타일러도 보았지만 소용이 없어 저는 성도 이름도 바꾸고 이곳에 숨어들어 살고 있습니다. 이제 욕된 아우가 반역을 일으켜 승상으로 하여금 이런 불모의 땅으로 들어오시게 하는 수고를 끼쳤으니 이 맹절은 만 번 죽어도 마땅하옵니다."

　천자께 아뢰어 형을 이곳의 왕으로 천거하겠다는 제갈량의 제의에 공명功名이 싫어서 이곳으로 도망쳐 온 것인데 어찌 다시 부귀를 탐내겠느냐며 제갈량이 주는 황금과 비단조차 사양했다.

　후세 사람이 이 일을 시로 지은 것이다.

경공배정 耿恭拜井.

↓

為國平蠻統大兵
위 국 평 만 통 대 병
心存正道合神明
심 존 정 도 합 신 명
耿恭拜井甘泉出
경 공 배 정 감 천 출
諸葛虔誠水夜生
제 갈 건 성 수 야 생

나라 위해 남만 평정하러 대군 거느리며
바른 도리 품으니 천지 신령도 알아주네
옛날 경공이 우물에 절하자 단물 솟듯이
공명의 경건한 정성에 밤새 물이 나왔네

---

*耿恭拜井(경공배정): 경공이 우물에 절을 하다. 경공은 동한 시대의 장군으로 字는 伯宗
임. 그는 서역 지방을 지키다 북 흉노에게 포위되어 식량이 떨어지
고 흉노가 샘물을 막아 마실 물이 없었음. 성안에 우물을 팠으나
아무리 깊이 파도 물이 나오지 않았는데 경공이 의관을 정제하고
샘을 향해 절을 하니 샘물이 솟아났음. 지극정성이면 하늘도 감동
한다는 이야기의 전형으로 흔히 인용됨. 역자 주.

본채로 돌아온 제갈량은 군사들에게 절대로 우물의 물을 마시지 말고 땅을 파서 먹는 물을 얻도록 명했다.

하지만 20여 길이나 파내려 갔지만 물은 나오지 않았다. 계속해서 10여 곳을 파보았지만 모두 허사였다.

군사들은 당황하기 시작했다.

공명은 그날 밤 향을 피우고 하늘에 고한다.

"신臣 량亮은 재주도 없으면서 대한大漢의 복을 우러러 받아 만방蠻邦을 평정하라는 명을 받았나이다. 이제 가는 길에 물이 없어 군마들이 모두 목말라 합니다.

하늘이시여!

저희 대한을 멸하려 하지 않으신다면 감천甘泉을 내려 주시옵소서! 만약 대한의 운수가 끝이 났다면 신 량 등은 이곳에서 죽기를 원하옵니다."

축원을 미치고 다음 날 날이 밝아 우물에 가보니 마실 수 있는 물이 가득 차 있었다.

후세 사람이 이 일을 시로 읊은 것이다.

칠종칠금七縱七擒

우 선 륜 건 옹 벽 당
羽扇綸巾擁碧幢
칠 금 묘 책 제 만 왕
七擒妙策制蠻王
지 금 계 동 전 위 덕
至今溪洞傳威德
위 선 고 원 입 묘 당
爲選高原立廟堂

깃털부채 들고 윤건 쓰고 수레에 앉아
일곱 번 잡은 묘책에 맹획이 굴복했네
지금까지 남만 땅에서 그 위덕 전하며
높은 언덕에 사당 세워 그를 모신다네

*擁(옹): 에워싸다.
*碧幢(벽당): 수레 위에 둘러치는 푸른 장막.
*威德(위덕): 위엄과 덕망.

제갈량은 맹획을 일곱 번째 사로잡을 마지막 계책을 쓴다.

그것은 위연에게 보름 동안 열다섯 번 싸우되 연달아 패해야 하고 일곱 번 영채를 적에게 내주라는 것이다.

마침내 제갈량이 정한 열엿새 되는 날이 밝았다.

제갈량은 패잔병을 이끌고 나가 3만 명의 등갑군을 반사곡 계곡으로 유인하여 모두 불태워 죽였다.

맹획은 홀로 말을 달려 산길로 달아나다 산기슭에 이르니 작은 수레가 나타났다. 그 수레에는 윤건을 쓰고 우선을 들고 도포를 입은 제갈량이 앉아 있었다. 결국 맹획은 사로잡혔다.

제갈량은 막사 안에 들어온 맹획의 결박을 직접 풀어주고 나갔다. 이어서 한 사람이 들어와 술과 음식을 준 뒤 맹획에게 말한다.

"승상께서는 공이 너무나 약속을 지키지 않아 직접 얼굴을 대면하는 것조차 창피하게 느끼십니다. 그래서 저더러 가서 공을 다시 놓아 보내 주라고 하셨습니다. 공은 지금 속히 떠나셔도 좋습니다."

맹획이 눈물을 흘리며 말한다.

"일곱 번 사로잡아 일곱 번 놓아준 일은 자고로 없었을 것이니, 어찌 그리 염치없는 행동을 하겠소?"

맹획은 마침내 엎드려 기어서 공명의 막사 앞으로 가서 웃통을 모두 벗고 무릎을 꿇고 사죄한다.

"이제는 진심으로 복종하겠다는 뜻이오?"

제갈량의 말에 맹획이 눈물을 흘리며 말한다.

"저의 자자손손 이 은혜를 잊지 않을 것입니다. 어찌 진심으로 복종하지 않을 수 있겠습니까?"

후세 사람이 제갈량을 칭찬하여 지은 시이다.

노익장을 과시하는 조운

↓

憶昔常山趙子龍
<small>억 석 상 산 조 자 룡</small>

年登七十建奇功
<small>년 등 칠 십 건 기 공</small>

獨誅四將來衝陣
<small>독 주 사 장 래 형 진</small>

猶似當陽求主雄
<small>유 사 당 양 구 주 웅</small>

옛날의 상산 조자룡 그 이름 생생한데

나이 일흔 넘어서도 기이한 공 세우네

홀로 네 장수를 죽이고 적진을 휩쓰니

바로 당양에서 주인 구한 그 영웅이네

---

*猶(유): 마치 ~과 같다.

출사표를 올리고 후주의 출정 명령을 받은 제갈량은 모든 장수를 불러 놓고 각자 맡은 임무를 발표했다. 하지만 조운의 이름은 끝내 부르지 않았다.

그러자 조운이 뛰쳐나와 자신을 선봉으로 삼지 않으시면 계단에 머리를 짓찧고 죽어 버리겠다고 했다.

제갈량은 결국 등지를 책사로 붙여 일흔이 넘은 조운을 선봉으로 보냈다.

이런 소식을 접한 낙양의 조예는 하후무를 총대장으로 적을 막으라고 보냈다.

하후무는 혼자서 만 명의 군사도 거뜬히 당해낼 수 있을 만큼 용맹스럽다는 한덕을 선봉으로 내세웠다.

한덕은 네 명의 용맹한 아들과 함께 조운을 맞서기 위해 나왔다. 먼저 한덕의 맏아들이 조운과 싸웠으나 3합도 버티지 못하고 창에 찔려 죽으니 세 명의 아들이 동시에 달려들었다.

그러나 조운은 세 명을 모두 죽이고 다시 말을 달려 창을 들고 적진으로 뛰어들었다.

네 아들을 순식간에 잃은 한덕은 간담이 찢어질 듯 아팠지만 다시 조운이 달려오자 맨 먼저 진중으로 달아나 버렸다.

평소에도 조운의 명성을 익히 들어 알고 있던 서량의 군사들은 여전히 그 영용함이 예전 못지않은 것을 직접 목격했으니 누가 감히 싸우러 나서겠는가!

조운의 말이 이르는 곳마다 한덕의 군사들은 그저 달아나기 바빴다. 필마단창匹馬單槍으로 이리저리 적진을 휩쓸고 다니는 조운은 마치 무인지경無人之境에 들어가 있는 듯했다.

후세 사람이 그를 칭찬하여 이 시를 지었다.

왕랑을 꾸짖어 죽인 제갈량

兵馬出西秦
_{병 마 출 서 진}

雄才敵萬人
_{웅 재 적 만 인}

輕搖三寸舌
_{경 요 삼 촌 설}

罵死老奸臣
_{매 사 노 간 신}

군사 이끌고 서진으로 나가서
뛰어난 재주로 만인 대적하네
입안의 혀를 가볍게 놀리어서
늙은 간신을 꾸짖어 죽였도다

제갈량을 막으러 간 하후무가 패하자 조예는 조진을 대장군, 왕랑을 군사軍師로 다시 보낸다. 당시 왕랑은 76세였다.

왕랑은 조진에게 자신이 몸소 나가 제갈량과 담판을 지어 항복을 받겠다고 했다. 왕랑이 먼저 입을 연다.

"하늘이 정해 준 운수는 변하기 마련이고 황제의 자리는 덕이 있는 사람에게 돌아가는 것이 자연의 이치이니, 우리 태조 조조께서 천하를 석권하신 것은 하늘이 정해 준 운명이 그분께로 돌아간 것이며 문제文帝께서 순舜 임금이 요堯 임금에게서 왕위를 넘겨받은 것을 본받은 것 또한 하늘의 뜻이 아니면 무엇이겠느냐?"

제갈량이 껄껄 웃으며 말한다.

"너는 맨 처음 효렴孝廉으로 추천되어 벼슬길에 들어섰으니, 마땅히 임금을 잘 섬기고 유씨를 번성시켜야 마땅했거늘, 도리어 역적을 도와 황제의 자리를 빼앗는 데 함께했다. 네놈의 죄악이 너무나 중하고 무거워 하늘도 땅도 너를 용서치 않을 것이다. 다행히 하늘의 뜻이 한 황실이 끊어지는 것을 바라지 않아, 소열황제 유비께서 서천에서 대통을 이으시니, 나는 지금 후주의 성지를 받들어 역적을 치려고 군사를 일으켰노라. 너는 기왕에 아첨이나 하며 빌어먹는 주제이니 그저 몸을 숨기고 구차하게 목숨이나 이어갈 것이지, 어찌 감히 군사들 앞에 나타나 망령되이 천수를 입에 담느냐?

네놈은 오늘 당장 구천九泉에 떨어질 것이니 썩 물러가고 천자를 내친 놈과 결판을 낼 것이다!"

공명의 말을 들은 왕랑은 기가 차고 숨이 막혀 외마디 비명을 지르며 말에서 떨어져 그만 죽고 말았다.

후세 사람이 공명을 칭찬하여 지은 시이다.

거문고로 사마의의 대군을 물리친 제갈량

↓

요금삼척승웅사
瑤琴三尺勝雄師
제갈서성퇴적시
諸葛西城退敵時
십오만인회마처
十五萬人回馬處
토인지점도금의
土人指點到今疑

삼척의 거문고가 강한 군사를 이겼구나
제갈량이 서성에서 위군을 물리칠 때에
십오만 대군의 말머리를 돌려세운 곳을
토박이 가리켜 주며 지금도 의아해하네

---

*瑤琴(요금): 옥으로 장식한 거문고.
*土人(토인): 토착인. 본토박이.

마속의 어처구니없는 실수로 요충지인 가정과 열류성을 빼앗긴 제갈량은 어쩔 수 없이 안전하게 후퇴할 계책을 세운다.

철수를 위한 모든 조치를 마친 공명은 서성에서 양곡과 마초를 운반하고 있는데 보고가 들어왔다.

"사마의가 15만 명의 대군을 거느리고 서성을 향해 벌떼처럼 몰려오고 있습니다."

이때 공명에게는 장수가 한 명도 없고 모두 문관뿐이며 성 안의 군사는 고작 2천여 명도 남아 있지 않았다.

이 소식에 관원들은 모두 얼굴이 새파랗게 질려 버렸다.

그때 공명이 명령을 전달한다.

"깃발들은 보이지 않게 모두 내리고 네 곳의 성문은 활짝 열어 놓고 각 성문마다 군사 20명이 민간인 옷차림으로 길에 물을 뿌리고 빗자루로 쓸도록 하라. 위군들이 가까이 오더라도 절대 겁을 먹지 말고 함부로 움직이지 말라!"

그런 다음 공명은 학창을 입고 윤건을 쓰고 위군들이 훤히 내려다보이는 성루 위로 올라가서 난간에 기대 앉아 향을 피워 놓고 거문고를 뜯기 시작했다.

사마의가 직접 말을 달려와서 멀리서 그 모습을 바라보았다. 공명의 진영을 자세히 살핀 사마의는 말머리를 돌려 북쪽 산길로 물러가고 말았다. 그 상황이 너무나 해괴하여 도무지 이해할 수 없어 하는 관원들에게 공명이 말한다.

"사마의는 내가 평생을 신중하고 또 신중하게 행동했기 때문에 틀림없이 복병이 있을 것이라고 의심하였을 것이니 물러갈 수밖에 없지 않겠는가?"

후세 사람이 이 일을 칭찬하여 지은 시이다.

읍참마속^{泣斬馬謖}

읍참마속 泣斬馬謖

↓

失守街亭罪不輕
실 수 가 정 죄 불 경

堪嗟馬謖枉談兵
감 차 마 속 왕 담 병

轅門斬首嚴軍法
원 문 참 수 엄 군 법

拭淚猶思先帝明
식 루 유 사 선 제 명

가정을 잃어버린 죄가 가볍지 아니하니

한스럽다 마속은 병법 부질없이 논했네

원문에서 머리를 베어 군법을 집행하고

눈물 훔치며 선제의 명철함을 그리누나

마속이 스스로 결박을 하고 제갈량 앞에 나타났다.

제갈량은 얼굴색을 바꾸고 말한다.

"너는 어려서부터 병서를 많이 읽어 싸우는 법을 잘 안다고 그랬다. 내가 여러 차례 가정은 우리의 근본이니 잘 지켜야 한다고 당부하지 않았느냐? 그리고 너는 네 가족의 목숨까지 걸고 이 막중한 소임을 맡았다. 이번 싸움에서 우리 군사가 패하고 땅과 성을 빼앗겼으니, 이는 모두 너의 잘못이다. 만약 내가 이를 공개적으로 처리하지 않는다면 어찌 모든 군사를 복종시킬 수 있겠느냐? 네가 군법을 어긴 것이니 나를 원망하지는 마라."

그러고는 좌우에 명하여 마속을 끌고나가 목을 베라고 했다.

마속이 울면서 자식들만 보살펴 주신다면 자신은 죽어 구천에 가더라도 여한이 없을 것이라고 한다.

제갈량 역시 눈물을 훔치며 말한다.

"너와는 형제와 같은 의리로 지내왔다. 너의 자식은 곧 나의 자식이니 그런 부탁은 필요 없다."

잠시 후 무사가 마속의 수급을 계단 아래 바치니 공명은 통곡을 금할 수가 없었다.

어찌 그리 슬피 우시느냐는 물음에 제갈량은 마속 때문이 아니라 선제께서 병세가 위독하실 때 나에게 부탁하신 말이 떠올랐기 때문이라며 선제께서는 '마속은 말이 실제보다 앞서니 크게 써서는 안 된다'고 하셨는데 이제 보니 선제의 명철하심을 깨달으면서 이처럼 통곡한 것이라고 했다.

이 말을 들은 모든 장수와 병사들 가운데 눈물을 흘리지 않은 사람이 없었다. 이때 마속의 나이 39세였다.

후세 사람이 이 일을 시로 지은 것이다.

조운의 죽음

↓

상산유호장
常山有虎將
지용필관장
智勇匹關張
한수공훈재
漢水功勳在
당양성자창
當陽姓字彰

양번부유주
兩番扶幼主
일념답선황
一念答先皇
청사서충렬
青史書忠烈
응류백세방
應流百世芳

상산 땅에 범과 같은 장수가 있었느니
지모와 용맹 관우 장비와 서로 맞서네
한수에서 세운 공은 아직도 남아 있고
당양 장판파에서 그 이름 크게 날렸지

두 번이나 어린 주인 위험에서 구하고
한 마음 한 뜻으로 선제께 보답했다네
그의 큰 충성과 절개를 청사에 적으니
아름다운 향기가 영원토록 전해지리라

서기 228년 9월, 위의 도독 조휴는 동오의 육손에게 크게 패하여 군사는 물론 군수 물자와 병장기 등을 모조리 잃었다.

마침 제갈량은 그동안 군사를 강하게 훈련시켰고 보급품 역시 넉넉히 갖추어져 있어 그렇지 않아도 군사를 다시 일으킬 계획이었다.

동오의 승전 소식을 들은 제갈량은 연회를 크게 열어 장수들을 전부 모아 놓고 다시 출정할 일을 의논했다.

그때 갑자기 동북쪽에서 한바탕 사나운 바람이 몰아치면서 뜰에 있던 큰 소나무가 부러지고 말았다.

여러 사람들이 모두 깜짝 놀랐다. 제갈량이 곧바로 점괘를 한 번 보고 나서 이 바람은 대장 한 사람을 잃을 징조라고 말했다. 하지만 여러 장수들은 그 말을 믿으려 하지 않았다.

한창 술을 마시고 있을 때 조운의 두 아들 조통趙統과 조광趙廣이 승상을 뵈러 들어와 절을 하며 울면서 말한다.

"부친께서 어젯밤 삼경에 돌아가셨습니다."

제갈량이 발을 구르며 통곡한다.

"자룡이 떠나갔으니 나라에 대들보가 하나 없어지고 나에겐 팔이 하나 없어졌구나!"

조운의 사망 소식을 들은 후주도 대성통곡을 하며 말했다.

"짐은 어린 시절 자룡이 아니었으면 싸움터에서 이미 죽고 말았을 것이다!"

후주는 즉시 조서를 내려 조운에게 대장군을 추증追贈하고 시호를 순평후順平侯라 했다. 그리고 성도의 금병산錦屏山 동쪽에 장사를 지내고 사당을 세워 사철마다 제사를 지내 주게 했다.

후세 사람이 그를 칭송하여 지은 시이다.

계책으로 왕쌍을 죽인 제갈량

↓

<ruby>孔<rt>공</rt></ruby><ruby>明<rt>명</rt></ruby><ruby>妙<rt>묘</rt></ruby><ruby>算<rt>산</rt></ruby><ruby>勝<rt>승</rt></ruby><ruby>孫<rt>손</rt></ruby><ruby>龐<rt>방</rt></ruby>
<ruby>耿<rt>경</rt></ruby><ruby>若<rt>약</rt></ruby><ruby>長<rt>장</rt></ruby><ruby>星<rt>성</rt></ruby><ruby>照<rt>조</rt></ruby><ruby>一<rt>일</rt></ruby><ruby>方<rt>방</rt></ruby>
<ruby>進<rt>진</rt></ruby><ruby>退<rt>퇴</rt></ruby><ruby>行<rt>행</rt></ruby><ruby>兵<rt>병</rt></ruby><ruby>神<rt>신</rt></ruby><ruby>莫<rt>막</rt></ruby><ruby>測<rt>측</rt></ruby>
<ruby>陳<rt>진</rt></ruby><ruby>倉<rt>창</rt></ruby><ruby>道<rt>도</rt></ruby><ruby>口<rt>구</rt></ruby><ruby>斬<rt>참</rt></ruby><ruby>王<rt>왕</rt></ruby><ruby>雙<rt>쌍</rt></ruby>

공명의 묘한 계책 손빈 방연보다 뛰어나
혜성처럼 나타나 한 고장을 훤히 비추어
진퇴의 용병술 귀신도 예측할 수 없으니
진창 길 어귀에서 왕쌍의 목을 베었더라

---

*孫龐(손방): 손빈(孫臏)과 방연(龐涓)을 일컫는 말이며 이들은 모두 전국시대의 유명한 병법가임.

두 번째 위나라 정벌에 나선 제갈량은 진창성을 20여 일 동안이나 밤낮으로 공격했지만 성을 쳐부수지 못했다. 그곳에는 왕쌍이라는 용맹한 장수가 지키고만 있으면서 싸우러 나오지 않아 군량미가 부족한 제갈량은 결국 회군을 결정했다.

제갈량은 사람을 보내 위연에게 은밀히 계책을 준 다음 후군부터 철수할 계획을 세웠다. 이날 밤 제갈량은 영채 안에는 금고수金鼓手만 남겨두어 평소와 다름없이 제 시각에 징과 북을 울리게 하고 하룻밤 사이에 모든 군사들이 물러가니 텅 빈 영채만 남았다.

제갈량의 비밀 계책을 받은 위연은 그날 밤, 영채를 거두고 서둘러 한중으로 길을 떠났다.

이런 정보를 알게 된 왕쌍이 대군을 휘몰아 위연을 추격했다. 왕쌍이 말을 힘차게 몰아 거의 쫓아갔는데 갑자기 등 뒤의 위군이 소리쳤다.

"성 밖 영채 안에서 불길이 치솟고 있습니다. 적의 간계에 빠진 것 같습니다!"

왕쌍이 급히 말을 멈추고 뒤를 돌아보니 불길이 하늘 높이 치솟고 있었다. 황급히 군사를 물리라고 명령한 왕쌍이 산비탈 왼쪽에 이르렀을 때 갑자기 기마병 한 사람이 숲 속에서 튀어나와 큰 소리로 호통을 친다.

"위연이 여기 있느니라!"

몹시 놀란 왕쌍은 미처 손을 쓸 새도 없이 위연이 내리친 단 한 번의 칼에 베어 말 아래로 떨어졌다.

위군은 매복군이 많이 있는 것으로 잘못 알고 사방으로 흩어져 도망갔지만 이때 위연의 수하에는 고작 기병 30여 명만 있었다.

후세 사람이 이 일을 칭찬하여 지은 시이다.

장포의 죽음을 애통해 하는 제갈량

↓

한 용 장 포 욕 건 공
悍勇張苞欲建功
가 련 천 부 조 영 웅
可憐天不助英雄
무 후 루 향 서 풍 쇄
武侯淚向西風灑
위 념 무 인 좌 국 궁
爲念無人佐鞠躬

용맹스런 장포가 큰 공을 세우려 했지만

가엽게도 하늘이 그 영웅 도와주지 않네

무후가 서풍 맞으며 눈물을 뿌린 까닭은

자신을 도와 줄 사람 없음을 슬퍼해서네

---

*悍勇(한용): 강하고 용맹하다.
*鞠躬(국궁): 조심하고 삼가는 모양. 여기서는 제갈량 자신을 비유함. 역자 주.

사마의의 계책에 따라 촉군의 배후를 기습하려던 손례와 곽회는 이를 미리 알고 대비한 제갈량에 의해 크게 패하고 달아났다.

이를 본 장포가 급히 말을 몰아 뒤를 쫓다가 뜻밖에 말이 발을 헛디디는 바람에 장포는 말과 함께 계곡에 처박히어 머리에 큰 부상을 입었다.

제갈량은 급히 장포를 성도로 보내 다친 상처를 치료하게 했다.

그 후 사마의는 영채를 굳게 지키기만 하려 했으나 장합이 나가서 패하면 군령에 따라 처벌을 받을 것이라고 강력히 주장하여 어쩔 수 없이 나가서 싸우게 했으나 역시 제갈량의 계책에 빠져 크게 패하고 말았다.

제갈량은 승리한 군사를 거두어 영채로 돌아와 또다시 군사를 일으키려 하고 있는데 갑자기 성도로부터 사람이 와서 보고하기를 부상을 치료 중이던 장포가 죽었다는 것이다.

그 말을 들은 공명은 대성통곡을 하다 피를 토하고 정신을 잃고 쓰러져 버렸다.

사람들이 구호하여 간신히 깨어났지만 이 일로 병을 얻어 침상에서 일어나지 못했다.

부하의 죽음에 그리도 애통해 하는 모습을 본 장수들은 누구 하나 감격하지 않은 자가 없었다.

후세 사람이 이를 탄식하여 지은 시이다.

제VI편

천하통일

제갈량의 계책에 걸린 장합

_{복 노 제 비 만 점 성}
伏弩齊飛萬點星
_{목 문 도 상 사 웅 병}
木門道上射雄兵
_{지 금 검 각 행 인 과}
至今劍閣行人過
_{유 설 군 사 구 일 명}
猶說軍師舊日名

쇠뇌 매복시켜 일제히 불화살 날려

목문도에서 강한 적군 쏘아 죽였지

지금도 행인들 검각을 지나갈 때면

그 옛날 제갈량의 명성을 얘기하네

다섯 번째 북벌에 나선 제갈량이 파죽지세로 승리를 하고 있는 데 갑자기 영안永安을 지키던 이엄李嚴에게서 급한 서신이 왔다. 동오에서 낙양에 사람을 보내 위와 화친을 맺었으며 위가 동오에게 촉을 치라고 했다는 것이다.

　사실 이엄은 기한 내에 군량미를 보내지 못해 문책당할 것이 두려워 제갈량에게 거짓 서신을 보낸 것이다.

　이를 알 리 없는 제갈량은 어쩔 수 없이 회군을 결정하고 우선 기산 본채의 군사들은 일단 서천으로 물렸다.

　촉군들이 물러가는 것을 본 장합은 혹시 무슨 계책이 숨어 있는 것이 아닌가 의심되어 감히 추격하지 못하고 사마의에게 이 사실을 보고했다.

　기산의 군사들이 모두 무사히 퇴각했다는 보고를 받은 제갈량은 양의와 마충을 막사 안으로 불러 비밀 계책을 준다. 먼저 궁노수 1만 명을 이끌고 검각의 목문도木門道로 가서 양쪽에 매복하라고 했다. 만약 위군이 쫓아오면 포성을 울릴 것이니, 그때 곧바로 퇴로를 차단하고 양쪽에서 일제히 쇠뇌를 발사하라고 한 것이다.

　제갈량이 달아난 것을 확인한 사마의는 장합에게 그의 뒤를 쫓으라고 했다.

　제갈량은 장합의 군사를 목문도로 유인한 뒤, 돌아갈 길을 모두 막아 버렸다. 양쪽은 모두 깎아지른 절벽이니 장합은 이제 나아갈 수도 물러설 수도 없는 신세가 되었다.

　이어서 갑자기 딱따기 소리가 한 번 울리면서 양쪽에서 수많은 쇠뇌들을 일제히 발사하니 장합과 수하 장수 1백여 명은 모조리 목문도 안에서 화살에 맞아 죽고 말았다.

　후세 사람이 이를 두고 지은 시이다.

병으로 죽은 관흥

↓

生死人常理
생 사 인 상 리

蜉蝣一樣空
부 유 일 양 공

但存忠孝節
단 존 충 효 절

何必壽喬松
하 필 수 교 송

태어나 죽는 것이 인생 이치라지만

하루살이와 마찬가지로 허망하더라

충효로써 절개만 지키면 될 뿐이지

굳이 소나무처럼 장수할 필요 있나

---

*蜉蝣(부유): 하루살이.

이엄을 귀양 보낸 것으로 그의 죄를 마무리 한 제갈량은 다시 출정 준비를 한다.

천문에 밝은 초주가 지금 상서롭지 못한 조짐이 많으니 출정하면 안 된다고 반대했다.

그러나 제갈량은 어리신 황제를 잘 보필하라는 선제의 무거운 부탁을 받은 몸으로 마땅히 있는 힘을 다해 역적을 쳐야 하는데 어찌 그런 허망한 재앙 분위기로 나라의 대사를 망치려 하느냐며 유비의 사당에 큰 제사太牢를 지낸다.

제갈량은 엎드려 울면서 절을 하며 고한다.

"다섯 번이나 기산으로 나갔지만 한 치의 땅도 얻지 못했으니 그 죄가 가볍지 않사옵니다! 이제 신은 모든 군사를 거느리고 다시 기산으로 나아가, 힘을 다하고 마음을 다해 한의 역적을 섬멸할 것을 맹세하오며, 몸을 굽혀 정성을 다하여 죽을 때까지 중원을 회복하는 일을 그만 두지 않겠나이다."

제사를 마친 공명은 후주에게 하직 인사를 하고 밤낮으로 달려 한중에 이르러 여러 장수들을 모아 놓고 출병할 일을 상의했다.

그때 갑자기 관흥이 병으로 죽었다는 보고가 들어왔다. 너무나 뜻밖의 놀라운 소식에 공명은 대성통곡을 하다 그만 정신을 잃고 땅에 쓰러지고 말았다. 한참 후에 깨어나니 여러 장수들이 거듭 위로했다.

공명이 탄식하며 말했다.

"참으로 가련하다! 충의로운 사람에게는 하늘이 긴 목숨을 주지 않으시는구나! 내 이번 출정에 믿음직스런 대장을 또 한 명 잃다니!"

후세 사람이 이를 탄식하여 지은 시이다.

유마流馬와 목우木牛

↓

검 관 험 준 구 유 마
劍關險峻驅流馬
사 곡 기 구 가 목 우
斜谷崎嶇駕木牛
후 세 약 능 행 차 법
後世若能行此法
수 장 안 득 사 인 수
輸將安得使人愁

검각 관문 험준해도 유마 몰아 달리고
야곡의 가파른 길 목우 끌어 달려가네
후세에도 이 방법대로 쓸 수만 있다면
운반하는 일로 무슨 근심할 필요 있나

---

*崎嶇(기구): 가파르다. 어렵고 험하다.

장사 양의가 공명에게 묻는다.

"군량이 모두 검각에 있는데 인부나 우마차로 운반하기가 쉽지 않으니 어떻게 하면 좋겠습니까?"

공명이 웃으며 말한다.

"내 이미 운반하는 방법을 생각해 놓았네. 전에 이곳에 쌓아 놓았던 목재 등으로 목우와 유마를 만들게 했으니 그것으로 아주 쉽게 군량을 운반할 수 있을 것이네. 그 소와 말들은 먹지도 마시지도 않은 채 밤낮으로 쉬지 않고 군량을 가볍게 운반할 수 있을 것이네."

"예로부터 지금까지 '목우'와 '유마'라는 말조차 들어본 적이 없는데 승상께서는 어떤 묘한 방법이 있기에 그런 기이한 물건을 만드십니까?"

여러 장수들이 모두 관심을 가지고 지켜보는 가운데 제갈량은 설명을 하며 손으로 종이 한 장에 그림을 그리고 장수들은 빙 둘러서서 보고 있었다. 지켜보던 장수들이 엎드려 절하며 말했다.

"승상은 참으로 신과 같은 분이십니다."

며칠 뒤 목우와 유마가 완성되었는데, 마치 실제의 소나 말처럼 살아있는 것 같았으며 산이나 고개를 오르내리는 데 전혀 불편함이 없었다.

공명은 우장군右將軍 고상高翔에게 군사 1천 명을 이끌고 목우와 유마를 몰고 검각과 기산 본채를 왕래하며 군량과 마초를 운반하게 했다.

목우와 유마를 만드는 자세한 제조법이 전해지지 않아 당시의 목우와 유마를 지금 재현하지 못함이 아쉬울 따름이다.

후세 사람이 이를 찬탄하여 지은 시이다.

하늘이 구해 준 사마의

|

곡 구 풍 광 열 염 표
谷口風狂烈焰飄
하 기 취 우 강 청 소
何期驟雨降青霄
무 후 묘 계 여 능 취
武侯妙計如能就
안 득 산 하 속 진 조
安得山河屬晉朝

골짜기에 광풍이 불어 불길이 치솟았는데
푸른 하늘에서 어이하여 소낙비 내렸던가
무후의 묘한 계책 이곳에서 이루어졌다면
천하가 어찌 진나라에 예속이 되었겠는가

---

*靑霄(청소): 푸른 하늘.

사마의가 싸움에 응할 기미를 보이지 않자 제갈량이 계책을 꾸 몄다. 그는 일부러 여러 차례 목우와 유마는 물론 군량미까지 빼앗 기며 사마의가 공격하기를 기다렸다.

사마의는 두 아들과 중군을 호위하는 군사를 이끌고 상방곡으로 쳐들어갔다.

상방곡 어귀에서 사마의가 오기만을 기다리고 있던 위연은 패한 척하며 계곡 안으로 들어갔다.

사마의가 계곡 안으로 쳐들어가서 초가집을 자세히 보니 모두 마른 나무들만 쌓여 있고 앞서 달아난 위연의 군사들은 보이지 않 았다. 의심이 든 사마의가 두 아들을 돌아보며 말한다.

"만약 촉군들이 골짜기 입구를 막아 버리면 큰일 아니냐?"

미처 말이 끝나기도 전에 함성이 천지를 진동하며 산 위에서 일 제히 횃불을 내던지니 순식간에 골짜기 입구는 불길에 막혀 버렸 다. 산 위에서는 불화살들이 날아오고 땅에서는 지뢰들이 한꺼번 에 터졌다. 초가 움막의 마른 장작들에 모두 불이 붙어 활활 타오 르는데 그 기세가 하늘을 찌를 듯했다.

사마의는 두 아들을 끌어안고 대성통곡을 하며 말했다.

"우리 부자 셋이 모두 이곳에서 이렇게 죽는단 말인가!"

그 순간 갑자기 뇌성벽력이 치면서 소낙비가 마치 대야로 퍼붓 듯이 쏟아졌다. 그러자 골짜기 안에 가득했던 불길이 순식간에 꺼 져 버리는 것이 아닌가!

제갈량은 탄식하며 말했다.

"일을 꾸미는 것은 인간이지만, 일을 이루는 것은 하늘에 달렸다 고 하더니 억지로 되는 일이 아니로다!"

후세 사람이 이 일을 두고 한탄하여 지은 시이다.

제갈량의 죽음을 애도하는 두보의 시

<table>
<tr><td>장 성 작 야 추 전 영
將星昨夜墜前營</td><td>부 보 선 생 차 일 경
訃報先生此日傾</td></tr>
<tr><td>호 장 불 문 시 호 령
虎帳不聞施號令</td><td>린 태 유 현 저 훈 명
麟台惟懸著勳名</td></tr>
<tr><td>공 여 문 하 삼 천 객
空餘門下三千客</td><td>고 부 흉 중 십 만 병
辜負胸中十萬兵</td></tr>
<tr><td>호 간 녹 음 청 주 리
好看綠陰淸晝裏</td><td>어 금 무 복 아 가 성
於今無復雅歌聲</td></tr>
</table>

지난밤 군영 앞에 장수별이 떨어지더니
선생이 돌아가셨다는 부음 이날 알리네
장막에선 더 이상 호령 소리 안 들리고
기린대에는 공훈 새긴 이름만 걸리었네

선생 문하의 3천 객은 헛되이 남기었고
가슴 속 품은 수많은 전략 소용이 없네
근사한 대낮의 푸르른 그늘 아래에서도
이제는 고상한 노래 다시 들을 수 없네

---

*麟台(린태): 麒麟閣의 별칭으로 서한 시대의 霍光 등 11인의 공신 화상을 모신 전각.
*辜負(고부): 헛되게 하다. 저버리다.
*胸中十萬兵(흉중십만병): 가슴속의 십만 군사, 즉 가슴 속의 수많은 전략.

제갈량의 죽음을 애도하는 백거이의 시

↓

先生晦跡臥山林
魚到南陽方得水

三顧那逢聖主尋
龍飛天漢便爲霖

托孤旣盡殷勤禮
前後出師遺表在

報國還傾忠義心
令人一覽淚沾襟

선생께서 산속에 종적 감추었는데
어진 군주 세 번이나 찾아 오셨네
물고기 남양 가서 비로소 물 얻어
용이 하늘 높이 올라 비를 뿌리네

어린 후사 부탁 받아 최선 다하고
나라에 보답하려 충의를 기울였지
출정하며 남기신 앞뒤의 출사표는
읽는 사람 다 눈물로 옷깃 적시네

---

*晦跡(회적): 자취를 감추다. 은거하다.
*托孤(탁고): 임종시 자식을 부탁하다.

당나라 시인 원미지의 제갈량을 찬양한 시

발 란 부 위 주
撥亂扶危主

은 근 수 탁 고
殷勤受托孤

영 재 과 관 악
英才過管樂

묘 책 승 손 오
妙策勝孫吳

능 름 출 사 표
凜凜出師表

당 당 팔 진 도
堂堂八陣圖

여 공 전 성 덕
如公全盛德

응 탄 고 금 무
應嘆古今無

난리 바로잡고 위기에 빠진 주인 도와
어린 임금 보좌 부탁받아 최선 다했네
그의 뛰어난 재주 관중 악의보다 낫고
교묘한 계책 손자와 오기를 더 앞서네

늠름하고 늠름하여라 출사표出師表여
당당하고 또 당당하다 팔진도八陣圖
공처럼 온전히 성대한 덕을 지닌 분이
예나 지금이나 다시없음을 한탄하노라

---

*撥亂(발란): 어지러운 세상을 바로잡다. 난리를 다스리다.
*管樂(관악): 管仲과 樂毅. 관중은 춘추시대 齊나라의 정치가이며 악의는 전국시대 燕나
　　　　　라의 대장군.
*孫吳(손오): 손무와 오기. 춘추전국시대의 병법가로 각각 손자병법과 오자병법을 저술함.

제갈량이 막사 안에서 보강답두를 한 지 여섯 밤이 지나도록 주등은 여전히 환하게 비추고 있었다. 이제 하루만 더 버티면 수명이 12년 연장된다. 그때 급하게 뛰어 들어오던 위연이 그만 주등을 발로 차서 넘어뜨리니 주등은 그만 꺼지고 말았다.

"죽고 사는 운명은 이미 정해져 있으니 빈다고 될 일이 아니로다!"

제갈량은 탄식을 하며 자신이 평생 공부한 책을 강유에게 물려주고 부하 장수들에게 안전하게 철군하는 계책과 위연의 반란에 대처하는 방법 등을 알려 준다.

제갈량이 위독하다는 소식을 듣고 성도에서 달려온 이복에게 자신의 목숨은 이제 조석에 달렸으니 즉시 표문을 써서 천자께 상주하겠다고 하니 이복은 성도로 돌아갔다.

그런데 가던 이복이 다시 와서 공명이 혼절하여 있는 것을 보고 내가 나라의 큰일을 그르치고 말았다고 목 놓아 운다.

잠시 후 정신이 다시 돌아온 제갈량이 침상 앞에 서 있는 이복에게 자신은 공이 다시 돌아올 줄 알고 있었다고 말했다.

"저 복福은 천자의 명을 받들어 승상이 돌아가신 뒤 대사大事를 누구에게 맡겨야 좋을지 여쭈라고 하셨는데 경황 중에 그만 여쭤 보지 못했기에 다시 왔습니다."

제갈량은 장공염이라고 한다. 공염의 뒤는 또 누가 이어야 하냐고 이복이 물으니 비의를 추천한다. 이복이 그 다음을 묻자 제갈량은 대답하지 않았다.

장수들이 침상 앞으로 다가가 보니 그는 이미 숨을 거두었다. 때는 건흥 12년(서기 234년) 8월 23일, 그의 나이 54세였다.

당나라의 유명한 시인들이 제갈량의 죽음을 애도하며 그를 찬양하는 시를 지은 것이다.

죽은 제갈량이 산 사마의를 달아나게 함

↓

長星半夜落天樞
장 성 반 야 락 천 추

奔走還疑亮未殂
분 주 환 의 량 미 조

關外至今人冷笑
관 외 지 금 인 랭 소

頭顱猶問有和無
두 로 유 문 유 화 무

한밤중에 하늘에서 큰 별이 떨어졌는데

달아나며 제갈량이 살아 있다 의심했네

촉땅 사람들은 지금도 사마의를 비웃어

아직 머리가 붙어 있느냐고 물어본다네

---

* 頭顱(두로): 머리.

제갈량이 죽자 오장원의 촉군들은 은밀히 철수를 시작했다. 철수 사실을 뒤늦게 안 사마의는 제갈량이 죽었기 때문에 철수하는 것이 분명하다며 앞장서서 군사를 이끌고 추격하여 산기슭에 이르렀는데 그만 대경실색을 하고 말았다. 수십 명의 상장上將들이 사륜거 한 대를 에워싸고 나오는데 수레 위에는 제갈량이 단정히 앉아 있는 것이 아닌가? 그는 예전의 모습대로 머리에는 윤건을 쓰고 손에는 우선을 들고 몸에는 학창을 두르고 있었다.

"공명이 아직 살아 있다니! 내가 경솔하게 적진 깊숙이 들어와 그의 계책에 빠져 버렸구나!"

사마의는 급히 말을 돌려 달아났다. 그때 등 뒤에서 강유가 큰 소리로 외친다.

"역적 장수 놈은 달아나지 마라! 네놈은 우리 승상의 계책에 걸려들었느니라!"

한참을 달아나던 사마의는 손으로 머리를 만지며 말했다.

"내 머리는 붙어 있느냐?"

하후패와 하후혜 두 장수가 말했다,

"그만 놀라십시오, 촉군들은 이미 멀리 가고 없습니다."

이틀 후 그 고을 사람이 찾아와 사마의에게 전했다.

"제갈량은 이미 죽었고 전날 수레 위에 앉아 있던 것은 나무로 깎아 만든 인형木人이었습니다."

"나는 공명이 살아 있는 것으로만 생각했지, 그가 죽었으리라고는 짐작도 못했구나!"

사마의는 탄식했다. 이 일이 있은 후 촉의 사람들은 '죽은 제갈량이 산 사마중달을 달아나게 했다'는 속담을 만들었다.

후세 사람이 이를 탄식하여 지은 시이다.

위연의 운명을 예견한 제갈량

↓

제 갈 선 기 식 위 연
諸葛先機識魏延
이 지 일 후 반 서 천
已知日後反西川
금 낭 유 계 인 난 료
錦囊遺計人難料
각 견 성 공 재 전 마
却見成功在前馬

공명은 이미 위연을 알아보았으니

훗날 서천 배반할 줄 알고 있었네

금낭 속의 비책 아무도 알지 못해

그저 말 앞에서 그의 죽음만 보네

제갈량이 죽자 반란을 일으킨 위연은 그들이 돌아갈 잔도를 모두 불태워 버렸다. 그러나 자신이 거느린 군사들이 달아나자 위연은 마대에게 위에 투항하자고 했으나 마대는 위연을 부추기며 서천으로 쳐들어가자고 했다.

강유가 문기 아래에서 말을 세우고 위연에게 꾸짖었다.

"승상께서 너를 저버리신 적이 없는데 왜 배반하였느냐?"

위연이 칼을 번쩍 들고 말을 멈추면서 소리친다.

"이는 네가 상관할 일이 아니니 양의더러 나오라고 하라!"

그때 양의가 제갈량이 준 비단 주머니를 열어 보니 여차여차하라고 씌어 있었다. 양의는 갑옷도 입지 않은 채 나가서 말한다.

"네가 말 위에서 '누가 감히 나를 죽이겠느냐!' 하고 세 번 큰 소리로 외친다면 그대는 진정 대장부이니 내 곧바로 한중의 성들을 너에게 바칠 것이다."

"이 못난 놈아 듣거라! 제갈량이 이미 죽고 없는 마당에 누가 나를 대적한단 말이냐? 세 번이 아니라 삼만 번을 외치라고 한들 그게 어려울 게 뭐 있겠느냐?"

위연이 한 손에 칼을 들고 다른 한 손은 말고삐를 잡고 말 위에서 큰 소리로 외친다.

"누가 감히 나를 죽이겠느냐?"

그러나 첫 번째 외침도 채 끝나기 전에 그의 뒤에서 한 사람이 소리 높여 대답했다.

"내가 감히 너를 죽일 것이다!"

마대가 칼을 내리치니 위연의 목이 말 아래로 떨어지고 말았다. 마대는 그저 제갈량의 계책대로 했을 뿐이다.

후세 사람이 이를 두고 지은 시이다.

제갈량을 찬탄한 두보의 시 I

↓

승상사당하처심
丞相祠堂何處尋

금관성외백삼삼
錦官城外栢森森

영계벽초자춘색
映階碧草自春色

격엽황리공호음
隔葉黃鸝空好音

삼고빈번천하계
三顧頻煩天下計

양조개제노신심
兩朝開濟老臣心

출사미첩신선사
出師未捷身先死

장사영웅루만금
長使英雄淚滿襟

승상의 사당을 어디 가서 찾으리오

금관성 밖 잣나무가 울창한 숲이라

섬돌에 비친 풀빛은 봄기운이 일고

잎새 사이 꾀꼬리소리 마냥 곱구나

세 번 찾아 천하 계책 거듭 물으니

두 대 걸쳐 늙은 신하 마음 바쳤네

출병해 이기지 못하고 먼저 죽으니

길이 영웅들의 옷깃 눈물로 적시네

---

*錦官城(금관성): 성도의 다른 이름.

*森森(삼삼): 울창하다. 무성하다.

*開濟(개제): 開創濟業. 창업을 하고 보좌하다.

諸葛大名垂宇宙　　　宗臣遺像肅淸高
三分割據紆籌策　　　萬古雲宵一羽毛

伯仲之間見伊呂　　　指揮若定失蕭曹
運移漢祚終難復　　　志決身殲軍務勞

제갈량의 큰 이름 우주에 드리웠고
명재상 초상의 모습 엄하고 맑아라
삼국 정립 할거하게 책략을 만드니
만고의 하늘에 한 마리의 봉황이네

그와 비교할 인물은 이윤과 여망뿐
용병술은 소하 조참도 그만 못했지
천수 다한 한나라 되돌리기 어려워
뜻 정하고 군무에 지쳐 돌아가셨네

---

*宗臣(종신): 세상에 널리 알려진 名臣.
*遺像(유상): 죽은 사람의 사진이나 초상.
*羽毛(우모): 깃털. 사람의 명예. 여기서는 봉황을 비유.
*伯仲(백중): 엇비슷하다.
*伊呂(이여): 伊尹(상나라의 창업 공신)과 呂尙(주나라 창업 공신)
*蕭曹(소조): 蕭何와 曹參(두 사람 모두 서한의 개국공신).

제갈량의 영구가 성도에 이르렀다.

후주는 모든 문무 관료들에게 상복을 입게 하고 성 밖 20리까지 데리고 나가 제갈량의 영구를 영접했다.

영구 앞에서 후주가 대성통곡을 하니 위로는 공경대부公卿大夫로부터 아래로는 산속에 숨어 사는 백성에 이르기까지, 남녀노소 불문하고 통곡하지 않은 이가 없었고, 슬피 우는 소리가 땅을 흔들었다.

후주는 영구를 성 안으로 운구하여 승상부에 안치한 뒤 그의 아들 제갈첨諸葛瞻에게 상을 치르게 했다.

후주가 조정으로 돌아오니 양의가 스스로 몸을 결박한 채 죄를 청하고 있었다.

후주는 근신들에게 그의 결박을 풀어주게 하고 말한다.

"만일 경이 승상의 유언대로 하지 않았다면 영구는 어느 세월에 돌아오며 위연은 어떻게 죽일 수 있었겠는가? 큰일을 온전하게 처리할 수 있게 된 것은 모두 경의 힘이로다."

후주는 오히려 양의의 벼슬을 올려서 중군사中軍師로 삼았다. 마대에게는 역적을 토벌한 공을 인정하여 위연의 벼슬과 작위를 모두 주었다.

양의는 공명이 남긴 표문을 올렸다. 그것을 읽어 본 후주는 목놓아 울더니 성지를 내려 명당을 골라 안장을 하게 했다.

표문에서 제갈량은 정군산定軍山에 묻되 담장이나 벽돌 및 석상은 물론 제물도 일절 사용하지 말라고 유언했다.

후주는 제갈량의 유언에 따라 몸소 영구를 모시고 정군산으로 가서 안장했다. 그리고 '충무후'라는 시호를 내리고 면양에 사당을 지어 철마다 제사를 지내도록 했다.

후에 두보가 제갈량을 찬탄하여 지은 시이다.

제갈량의 사당

제갈량 사당 내의 묘

하휴령의 딸의 절개

弱草微塵盡達觀
약 초 미 진 진 달 관

夏侯有女義如山
하 후 유 여 의 여 산

丈夫不及裙釵節
장 부 불 급 군 채 절

自顧鬚眉亦汗顔
자 고 수 미 역 한 안

여린 풀 작은 티끌의 이치를 달관한

하후씨 딸의 절개와 의리 산과 같네

장부도 이 여인의 절개 미치지 못해

자신의 수염 보며 얼굴에 땀 흘리네

---

*裙釵(군차): 치마와 비녀. 부녀자를 상징.
*鬚眉(수미): 수염과 눈썹. 대장부.

사마의와 함께 권력을 나누어 휘두르던 조상은 사마의를 태부로 관직을 올리어 명목상의 관직만 주고 실권을 독차지해 버렸다. 그러자 사마의는 병을 핑계로 조정에 나가지 않으면서 기회만 엿보고 있었다.

마침내 방심을 한 조상이 위주 조예와 함께 밖으로 사냥을 나가자 그 틈을 이용하여 사마의는 반란을 일으켜 조상 삼 형제를 비롯해 그와 관련된 자들을 저잣거리에서 목을 베고 그들의 삼족까지 몰살해 버렸다.

조상의 사촌 아우 문숙文叔의 처는 하후령의 딸이었다.

그녀는 일찍이 과부가 되어 자식도 없이 홀로 살았다.

그녀의 친정아버지가 그녀를 개가시키려고 하자 그녀는 자신의 귀를 자르며 개가하지 않겠다고 했다.

조상이 참수 당하자 친정아버지는 다시 그녀를 개가시키려 했으나 이번에는 자신의 코까지 베어 버렸다.

가족들이 당황하여 그녀에게 말한다.

"네 시집은 이미 사마씨에게 모조리 도륙을 당했는데 자신을 이리도 괴롭히면서까지 도대체 누구를 위해 수절하겠다는 말이냐?"

그녀는 울면서 말한다.

"어진 사람은 성쇠盛衰에 따라 절개를 고치지 않고, 의로운 사람은 존망存亡에 따라 마음을 고쳐먹지 않는다고 했습니다. 조씨가 성할 때도 저는 절개를 지키고자 했는데 하물며 지금 멸망했다고 차마 저버리겠습니까?"

그 소식을 들은 사마의는 그녀를 가상히 여겨 그녀에게 양자를 들여 조씨 가문의 후계를 잇게 했다.

후세 사람이 이 일을 두고 지은 시이다.

신헌영의 판단력

$\downarrow$

위신식록당사보
爲臣食祿當思報
사주임위합진충
事主臨危合盡忠
신씨헌영증권제
辛氏憲英曾勸弟
고령천재송고풍
故令千載頌高風

신하로서 녹 먹었으면 응당 갚아야 하고
섬기던 주인 위험하면 충성 다해야 하지
신씨 헌영은 그 동생을 그렇게 권했기에
천년 후에도 고상한 풍모로 칭송을 받네

성 안에서 변란이 일어나자 신창은 누이 신헌영에게 어찌하면 좋겠느냐고 물었다.

신헌영은 사마의가 단지 조 장군을 죽이려는 것이지 역모를 꾀한 것은 아니라고 했다.

신창은 다시 누이에게 지금 조상의 부하인 사마 노지가 자신과 함께 천자에게 가자고 하는데 가야 되느냐고 물었다.

신헌영은 대답한다.

"자신의 직분을 충실히 수행하는 것은 사람의 대의大義이다. 모르는 보통 사람들도 어려움에 처하면 도와주는데, 하물며 자신이 섬기는 사람이 어려움에 당했을 때 그 직분을 포기한다면 그보다 나쁜 일이 어디 있겠느냐?"

사마의가 조상을 죽인 뒤, 태위 장제가 말했다.

"아직 관문을 쳐부수고 나갔던 노지와 신창이 살아 있고, 대장군의 인수를 붙잡고 내놓으려 하지 않았던 양종도 남아 있는데 그들을 내버려 두어서는 안 됩니다."

"그들 모두는 각자의 주인을 위해서 그렇게 한 것이니 의로운 사람들이 아니겠느냐?"

사마의는 오히려 그들에게 모두 이전의 관직을 회복시켜 주었다.

신창이 감탄한다.

"내 만약 누이에게 물어보지 않았더라면 대의를 잃을 뻔했구나!"

후세 사람이 신헌영을 칭찬하여 지은 시이다.

관로의 예지력

↓

전 득 성 현 진 묘 결
傳得聖賢眞妙訣
평 원 관 로 상 통 신
平原管輅相通神
귀 유 귀 조 분 하 등
鬼幽鬼躁分何鄧
미 상 선 지 시 사 인
未喪先知是死人

성현에게 신묘한 비결을 전수받은

평원땅 관로의 관상술 귀신같구나

하안 등양을 귀유 및 귀조로 나눠

죽기 전에 이미 죽은 자로 여겼네

---

*鬼幽(귀유): 귀신이 그 안에 숨어있는 상.
*鬼躁(귀조): 머지않아 귀신이 될 상.

조상의 심복인 하안과 등양이 어느 날 관로를 청하여 자신이 삼공까지 올라갈 수 있는지 점을 쳐 보라고 했다.

이에 관로는 남는 것은 덜어 내고 부족한 것은 채우며 예가 아니면 행하지 말아야 비로소 삼공이 될 수 있다고 하니 두 사람은 관로를 미친놈이라고 했다.

집으로 돌아온 관로가 외삼촌에게 등양의 집에 갔던 일을 이야기하자 외삼촌은 깜짝 놀라며 말했다.

"하안과 등양 두 사람의 권세가 어느 정도인지 몰라 함부로 그런 말을 했단 말이냐?"

관로가 대답했다.

"나는 죽은 사람과 이야기했는데 겁낼 게 뭐 있겠습니까?"

외삼촌이 그 까닭을 물으니 관로가 말했다.

"등양의 걸음걸이를 보니 힘줄이 뼈를 잡아매지 못하고 맥이 살을 제어하지 못하며, 일어서면 몸이 기울어 마치 손발이 없는 것처럼 보였는데, 이는 머지않아 귀신이 될 상鬼躁입니다.

그리고 하안은 넋이 집을 지키지 못하고 핏기가 없으며, 정신이 연기처럼 떠다니고 용모는 마른 나무처럼 야위니, 이는 귀신이 그 안에 숨어있는 상鬼幽입니다. 두 사람은 조만간 죽을 텐데 무엇을 겁내겠습니까?"

신창 등을 모두 용서해 준 사마의는 조상의 문하에 있던 모든 사람들은 살려 주고 관직에 있던 사람들은 모두 복직시켰다. 이로써 군사와 백성들은 자신의 생업에 종사하며 안팎으로 모두 안정을 되찾았다. 다만 하안과 등양 두 사람은 제 명대로 살지 못하고 일찍 죽고 말았으니 과연 지난날 관로가 말한 그대로였다.

후세 사람이 관로를 칭찬해 지은 시이다.

오주_{吳主} 손권의 죽음

|

^{자 염 벽 안 호 영 웅}
紫髥碧眼號英雄
^{능 사 신 료 긍 진 충}
能使臣僚肯盡忠
^{이 십 사 년 흥 대 업}
二十四年興大業
^{용 반 호 거 재 강 동}
龍盤虎踞在江東

붉은 수염 푸른 눈의 영웅이라 불리면서
신하들에게 기꺼이 충성하도록 만들었네
제위한 24년 동안 큰 업적을 이루었으니
용호가 버티고 앉은 듯 강동에 웅거했네

---

*龍盤虎踞(용반호거): 호거용반(虎踞龍盤)이라고도 함. 범이 웅크리고 앉은 듯하고 용이
서려 있는 듯하다.

오주吳主 손권에게는 일찍이 서徐 부인 소생의 태자 손등孫登이 있었는데 그가 적오赤烏 4년(서기 241년)에 죽자 낭야의 왕王 부인 소생의 둘째 아들 손화孫和를 태자로 삼았다.

　그러나 손화는 전공주全公主와의 사이가 좋지 않아 공주가 손화 모자를 참소하니 손권은 태자를 폐해 버렸다.

　손화는 이 일로 화병이 생겨 죽고 말았다.

　손권이 다시 그의 셋째 아들 손량孫亮을 태자로 삼았으니 그는 반潘 부인 소생이었다.

　이때는 육손이나 제갈근 등이 모두 세상을 뜬 뒤라, 나라의 크고 작은 모든 일은 제갈각諸葛恪이 도맡아 처리했다.

　태원太元 원년(서기 251년) 가을 8월 초하루, 갑자기 큰 바람이 일면서 강물이 불어나고 바다의 파도가 넘쳐 평지에도 물이 여덟 자나 고였다.

　오주의 선릉先陵에 심어 놓은 소나무 잣나무들이 뿌리째 뽑히더니 바람에 날려가 건업성建業城 남문 밖 길 위에 거꾸로 처박혔다.

　손권은 이 일로 어찌나 놀랐던지 그만 병이 들고 말았다.

　그 이듬해 4월 손권의 병세가 더욱 위중해지자, 태부 제갈각과 대사마 여대呂岱를 침상 앞에 불러 후사를 부탁하고 숨을 거두었다.

　이때 그의 나이 71세로 그가 제위에 오른 지 24년 되던 해였으며 촉한 연희延熙 15년(서기 252년)에 해당한다.

　후세 사람이 그의 죽음을 애도해 지은 시이다.

위기에 처한 사마소

↓

妙算姜維不等閒
묘산강유부등한

魏師受困鐵籠間
위사수곤철롱간

龐涓始入馬陵道
방연시입마릉도

項羽初圍九里山
항우초위구리산

신기묘산의 강유 예사롭지 않아

위의 군사들 철롱산에 갇히었네

방연이 금방 마릉도에 들어가듯

항우가 처음 구리산에 포위되듯

---

*龐涓(방연): 전국시대 위나라 장수로 마릉도에서 죽음.
*九里山(구리산): 강소성 서주의 북쪽에 있는 산으로 항우가 이곳에서 한신에게 패배함.

위를 정벌하기 위해 양평관으로 나간 강유는 위의 선봉 서질에게 연달아 패하여 30여 리나 뒤로 물러갔다.

강유는 위군들에게 여러 차례 식량 보급로를 차단당하자 이번에는 그것을 역이용하는 계책을 썼다. 촉군들이 목우와 유마에 싣고 오는 군량과 마초를 일부러 서질로 하여금 빼앗게 한 것이다.

촉군들은 군량과 마초를 모조리 버리고 달아났다.

서질은 군사를 반으로 나누어 군량과 마초를 자신들의 영채로 나르게 하고 나머지 반을 이끌고 달아난 촉군을 뒤쫓았다. 그때 양쪽에서 매복하고 있던 촉군이 나타나서 무찌르니 위군들은 크게 패하고 서질은 겨우 혼자만 탈출하여 달아났으나 기다리고 있던 강유의 창에 찔려 죽었다.

촉군은 항복한 위군들의 옷으로 갈아입은 다음 곧바로 위군의 영채로 달려갔다.

영채에 있던 위군들은 자신들의 군사가 돌아온 것으로 착각하고 영채 문을 열어 주었다. 영채 안으로 들어간 촉군들이 위군들을 사정없이 죽이기 시작하니 깜짝 놀란 사마소는 황급히 군사를 이끌고 철롱산 위로 올라갔다.

다행히 산 위에는 우물이 하나 있긴 했지만 겨우 1백여 명 정도 마실 물이었다.

당시 사마소 휘하 군사가 6천여 명이 있었는데 강유가 산 밑에서 길목을 막고 있으니, 산 위의 우물로는 마실 물조차 부족해 군사와 말 모두 갈증에 허덕이게 되었다.

사마소는 하늘을 우러러 보며 한탄한다.

"이제 이곳에서 죽게 되는가!"

후세 사람이 이 상황을 시로 지은 것이다.

목 졸라 죽임 당한 장 황후

當年伏后出宮門
당 년 복 후 출 궁 문

跣足哀號別至尊
선 족 애 호 별 지 존

司馬今朝依此例
사 마 금 조 의 차 례

天教還報在兒孫
천 교 환 보 재 아 손

옛날 복 황후 궁문으로 끌려 나가며

맨발로 울부짖으며 천자와 이별했지

사마씨가 오늘 아침 그 예를 따르니

하늘이 앙갚음을 손자에게 하는구나

---

*跣足(선족): 맨발.

연달아 촉의 침략을 막아 낸 사마소는 형 사마사와 함께 조정의 권세를 제멋대로 농단하였으나 신하들 가운데 누구 하나 그들에게 불만을 제기하는 자가 없었다.

위주 조방은 사마사가 조정에 들어올 때마다 무서워 벌벌 떠는데 마치 바늘로 등을 콕콕 찌르는 것 같은 통증을 느꼈다.

조방은 장 황후의 부친인 장집에게 사방의 영걸들을 모아 역적을 없애라는 비밀 조서를 써 주었다. 그러나 궁궐 문을 나서기도 전에 미리 정보를 입수한 사마사에게 발각되고 말았다.

사마사는 곧바로 후궁으로 쳐들어갔다.

위주 조방은 마침 장 황후와 이 일을 상의하고 있었다.

황후는 말했다.

"조정 내에 그들의 눈과 귀가 하나 둘이 아닌데, 만약 일이 새어 나가면 틀림없이 그 누累가 첩에게도 미칠 것이옵니다."

이런 이야기를 나누고 있을 때 갑자기 사마사가 들어오는 것을 본 장 황후는 기겁을 하고 말았다.

사마사는 손에 칼을 들고 신의 부친께서 폐하를 임금으로 세웠는데 지금 은혜를 원수로 알고 신의 형제를 모해하려 하느냐고 다그치니 조방은 한 번만 용서해 달라고 애원한다.

사마사는 어떠한 일이 있어도 국법國法을 폐할 수는 없다고 하면서 장 황후를 손가락으로 가리키며 말한다.

"이 여자는 장집의 딸이니 마땅히 없애야 합니다."

조방이 엉엉 울면서 용서를 빌었지만 용서해 줄 사마사가 아니다.

사마사는 좌우에 명하여 장 황후를 끌어내어 동화문 안에서 흰 비단으로 목 졸라 죽이게 했다.

후세 사람이 이 일을 두고 지은 시이다.

황제의 자리를 빼앗긴 조방

석 일 조 만 상 한 시
昔日曹瞞相漢時
기 타 과 부 여 고 아
欺他寡婦與孤兒
수 지 사 십 여 년 후
誰知四十餘年後
과 부 고 아 역 피 기
寡婦孤兒亦被欺

지난날 조조가 한 승상으로 있을 때

유씨의 과부와 고아를 업신여기더니

그 누가 알았으랴 사십여 년 지나서

조씨 과부와 아들도 능멸 당할 줄을

---

*寡婦與孤兒(과부여고아): 한(漢) 황실의 복 황후와 헌제를 가리킴.
*寡婦孤兒(과부고아): 장 황후와 조방을 말함.

사마사는 주상을 폐하고 새로운 임금을 세우기로 하고 곧바로 여러 신하들을 데리고 태후의 거처인 영녕궁永寧宮으로 들어가니 태후는 누구를 임금으로 세우려 하느냐고 물었다.

사마사는 팽성왕彭城王 조거(曹據: 조조의 아들)가 총명하고 어질며 효성이 지극하니 천하의 주인이 될 만하다고 했다.

태후가 말한다.

"팽성왕은 나의 숙부인데 그를 임금으로 세우면 내가 어찌 그를 감당할 수 있겠소? 차라리 고귀향공高貴鄕公 조모曹髦는 어떠하오?"

모두 사마사의 눈치만 보고 있는데 한 사람이 태후의 말씀이 지당하다며 바로 고귀향공을 세우도록 하자고 한다.

그는 사마사의 종숙宗叔 사마부司馬孚였으니, 사마사도 반대하지 못했다.

사마사는 사자를 원성元城으로 보내 고귀향공을 부르는 한편, 태후에게 태극전太極殿으로 가서 조방을 꾸짖게 했다.

태후가 조방에게 말한다.

"너는 주색에 빠져 기녀들만 가까이 하고 있으니 천하를 계승할 자격이 없느니라. 그러니 마땅히 옥새와 인수를 반납하고 제왕齊王으로 돌아가거라. 지금 당장 떠나되 조서로 부르기 전에는 조정에 들어올 수 없느니라!"

조방은 울면서 태후께 절을 하고 옥새를 바친 다음 왕이 타는 수레에 올라 대성통곡을 하며 떠났다.

단지 몇 명의 충성과 의리가 있는 신하들만 눈물을 삼키며 전송했다.

후세 사람이 이 장면을 시로 지은 것이다.

젊은 문앙의 활약

장 판 당 년 독 거 조
長坂當年獨拒曹
자 룡 종 차 현 영 호
子龍從此顯英豪
낙 가 성 내 쟁 봉 처
樂嘉城內爭鋒處
우 견 문 앙 담 기 고
又見文鴦膽氣高

옛날 장판교에서 홀로 조조 군사 막아

조자룡은 그때부터 영웅호걸 드러냈지

오늘 낙가성 안에서 벌인 싸움을 보니

문앙의 담력과 기백 또한 만만치 않네

*膽氣(담기): 담력과 기백.

양주 도독 관구검은 사마사가 제멋대로 황제를 폐하고 새 황제를 세웠다는 소식을 듣고 자사 문흠과 상의하여 사마사를 치기 위해 군사를 일으켰다.

이때 사마사는 눈에 난 혹을 수술하여 출정하기 어려운 상황이었지만 자신이 직접 군사를 총지휘했다.

군사적 요충지인 낙가성을 문흠과 그의 아들 앙이 지키고 있는데 사마사의 군사들이 그곳으로 쳐들어왔다.

문앙은 저들이 영채를 세우기 전에 군사를 나누어 양쪽에서 일시에 들이쳐야 완승을 거둘 수 있다고 부친인 문흠에게 말하고 그날 밤 사마사의 영채를 습격했다.

깜짝 놀란 사마사는 가슴 속의 울화가 치밀어 올라 혹을 쨈 자리로 눈알이 튀어나오며 피가 흥건히 흘렀다. 통증이 심하여 이불을 꽉 물고 참고 있는데 얼마나 고통을 참느라 이를 악물었으면 이불이 짓이겨질 정도였다.

사마사의 영채를 습격한 문앙의 군사들이 일제히 몰려들어 영채 안에서 좌충우돌하며 휘저으니 그가 이르는 곳에서는 감히 그를 당할 자가 없었다.

한창 싸우고 있는데 위군들이 대거 몰려와 앞뒤로 협공을 하자, 수적으로 열세인 문앙의 군사들은 각자 뿔뿔이 흩어져 도망을 쳤다. 단기필마로 위군에 둘러싸인 문앙은 혈로를 뚫고 남쪽을 향해 달아났다. 등 뒤에서는 수백 명의 장수들이 말을 달려 추격했다.

문앙은 말머리를 돌려 세우고 위군 장수들 속으로 쳐들어갔다. 강철 채찍을 내리칠 때마다 위군 장수들이 추풍낙엽처럼 말에서 굴러 떨어졌다.

후세 사람이 문앙을 칭찬하여 지은 시이다.

의리의 전사 우전의 최후

司馬當年圍壽春
降兵無數拜車塵
東吳雖有英雄士
誰及于詮肯殺身

사마소가 그 해에 수춘성을 포위했을 때
무수히 많은 군사들 수레 앞에 항복했지
동오에 비록 영웅 장사 없지는 않았지만
누가 죽음으로 의리 지킨 우전에 미치랴

촉군의 침입을 물리친 사마소는 이제 천자의 자리를 빼앗을 마음을 먹고 있었는데 회남을 지키고 있던 제갈탄이 이를 반대하고 나섰다.

사마소가 그를 제거하려고 하자 이를 눈치 챈 제갈탄은 군사를 일으키는 한편 동오에 원군을 청했다.

오주 손침은 군사 7만 명을 보내 제갈탄을 지원했다.

그러나 제갈탄의 연합군은 내부 분란으로 항복하거나 달아난 군사들이 많게 되자 사마소는 일제히 성을 공격했다.

위군들이 밀물처럼 밀고 들어가니 제갈탄은 황급히 수하 군사 수백 명만 데리고 성 안의 샛길로 빠져나가다가 적장 호분胡奮을 만났다. 호분의 손이 번쩍 들리면서 칼을 내리치자 제갈탄의 몸은 두 동강이 나며 말 아래로 떨어졌고 따르던 수백 명은 모두 결박당하고 말았다.

위군 장수 왕기가 군사를 이끌고 서문으로 쳐들어가다 바로 동오의 장수 우전과 마주쳤다.

"너는 왜 빨리 항복하지 않느냐?"

왕기의 호통에 우전이 크게 화를 내며 말했다.

"곤경에 처한 남의 난을 구하라는 명을 받고 와서, 구하지도 못하고 다른 사람에게 항복하는 것은 있을 수 없는 일이다!"

투구를 벗어 땅에 내던지며 다시 큰 소리로 외친다.

"사람이 세상에 태어나 싸움터에서 죽을 수 있다면 그보다 다행한 일이 어디 있겠느냐?"

우전은 급히 칼을 휘두르며 30여 합을 죽을힘을 다해 싸우다가 결국 사람도 말도 지쳐 수많은 적들 속에서 죽고 말았다.

후세 사람이 그를 칭찬하여 지은 시이다.

제갈탄의 휘하 군사들의 충의

忠臣矢志不偸生
제 갈 공 휴 장 하 병
諸葛公休帳下兵
해 로 가 성 응 미 단
薤露歌聲應未斷
유 종 직 욕 계 전 횡
遺踪直欲繼田橫

충신이 뜻을 세워 구차히 살지 않으니
제갈공휴 휘하의 군사들이 그러했노라
해로행 노래 소리가 그칠 날 없으리니
그들이 남긴 발자취 전횡을 따라 가네

---

*偸生(투생): 죽지 않고 구차하게 살다.
*薤露(해로): 조조가 지은 '해로행'이라는 악부(樂府)의 제목임. 원래 조조는 동한(東漢)
    말년 동탁의 난으로 당시 백성들의 비참한 생활을 꾸밈없고 소박하게 노
    래했음. 여기서는 사마씨의 정권 농단 행위가 해로행에서 노래한 동탁의
    난처럼 되풀이 되고 있음을 비유한 것임. 역자 주.
*田橫(전횡): 전국시대 제(齊)나라의 왕으로 싸움에 패하여 팽월(彭越)로 달아났음 .한
    고조(漢高祖)가 그를 낙양으로 오라고 하였으나 한의 신하되기를 거부하고
    자살하니, 그를 따르던 부하 5백 명도 모두 따라 자살하였음.

수춘성에 들어간 사마소는 제갈탄의 가족은 남녀노소 할 것 없이 모조리 잡아들여 목을 베어 그 머리를 내걸게 했을 뿐만 아니라 그의 삼족을 멸했다.

무사들이 제갈탄의 수하 군사 수백 명을 결박하여 끌고 왔다.

사마소가 그들에게 항복하겠느냐고 묻자 그들은 모두 한 목소리로 외쳤다.

"제갈 공과 함께 죽기를 원할 뿐 너에게 결코 항복하지 않을 것이다."

몹시 화가 난 사마소는 무사들에게 호령하여 모조리 성 밖으로 끌고 가서 한 사람씩 불러내서 항복한 사람만 살려 주라고 했다.

하나하나 죽이기 시작했는데 끝내 항복한 사람이 한 명도 없어 모두 죽이고 말았다.

사마소는 탄식하기를 마지않으며 결국 그들을 잘 묻어 주라고 했다.

후세 사람이 이들을 기리며 지은 시이다.

강제로 폐위당한 오주 손량

亂賊誣伊尹
奸臣冒霍光
可憐聰明主
不得蒞朝堂

난신적자가 이윤인 척 속이고
간신이 충신 곽광을 사칭하네
아 가련하구나 총명한 주상은
이제 조당에도 오르지 못하네

---

*冒(모): (=誣(무)와 같은 의미). 속이다. 사칭하다.
*蒞(리): 임하다. 참석하다.

동오의 황제 손량은 총명했지만 나이가 어려 대장군 손침이 실질적인 권력을 장악하고 있으니 어찌 해 볼 길이 없었다.

하루는 손량이 우울한 마음으로 앉아 있는데 옆에 황문시랑 전기全紀가 있었다. 그는 바로 황후의 오라버니였다.

손량이 전기에게 말했다.

"경은 금군禁軍을 일으켜 유승劉丞 장군과 함께 각 성문을 장악하도록 하시오. 그러면 짐이 직접 가서 손침을 죽이겠소. 그러나 이 일을 결코 경의 모친이 알아서는 안 되오. 경의 모친은 손침의 누이가 아니오? 만약 사전에 새어나가면 짐은 큰 낭패를 보게 될 것이오."

전기는 폐하로부터 비밀조서를 받아 가지고 집으로 돌아와 은밀히 자신의 부친 전상全尙에게 말하니 전상은 곧바로 자신의 처에게 사흘 내에 손침을 죽일 것이라고 알려 주었다.

전상의 처는 입으로는 그를 죽여야 나라가 바로 설 것이라고 하고 은밀히 사람을 보내 손침에게 알리도록 했다.

몹시 분노한 손침은 동생들을 불러 황궁의 내원內苑을 포위하도록 하는 한편, 전상과 유승 및 그들의 가솔들을 모두 잡아들이라고 했다.

손침은 우선 전상과 유승 등을 죽인 뒤 곧바로 내원으로 들어가 손가락으로 오주 손량을 가리키며 꾸짖는다.

"이 무도하고 어리석은 임금아! 내 그대를 죽여 천하에 사죄하게 함이 마땅하나 선제의 얼굴을 봐서 너를 폐하여 회계왕會稽王으로 삼을 것이며 내가 직접 덕이 있는 자를 골라 새 임금으로 세울 것이다!"

손량은 대성통곡을 하며 떠났다.

후세 사람이 이를 탄식하여 지은 시이다.

자신의 명을 재촉한 조모의 잠룡潛龍 시

상 재 용 수 곤
傷哉龍受困

불 능 약 심 연
不能躍深淵

상 비 불 천 한
上飛不天漢

하 불 견 우 전
下不見于田

반 거 어 정 저
蟠居於井底

추 선 무 기 전
鰍鱔舞其前

장 아 복 조 갑
藏牙伏爪甲

차 아 역 동 연
嗟我亦同然

슬프도다 갇혀 곤경에 빠진 용이여

깊은 연못에서 뛰어 오르지 못하니

위로는 하늘로 높이 오르지 못하고

아래로는 밭에 나타날 수도 없나니

그저 우물 바닥에 웅크리고 앉으니

미꾸라지 드렁이 그 앞에서 노니네

이빨 감추고 발톱도 숨기고 있으니

아아 나 역시 마찬가지 신세로구나

*鰍鱔(추선): 미꾸라지와 드렁이.

등애가 촉의 임금과 신하 간의 불화가 있다는 정보를 알아내어 사마소에게 보고했다.

사마소는 기뻐하며 곧바로 촉을 도모하려고 가충賈充에게 물으니 가충은 말했다.

"천자가 지금 주공을 의심하고 있으니 이럴 때 가벼이 움직이시면 반드시 변란이 일어날 것입니다."

가충은 그 증거로 지난해 영릉寧陵의 우물에서 황룡이 두 번이나 나타나자 신하들이 표문을 올려 천자를 경하 드린 적이 있는데, 천자는 용이 갇혀있는 것은 상서로는 징조가 아니라면서 〈잠룡潛龍〉이라는 시를 지었다고 했다.

그 시의 뜻은 분명 주공을 말하고 있다고 하면서 그 시를 사마소에게 바쳤다.

그 시를 읽어 본 사마소는 화를 참지 못하고 칼을 차고 어전으로 올라가 조모에게 〈잠룡〉이란 시에서 우리 부자를 미꾸라지나 드렁이로 취급했는데, 이게 도대체 무슨 예법이냐고 따졌다.

조모는 답변을 하지 못했다.

그는 더 이상 수모를 참지 못하고 궁중에 있는 숙직병宿衛, 사병蒼頭, 하인官僮 등으로 3백 명을 모아 사마소를 죽이겠다고 남궐 문으로 달려갔다.

그러나 이는 자신의 죽음을 재촉하는 너무나 무모한 행동이었다.

조모는 결국 사마소의 하수인 성제에게 무참히 살해되고 말았으니, 사마소는 〈잠룡〉이라는 이 시를 핑계로 조모를 죽인 것이다.

토사구팽이 되고 만 성제

↓

司馬當年命賈充
사 마 당 년 명 가 충

弑君南闕赭袍紅
시 군 남 궐 자 포 홍

却將成濟誅三族
각 장 성 제 주 삼 족

只道軍民盡耳聾
지 도 군 민 진 이 농

사마소가 그 당시 가충에게 명령하여

남궐에서 임금의 용포 피로 물들였지

죄는 성제에게 덧씌워 삼족을 멸하니

군사와 백성들이 귀먹은 줄 알았는가

가충이 성제를 불러 말한다.

"사마공께서 너를 언제 쓰려고 가까이 두었겠느냐? 바로 오늘을 위해서니라!"

"죽여 버릴까요? 아니면 묶을까요?"

"사마공께서 반드시 죽이라고 명령하셨다."

가충의 말이 끝나기가 무섭게 성제는 창을 꼬나들고 가마 앞으로 달려가 조모의 가슴을 향해 찌르고 다시 한 번 찌르자 창날이 등을 꿰뚫으며 조모는 그 자리에서 죽고 말았다.

사마소는 궁중으로 들어가 조모의 시신을 관에 담아 편전偏殿의 서편에 모셔 놓고 신하들을 불러들여 회의를 소집했다.

진태는 상복을 입고 궁에 들어가 조모의 영전에 엎드려 곡을 했다.

사마소 역시 거짓으로 우는 척하다가 진태에게 물었다.

"오늘 있었던 일을 어찌 처리하면 좋겠소?"

"최소한 가충의 목은 베어야 세상 사람들이 용서합니다."

한동안 말이 없던 사마소가 다시 묻는다.

"그 아래로는 안 되겠소?"

"그보다 위로 올라가면 몰라도 그 아래로는 모르겠소이다."

"성제는 대역무도大逆無道한 짓을 저질렀다. 그의 살을 발라내고 그의 삼족을 멸하도록 하라!"

사마소의 지시에 성제가 욕설을 퍼붓는다.

"내가 무슨 죄가 있느냐? 가충이 네 명령이라고 죽이라고 하여 그 명령에 따른 것뿐이다!"

사마소는 그의 혀부터 자르라고 했다. 성제의 삼족은 모조리 죽임을 당했다.

후세 사람이 이 일을 탄식하여 시를 지은 것이다.

왕경王經 모자의 절개

|

한 초 과 복 검
漢初誇伏劍
진 열 심 무 이
眞烈心無異

한 말 견 왕 경
漢末見王經
견 강 심 갱 청
堅剛心更淸

절 여 태 화 중
節如泰華重
모 자 성 명 재
母子聲名在

명 사 홍 모 경
命似鴻毛輕
응 동 천 지 경
應同天地傾

한초엔 자결한 이 자랑으로 여겼는데
한말에는 왕경의 충성을 보게 되었네
열정적인 마음은 서로 다르지 않으니
굳세고 단단한 마음은 더욱 돋보이네

그 절개는 태산과 화산처럼 무거웠고
그 목숨은 기러기 깃털처럼 가벼웠네
어머니와 아들의 그 아름다운 명성이
하늘과 땅에 영원히 함께 전해지리라

---

*漢初誇伏劍(한초과복검): 한나라 초기 충신 王陵의 모친이 칼로 자결한 일을 백성들이
　　　　　　　　칭송한 사건을 말함. 역자 주.
*泰華(태화): 태산과 화산.

조모가 무모하게 사마소에게 대항하려 하자 왕침과 왕업이 왕경에게 우리 모두 스스로 멸족의 화를 당하기 전에 사마공의 부중에 가서 이 사실을 고하고 죽음이나 면하자고 했다.

　왕경이 매우 화를 내며 말한다.

　"임금이 근심하면 신하는 굴욕을 당하고, 임금이 굴욕을 당하면 신하는 마땅히 죽어야 하거늘, 신하가 어찌 감히 두 마음을 품는단 말이오!"

　왕침과 왕업은 왕경이 자신들의 의견을 따르지 않자 곧바로 둘이서 사마소에게 고해바치러 갔다.

　사마소는 조모를 죽인 혐의로 성제의 삼족을 멸한 뒤 왕경의 가족들도 모두 잡아들여 옥에 가두었다.

　이때 정위청廷尉廳에 잡혀 있던 왕경은 자신의 모친이 꽁꽁 묶여서 오는 것을 발견하고 머리를 조아리며 대성통곡을 하며 말한다.

　"불효자식이 모친께 누를 끼치고 말았습니다!"

　그의 모친이 웃으면서 큰 소리로 말한다.

　"이 세상에 죽지 않은 사람이 어디 있겠느냐? 정작 죽을 자리를 찾지 못할까 두려울 뿐인데 이런 일로 목숨을 버리게 되었으니 무슨 여한이 있겠느냐?"

　다음 날 왕경의 온 식구들이 동쪽 저잣거리로 끌려갔다.

　왕경 모자는 죽는 순간까지 웃음을 잃지 않으니 성 내의 선비는 물론 백성들까지 눈물을 흘리지 않은 이가 없었다.

　후세 사람이 이를 두고 지은 시이다.

하후패의 최후

대담강유묘산장
大膽姜維妙算長
수지등애암제방
誰知鄧艾暗提防
가련투한하후패
可憐投漢夏侯霸
경각성변전하망
頃刻城邊箭下亡

담이 큰 강유 계책 또한 신묘했지만

등애가 몰래 방비할 줄 어찌 알았나

불쌍하구나 서촉에 투항한 하후패여

성 아래에서 결국 화살 맞아 죽었네

강유는 초주의 반대에도 불구하고 여덟 번째 북벌을 위해 조양으로 향했다.

이런 정보는 이미 위의 기산 영채에 알려져 등애는 기산의 군사를 철수하여 조양을 구하기 위해 후화로 가서 매복하고 있으면서 사마망에게 말했다.

"그대는 조양으로 들어가 매복해 있으면서 깃발은 모두 눕혀 놓고 북도 치지 말며, 사방 성문을 활짝 열어 놓고 여차여차하고 있으시오."

강유는 하후패를 선봉으로 삼아 먼저 한 무리의 군사를 이끌고 곧바로 조양을 취하도록 했다.

조양성 가까이에 이른 하후패가 성 위를 바라보니 기치가 하나도 없고 성문도 모두 활짝 열려 있었다.

속으로 의심이 든 하후패는 감히 성 안으로 들어가지 못하고 장수들에게 혹시 속임수가 아니겠느냐고 물으니 그들은 백성들만 조금 있을 뿐 성은 비어 있다고 했다.

정말 성이 비었다고 생각한 하후패는 앞장서서 성 안으로 쳐들어갔다.

하후패가 막 옹성甕城 근처에 이르자, 갑자기 한 발의 포성을 신호로 성 위에서 북소리가 일제히 울리면서 성 전체에 깃발이 세워지더니 조교가 들어 올려졌다.

적의 계략에 빠진 것을 안 하후패가 황급히 뒤로 물러나려고 할 때 성 위에서 돌과 화살이 빗발쳤다.

허망하게도 하후패는 부하 5백 명과 함께 그 성 아래에서 죽고 말았다.

후세 사람이 이를 탄식해 지은 시이다.

충신 부첨의 의로운 죽음

↓

일 일 서 충 분
一日抒忠憤
천 추 앙 의 명
千秋仰義名
녕 위 부 첨 사
寧爲傅僉死
부 작 장 서 생
不作蔣舒生

하루 종일 충성과 비분을 토로해

천추에 그 의로운 이름 추앙받네

차라리 부첨과 같이 죽음 택하지

장서의 구차한 삶은 살지 않으리

---

*抒(서): 표시하다. 토로하다.

촉의 후주가 매일 환관 황호와 함께 환락에만 빠져 있자 사마소는 마침내 종회와 등애에게 촉을 정벌하라고 명했다.

종회는 직접 대군을 이끌고 양안관을 공격하러 갔다.

촉의 부장인 장서는 위군의 수가 너무 많으니 굳게 지키는 것이 상책이라고 했으나 장수 부첨은 나가 싸우자고 했다.

종회가 채찍을 쳐들고 관 앞까지 와서 큰 소리로 외쳤다.

"나는 지금 10만 명의 군사를 거느리고 이곳에 왔다. 만약 항복하지 않으면 모두 불태워 버릴 것이다."

화가 난 부첨이 장서에게 남아서 관을 지키게 하고 자신은 군사 3천 명을 이끌고 관 아래로 쳐내려갔다. 종회는 곧바로 말머리를 돌려 달아나는 척하다가 부첨이 기세를 몰아 추격하자 다시 몰려왔다.

부첨이 군사를 물려 관으로 돌아가려는데 관 위에는 이미 위의 깃발이 세워져 있으면서 장서가 부첨을 내려다보며 자신은 이미 위에 항복했다며 성문을 열어 주지 않았다.

부첨은 다시 말머리를 돌려 위군들을 맞아 싸웠다.

위군이 사방을 에워싸고 부첨의 포위망을 좁혀 왔다.

부첨은 죽기로 싸웠지만 탈출할 수 없었으며 부첨을 따라 나선 촉군들 역시 대부분 죽거나 부상당했다.

부첨은 하늘을 우러러 탄식하며 말한다.

"내 살아서 촉의 신하였으니 죽어서도 촉의 귀신이 될 것이다!"

다시 위군 속으로 돌진해 들어간 부첨은 수 없이 여러 군데 창에 찔려 전포와 갑옷이 온통 피로 물들었다. 타고 있던 말마저 쓰러지자 부첨은 스스로 목을 찔러 죽었다.

후세 사람이 부첨을 찬탄하여 지은 시이다.

정군산에 신령으로 나타난 제갈량

↓

數萬陰兵繞定軍
<small>수 만 음 병 요 정 군</small>

致令鍾會拜靈神
<small>치 령 종 회 배 영 신</small>

生能決策扶劉氏
<small>생 능 결 책 부 유 씨</small>

死尚遺言保蜀民
<small>사 상 유 언 보 촉 민</small>

수만의 귀신 병사 정군산을 에워싸니

종회로 하여금 신령께 절하게 만드네

살아서는 계책을 세워 유씨를 돕더니

죽어서는 유언으로 촉의 백성 지키네

---

*陰兵(음병): 귀신 병사. 저승의 병사.

위군들이 양안성 안에 묵고 있는데 갑자기 서남쪽에서 함성 소리가 요란하게 진동했다.

종회가 황급히 막사에서 나와 살펴보았으나 아무런 움직임도 발견할 수 없었다. 종회는 직접 순찰하기 위해 어느 산 앞에 이르렀는데 사방에서 살기가 일고, 음산한 구름이 산 전체를 뒤덮고 안개가 산 정상을 휘감았다.

종회가 향도에게 이 산의 이름을 물으니 정군산이며 이곳에 제갈량의 무덤이 있다고 했다. 깜짝 놀란 종회가 말한다.

"이것은 필시 무후께서 현성顯聖하신 것이로다! 내 마땅히 직접 가서 제를 올려야겠다."

다음 날 종회는 직접 무후의 무덤 앞에 가서 재배하고 제를 올렸다. 제사를 마치고 나자 광풍은 거짓말처럼 사라지고 음산한 구름들도 사방으로 흩어지더니 곧 날씨가 화창하게 개었다.

그날 밤 막사 안의 탁자에 엎드려 있던 종회는 깜빡 잠이 들었다. 갑자기 한 사람이 나타나더니 말한다.

"오늘 아침 나를 돌보아 주었기에 내 한 마디 일러 줄 말이 있어 왔노라. 이미 한漢의 운수가 쇠하여 천명을 어길 수는 없지만, 양천兩川의 백성들이 참으로 불쌍하지 않느냐? 너는 촉의 땅으로 들어가더라도 절대로 백성을 함부로 해쳐서는 안 되느니라!"

말을 마치자마자 그는 소매를 훌훌 털며 사라졌다.

종회가 놀라 깨어보니 꿈이었다.

그것이 무후의 혼령임을 안 종회는 선두 부대에 명을 내려, 가는 곳마다 한 사람이라도 죽이는 자는 그의 목숨으로 갚도록 할 것이라고 했다.

후세 사람이 제갈량을 찬탄해 지은 시이다.

제갈량의 예지력에 탄복한 등애

이 화 초 흥
二火初興
이 사 쟁 형
二士爭衡

유 인 월 차
有人越此
불 구 자 사
不久自死

두 개의 불이 처음 일어났으매

이곳을 넘어 온 사람이 있으리

두 사람이 서로 공을 다투다가

머지않아 둘 다 스스로 죽으리

음 평 준 령 여 천 제
陰平峻嶺與天齊
등 애 과 전 종 차 하
鄧艾裹氈從此下

현 학 배 회 상 겁 비
玄鶴徘徊尚怯飛
수 지 제 갈 유 선 기
誰知諸葛有先機

음평의 험한 고개 하늘과 닿았으니

검은 학마저 맴돌며 날기 겁내더라

등애가 담요 싸고 이곳에 내렸더니

공명이 이미 내다보고 있을 줄이야

---

*二火初興(이화초흥): 二火는 곧 炎이니 이화초흥은 炎興 元年(서기 263년)에 일어날 일을
　　　　　　미리 예견한 말임. 역자 주.
*二士(이사): 鄧士載(등애)와 鍾士季(종회) 두 사람을 말함.
*不久自死(불구자사): 오래지 않아 스스로 죽음을 초래하다.

종회와 등애가 서로 먼저 성도에 입성하기 위한 지략 싸움을 했다.

등애가 험준한 음평 고갯길을 넘을 것이라고 하자 종회는 속으로는 비웃으며 겉으로는 절묘한 계책이라고 한다.

등애는 음평을 출발하여 깎아지른 절벽에 잔도를 설치하면서 험준한 산골짜기를 행군했는데 이 길은 그동안 사람이 한 번도 가본 적이 없는 곳이었다.

온갖 고생을 하며 길을 만들며 왔는데 마지막 난코스가 남아 있었다. 깎아지른 바위 절벽으로 도저히 길을 낼 수 없었다.

등애는 먼저 그들이 가지고 있는 모든 병장기들을 절벽 아래로 내던지게 했다. 등애는 자신의 몸을 털 담요로 두른 다음 먼저 굴러서 내려갔다.

부장들 가운데 털 담요가 있는 자는 등애처럼 몸을 둘둘 감고 굴러 내려가고 털 담요가 없는 자는 밧줄을 자신의 허리에 묶고 나무에 매달려 헤엄치는 물고기들이 줄지어 늘어선 것처럼 낭떠러지를 차례로 내려갔다.

이렇게 하여 등애와 2천 명의 군사는 모두 마천령을 넘었다. 갑옷과 병장기를 다시 수습하여 행군을 이어가는 도중에 문득 비석 하나를 발견했는데 그 위에는 '승상 제갈무후 제丞相 諸葛武侯題'라는 글자가 새겨져 있는 것이 아닌가!

그 글의 내용이 윗부분 시이다.

그것을 본 등애는 깜짝 놀라 황급히 비석을 향해 두 번 절한 뒤 말한다.

"무후께서는 진정한 신인神人이로다! 이 애艾가 스승으로 모시지 못한 것이 참으로 애석하도다!"

아랫부분은 후세 사람이 이를 두고 지은 시이다.

마막의 부인 이씨의 죽음

↓

後_후主_주昏_혼迷_미漢_한祚_조顛_전
天_천差_차鄧_등艾_애取_취西_서川_천
可_가憐_련巴_파蜀_촉多_다名_명將_장
不_불及_급江_강油_유李_이氏_씨賢_현

후주가 어리석어 한의 사직 무너지니

하늘이 등애를 보내 서천을 취하였네

가련하다 파촉에 명장 많이 있다지만

강유성의 이씨만큼 어진 자는 없었네

천신만고 끝에 마천령을 넘은 등애가 말한다.

"우리에게 오는 길은 있었지만 돌아갈 길은 없다. 저 앞 강유성 안에는 양식이 있을 것이니 너희는 앞으로 가면 살 것이고 뒤로 물러서면 바로 죽음뿐이다."

한편 강유성을 지키고 있는 장수 마막馬邈은 큰길 쪽만 지키고 있었을 뿐, 검각 쪽에서 오는 길은 신경을 쓰지 않았다. 왜냐하면 적들이 음평의 고개를 넘어올 것이라고는 꿈에도 생각하지 못했기 때문이다. 마막의 처가 마막에게 물었다.

"변방의 정세가 매우 심각한데 장군은 전혀 걱정하는 기색이 없으니 어찌 된 일입니까?"

"황제는 황호의 말만 듣고 주색에만 빠져 계시니 내 보기에 머지 않아 큰 화가 닥치고 말 것이오. 위군이 쳐들어오면 항복하면 그만인데 염려할 게 뭐 있겠소?"

그의 처가 마막의 얼굴에 침을 뱉으며 말한다.

"사내라는 놈이 싸우기도 전에 불충불의不忠不義한 마음을 품고 헛되이 나라의 작위와 녹봉만 축내고 있으니, 내 무슨 낯으로 너를 보겠느냐!"

그때 위나라 장수 등애가 어디로 왔는지 모르지만 군사 2천 명을 이끌고 성 안으로 몰려들었다는 것이다.

깜짝 놀란 마막은 황급히 나가 항복을 했다.

등애는 마막의 부인 이씨가 목을 매어 죽었다는 말을 듣고 그 까닭을 묻자 마막이 사실대로 고했다.

등애는 그 처의 어진 성품에 감동을 받아 후하게 장사를 지내 주도록 하고 자신이 직접 가서 제사도 지내 주었다.

후세 사람이 그의 부인을 찬탄하여 지은 시이다.

제갈첨 부자의 장렬한 전사

↓

불 시 충 신 독 소 모
不是忠臣獨小謀
창 천 유 의 절 염 유
蒼天有意絶炎劉
당 년 제 갈 유 가 윤
當年諸葛留嘉胤
절 의 진 감 계 무 후
節義眞堪繼武侯

충신에게 지모가 부족해서가 아니네
하늘이 끝내 유씨 왕조 망하게 했네
그 당시 제갈량은 훌륭한 자손 남겨
그 의리와 절개 무후 잇기 충분했네

---

*嘉胤(가윤): 훌륭한 후계.

부성까지 함락되었다는 소식이 성도에 전해지자 후주가 황급히 황호를 불러 대책을 물었다.

황호는 모두 헛소문일 뿐이며 무당은 결코 폐하를 곤경에 빠뜨리지 않을 것이라고 했다.

후주는 또 무당을 찾았으나 그는 이미 행방을 감춘 뒤였다.

뒤늦게 깨달은 후주는 제갈량의 아들 제갈첨을 불렀다.

제갈첨은 그의 아들 제갈상을 선봉으로 삼아 그날로 위군을 맞아 싸우러 성도를 떠났다. 일진일퇴를 거듭하던 제갈첨은 아들 제갈상과 상서 장준에게 남아서 성을 지키게 하고 자신이 전군을 이끌고 성문을 열고 뛰쳐나갔다.

등애가 군사를 거두어 물러나기 시작하자 제갈첨이 그 뒤를 추격하는데 갑자기 한 발의 포성이 울리면서 사방에서 한꺼번에 군사들이 몰려나와 제갈첨을 포위해 버렸다.

제갈첨은 좌충우돌하며 위군 수백 명을 찔러 죽였다.

이를 본 등애가 군사들에게 일제히 활을 쏘게 하니 제갈첨은 화살에 맞아 말에서 떨어지고 말았다.

제갈첨은 큰 소리로 외친다.

"내 이제 힘이 다 했으니 죽음으로 나라에 보답하리라!"

제갈첨은 칼을 빼들어 스스로 목을 찔러 죽었다.

성 위에서 부친이 죽는 모습을 본 제갈상이 탄식한다.

"우리 부자와 조손祖孫은 모두 나라의 두터운 은혜를 입었다. 지금 부친께서 적과 싸우다 돌아가셨는데 내가 살아서 무엇을 하리오!"

제갈상은 곧바로 말을 몰아 적진으로 달려가 싸우다 장렬하게 죽었다.

후세 사람이 제갈첨과 제갈상 부자를 찬탄하여 지은 시이다.

북지왕北地王 유심의 자결

↓

군 신 감 굴 슬
君臣甘屈膝

일 자 독 비 상
一子獨悲傷

거 의 서 천 사
去矣西川事

웅 재 북 지 왕
雄哉北地王

연 신 수 열 조
捐身酬烈祖

소 수 읍 궁 창
搔首泣穹蒼

늠 늠 인 여 재
凜凜人如在

수 운 한 이 망
誰云漢已亡

임금과 신하 모두 기꺼이 무릎 꿇는데

오직 한 왕자만 마음 아파 비통해하네

서촉의 모든 기업이 무너져 내리는 날

장하고 또 장하다 북지의 왕 유심이여

한 목숨 바쳐 소열 선조께 보답하고자

머리 부여잡고 하늘 향해 통곡을 하네

늠름한 그 사람 마치 살아있는 듯하니

한나라 이미 망했다 그 누가 말하겠나

---

*西川事(서천사): 서천의 일 즉 서촉을 창업하여 지금까지 이룬 모든 일.

*烈祖(열조): 소열황제 유비.

*捐身(연신): 목숨을 버리다.

*搔首(소수): (손톱으로) 머리를 긁다. 생각하며 망설이다.

섣달 초하룻날 임금과 신하가 모두 나가 항복하기로 했다.

이 사실을 전해들은 북지왕 유심은 노기충천하여 칼을 들고 궁으로 들어가려고 하는데 그의 부인 최씨가 묻는다.

"대왕께서 오늘 안색이 안 좋으신데 무슨 일이 있으십니까?"

"위군이 가까이 오자 부황父皇께서 이미 항복 문서를 바치고 내일 군신들이 함께 나가 항복한다고 하니 사직은 이제 완전히 궤멸되고 말았소. 나는 그놈들 앞에 무릎을 꿇느니 차라리 먼저 죽어 지하에 계신 선제를 뵈려고 하오!"

"죽을 때를 아시니 참으로 현명하십니다. 첩이 먼저 죽겠사오니 대왕께서는 그 다음에 죽으셔도 늦지 않을 것입니다."

"부인께서는 왜 죽으려고 하시오?"

"부친을 위해 지아비가 죽는다기에 첩도 죽으려는 것인데 어찌 이유를 물으십니까?"

말을 마친 최 부인은 기둥에 머리를 부딪쳐 죽고 말았다.

유심은 제 손으로 세 아들을 죽이고 부인의 머리를 베어 들고 소열황제의 사당에 들어가 땅에 엎드려 울면서 말한다.

"신은 조부께서 어렵게 세우신 기업이 다른 사람에게 버려지는 것을 보기가 너무나 부끄러워 먼저 아내와 자식들을 죽여 걱정거리를 없앤 뒤, 신의 목숨을 바쳐 조부님께 조금이나마 사죄드리고자 하나이다. 조부님의 신령이시여! 부디 이 손자의 마음을 굽어 살피시옵소서!"

한바탕 피눈물을 흘리며 통곡을 한 뒤 스스로 목을 찔러 죽었다.

촉의 백성 가운데 이 소문을 듣고 애통해 하지 않은 자가 어디 있었겠는가!

후세 사람이 그를 찬탄하여 지은 시이다.

마침내 항복하는 후주

↓

위병수만입천래
魏兵數萬入川來

후주투생실자재
後主偸生失自裁

황호종존기국의
黃皓終存欺國意

강유공부제시재
姜維空負濟時才

전충의사심하열
全忠義士心何烈

수절왕손지가애
守節王孫志可哀

소열경영양불역
紹烈經營良不易

일조공업돈성회
一朝功業頓成灰

수만 명의 위군이 서천으로 쳐들어오니
구차하게 살려는 후주 자결도 못하였네
황호는 끝내 나라 속일 속셈 품고 있어
나라 구할 강유 재능 헛것 되고 말았네

충의지사들의 마음 어찌 그리 열렬하고
절개 지킨 왕손의 뜻 그 얼마나 애달파
소열황제 그토록 어렵게 나라 세웠는데
공훈과 업적 일시에 한 줌 재가 되었네

---

*偸生(투생): 구차하게 살아남다.
*自裁(자재): 자살하다.
*濟時才(제시재): (=濟世之才), 세상을 구제할 만한 재주를 가진 사람.

마침내 위의 대군들이 성도로 몰려왔다.

후주는 태자 등 여러 왕자를 대동하고 60여 명의 신하와 함께 면박여친面縛轝櫬6 한 채 북문 밖 십 리까지 나가 항복했다.

등애는 후주를 부축해 일으켜 친히 묶은 손을 풀어 주고 관을 실은 수레는 불을 태운 뒤 두 수레를 나란히 하여 성 안으로 들어갔다.

후세 사람이 이 장면을 탄식하며 지은 시이다.

---

6 당시 전쟁에 패한 군주가 항복하는 의식으로, 면박(面縛)은 두 손을 등 뒤로 묶고 얼굴은 승리자를 향해 쳐다보는 것을 말하며, 여친(轝櫬)은 수레에 관을 싣고 저항을 포기하고 스스로 죄를 청함을 표시함. 역자 주.

한의 멸망과 제갈량을 추념하는 시

↓

어 조 유 의 외 간 서　　　　　　　풍 운 장 위 호 저 서
魚鳥猶疑畏簡書　　　　　　風雲長爲護儲胥
도 령 상 장 휘 신 필　　　　　　　종 견 항 왕 주 전 차
徒令上將揮神筆　　　　　　終見降王走傳車

관 악 유 재 진 불 첨　　　　　　　관 장 무 명 욕 하 여
管樂有才眞不忝　　　　　　關張無命欲何如
타 년 금 리 경 사 묘　　　　　　　양 부 음 성 한 유 여
他年錦里經祠廟　　　　　　梁父吟成恨有餘

물고기와 새들도 군령을 두려워하고
바람 구름은 길이 영채를 지켜 주네
제갈량이 휘두른 신필도 헛되었구나
끝내 항복한 후주 수레에 실려 가네

그 재주 관중 악의에 뒤지지 않지만
관우와 장비 명 짧은 걸 어찌하겠나
지난 해 금리의 승상 사당 지나다가
양보음 읊었지만 한은 다 안 풀리네

---

*簡書(간서): 죽간에 적은 글. 군주의 명령
*上將(상장): 상장군. 여기서는 제갈량을 의미.
*管樂(관악): 管仲과 樂毅.
*不忝(불첨): 욕되게 하지 않다.
*錦里(금리): 성도 남쪽 무후사당이 있는 곳.

등애가 후주와 함께 수레를 타고 나란히 성으로 들어가니 성도의 백성들이 향과 꽃을 들고 위군을 맞이했다.

등애는 후주를 표기장군驃騎將軍으로 임명하고 문무 관원들에게도 관직의 높낮이에 따라 벼슬을 주었다.

후주에게 궁으로 들어가기를 청한 등애는 방문을 내걸어 백성을 안심시키고 창고의 재물들을 접수했다.

그리고 태상太常 장준과 익주별가益州別駕 장소로 하여금 모든 군郡의 군사들과 백성들에게 투항하도록 하는 한편, 사람을 보내 강유에게 투항을 설득시키도록 했다.

이런 일련의 조치를 마친 등애는 사람을 낙양으로 보내 승전보를 알리도록 했다.

등애는 환관 황호가 간사하고 음험하다는 말을 듣고 그를 죽이려고 했으나 이를 미리 눈치 챈 황호가 금은보화 등으로 등애의 측근들을 매수하여 죽음을 면했다.

이렇게 한나라는 망하고 말았다.

후세 사람이 한의 멸망과 제갈량을 추념하는 마음으로 지은 시이다.

등애의 최후

자유능주화
自幼能籌畫
응모지지리
凝眸知地理

다모선용병
多謀善用兵
앙면지천문
仰面知天文

마도산근단
馬到山根斷
공성신피해
功成身被害

병래석경분
兵來石徑分
혼요한강운
魂繞漢江雲

어릴 때부터 계책을 낼 줄 알았고
지모가 많아 군사 부리기 잘 했지
눈동자를 주시하면 지리를 알았고
하늘을 우러러보면 천문을 알았지

말이 산 아래에 이르러 길 끊기니
군사들이 절벽에 지름길 만들었네
공을 이룬 후 자신은 해를 당하니
넋은 한강의 구름으로 떠도는구나

---

*籌畫(주화): 계책을 내다.
*山根(산근): 산기슭.
*石徑(석경): 절벽에 만든 좁은 길.

종회의 죽음을 탄식한 시

↓

초 년 칭 조 혜
髫年稱早慧

증 작 비 서 랑
曾作秘書郞

묘 계 경 사 마
妙計傾司馬

당 시 호 자 방
當時號子房

수 춘 다 찬 화
壽春多贊畫

검 각 현 응 양
劍閣顯鷹揚

불 학 도 주 은
不學陶朱隱

유 혼 비 고 향
游魂悲故鄕

어릴 적부터 지혜롭다는 말을 듣고
젊은 나이에 이미 비서랑이 되었네
신묘한 계책에 사마소도 귀 기울여
당시는 그를 자방이라 불러 주었지

수춘에서 많은 계책으로 공 세우고
검각에서 무위 떨쳐 명성을 날렸지
도주공의 숨는 방법을 배우지 못해
떠도는 넋이 고향 그리며 슬퍼하네

---

*髫年(초년): 유년 시절.
*陶朱(도주): 범려(范蠡)의 별칭. 범려는 중국 춘추시대의 초나라 사람으로 일찍이 월나
　　　라로 가서 구천을 도와 오나라를 멸망시켰으나, 토사구팽이 될 것을 미리
　　　예견하고 관직을 버리고 제나라로 떠나가 상업으로 거부가 됨. 역자 주.

강유의 죽음을 탄식한 시

↓

천 수 과 영 준
天水誇英俊
계 종 상 부 출
系從尚父出

양 주 산 이 재
凉州産異才
술 봉 무 후 래
術奉武侯來

대 담 응 무 구
大膽應無懼
성 도 신 사 일
成都身死日

웅 심 서 불 회
雄心誓不回
한 장 유 여 애
漢將有餘哀

천수군이 자랑하는 빼어난 영재여
양주땅에서 기이한 인물 태어났네
그의 혈통은 강태공을 이어받았고
그의 계략은 제갈량에게서 배웠지

원래 담이 커서 전혀 겁이 없었고
장한 그 뜻 맹세코 굽히지 않으니
성도에서 그 몸 죽임을 당하던 날
한나라 장수들 슬픔이 그지없어라

---

*尙父(상부): 강유의 조상인 강자아(강태공)를 말함.

비록 후주는 등애에게 항복했지만 강유는 끝까지 촉한 재건의 꿈을 버리지 않았다. 강유는 항복한 척하며 종회를 도와 모반을 꾸미며 먼저 등애를 없애기로 했다.

종회가 사마소에게 보내는 등애의 표문을 가로채 내용을 고쳐서 보고하니 사마소는 등애를 체포하라는 명을 내렸다.

종회는 등애 부자를 체포하고 강유의 계책대로 등애를 따르는 장수들을 모두 죽이려고 했다. 그러나 아쉽게도 그 계획이 사전에 누설되는 바람에 종회는 화살에 맞아 죽고 강유는 자신의 칼로 목을 찔러 자결했으니 이때 그의 나이 59세였다.

종회와 강유가 모두 죽자, 과거 등애의 부하로 있던 장수들은 함거에 실려 낙양으로 압송되던 등애를 탈취하기 위해 밤낮없이 추격했다. 이런 사실을 누군가 위관에게 알려 주었다.

"등애를 붙잡은 것은 바로 나인데 만약 그가 살아 돌아온다면 내가 죽어 묻힐 곳이 없지 않겠는가!"

위관의 옆에 있던 호군護軍 전속田續이 말한다.

"전에 등애가 강유성을 취했을 때 저를 죽이려고 했습니다. 이번에 제가 마땅히 그 원한을 갚아야겠습니다."

위관은 즉시 전속에게 군사를 주며 쫓아가도록 했다. 전속이 면죽에 이르러 등애 부자와 마주쳤다. 등애는 그들을 자신의 병사로 착각하여 아무런 방비도 하지 않고 있다가 전속이 내려치는 한 칼에 그만 죽고 말았다.

이렇게 등애와 종회는 촉의 정벌에 성공했지만 사심을 버리지 못해 결국 둘 다 허망하게 죽고 말았으며, 강유의 촉한 재건의 꿈도 물거품이 되고 말았다.

후세 사람들이 이들 세 사람을 한탄하여 지은 시이다.

어리석은 후주

追歡作樂笑顏開
不念危亡半點哀
快樂異鄕忘故國
方知後主是庸才

환락만 즐기며 얼굴에 웃음 가득하니

나라 망한 설움이란 눈곱만큼도 없네

타향에서 쾌락에 취해 고국도 잊으니

후주 이리 못난 자인 줄 이제 알았네

---

*追歡作樂(추환작락): 환락을 쫓고 즐기다.
*庸才(용재): 졸렬한 재주.

후주가 낙양에 도착하자 사마소가 꾸짖는다.

"공은 황음무도하여 나라를 잘못 다스렸으면 도리상 죽어 마땅하지 않는가!"

문무 관원들은 후주가 빨리 항복했으니 그의 죄를 용서해 주시는 것이 마땅하다고 아뢰었다.

이에 사마소는 유선을 안락공安樂公에 봉하여 집과 녹봉을 지급하고 비단 1만 필과 종 1백 명을 내려 주었다.

사마소는 연회를 베풀며 위의 음악과 춤을 연주하게 했다. 촉 출신의 관원들은 모두 슬픔에 젖어 있는데 후주는 그저 태연히 즐기고 있었다.

사마소가 후주에게 묻는다.

"서촉 생각이 많이 나시지요?"

"이렇게 즐거우니 촉 생각은 나지 않습니다."

잠시 후, 후주가 화장실을 가는데 극정이 따라 나와 말했다.

"그가 다시 묻거든 울면서 '조상의 묘가 촉 땅에 있으니 서쪽을 보면 마음이 비통해 하루도 촉 생각이 나지 않는 날이 없이 그립다'고 해야 폐하를 촉으로 돌려보내 줄 것입니다."

후주가 돌아와 앉으니 술에 취한 사마소가 다시 묻는다.

"촉이 그립지 않으시오?"

후주는 극정이 일러준 대로 말은 했으나 아무리 울려고 해도 눈물이 나지 않아 그만 눈을 감아 버렸다.

사마소가 말한다.

"어쩌면 극정의 말과 그리 똑같소?"

"진공(사마소)은 그것을 어찌 아셨소? 정말 그러하오."

후세 사람이 이를 탄식하여 지은 시이다.

주먹 하나로 가로막을 수 없는 태산

ↆ

_{위 탄 한 실 진 탄 조}
魏呑漢室晉呑曹
_{천 운 순 환 불 가 도}
天運循環不可逃
_{장 절 가 련 충 국 사}
張節可憐忠國死
_{일 권 즘 장 태 산 고}
一拳怎障泰山高

위는 한조를 삼키고 진은 조씨를 삼키니
하늘의 운이 돌고 도는 것 피할 길 없네
딱한 장절 나라에 충성하다 죽임 당하니
주먹 하나로 높은 태산 어찌 가로막겠나

사마염이 가충에게 물었다.

"나의 부왕을 조조와 비교하면 어떠하오?"

"백성들은 조조의 위엄을 겁냈을 뿐, 그의 덕을 사모하지는 않았사옵니다. 문왕(文王: 사마소)께서는 서촉을 멸망시킴으로써 그 공로가 천하를 덮었으니 어찌 조조와 비교하겠나이까?"

사마염이 말한다.

"조비는 한의 대통을 이었는데, 나는 어찌 위의 대통을 이어받을 수 없단 말인가?"

"전하께서는 마땅히 조비가 한의 대통을 이어받은 옛일을 본받으시어 다시 수선대受禪臺를 쌓으시고 천하에 널리 알리시어 대위大位에 오르시옵소서!"

가충의 말에 사마염은 칼을 차고 궁으로 들어가 조환에게 어찌하여 재주와 덕이 있는 사람에게 그 자리를 물려주지 않는 것이냐고 다그치니 조환은 입을 다물고 아무 말도 못하는데 옆에 있던 황문시랑 장절張節이 큰 소리로 꾸짖는다.

"황제께서는 덕이 있으시고 아무런 죄가 없으신데 무슨 까닭으로 다른 사람에게 황제의 자리를 양보한다는 말이오?"

사마염이 장절을 전각 아래로 끌어내어 쇠몽둥이로 때려죽이게 하니 조환은 무릎을 꿇고 울면서 살려 달라고 애원했다.

가충은 조환에게 건의했다.

"위의 천수天數는 이미 다 끝났으니 한 헌제獻帝의 예에 따라 수선대受禪臺를 쌓으시고 진왕에게 천자의 자리를 넘겨주십시오."

그해 12월 갑자일甲子日, 조환은 친히 전국새傳國璽를 받들고 수선대 위에 섰고 문무백관들이 다 모였다.

후세 사람이 이를 탄식하여 지은 시이다.

위나라의 멸망

↓

진 국 규 모 여 위 왕
晉國規模如魏王
진 류 종 적 사 산 양
陳留踪迹似山陽
중 행 수 선 대 전 사
重行受禪臺前事
회 수 당 년 지 자 상
回首當年止自傷

진나라의 규모가 위나라와 한가지라

진류왕의 발자취가 헌제와 흡사하다

수선대 앞에서 이전의 일 또 벌이니

당시를 돌이켜보니 슬프기만 하더라

---

*陳留(진류): 위의 황제 조환이 폐위되고 진류왕으로 봉해지는데, 한의 마지막 황제 헌 제는 원래 진류왕이었으나 황제가 되었다가 다시 산양공으로 봉해졌으니 발자취가 흡사하다고 한 것임. 역자 주.
*山陽(산양): 한의 마지막 황제 헌제(獻帝)가 폐위된 뒤 산양공으로 봉해졌음.

위의 마지막 황제 조환은 진왕 사마염을 수선대 위로 올라오기를 청하여 옥새 전달 의식을 거행한 뒤 단에서 내려와 관복을 갖춰 입고 반열의 맨 앞자리에 섰다.

사마염이 단 위에 단정히 앉으니 가충과 배수가 좌우에 서서 조환으로 하여금 재배하고 땅에 엎드려 명을 듣도록 했다.

가충이 말한다.

"한漢 건안建安 25년(서기 220년), 위가 한으로부터 선양을 받은 지 이미 45년이 지났노라. 이제 하늘이 내린 위魏의 복이 다하고 천명은 진晉에 있도다. 사마씨의 공덕이 드높아 하늘에 닿고 땅 끝까지 퍼져 황제의 자리에 올라 위의 대통을 이어받노라. 이에 그대를 진류왕陳留王으로 봉하니 금용성金墉城으로 나가 살도록 하라. 지금 당장 떠나 황제의 부르심이 없이는 도성에 들어오지 말라!"

조환은 울면서 하직 인사를 하고 떠나갔다.

태부 사마부司馬孚[7]가 조환 앞에 다가와 울면서 절을 하며 말한다.

"신은 위의 신하였으니 위를 저버리지 않겠나이다."

사마염은 사마부를 안평왕安平王으로 봉했으나 그는 작위도 받지 않고 물러가 버렸다.

위를 이은 사마염은 국호를 대진大晉이라 하고 연호를 태시泰始 원년(서기 265년)으로 바꾸었다.

위는 이렇게 멸망하고 말았다.

후세 사람이 이를 탄식하여 지은 시이다.

---

7 사마부는 사마의의 친 동생이니 사마염의 작은 할아버지임. 그는 사마의와 더불어 조비가 왕위에 오르는 데 기여한 일등 공신임. 그는 위주 조모가 사마소를 토벌하려다 피살되자 그의 시신 앞에서 통곡 하였으며 사마염에 의해 위가 완전히 멸망하자 끝내 위의 신하로 남기 위해 사마염이 주는 어떤 관작도 받지 않았음. 그때 그의 나이 86세였으며 92세까지 장수했음. 역자 주.

양호의 타루비墮淚碑

↓

효 일 등 임 감 진 신
曉日登臨感晉臣
고 비 영 락 현 산 춘
古碑零落峴山春
송 간 잔 로 빈 빈 적
松間殘露頻頻滴
응 시 당 년 타 루 인
凝是當年墮淚人

새벽에 언덕 올라 진의 신하 생각하니

현산은 봄이 왔는데 옛 비석 초라하네

솔 사이 이슬방울 맺혀 뚝뚝 떨어지니

그 시절 사람들 흘린 눈물인가 하노라

---

*曉日(효일): 새벽녘.

오주 손호는 갈수록 모든 일을 제멋대로 처리하였으며, 바른 말을 간하는 충신은 모두 죽이고 변방을 지키던 육항마저 적과 내통했다는 혐의로 군권을 빼앗아 버렸다.

강남의 국경을 지키던 양호는 드디어 동오를 칠 기회가 왔다며 표문을 지어 낙양으로 보냈으나 사마염은 들어주지 않았다.

그러자 양호는 벼슬을 버리고 낙향하여 병을 치료하게 해 달라는 주청을 올리며 지금이 동오를 칠 절호의 기회라고 다시 말했다.

사마염은 지난 번 양호의 계책을 쓰지 않은 것을 후회한다며 누구를 대장으로 삼으면 좋겠냐고 물으니 양호는 우장군 두예杜預를 추천하면서 상주한 초고를 불태워 버렸다.

사마염이 그 연유를 묻자 양호는 말한다.

"관직의 임명은 조정에서 공정하게 심사하여 하는 일이니 사사로이 사례 받는 것은 신하로서 취할 바가 아니옵니다."

말을 마친 양호는 마침내 숨을 거두었다.

대성통곡을 하고 궁으로 돌아온 사마염은 양호에게 태부·거평후鉅平侯를 추증했다.

남주南州 백성들은 양호가 죽었다는 소식에 시장의 모든 가게 문을 닫고 곡을 했다. 강남의 국경을 지키던 장수와 군사들 모두 울었다.

양양襄陽 사람들은 양호가 생전에 자주 현산峴山에 놀러 갔던 일을 회상하며 그곳에 사당을 짓고 비를 세우고 철마다 제사를 지냈다.

그곳을 오가는 사람들 가운데 그 비문을 보고 눈물을 흘리지 않은 자가 없었으니 그 비석을 '타루비墮淚碑'라 불렀다.

당나라 시인 호증胡曾이 이를 탄식하여 지은 시이다.

최후까지 저항하다 장렬하게 전사한 장제

↓

두 예 파 산 견 대 기
杜預巴山見大旗
강 동 장 제 사 충 시
江東張悌死忠時
이 병 왕 기 남 중 진
已拼王氣南中盡
불 인 투 생 부 소 지
不忍偸生負所知

두예의 장수 깃발 파산 위에 보이니

강동의 장제 충성 다해 죽을 때로다

동오의 왕기 강남땅에서 사라졌지만

차마 염치없이 구차히 살 수 없었네

*王氣(왕기): 임금이 날 조짐.

진의 군사가 기세등등하게 두 방면으로 장강을 따라 내려가니 이르는 곳마다 승리를 거두지 않는 곳이 없었다.

동오의 승상 장제는 좌장군 심영沈瑩과 우장군 제갈정諸葛靚으로 하여금 진의 군사를 맞아 싸우라고 명했다.

심영이 제갈정에게 말한다.

"상류의 군사들이 막아 내지 못했으니 진의 군사들은 틀림없이 이곳으로 올 것이오. 우리가 최선을 다해 적을 막아 다행히 적을 물리치면 강남은 안정되겠지만 지금 강을 건너가 적과 싸우다 불행히도 패한다면 동오는 끝장나고 말 것입니다."

"장군의 말이 맞습니다."

말이 미처 끝나기도 전에 보고가 들어왔는데 진의 군사가 강을 따라 내려오는데 그 기세를 당할 수가 없다는 것이다.

두 사람은 깜짝 놀라 황급히 장제에게 달려가 상의했다.

"지금 동오가 위험합니다. 어찌하여 달아나려 하지 않으십니까?"

장제가 울면서 말한다.

"이제 동오가 망하게 되리라는 것은 현명한 자든, 어리석은 자든 모두 알고 있는 사실이오. 그런데 이런 국난을 맞아 임금과 신하가 모두 항복해 버리고 죽는 자가 한 사람도 없다면 그런 굴욕이 또 어디 있겠소?"

제갈정 역시 눈물을 흘리며 돌아갔다.

장제는 심영과 함께 군사를 지휘하여 적을 맞아 싸웠다.

진의 군사들이 일제히 그들을 포위했다. 주지가 앞장서서 동오의 영채로 쳐들어가니 장제는 홀로 힘을 다해 적을 맞아 싸우다 혼전 중에 죽었다. 동오군은 사방으로 흩어져 도망쳤다.

후세 사람이 장제를 칭찬하여 지은 시이다.

오주 손호의 항복

西晉樓船下益州
서 진 누 선 하 익 주

金陵王氣黯然收
금 릉 왕 기 암 연 수

天尋鐵鎖沈江底
천 심 철 쇄 심 강 저

一片降旗出石頭
일 편 항 기 출 석 두

人世幾回傷往事
인 세 기 회 상 왕 사

山形依舊枕寒流
산 형 의 구 침 한 류

今逢四海爲家日
금 봉 사 해 위 가 일

故壘蕭蕭蘆荻秋
고 루 소 소 로 적 추

서진의 전선들이 익주에서 내려오니

금릉의 왕기는 어둠속으로 사라지네

천 길 쇠사슬은 강 밑으로 가라앉고

항복의 흰 깃발 석두 위에 걸렸구나

인간사 지난 일 몇 번이나 슬퍼하나

산세는 여전히 찬 강물 베고 누웠네

이제는 천하가 한 나라로 통일된 날

옛 보루는 가을 갈대 속에 쓸쓸하네

---

*黯然(암연): 어두운 모양.

*尋(심): 길이 단위. 1심(尋)은 8척(尺)임.

*山形依舊枕寒流(산형의구침한류): 서새산(西塞山)은 여전히 강물 위에 비친다는 의미로 여기서 산형은 서새산을 말함. 이 시는 당나라 시인 유우석(劉禹錫)의 시 西塞山懷古임. 역자 주.

*蘆荻(노적): 갈대와 억새.

북의 군사들이 점점 가까이 내려오니 강남의 군사와 백성은 싸워 보지도 않고 항복했다.

손호는 마지막으로 어림군으로 하여금 강을 거슬러 올라가 적을 맞아 싸우고 장상張象에게는 강을 내려가 적을 막으라고 했다.

두 사람이 막 떠나려고 하는데 뜻밖에 서북풍이 한바탕 휘몰아치면서 동오군의 깃발이 배 안에 처박히고 말았다.

이를 본 군사들은 배를 타려 하지 않고 사방으로 흩어져 달아나고 단지 장상의 군사 수십 명만이 적을 기다렸다.

진의 장수 왕준이 돛을 올리고 빠르게 강을 내려가는데 동오의 장상이 군사를 이끌고 와서 항복을 청하는 것이 아닌가!

왕준이 말한다.

"만약 진정으로 항복하려 한다면 앞장서서 공을 세우시오."

자신의 배로 돌아간 장상은 곧바로 석두성 아래로 갔다.

그가 성문을 열라고 소리치자 성문이 열리고 진의 군사를 맞아들였다. 진의 군사가 이미 성 안으로 진입했다는 소식을 들은 손호는 자결하려고 했다.

중서령 호충胡沖과 광록훈光祿勳 설령薛瑩이 아뢴다.

"폐하께서는 어찌하여 안락공 유선을 본받으려 하지 않으십니까?"

손호는 그 말에 따라 자신의 몸을 결박한 다음 수레에 관을 싣고 문무백관을 데리고 왕준의 군사들 앞에 가서 항복했다.

왕준은 손수 결박을 풀어주고 관을 태워 버린 뒤, 왕을 대하는 예로써 손호를 예우했다.

당나라 시인 유우석劉禹錫이 이를 한탄하며 지은 시이다.

결국 진으로 통일이 된 위·촉·오 삼국

|

고조제검입함양
高祖提劍入咸陽
광무용흥성대통
光武龍興成大統
애재헌제소해우
哀哉獻帝紹海宇
하진무모중귀란
何進無謀中貴亂

염염홍일승부상
炎炎紅日升扶桑
금오비상천중앙
金烏飛上天中央
홍윤서추함지방
紅輪西墜咸池傍
양주동탁거조당
凉州董卓居朝堂

한 고조 칼을 들고 함양으로 들어갈 때

이글거리는 붉은 해 부상에서 떠올랐네

광무제가 용처럼 일어나 대통을 이으니

금빛 까마귀 하늘 가운데로 날아올랐네

애달프도다 헌제가 제위를 이어받은 후

붉은 태양 서쪽의 함지로 떨어지는구나

하진이 무모하여 환관들이 난 일으키니

양주의 동탁이 조정을 차지해 버렸구나

---

*高祖(고조): 한나라의 시조 유방(劉邦).
*扶桑(부상): 중국 고대 신화에서 동해에 있다고 하는 신목(神木)으로, 여기에서 해가
  뜬다고 함. 역자 주.
*金烏(금오): 태양의 다른 이름. 고대 신화에 나오는 태양 속에 산다는 세 발 달린 상상
  의 까마귀.
*紹(소): 이어받다. 海宇(해우): 바다 안의 땅. 나라. 제위.
*咸池(함지): 부상과 반대 개념의 해가 쉬러 가서 목욕을 하는 연못.

王允定計誅逆黨
왕 윤 정 계 주 역 당

李催郭汜興刀槍
이 각 곽 사 흥 도 창

四方盜賊如蟻聚
사 방 도 적 여 의 취

六合奸雄皆鷹揚
육 합 간 웅 개 응 양

孫堅孫策起江左
손 견 손 책 기 강 좌

袁紹袁術興河梁
원 소 원 술 흥 하 량

劉焉父子據巴蜀
유 언 부 자 거 파 촉

劉表軍旅屯荊襄
유 표 군 여 둔 형 양

왕윤이 계책 세워 역당들을 주살했지만
이각과 곽사가 다시 무장하고 날뛰더니
사방에서 도적들이 벌 떼처럼 모여들고
천지의 간웅들 모두 매처럼 날아올랐네
손견과 손책은 강의 왼쪽에서 일어나고
원소와 원술은 하량에서 크게 흥했었지
유언의 부자는 파촉에서 터전을 잡았고
유표는 군사를 형주와 양양에 주둔했지

---

*六合(육합): (=六方). 천하. 동·서·남·북·상·하의 여섯 방위.

張遼張魯霸南鄭
장료장로패남정

馬騰韓遂守西涼
마등한수수서량

陶謙張繡公孫瓚
도겸장수공손찬

各逞雄才占一方
각령웅재점일방

曹操專權居相府
조조전권거상부

牢籠英俊用文武
뢰롱영준용문무

威挾天子令諸侯
위협천자영제후

總領貔貅鎮中土
총령비휴진중토

장료와 장로는 남정에서 패권을 잡았고
마등과 한수는 서량을 지키고 있었으며
도겸과 장수 및 북쪽 땅의 공손찬 등은
각기 지역을 차지하고 무위를 뽐냈었지
조조는 상부에 기거하며 권력 틀어쥐고
뛰어난 영재들 구슬려 문무에 기용했지
천자를 끼고 위협하며 제후들 호령하며
용맹한 군사 거느리고 중원을 제압했네

---

*牢籠(뢰롱): 구슬리다. 새장. 감옥.
*貔貅(비휴): 고서에 나오는 맹수의 이름. 용맹한 군대.

누 상 현 덕 본 황 손
樓桑玄德本皇孫
의 결 관 장 원 부 주
義結關張願扶主
동 서 분 주 한 무 가
東西奔走恨無家
장 과 병 미 작 기 여
將寡兵微作羈旅
남 양 삼 고 정 하 심
南陽三顧情何深
와 룡 일 견 분 환 우
臥龍一見分寰宇
선 취 형 주 후 취 천
先取荊州後取川
패 업 도 왕 재 천 부
霸業圖王在天府

누상촌 유현덕은 본래 한나라 종친으로

관우 장비 형제 맺어 천자 도우려 했지

동분서주 해봤지만 터전 없어 한이었고

장수와 군사 적었으니 타향만 떠돌았네

남양의 삼고초려 정성 얼마나 깊었기에

와룡은 한 번 보고 천하삼분 계책 세워

먼저 형주 취하고 이어 서천 손에 넣어

서촉에서 패업과 왕도 건설하려 했었지

---

*羈旅(기여): 오랫동안 타향을 떠돌다. 객지 생활을 하다.
*寰宇(환우): (=寰球). 천하.
*天府(천부): 땅이 비옥하고 천연 자원이 풍부한 지역으로 여기서는 사천성을 말함.

오 호 삼 재 서 승 하
嗚呼三載逝升遐

백 제 탁 고 감 통 초
白帝托孤堪痛楚

공 명 육 출 기 산 전
孔明六出祁山前

원 이 척 수 장 천 보
願以隻手將天補

하 기 역 수 도 차 종
何期歷數到此終

장 성 반 야 낙 산 오
長星半夜落山塢

강 유 독 빙 기 력 고
姜維獨憑氣力高

구 벌 중 원 공 구 노
九伐中原空劬勞

아 슬프도다 삼 년 만에 선주가 죽으며
백제성에서 후사 부탁 참으로 비통하다
공명은 여섯 번이나 기산으로 출정하며
무너지는 하늘 빈손으로 받치려 했었네
어이하랴 천운이 여기 이르러 끝나가니
장군별 밤중에 오장원에 떨어지는 것을
강유는 오로지 자신의 기력만 의지하고
중원 치러 아홉 번 나가 헛수고만 했네

---

*空劬勞(공구노): 헛고생하다.

<ruby>鍾<rt>종</rt></ruby><ruby>會<rt>회</rt></ruby><ruby>鄧<rt>등</rt></ruby><ruby>艾<rt>애</rt></ruby><ruby>分<rt>분</rt></ruby><ruby>兵<rt>병</rt></ruby><ruby>進<rt>진</rt></ruby>

종 회 등 애 분 병 진
鍾會鄧艾分兵進
한 실 강 산 진 속 조
漢室江山盡屬曹
비 예 방 모 재 급 환
丕叡芳髦纔及奐
사 마 우 장 천 하 교
司馬又將天下交
수 선 대 전 운 무 기
受禪臺前雲霧起
석 두 성 하 무 파 도
石頭城下無波濤
진 류 귀 명 여 안 락
陳留歸命與安樂
왕 후 공 작 종 근 묘
王侯公爵從根苗

종회와 등애가 군사 나누어 쳐들어오니
한나라 강산은 모두 조씨에게 돌아갔네
조비 조예 조방 조모 또 조환에 이르러
천하는 다시 사마씨의 손으로 넘어갔지
수선대 앞에는 구름과 안개 일어났지만
석두성 아래서는 파도조차 일지 않았네
진류 귀명 안락 세 명의 최후 황제들은
왕후공작들의 싹이 나온 뿌리가 되었네

---

*陳留歸命與安樂(진류귀명여안락): 위촉오 삼국의 마지막 황제들로 진류왕 조환, 귀명후 손호, 안락왕 유선을 말함. 역자 주.

紛_분紛_분世_세事_사無_무窮_궁盡_진
天_천數_수茫_망茫_망不_불可_가逃_도
鼎_정足_족三_삼分_분已_이成_성夢_몽
後_후人_인憑_빙弔_조空_공牢_뢰騷_소

어지러운 세상사 어디 끝이 있겠냐마는
하늘의 운수는 아득하여 피하지 못하고
솥발처럼 갈라진 삼국 이제는 꿈이거늘
후세 사람 추모하며 부질없이 푸념하네

---

*憑弔(빙조): 추모하다.
*牢騷(뢰소): 불만. 푸념.

완전한 승리를 거둔 왕준이 표문을 올려 승전을 보고하니 임금과 조정의 신하들이 모두 축하의 술잔을 들었다.

진주 사마염이 술잔을 들고 눈물을 흘리며 말한다.

"이는 모두 양태부(羊太夫: 양호)의 공이로다. 그가 이를 직접 보지 못한 것이 한이로다!"

왕준이 오주 손호를 낙양으로 데려와 진주를 뵙도록 했다. 어전 위로 올라간 손호가 머리를 조아리며 황제를 뵈었다.

"짐이 이 자리를 마련해 놓고 경을 기다린 지 오래요!"

"신도 역시 남방에서 폐하를 기다렸나이다."

진 황제는 껄껄 웃었다.

진제晉帝는 손호를 귀명후歸命侯에 봉하고 그 자손들은 중랑中郞으로, 그를 따라온 재상들은 모두 열후에 봉했다.

이로써 삼국이 모두 진제 사마염에게 돌아갔으니 마침내 삼분천하가 다시 하나로 통일되었다. 이는 바로 '천하대세는 합친 지 오래면 반드시 나뉘고, 나뉜 지 오래면 반드시 합쳐진다天下大勢, 合久必分, 分久必合'는 것이다.

훗날 삼국의 마지막 황제들의 최후를 살펴보자.

먼저 후한 황제 유선은 진 태시泰始 7년(서기 271년)에 65세로 세상을 떠났으며, 두 번째 오주 손호는 태강太康 4년(서기 283년) 42세에 죽었다. 마지막 위주 조환은 태안太安 원년(서기 302년) 58세에 세상을 떠났으니, 이들 모두 천수를 누렸다고 할 수 있다.

후세 사람이 고풍(古風=고체시[8])의 대서사시大敍事詩로 삼국지연의의 대미를 장식한 것이다.

---

8 고체시: 평측이나 자수의 제한 없어 비교적 자유로운 형식의 한시.

관제시죽關帝詩竹에 대한 올바른 이해

관제시죽은 관우가 조조에게 포로로 잡혀 있던 시절, 조조의 온 갖 유혹에도 불구하고 유비에 대한 변함없는 자신의 충성심을 조조가 눈치채지 못하도록 몰래 그림에 숨겨 유비에게 보낸 한 장의 대나무 그림 편지로 알려져 있다.

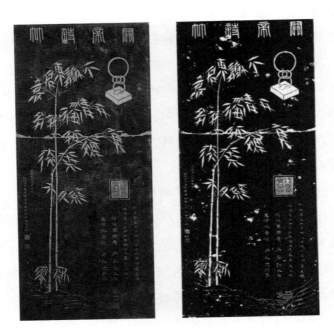

위 사진 오른쪽은 중국 최대 포털인 바이두에서 이미지를 가져 온 것이며, 왼쪽은 필자가 1995년 1월 중국에서 공부하던 시절 시안의 비림박물관에서 직접 구입하여 지금도 소장하고 있는 관제시

죽 탁본 사진이다. 한자漢字의 선명도가 더 좋아 독자들에게 이해를 돕기 위해 이곳에 함께 실었다.

필자는 인터넷 상에 관제시죽에 관한 내용이 사실과 다르게 왜곡되어 있는 것을 발견하고 삼국지연의를 사랑하는 독자들에게 보다 정확한 정보를 제공하기 위해 이 글을 후기로 작성했다.

1. 위 비문을 세운 사람은 누구인가?

인터넷에 떠도는 각종 블로그 등에는 장안의 비림에 있는 이 비석을 세운 사람이 한재림韓宰臨으로 되어 있는데 과연 그럴까?

위 그림 맨 왼쪽 두 줄에 그 답이 있다.

그곳에는 '강희세차병신동월康熙歲次丙申冬月, 두릉이곡거사한재림석입어장안지비림杜陵二曲居士韓宰臨石立於長安之碑林'이라고 적혀 있다.

여기서 강희세차 병신 동월은 청나라 연호인 강희 55년 즉 1716년 음력 11월을 말한다.

그럼 비석을 세운 사람이 한재림이라고 그들이 주장하는 근거는 무엇일까?

바로 그 다음 비문에 새겨진 글자 杜陵二曲居士韓宰臨石立이라는 문장을 잘못 해석하여 한재림이 비석을 세웠다고 하는 것이 아닌가 생각된다.

여기서 두릉杜陵은 비석을 세운 사람의 자字이며 이곡거사二曲居士는 그의 도호道號이다. 그 다음이 성명인데 성은 한韓이고 이름은 재宰이다. 그럼 림臨은 무슨 의미일까?

'臨은 중국어로 본뜨다, 혹은 모방하다의 의미'이다. 즉 '이곡거사 한재가 돌에 본을 떠서 장안의 비림에 세웠다.'로 해석하는 것이 옳다.

왼쪽 맨 아래 두 개의 낙관이 있는데 위에는 도호인 이곡거사이고 아래는 바로 '한재'로 찍혀 있는 것으로도 그의 성명이 '한재'임이 확인된다.

2. 위 그림의 고리가 달린 관인은 무엇인가?

이에 대한 설명은 오른쪽 두 줄 문구에 적혀 있다.

그 내용은 "홍치 3년(弘治 3년: 1490년) 10월 18일 양주 도하에서 출토된 고리 모양의 관인으로 그 무게는 2근 4량이며 관인에는 '한수정후지인漢壽亭侯之印'이라고 새겨져 있다." 라고 기록되어 있다.

하지만 중국의 삼국지 전문가들은 이 관인이 관우가 직접 사용하던 직인은 아니라고 판단하고 있다. 그 당시에는 대개 1촌(사방이 약 3센티미터) 정도의 작은 관인이 사용되었고 끈도 고리 모양이 아닌 비단으로 만들어 사용했기 때문이다.

3. 위 그림에 숨겨진 한시는 어떻게 해석하는 것이 옳은가?

위 그림에는 대나무 두 그루가 그려져 있다. 오른쪽 대나무는 곧게 뻗어 있는 반면 왼쪽 대나무는 오른쪽으로 휘어져 있다.

오른쪽 대나무 그림의 잎사귀에는 不謝東君意, 丹靑獨立名의 두 글귀가 숨겨져 있으며 왼쪽 휘어진 대나무 그림의 잎사귀에는 莫嫌孤葉淡, 終久不凋零의 두 글귀가 숨겨져 있다.

두 대나무 그림의 오언절구 시의 내용은 :

불 사 동 군 의
不謝東君意
단 청 독 립 명
丹靑獨立名

막 혐 고 엽 담
莫嫌孤葉淡
종 구 불 조 령
終久不凋零

그럼 이 오언절구의 시를 어떻게 해석하는 것이 옳은가?

국내에서는 대부분 이 시를 4행 모두 관우의 충성심 또는 절개의 내용으로 해석하고 있다.

대표적인 해석을 보면:

조조의 호의에 감사하는 마음은 없습니다
단청의 화려함으로 홀로 이름을 세울 것입니다
마지막 남은 나뭇잎 관우의 퇴색됨을 싫어하지 마십시오
끝끝내 시들어 떨어지지는 않을 것입니다

표어문자인 한자로 쓰여진 오언시五詩는 여러 해석이 가능하다. 중국에서도 현재 이 시의 의미를 다양하게 해석하고 있다.

예를 들어 위 시의 첫 구절인 '不謝東君意'의 不謝를 不凋謝(시들지 않다)의 의미로 해석하고 東君을 春神(봄을 주관하는 신 즉 희망의 봄날)으로 해석하여 '영원토록 청춘을 유지할 것입니다.'의 의미로 해석하는 사람도 있다.

중국에서는 이 관제시죽을 풍우죽風雨竹이라고도 한다. 風雨(비바람)는 문어체에서 흔히 '고초'나 '시련'에 비유하고 있으니 '풍우죽'은 '고난의 대나무' 혹은 '시련을 참고 견디는 대나무'의 의미일 것이다.

필자는 이 풍우죽風雨竹에 숨겨 놓은 오언시를 이렇게 설명하고 자 한다.

  오른쪽의 대나무雨竹는 단지 비만 맞고 있어 곧게 그렸으며, 왼쪽의 대나무風竹는 비바람을 동시에 맞고 있어 휘어지게 그림으로써 왼쪽의 대나무가 더 심한 고초를 당하고 있음을 상징적으로 묘사하고 있다.

  즉 관우 자신에 대한 마음은 오른쪽 곧은 대나무에 그려 넣어, 주군에 대한 자신의 절개와 충성심을 표현하였고, 유비를 향한 마음은 왼쪽 휘어진 대나무에 그림으로써 현재 유비가 자신보다 더 힘든 상황에 처해 있음을 상징적으로 표현했으며 그 내용은 주군의 고궁한 처지에 대한 위로와 희망을 나타냈다고 생각한다.

  이런 해석을 토대로 필자가 이 시를 정형시로 표현을 하면

不謝東君意
丹靑獨立名
莫嫌孤葉淡
終久不凋零

조조의 호의는 고맙게 여기지 않아요
오직 역사 기록에 충신으로 남으리니
주군의 고궁한 상황을 꺼리지 마세요
결국 다시 일어나서 황제에 오르리니

東君(동군): 조조를 지칭.
丹靑(단청): 빨갛고 파란 안료나 그림을 의미하지만 문어체에서는 역사책의 의미로 쓰임.
立名(입명): 명예를 세우다. 충신으로 남다.
莫嫌(막혐): 싫어하지 마라. 꺼리지 마라.

孤葉(고엽): 외로운 처지에 있는 주군 즉 유비를 비유.
淡(담): 부진하다. 무의미하다. 즉 처지가 외롭고 곤궁함을 의미.
不凋零(부조령): 시들어 죽지 않는다, 즉 재기하여 황제가 될 것이라는 의미임.

기존의 해석 내용과 한번 비교해 보시기 바란다.

4. 관우는 어찌하여 조조의 포로가 되었을까?

이 이야기는 삼국지연의 제 24회부터 제 26회에 기술되어 있다.(구체적인 내용을 알고 싶으신 분은 삼국지연의〈김민수 번역〉를 읽어 보시기 바란다.)

조조가 유비를 치기 위해 20만 대군을 일으켜 다섯 길로 나누어 서주로 향했다.

조조에 비해 군사력이 현저하게 열세인 유비는 이 위기를 벗어나기 위해 원소에게 구원을 청하지만 거절당한다.

유비는 어쩔 수 없이 하비성을 관우에게 맡기고 장비와 함께 조조 진영을 선제 기습 공격을 했으나 이를 미리 알아차린 조조에게 참패를 당하여 장비는 망탕산으로 달아나고, 유비는 원소에게 의탁하기 위해 홀로 청주성으로 달려간다.

설상가상으로 하비성을 지키던 관우는 조조의 계책에 말려 성문을 나와 하후돈과 싸우다 그만 돌아갈 길이 막혀 근처의 토산으로 올라간다.

그곳에서 하비성이 불타고 있는 모습을 바라만 보고 있는 관우는 어쩔 줄을 모른다. 하비성을 지키라는 유비의 명을 지키지 못했을 뿐만 아니라 그곳에는 유비의 두 부인이 있기 때문이다.

이때 조조의 장수 장료가 홀로 관우를 찾아온다. 그는 지난날 여포의 수하로 있을 때 조조에게 사로잡혔지만 관우 덕에 목숨을 구

할 수 있었으며 현재는 조조의 가장 신임을 받는 장수로 있었다.

장료는 관우에게 현 상황을 설명하며 후일을 도모하기 위해서라도 조조에게 투항할 것을 권했다.

한참을 고민하던 관우는 장료에게 세 가지 조건을 제시한다. 그 조건은, 첫째, 황제에게 항복하는 것이지 조조에게 항복한 것이 아니며, 둘째, 두 분 형수님께 황숙의 녹봉을 주시되 어느 누구도 두 형수님이 계신 곳으로 들어가지 못하게 할 것이며, 셋째, 유비가 계신 곳을 알게 되면 그곳이 어디든지 즉시 조조를 떠나 유비에게 가겠다는 조건이다.

조조는 앞의 두 개의 조건은 들어줄 수 있지만 세 번째 조건은 들어줄 수 없다고 한다.

이에 장료는 유비가 관우에게 대하는 것보다 더 후하게 대해 주면 관우가 복종하지 않겠느냐며 조조를 설득한다.

관우는 결국 조조가 이 세 가지 조건을 모두 들어주기로 하여 투항하게 된 것이다.

5. 관우가 유비에게 돌아가게 된 과정은?

조조는 관우를 자기 사람으로 만들기 위해 갖은 노력을 한다. 금은보화는 물론 시중드는 미녀들까지 보내 주었으나 관우는 그들을 모두 형수님들께 보냈다. 그러나 관우는 여포가 타던 적토마만은 기쁘게 받았다. 그 이유는 형님의 행방을 알게 되면 조금이라도 빨리 달려가기 위함이라고 했다.

한편 조조는 원소와 싸움을 크게 벌이는데 조조의 장수 중에는 원소의 장수 안량을 당할 자가 없었다.

여러 장수들이 관우를 부르자고 건의했으나 조조는 관우가 공을 세우면 떠날지도 모른다며 부르기를 꺼려했다.

그러나 조조의 참모들은 유비가 틀림없이 원소에게 의탁하고 있을 것이라며 관우가 안량을 죽이면 원소가 유비를 죽일 것이니, 유비가 죽고 나면 관우가 어디로 가겠느냐며 조조를 설득했다. 예상대로 관우는 안량은 물론 원소가 가장 아끼는 문추마저 베어 죽인다. 이에 조조는 관우를 한수정후漢壽亭侯에 봉하고 직인까지 만들어 주었다.

안량과 문추를 죽인 장수가 바로 관우임을 안 원소는 조조 측의 예상대로 유비를 죽이려고 했다. 하지만 유비는 관우를 반드시 돌아오게 하여 그의 부하로 삼게 해 주겠다고 원소를 설득하여 겨우 목숨을 부지한다.

한편 이 전투에서 유비가 원소 진영에 있음을 확인한 관우는 자신이 원소의 두 장수를 죽인 것 때문에 어떻게 유비에게 돌아가야 할지 고민하고 있을 때 유비로부터 편지를 받는다.

그 글의 내용은 그대는 도원결의의 명세를 저버리고 의리를 끊어버리려고 하느냐며 그대가 참으로 공명과 부귀를 얻고자 한다면 내 머리를 갖다 바쳐 그 공을 온전히 이루도록 하라는 것이었다.

이에 관우는 유비에게 답신을 보냈는데 후대에 누군가 그 답신의 내용을 관제시죽의 형태로 표현한 것이다.

구체적인 답신의 내용과 관우가 유비에게 돌아가는 과정은 삼국지연의의 제 26~27회를 참고하시기 바란다.

중국의 삼국지 전문가들은 이 그림이 원말 명초에 관우를 흠모하는 어느 이름 모르는 작가無名氏에 의해 그려졌다고 판단하고 있다.

장안의 비림에 있는 위 관제시죽은 무명씨가 그린 그림을 '한재'라는 사람이 비석에 본을 떠서 새긴 것으로 제일 오래되었으면서

도 작품성도 가장 뛰어나다.

이 외에도 다수의 비석이 있으며 대나무 그림은 같고 글씨 등이 다른 작품과, 대나무 그림 자체가 다른 작품 등 여러 종류가 있다.

그 중 아래 세 번째 비석은 중경의 백제성 내에 있는 비석(丹靑正氣圖단청정기도)으로 그림 및 한시의 내용도 약간 다름을 알 수 있다.

不謝東篁意，丹靑獨自名。

莫嫌孤葉淡，終久不凋零。

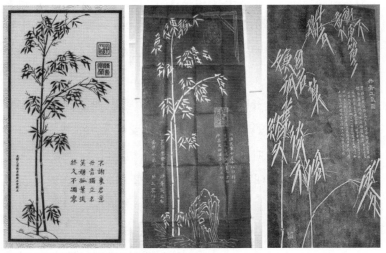

비림의 관제시죽과 다른 주요 대나무 그림 비석

6. 관우의 묘는 왜 네 곳에나 있을까?

관우의 사당은 전국에 수천 개가 있으며, 관우의 묘도 낙양洛陽, 당양當陽, 성도成都 그리고 해주解州 등 네 곳에나 있는데 그 이유는 무엇일까?

이 의문을 풀기 위해서는 관우의 죽음 과정을 알아야 한다.

관우는 결코 완전무결한 명장이 아니다. 불명확한 출신 성분에 싸움에서는 종종 패하기도 했으며 오만한 성품에 주위 사람들과 원만하게 지내지도 못했다.

형주성을 책임지고 있던 관우가 서기 219년 조조를 공격하자 조조는 손권에게 지원 요청을 한다.

관우는 어이없게도 손권의 부하 여몽의 계략에 빠져 결국 당양에서 손권에게 사로잡혀 참수되고 만다.

관우를 죽인 손권은 유비의 보복이 두려운 나머지 그 책임을 조조에게 전가하기 위해 그의 수급을 낙양의 조조에게 보내고 몸은 당양에서 후하게 장사지내 준다. 관우의 수급을 받은 조조는 침향목으로 그의 몸뚱아리를 만들어 낙양에서 성대하게 장사를 지낸다.

관우의 시신조차 수습하지 못한 촉의 유비는 성도에 화려한 의관총衣冠冢을 만들어 아우의 죽음에 대한 슬픔을 달랜다.

후에 관우의 죽음을 알게 된 그의 고향 사람들도 해주에 의관총을 만들었으니, 이렇게 해서 관우의 묘는 네 곳에 만들어지게 된 것이다.

그 중 해주관묘는 수隋나라 초기인 590년경에 건립되었으며 현존 건물은 명청 시대에 중수한 건물로 면적은 네 개의 묘 가운데 가장 크다.

이후 오랫동안 중국 백성들 사이에서는 '두침낙양頭枕洛陽, 신와당양身臥當陽, 혼귀고리魂歸故里'라는 말이 널리 유행하고 있다. 이는 '머리는 낙양을 베개 삼고 몸은 당양에 누워 있으며, 혼은 고향으로 돌아갔다'는 의미이다.

중국인들이 관우를 어떻게 생각하고 있는지를 상징적으로 대변해 주고 있는 말이다.

관우는 비록 일개 장수에 지나지 않았지만 그가 죽은 뒤에 공公에서 왕王을 넘어 황제皇帝로 추존되었고 급기야는 천신天神으로 모셔지게 되었으니 삼국지연의의 진정한 주인공은 어쩌면 관우가 아닐까?

한시로 감상하는 삼국지연의

초판 1쇄 인쇄 2024년 4월 30일
초판 1쇄 발행 2024년 5월 8일

지은이 김민수
펴낸이 김재광
펴낸곳 솔과학
편 집 다락방
영 업 최회선
디자인 miro1970@hotmail.com
등 록 제02-140호 1997년 9월 22일
주 소 서울특별시 마포구 독막로 295번지 302호(염리동 삼부골든타워)
전 화 02)714-8655
팩 스 02)711-4656
E-mail solkwahak@hanmail.net

ISBN 979-11-92404-76-9 93820